베스트셀러는 어떻게 만들어지는가

베스트셀러는 어떻게 만들어지는가

제임스 홀 지음 | 임소연 옮김

베스트셀러는 어떻게 만들어지는가

초판 1쇄 발행 2013년 12월 13일

지은이 | 제임스 홀
옮긴이 | 임소연
발행인 | 홍경숙
발행처 | 위너스북

경영총괄 | 안경찬
주간 | 김형석
기획편집 | 김시경, 노영지

출판등록 | 2008년 5월 2일 제310-2008-20호
주소 | 서울 마포구 합정동 370-9 벤처빌딩 207호
주문전화 | 02-325-8901
팩스 | 02-325-8902

디자인 | 썸앤준
제지사 | 한솔PNS(주)
인쇄 | 영신문화사

ISBN 978-89-94747-23-1   03800

이 도서의 국립중앙도서관 출판시도서목록(CIP)은 서지정보유통지원시스템 홈페이지(http://seoji.nl.go.kr)와
국가자료공동목록시스템(http://www.nl.go.kr/kolisnet)에서 이용하실 수 있습니다.
(CIP제어번호: CIP2013022168)

초대형 베스트셀러의 성공 요인을 찾아서

뭇 진지한 연애가 그렇듯, 나와 책과의 사랑은 전혀 예상치 못한 때 찾아왔다. 열 살이나 열한 살 즈음이었을 것이다. 당시 나는 학교에서 정해준 필독서만 근근이 읽고 있었다. 독서가 선택이 아닌 필수인 데다, 읽고 나서는 내용을 잘 이해했는지 시험까지 봤기 때문에 내게 독서는 사칙연산이나 글씨 연습과 마찬가지로 귀찮은 숙제로 여겨졌다.

여기서 당시 상황을 짚고 넘어갈 필요가 있겠다. 나는 1950년대 미국 남부에서 자랐다. 그 시절 다분히 보수적인 그곳에서 사내아이가 스스로 재미를 찾아 책을 읽는다는 것은 체육 선생님에게 선물할 스웨터를 직접 짜는 것만큼이나 있을 수 없는 일이었다. 그땐 책을 재미로 읽는 사내가 거의 없었다. 적어도 내 세계관 형성에 지대한 영향을 미쳤던 남자 롤모델들은 그랬다.

그해 가을, 어머니가 시내에 볼일 보러 나가면서 시간이나 때우라며 공공도서관에 내려줬을 때, 차라리 죽음의 계곡 한가운데 떨어지는 게 낫겠다고 생각했다. 옛 남부 스타일로 지어진 도서관 건물은 정부에서 건축한 그저 그런 건물 중 하나로, 우중충한 기운을 뿜어내고 있었다. 그리고 웬 할머니가 사서를 맡고 있었는데, 그 자리에 더 없이 잘 어울릴 것 같은 모습이었다. 듬성듬성 빠진 머리에 하얗게 센 머리칼, 어두운 색 원피스를 입고 두꺼운 안경을 쓴 채 조용히 서고를 오르내리며 뒤죽박죽 섞인 책들을 제자리에 꽂아놓는 뒷모습에서 고루함이 느껴졌다. 그때 나는 럭비경기장이나 체육관에서 근육을 키우고 싶어하는 활기 넘치는 소년이었다. 그런 내게 도서관은 정말이지 굴욕적인 장소였다. 그런 곳에 있는 걸 친구가 보기라도 할까봐 오금이 저려왔다.

죽 늘어선 책꽂이 사이로 몸을 숨기며 천천히 두꺼운 책들의 제목을 훑어봤다. 이 우울한 곳에서 한두 시간이나 버텨야 한다고 생각하니 지루해 죽을 것 같았다. 그때 사서가 내 심기를 눈치챈 듯 다가오려는 것 같았다. 나는 허둥지둥 책꽂이에서 아무 책이나 한 권 빼들고 열심히 읽는 척했다.

책장에 인쇄된 단어들을 읽어 내려가던 그때, 한 대목에서 시선이 멈추고 숨이 턱 막혀왔다. 당시 내 어휘력은 또래 남자애들 수준이었지만 '누드'라는 단어는 알고 있었다. 첫 페이지에서 튀어나온 누드라는 단어는 나를 완전히 사로잡았다. 이어 누드가 여성을 수식하는 형용사로 쓰인 것을 확인하자 다리가 풀리고 심장이 요동치기 시작했다.

당장이라도 사서 할머니가 달려와 내 손에 들린 이 음란한 책을 홱 낚아채고 멱살을 잡아 거리로 내쫓아버릴 것 같은 생각이 들었다. 나는 슬며시 책에서 눈을 떼고 옆에 누가 있는지 확인했다. 자칫 잘못하면 온 동네에 소문이 파다하게 퍼질지 모르니 말이다. "꼬마 지미 홀이 도서관에서 누드 책을 보다 걸렸대." 하지만 다행히 방금 전 내 옆에 있던 사서는 서고로 사라지고 없었고 나는 생애 최초의 추리소설과 단 둘이 남겨졌다.

살해당한 나체의 여자 그리고 나비를 좇다가 그녀를 발견한 한 남자. 그녀는 어떻게 거기에 있게 된 것일까? 그녀는 누구일까? 누가 이런 짓을 한 것일까? 나는 창문 근처 구석에 자리를 잡았다. 갑자기 엄마가 나타나 이런 추잡한 책을 읽고 있는 것을 발견할 때를 대비해 도망칠 길도 파악해뒀다. 그런 다음에야 전속력으로 책을 읽기 시작했다.

그래, 이래서 사람들이 책을 읽는구나! 강렬한 감정, 극단적 행동, 존재조차 몰랐던 세상의 은밀한 일들. 난생 처음 숙제가 아닌 재미로 책을 읽으며 나는 소설에 심장을 뛰게 만드는 공포와 입맛을 다시게 하는 욕망이 가득함을 깨달았다. 어디 그뿐인가. 소설을 읽고 있자면 내가 이제껏 살아왔고 앞으로도 계속 살게 될 것 같은 우리 동네 힐리빌리 타운에서도 훌쩍 벗어날 수 있었다.

책 속 주인공 영국 탐정과 함께 나체의 여인을 죽인 극악무도한 범인을 찾아 영국 시골의 늪지를 건너며, 나는 낯선 세상 속을 탐험했다. 탐정이 당황한 만큼 나도 당황했고 좌절한 만큼 좌절했으며 논리적 추론으로 전혀 예상 밖의 범인을 찾았을 때는 내 일처럼 기뻤다.

그 책을 마저 읽기 위해 몇 번 더 은밀히 도서관을 찾아갔다. 그런 낯선 모습에 부모님은 약간 어리둥절해했지만 다행히 내가 갑자기 왜 그러는지 묻지 않았다. 만약 부모님이 대놓고 관심을 보였더라면 그때 내 열정은 그대로 사그라졌을 것이다.

첫 소설을 다 읽은 날이었다. 책을 덮고 고개를 들자 사서 할머니가 정감 어린 눈빛으로 나를 내려다보고 있었다.

나도 모르게 침이 꼴깍 넘어갔다.

"추리물을 좋아하니?"

나는 마술처럼 없던 책이 생겨나기라도 했다는 듯 손에 쥔 책을 바라봤다.

"아, 이거요?"

"그래, 그거. 네가 지난 몇 주 동안 읽은 그 책 말이야."

"좋아하는 것 같아요."

"나도 좋아한단다. 잘 쓰인 살인사건 이야기는 아무렴 최고지."

그날 오후 사서 할머니는 희뿌연 먼지가 앉은 서고를 구경시켜주면서 도서관이 소장하고 있는 최고의 추리물들을 보여줬다. 할머니는 내 앞에 추천 추리물을 높게 쌓아 올리더니 도서관카드 신청양식을 가져와 기입을 도와줬다.

"다 읽고 어땠는지 얘기해주렴."

나는 잠시 머뭇거렸다.

"아, 걱정하지 마. 여긴 학교가 아니니까. 책을 반납할 때도 시험 같은 건 보지 않아. 책을 끝까지 다 읽지 못하고 반납한다고 해서 도서관카드를 빼앗지도 않을 거고."

"글쎄요. 제가 이 책들을 다 읽을 수 있을 정도로 똑똑한지 잘 모르겠어요."

나는 내 앞에 쌓인 책들을 조물거리며 말했다.

"이런, 처음부터 똑똑한 사람은 아무도 없단다. 그렇기 때문에 책을 읽는 거야."

그후 몇 년 동안 나는 디킨스(Charles Dickens), 하디(Thomas Hardy)로 점차 독서 목록을 넓혀갔고, 버지니아 울프(Virginia Woolf), 로렌스 더렐(Lawrence Durrell), 존 파울즈(John Fowles), 포크너(William Faulkner), 스타인벡(John Steinbeck), 시인 실비아 플라스(Sylvia Plath)와 앤 섹스턴(Anne Sexton), 로버트 프로스트(Robert Frost)와 사랑에 빠졌다. 독서와 스포츠는 상극이 아니었다! 그리고 헤밍웨이를 알게 되었고 그의 강렬한 이야기를 읽으면서 나도 언젠가는 글쓰기를 제대로 배워 좋아하는 것들을 글로 쓰고 싶다는 꿈을 꾸기 시작했다.

고향 켄터키를 떠나기 전까지 지겹도록 동네 골목을 누비고 수

풀이 우거진 들판을 뛰어다녔지만, 내 인생에 단연코 가장 큰 영향을 미친 것은 이제 사라지고 없는 그 낡은 도서관이었다. 오늘날의 나를 만든 것은, 또 세상과 사랑에 대해 알고 있는 모든 것은, 책꽂이에서 우연히 뽑아 든 책 한 권에서 잔디에 누운 나체의 여인을 만났던 그 가을 오후에서 비롯됐다.

이후 수년간 세상의 수많은 책들로 나를 채우는 길고 긴 여행을 했다. 그리고 대학에 진학하고 필요한 학위를 모두 취득하는 과정에서 독서는 개인적 열정을 넘어 직업이 되었다. 모든 직종이 세분화, 전문화되듯 나도 나만의 전문 분야를 정하게 됐다.

대학원 시절에는 아방가르드 소설에 강한 매력을 느꼈고 훗날 대학에서 강의하면서는 이 계열 소설들을 집중적으로 연구하기 시작했다. 메타픽션 혹은 포스트모더니즘 소설이라고도 부르는 이 계열은 실험적이고 새롭고 흥미롭다. 무엇보다 아직 이 분야를 잘 모르는 학생들에게 그 난해한 아름다움과 진가를 알려줄 나 같은 사람이 필요하다고 생각했다.

강의를 시작하고 처음 10년 동안, 나는 그 어려운 소설들을 문학적 성취의 절대적 기준으로 내세웠다. 그리고 옛 기법으로 이야기를 전개하고 캐릭터를 설정하는 뭇 소설보다 아방가르드 소설이 모든 면에서 우월하다고 가르쳤다.

그러던 어느 날 오후, 다음 학기 강의를 계획하려고 대학 도서관에서 참고도서를 둘러보고 있을 때였다. 우연히 베스트셀러를 연도별로 정리한 책이 눈에 들어왔다. 책장을 넘기자 오래 전 읽었던 낯익은 소설 제목들이 보였다. 향수에 젖어 책에 점점 빠져들었다. 이미 읽은 책도 많았지만, 늘 읽고 싶었는데 연구 때문에 다음을 기약했던 책이 더 많았다.

어쩌면 내 전공에서 벗어날 때가 왔던 것인지도 모른다. 그러면 안 될 이유도 없었다. 나는 다음 강의주제를 대중소설로 정하고 연대별 베스트셀러 10권을 선정했다. 그냥 베스트셀러가 아니라 초대박 베스트셀러들이었다.

즉흥적으로 계획하고 시작한 강의였지만 돌이켜보면 그 선택은 내 지적, 예술적 삶의 방향을 바꾼 분수령이 되었다. 그리고 고백하건대, 대중소설 강의를 시작한 후 내 삶은 훨씬 더 흥미로워졌다.

첫 소설은 《바람과 함께 사라지다》였다. 영화만 봤던 터라, 소설 속 거부할 수 없는 매력의 스칼렛 오하라와 그녀가 줄 감동을 전혀 예상치 못하고 있었기에 나는 책에 더 깊게 빨려들어갔다. 스칼렛은 이루 말할 수 없이 어리석지만 대단히 매혹적인 여자였다. 스칼렛의 이야기는 처음 책을 읽기 시작했을 때 이후로 경험해보지 못한 방식으로 내 감정을 흔들었다. 이 소설 속에는 분석할 것도, 이해할 것도, 주의를 분산시키는 것도 없었다. 그저 생동감 넘치는 매력적인 인물들만 있을 뿐이었다.

둘째 주에는 《지상에서 영원으로》를 다뤘다. 전 주와 똑같이 나는 폭풍 같은 감정에 휘말렸다. 소설 속 세상과 원초적인 힘은 학술 연구에 몰두하는 지난 몇 년 동안 존재조차 잊고 있었던 감정의 세계로 나를 다시 데려다주었다. 나는 디킨스와 하디, 오스틴을 처음 만났던 시절의 아이로 돌아가 책에 빠져들었다. 생동감 넘치는 캐릭터들이 책장에서 튀어나와 내 안으로 들어왔고 주변의 실제 사람들처럼 생활하고 고통스러워했다.

강의를 준비하느라 책을 읽으면서 나는 켄터키 작은 동네의 삐걱거리는 낡은 도서관에서 경험한 흥분이 되살아나는 것을 느꼈다. 책장을 더 빨리 넘기지 못해 조바심을 내고, 내가 사는 곳보다 더 진짜같이 느껴지는 세상 속으로 빨려들어가던 그때 내 열정의 원천으로 되돌아온 것 같았다.

20년 전 그날부터 나는 무엇이 책을 '성공적'으로 만드는지 연구하기 시작했다. 책의 어떤 요소가 우리를 사로잡고, 책과 열정적인 사랑에 빠지게 만드는 것일까?

수많은 독자들이 교육수준과 무관하게 같은 책을 구입하고 즐긴다면 그 책에 무언가 큰 지혜가 담겨 있는 게 분명했다. 그토록 많은 독자를 사로잡은 책의 비밀은 무엇일까? 문득 베스트셀러를 낱낱이 분해해 역분석한다면 무엇을 알게 될지 궁금해졌다. 이 시대 최고의 베스트셀러 안에 숨어 있는 공통적인 특징을 발견할 수 있진 않을까? 도저히 뿌리칠 수 없는 책의 비밀을 찾아낼 수 있지 않을까?

출판계를 강타한 초대형 베스트셀러 12권

'베스트셀러'라는 단어는 필요하기에 만들어졌고 널리 사용됐다.
가장 훌륭한 책은 아니지만 사람들이 가장 좋아하는 책을 지칭할 단어가 필요했던 것이다.
-프레데릭 멜처(Frederic Melcher, 1946)

본격적인 시작에 앞서 필히 짚고 넘어갈 부분이 있는데, 내가 선정한 12권의 소설이 흔히들 생각하는 베스트셀러를 훨씬 뛰어넘는 초대형 베스트셀러라는 사실이다. 일주일에서 이주일 정도 〈뉴욕타임스〉 베스트셀러 순위를 살펴보면 양장본 소설의 경우 판매부수가 5만 부에서 10만 부 정도라는 것을 알 수 있다. 순위권에 함께 든 다른 소설의 판매에 따라 조금 더 팔릴 수도, 덜 팔릴 수도 있을 것이다. 출판계에서 그 정도면 아주 좋은 성적이라 할 수 있다. 하지만 이는 앞으로 살펴볼 베스트셀러의 판매량에 비하면 한참 떨어지는 수준이다.

베스트셀러 순위에 진입하는 데는 총 판매부수보다 판매속도가 중요하다는 독특한 특징이 있다. 예를 들어 A라는 책이 출간 2주 만에 1만 부 혹은 1만 5,000부가 판매됐다면 그 책은 거의 모든 베스트셀러 목록에 이름이 오를 것이다. 몇 주 뒤 판매량이 0으로 떨어진다고 해도 A는 베스트셀러다. 한편, 연간 판매량으로 따져볼 때 A보다 훨씬 많이 팔린 B라는 책이 있다고 하자. B는 느리지만 꾸준히 판매되고 있다. 하지만 A처럼 단기간의 독보적인 반짝 인기가 없다면 B는 베스트셀러 목록에 오르지 못할 수도 있다.

이 책에서 살펴볼 12권의 베스트셀러들은 전대미문의 초대형 히트작이다. 모두 수백만 부 이상 판매되었고 일부는 출간 50년이 지난 지금도 여전히 베스트셀러 순위에 이름을 올리고 있다. 마크 트웨인의 비유를 빌려 말하자면 내가 뽑은 블록버스터급 베스트셀러는 번개요, 일반 베스트셀러는 반딧불이다.

초대형 베스트셀러에 나타나는 공통적 특징을 보면 모체가 하나인 것처럼 느껴진다. 같은 책을 세대가 바뀔 때마다 계속해서 고쳐 쓴 것 같다고 할 수 있을 정도다. 정말 그렇다. 내가 뽑은 소설 12권도 그 배경과 캐릭터, 줄거리는 크게 다르지만 책이 쓰인 시대와 당시 출판계의 동향과는 상관없이 놀라울 정도로 비슷한 기법과 주제로 수많은 독자들에게 커다란 즐거움을 선사했다.

그러나 대박 판매를 기록한 스토리라는 것이 베스트셀러들의 공통적 특징을 단순히 조합한다고 만들어지는 것은 아니다. 그게 그렇게 간단한 문제였다면, 이 책은 몇 단락 만에 끝이 났을 것이고 내 수업도 개강 날 종강할 수 있었을 것이다. 중요한 것은 그 요소들을 어떻게 배합하느냐다. 그 요소들을 어떤 방식으로 섞을 것인가, 요소들 간에 상호작용이 어떻게 일어나게 할 것인가에 따라 초대형 베스트셀러의 탄생이 좌우된다.

이 책에서 우리는 베스트셀러의 특징을 자세히 분석하고 실제

이야기에 그 특징이 어떻게 반영되었는지 살펴봄으로써 초대형 베스트셀러가 오랜 기간 수백만 독자들에게 사랑받는 이유를 알아볼 것이다.

이야기를 더 진전시키기 전에, 우선 내가 뽑은 베스트셀러 리스트를 소개한다. 이해를 돕기 위해 간단한 줄거리와 이제까지의 판매부수도 함께 제시했다.

1. 《바람과 함께 사라지다GONE WITH THE WIND》
마거릿 미첼(Margaret Mitchell), 1936

스칼렛 오하라는 유약한 남자 애슐리 윌크스를 짝사랑하지만, 애슐리는 스칼렛을 택하는 대신 가문의 전통을 따라 사촌 멜라니와 결혼한다. 그래도 스칼렛은 쉽게 미련을 버리지 못하고 애슐리를 쟁취하기 위해 끊임없이 계획을 세운다. 그러던 중 남북전쟁이 발발하고 포성이 점점 가까워오자 스칼렛은 타라 농장을 지키기 위해서라면 수단과 방법을 가리지 않겠다고 결심한다. 농장을 지키고자 스칼렛은 내키지 않는 남자들과 두 번이나 결혼하지만 사랑 없는 결혼은 모두 불행하게 끝이 나고, 마침내 운명적 사랑인 까칠한 남자 레트 버틀러를 만난다.

1936년에 출간된 《바람과 함께 사라지다》는 미국 최고의 베스트셀러다. 출간 6개월 만인 1936년 12월에 이미 100만 부가 판매되고, 1941년 가을까지 286만 8,200부가 팔려나갔다. 1946년 미국 내 371만 3,272부를 돌파했고 해외에서도 125만 부가 판매된 것으로 추정됐다. 1956년 전 세계 판매량 800만 부, 1962년 1,000만 부, 1965년 1,200만 부, 1983년에는 1,600만 부를 연달아 기록하며 식지 않는 인기를 보여줬다. 1980년대에도 세계적으로 연간 10만 부의 양장본이 판매됐고, 미국에서는 매해 보급판 25만 부가 팔려나갔다. 1990년대까지 누적 판매량은 약 3,000만 부로 추정된다.

2. 《인디언 여름PEYTON PLACE》
그레이스 메탈리어스(Grace Metalious), 1956

앨리슨 맥킨지는 내성적이고 감성이 풍부한 소녀다. 사생아로 태어난 앨리슨은 사사건건 과잉보호하려는 엄마 콘스탄스와 뉴잉글랜드에 위치한 답답한 고향 페이튼 플레이스를 벗어나려 안간힘을 쓴다. 마침내 모든 것에서 벗어나 도시에서 작가로 성공을 거둘 즈음, 앨리슨은 오랜 친구 셀레나 크로스의 재판에 참석하기 위해 고향으로 돌아온다. 다시 찾은 고향에서 마침내 앨리슨은 잔인함과 사랑이 복잡하게 얽혀 있는 페이튼 플레이스와 화해한다.

그레이스 메탈리어스의 처녀작이자 상업적으로 가장 큰 성공을 거둔 소설이다. 앨리스 페인 해켓(Alice Payne Hackett)의 《베스트셀러 80년(80 Years of Best Seller 1895~1975)》에 따르면 《인디언 여름》은 양장본, 보급판을 합해 총 1,067만 302부가 팔렸다.

3. 《앵무새 죽이기 TO KILL A MOCKINGBIRD》

하퍼 리(Harper Lee), 1960

앨라배마 주의 작고 평온한 마을에 사는 스카웃 핀치는 이제 막 초등학교에 입학한 소녀다. 스카웃이 학교에 들어가고 얼마 지나지 않아 스카웃의 아빠인 변호사 애티커스는 마을의 백인 여성을 성폭행한 혐의로 체포된 흑인 톰 로빈슨의 변호를 맡게 된다. 재판으로 마을 여론이 들끓는 가운데, 스카웃과 오빠 젬은 인종차별과 사회적 편견에 맞서 싸운다.

1960년에 출간된《앵무새 죽이기》는 88주간이나 베스트셀러 순위권에 머물렀다(1961년 연말결산 베스트셀러 순위에서도 3위 기록). 보급판은 135판 인쇄되었고, 총 1,400만 부 이상의 판매고를 기록했다.

4. 《인형의 계곡 VALLEY OF THE DOLLS》

재클린 수잔(Jacqueline Susann), 1966

제2차 세계대전이 끝난 직후, 시골 출신이지만 자신감 넘치는 앤은 뉴욕으로 건너와 연예기획사에 취직한다. 곧 닐리 오하라와 제니퍼 노스라는 룸메이트도 생기고 라이언 버크라는 근사한 남자에게 구애도 받으며 화려한 도시생활을 즐기지만 아름답고 능력 있는 친구들이 몰락하면서 앤 웰스 또한 마약에 중독되고 비참한 최후를 맞는다.

1966년을 강타한 최고의 베스트셀러로 세계적으로 약 3,000만

부가 판매되었다. 《앵무새 죽이기》, 《바람과 함께 사라지다》와 어깨를 나란히 하는 초대형 히트작이다.

5. 《대부THE GODFATHER》
마리오 푸조(Mario Puzo), 1969

코를레오네 패밀리의 수장 돈 비토 코를레오네가 총에 맞아 쓰러지자 평생을 바쳐 일구어온 조직이 해체될 위기에 처한다. 돈 코를레오네가 가장 사랑한 아들 마이클은 마피아라는 가업을 이어받기 싫어 제2차 세계대전에 참전하는 등 평범한 미국인으로 살고자 한다. 그랬던 모범생 마이클이 아버지 대신 위기에 처한 조직을 이끌기로 결심한다. 타고난 지도자인 마이클은 조직의 생리와 정치, 마피아 조직의 비밀스런 의식을 빠르게 배워나가는 한편 신속하고 잔인무도한 방법으로 가문의 영향력과 위엄을 다시 쌓아나간다.

1969년에 출간되어 1970년까지, 소설 《대부》는 양장본 100만 부, 보급판 800만 부가 팔렸다. 1975년까지 양장본과 보급판 합쳐 총 1,200만 부가 판매된 것으로 집계되었다.

6. 《엑소시스트EXORCIST》
윌리엄 피터 블래티(William Peter Blatty), 1971

유명 여배우 크리스 맥닐은 12세 딸 레건과 함께 워싱턴에 살며 영화를 촬영 중이다. 어릴 때 레건은 호기심 많고 활발한 꼬마였지만 어딘지 모르게 이상하고 우울한 아이로 자란다. 크리스는 딸의 병명을 알아내기 위해 수많은 병원을 전전하지만 증세는 점점 악화된다. 크리스는 지푸라기라도 잡는 심정으로 젊은 신부 카라스에게 도움의 손길을 청하고 신부는 곧 레건에게 악령이 씌었다는 것을 알아낸다. 레건의 몸 속에 들어와 있는 악령을 내쫓기 위해 카라스 신부와 악령과의 처절한 사투가 시작되고 이 과정에서 많은 목숨이 희생되지만 결국 승리는 맥닐 가족에게 돌아간다.

출간 후 4년 동안 양장본 1,170만 2,097부와 보급판 1,100만 부가 팔렸다.

7. 《죠스 JAWS》

피터 벤츨리(Peter Benchley), 1974

작은 해안 마을 아미티는 이제 곧 도시에서 몰려올 행락객을 맞을 준비에 한창이다. 그러던 어느 날, 한밤중 수영을 즐기던 젊은 여자가 상어의 습격에 목숨을 잃는 사고가 발생한다. 경찰서장 마틴 브로디는 휴가철 대목을 앞두고 해안을 폐쇄해야 할지 말지 결정해야 한다. 마을 대표들의 압력에 결국 브로디는 해수욕장을 개장하기로 결정하지만 결과는 참혹했다. 여섯 살짜리 동네 남자아이가 상어의 다음 제물로 희생된 것이다. 예전의 평화로운 마을을 되찾기 위해 브로디는 바다에 익숙한 상어 사냥꾼 퀸트, 상어 박사 매트 후퍼와 팀을 꾸린다. 세 남자는 퀸트의 배를 타고 바다로 나가 상어 사냥을 시작한다.

이 소설은 44주간이나 양장본 베스트셀러 차트에 머무르며 1974년의 최장수 픽션 베스트셀러에 올랐다. 출간해인 1974년에만 100만 부가 넘게 판매되었으며 1975년까지 밴텀출판사에서 발행한 보급판은 총 927만 5,000부가 팔렸다.

8. 《죽음의 지대DEAD ZONE》
스티븐 킹(Stephen King), 1979

평범한 고등학교 교사 조니 스미스는 동료 교사 사라 블랙웰과 연애 중이다. 조니는 어느 날 갑작스런 교통사고로 머리에 큰 부상을 입고 혼수상태에 빠진다. 4년 만에 깨어난 조니는 다른 사람의 미래를 볼 수 있는 초능력이 생겼다는 것을 알게 되고 이 새로운 능력을 범죄사건 해결이나 다른 사람을 돕는 등 좋은 일에 쓰고 싶어한다. 그러던 중 정치인 그렉 스틸슨을 보게 되는데, 스틸슨이 나라를 파국으로 몰고 가는 환영을 본 조니는 목숨을 잃는 한이 있어도 스틸슨을 막아야겠다고 결심한다.

연말결산 베스트셀러 순위 10위권에 처음으로 진입한 스티븐 킹의 소설이다. 이전에 발표했던 《캐리(Carrie)》와 《살렘스 롯(Salem's Lot)》은 어느 정도 판매고를 올리기는 했지만 큰 주목은 받지 못했다. 하지만 1976년 《캐리》가 영화화되면서 작가로서 입지를 확고히 다진 스티븐 킹은 지난 20년간 명실상부한 미국 최고의 베스트셀러 작가로 큰 상업적 성공을 거둔다. 스티븐 킹의 소설은 1980년대와 1990년대의 연말결산 베스트셀러 차트에 거의 빠짐없이 등장했으며 1위를 차지한 적도 많았다.

9. 《붉은 10월호THE HUNT FOR RED OCTOBER》
톰 클랜시(Tom Clancy), 1984

냉전시대, 소련의 최신 핵잠수함 함장 마르코 라미우스는 미국으로 망명을 결심한다. CIA 소속 분석가이자 해군 역사학자 잭 라이언을 영입한 미국은 그런 마르코의 의중을 알 리 없고 소련의 핵잠수함이 갑자기 항로에서 사라지자 바짝 긴장한다. 라이언은 소련이 최신 소음제거장치를 개발했다는 것을 알게 되고 양국 간의 긴장이 점점 고조되는 가운데, 자칫 잘못하면 제3차 세계대전으로 이어질 긴박한 상황이 펼쳐진다.

1987년 〈워싱턴포스트〉의 '북 월드'에 실린 기사에 따르면 톰 클랜시의 데뷔작인 이 소설은 양장본만 36만 5,000부가 판매되었다. 보급판과 양장본을 합쳐 총 500만~600만 부가 판매되었으며 일본에서도 100만 부의 판매고를 올렸다.

10. 《그래서 그들은 바다로 갔다THE FIRM》

존 그리샴(John Grisham), 1991

하버드 법대를 우수한 성적으로 졸업한 미첼 맥디르는 테네시 주 멤피스의 세금 관련 법률회사 벤디니, 램버트&로크에 입사한다. 최고의 연봉과 새 집, 번쩍번쩍한 새 자동차 등 회사가 제시한 파격적인 대우에 맥디르와 그의 아내 애비는 짜릿하기만 한데, 얼마 지나지 않아 회사가 시카고 범죄조직 계열의 법률회사라는 것과 그 사실을 숨기기 위해서라면 살인도 불사하는 위험한 조직이라는 것을 알게 된다. FBI의 로펌 수사를 돕게 된 맥디르와 그의 주위 사람들은 생명의 위협을 받게 되는데, 맥디르는 FBI를 만족시키는 동시에 가족을 위험에서 구해내기 위한 위험천만한 계획을 세운다.

〈뉴욕타임스〉 베스트셀러 목록에 47주나 오르는 기염을 토한 소설이다. 그의 다음 소설 《의뢰인(The Client)》과 《가스실(The Chamber)》은 각각 해외에서도 100만 부, 250만 부가 판매되었다.

11. 《매디슨 카운티의 다리THE BRIDGES OF MADISON COUNTY》

로버트 제임스 월러(Robert James Waller), 1992

1965년 로버트 킨케이드는 〈내셔널 지오그래픽〉에 실을 다리 사진을 찍기 위해 아이오와 주의 매디슨 카운티에 도착한다. 곧 그는 프란체스카 존슨이라는 여인을 만나게 되는데, 여인의 남편 리

처드와 두 아이는 일주일간 일리노이 주 박람회에 다니러 간 참이
다. 타고난 여행자와 외로운 여인은 짧고 강렬한 사랑에 빠져든
다. 격정적으로 사랑을 나누며 며칠을 보낸 둘은 프란체스카의 남
편과 아이들이 돌아오기 전, 둘의 앞날에 대한 선택의 기로에 서게
되고 헤어져야 한다는 생각에 깊은 슬픔에 빠진다.

출간 후 몇 달 동안은 별다른 반응 없이 조용하다가, 잡지 〈코
스모폴리탄〉에 소개된 것을 계기로 많은 여성 독자들이 읽기 시작
했고 판매에 가속이 붙었다. 서점가에 입소문이 나면서 책은 더 많
이 팔려나갔고 1993년 최고의 베스트셀러에 등극했다. 인기는 꽤
꾸준히 지속되어 1994년에도 베스트셀러 9위 자리를 차지했다. 세
계적으로 약 5,000만 부가 판매되었다.

12. 《다빈치 코드THE DAVINCI CODE》
댄 브라운(Dan Brown), 2003

하버드 대학의 기호학자 로버트 랭던은 파리의 루브르 박물관
수석 큐레이터인 자크 소니에르가 살해된 현장에 긴급호출을 받고
달려간다. 사건 현장에 프랑스 경찰이자 암호학자인 소피 느뵈가
갑자기 나타나 경찰이 랭던을 용의자로 지목하고 있다고 말하며
그를 데리고 급히 자리를 빠져나간다. 소니에르의 살인사건을 해
결하고 자신의 무죄를 입증하기 위해, 랭던은 시온수도회와 성배,
복잡한 암호, 예수 그리스도에 관련된 해묵은 음모를 파헤친다.

《다빈치 코드》는 세계적으로 8,100만 부가 판매된 역대 최고의 베스트셀러다.

이상의 12권을 선정하기 위해 나는 20세기 최고의 베스트셀러에 관한 권위자 앨리스 페인 해킷과 먼저 의견을 나누었다. 해킷이 선정한 베스트셀러 리스트에는 30년 전 내가 도서관에서 처음 만났고 훗날 대중소설 강의를 시작하도록 만들어준 책들이 포함되어 있다. 그녀의 저서《베스트셀러 80년》은 다소 무미건조하긴 하지만 대중소설에 관심 있는 사람이라면 꼭 읽어봐야 할 필독서다. 미국세청 감사관의 도움 아래, 해킷은 고용주이자 출판전문지〈퍼블리셔스위클리(Publishers Weekly)〉가 수집한 판매기록을 수년간 분석하며 지난 80년간 가장 큰 상업적 성공을 거둔 소설을 선정했다.

해킷이 선정한 베스트셀러 순위는 판매량에 관한 한 매우 훌륭한 자료가 틀림없지만, 소설에 대한 설명은 출판계 기사를 단순 인용하고 거기에 줄거리를 지루하게 곁들인 정도다. 보다 흥미진진하게 베스트셀러를 설명한 책으로 마이클 코다(Michael Korda)의《리스트 만들기: 미국 베스트셀러의 역사 1900~1999(Making the List: A Cultural History of the American Bestseller 1900~1999)》를 들 수 있다. 코다는 1895년부터 이달의 베스트셀러를 선정한 정기간행물〈더 북맨(The Bookman)〉과〈퍼블리셔스위클리〉를 참고해 베스트셀러 리스트를 작성했다(참고로〈뉴욕타임스〉는 1942년부터 베스트셀러 순위를 발표하기 시작했다).

코다의 책은 얇은 데다 픽션, 논픽션 베스트셀러 순위가 대부분 페이지를 메우고 있지만 재미있는 일화를 덧붙여 흥미롭게 풀어쓴 해설은 훌륭한 편이다. 일례로 마크 트웨인의 책이 베스트셀러 순위에 오른 적이 없다는 사실을 알고 있는가? 그는 초기 북클럽(회원들에게 책을 싸게 파는 조직)을 통하거나 직접 발로 뛰며 책을 방문판매하면 더 많은 이문을 남길 수 있다는 것을 알았다. 똑똑. 누구세요? 마크 트웨인입니다. 신간 《허클베리 핀의 모험》이 나왔어요. 이렇게 직접 책을 팔았다는 것이다.

코다는 베스트셀러의 비밀을 파헤치려는 의도 없이 단순히 역대 베스트셀러를 정리했을 뿐이지만, 그 과정에서 베스트셀러의 윤곽이 뚜렷하게 드러났다. 특히 이 책에는 시대별 출판 동향, 전쟁이나 경제불황, 1960년대를 풍미한 히피 문화 등 각 시대의 주요 사건이 출판계에 미친 영향이 잘 정리되어 있다. 시대별 유행과 책 판매 사이의 상관관계가 파악하기 힘든 주제임에도 불구하고, 코다는 유행 문화에 따라 책의 상업적 성패가 결정되기도 한다는 것을 잘 보여줬다.

이 책에서 살펴볼 베스트셀러 목록의 뼈대를 구성하면서 나는 가장 먼저 해킷의 통합 차트(양장본과 보급판 판매를 합친 차트)를 참고했다.

아래는 해킷이 선정한 1895년부터 1975년 사이의 베스트셀러 소설이다(이 책의 도서목록에도 뽑힌 소설은 굵은 글씨체로 표시했다).

1. 대부, 1969, 마리오 푸조 저, 12,140,000부 판매

2. 엑소시스트, 1971, 윌리엄 피터 블래티 저, 11,700,000부 판매

3. 앵무새 죽이기, 1960, 하퍼 리 저, 11,120,000부 판매

4. 인디언 여름, 1956, 그레이스 메탈리어스 저, 10,670,000부 판매

5. 러브 스토리, 1970, 에릭 시걸 저, 9,905,000부 판매

6. 인형의 계곡, 1966, 재클린 수잔 저, 9,500,000부 판매

7. 죠스, 1974, 피터 벤츨리 저, 9,475,000부 판매

8. 갈매기의 꿈, 리처드 바크 저, 9,055,000부 판매

9. 바람과 함께 사라지다, 1936, 마거릿 미첼 저, 8,630,000부 판매

10. 신의 작은 땅, 1933, 어스킨 콜드웰 저, 8,260,000부 판매

흥미로운 사실은 1900년, 1910년, 1940년대 소설은 하나도 순위권에 진입하지 못한 반면 1960년대, 1970년대 소설은 대거 진입했다는 것이다. 이에 대해 더 자세히 알고 싶다면 코다의 《리스트 만들기》를 참고하라. 베스트셀러의 판매부수에 영향을 미친 역사적, 경제적, 문화적 요소를 파악하는 데 도움이 될 것이다.

이 책의 집필 목적에 부합하도록 나는 해켓의 리스트에서 뺄 건 빼고 더할 건 더해 나만의 리스트를 만들었다. 우선 나는 지나치게 감상적인 《러브 스토리》와 《갈매기의 꿈》을 빼고 좀 더 최근작인 《매디슨 카운티의 다리》를 집어넣었다(솔직히 이 책도 신파이긴 마찬가지다). 또 작은 마을에서 일어나는 근친상간 이야기 《신의 작은 땅》

도 제외했다. 《인디언 여름》과 《앵무새 죽이기》도 비슷한 주제를 다루고 있기 때문이다.

　총 12권을 맞추기 위해 현대 독자라면 누구나 인정하는 최고의 작가들 존 그리샴, 스티븐 킹, 댄 브라운, 톰 클랜시의 소설 4권을 더했다.

오랜 세월이 흘러도 살아남는 책

　내 베스트셀러 목록에 오른 책들은 지금까지도 절판되지 않고 계속 판매되고 있지만 과거 베스트셀러들의 절대 다수는 이미 절판된 것이 현실이다. 어제의 히트작들은 이제 희귀본을 취급하는 서점에서나 만날 수 있다. 워윅 디핑(Warwick Deeping), 러셀 재니(Russell Janney), 에셀 밴스(Ethel Vance), 메이 싱클레어(May Sinclair), 해리 벨라만(Harry Bellamann)—그의 소설 《킹스 로우(King's Row)》는 로널드 레이건이 출연한 영화 〈폭풍의 청춘(1942)〉으로 제작되었다—의 소설은 과거 베스트셀러 상위권에 랭크되었고 작가들 또한 소설의 성공에 힘입어 문학적 명성을 얻었지만, 오늘날 그들을 기억하는 사람은 거의 없다. 그렇다면 여기서 이런 질문을 던지지 않을 수 없다. 오늘날 큰 사랑을 받고 있는 베스트셀러 중에서 지금으로부터 50년 뒤, 나아가 그 이후에도 여전히 우리 곁에 남아 있을 책은 무엇일까? 살아남는 책은 어떻게, 또 왜 그럴 수 있는 것일까?

일례로 캐롤라인 밀러(Caroline Miller)의 소설《품 안의 양(Lamb In His Bosom)》을 보자. 비록 많은 사람이 찾아 읽지는 않지만 여전히 판매 중인 이 소설은 남북전쟁이 일어나기 전 조지아 주를 배경으로 하고 있다. 캐롤라인 밀러는 1934년에 출간한 이 소설로 퓰리처상을 받았다.《품 안의 양》은 미국 베스트셀러 역사에서 크게 두각을 나타낸 작품은 아니었고 앞으로도 그럴 것이다.

하지만 캐롤라인 밀러의 소설이 상업성이 있다는 것을 확인한 맥밀란 출판사의 편집자 해롤드(Harold S. Latham)는 또 다른 '남부를 배경으로 한 원고'를 찾아 조지아 주를 방문하고, 거기서 마거릿 미첼을 만난다.《품 안의 양》이 없었다면 과연《바람과 함께 사라지다》가 출간될 수 있었을까? 또 그런 대대적 홍보가 가능했을까? 귀를 솔깃하게 만들지만 확실히 대답할 길은 없는 질문이다. 하지만 레트 버틀러와 스칼렛 오하라, 애슐리 윌크스의 이름을 우리에게 알리고 그들을 사랑하게 만드는 데 마거릿 미첼만큼 캐롤라인 밀러도 한몫했다고는 말할 수 있다. 충분히 가능한 일이다.

처녀작과 첫 흥행작

중견작가가 쓴 베스트셀러보다 신인작가의 성공적인 처녀작이 대중의 취향에 더 잘 맞을 수 있다. 중견작가가 쓴 베스트셀러의 성공에는 작가의 지명도가 영향을 미치기 때문이다. 흥행보증수표인 다니엘 스틸(Danielle Steel)이나 존 그리샴, 스티븐 킹의 10번째, 12

번째 작품은 출간 즉시 베스트셀러 순위에 오른다. 이는 대중의 취향에 맞아서가 아니라 대중의 습관일 확률이 더 높다. 따라서 중견 작가가 쓴 베스트셀러는 대중에게 사랑받는 책들에 반복적으로 나타나는 특징을 설명하기에 아주 적합하지는 않다.

대중문화를 공부하는 사람이라면 여러 어려움을 뚫고 상업적 성공을 거둔 작가의 처녀작을 특히 주목할 필요가 있다. 신인작가의 성공적인 처녀작의 경우, 독자와 출판사는 작품 자체의 매력만을 본다. 잘 팔리는 소수의 처녀작과 이름을 남기지 못하고 사라지는 수많은 처녀작을 구분 짓는 특징이야말로 내가 이 연구를 통해 밝히고자 하는 목표다.

처녀작 다음으로 유용한 책은 첫 흥행작, 즉 작가로서 입지를 공고히 한 작가의 작품 중 처음으로 베스트셀러 차트에 진입하는 책이다.

예전에는 출판사들이 인내심을 가지고 수익이 나지 않는 갓 데뷔한 신인작가들을 재정적으로 지원하며 키워주는 일이 흔했다. 작가가 대여섯 권 혹은 그 이상 책을 펴낼 때까지 수익을 내지 못해도 편집자나 출판사가 계속 기다려주는 경우가 적지 않았는데, 이는 편집자가 작가의 작품성을 전제로 언젠가는 크게 성공할 것이라고 굳게 믿었기 때문이다. 하지만 이런 너그러운 시스템을 인색한 기업모델이 점차 대체하고, 수차례 경제위기와 출판계 지각변동을 겪으면서, '첫 흥행작'을 끈기 있게 기다려주던 출판사의 인내심은 찾아볼 수 없게 되었다. 요즘은 작가로 데뷔하고 첫 번째 혹은 두 번째 시도에 성공하지 못하면 거기에서 작가 생명이 끝나기 쉽다.

우리가 살펴볼 12권의 베스트셀러 중 7권은 작가의 처녀작이다. 《앵무새 죽이기》, 《인디언 여름》, 《인형의 계곡》, 《바람과 함께 사라지다》, 《죠스》, 《매디슨 카운티의 다리》, 《붉은 10월호》, 이 모두가 데뷔작이었다. 놀랍지 않은가! 나머지는 작가 이력의 초반에 터진 '첫 흥행작'이었다. 《그래서 그들은 바다로 갔다》는 그리샴의 두 번째 소설이었고, 《대부》는 푸조의 세 번째 소설, 《다빈치 코드》는 댄 브라운의 세 번째 소설이었다. 윌리엄 피터 블래티는 《엑소시스트》를 내기 전에 네 권의 코믹소설을, 스티븐 킹은 《죽음의 지대》가 연말결산 베스트셀러 차트에서 6위를 차지하기 전 8권의 책을 출간했다.

12권의 베스트셀러 중 《죽음의 지대》는 나머지 11권과 좀 다르다. 《죽음의 지대》는 양장본이 17만 5,000부 판매되었는데 이는 《대부》나 《바람과 함께 사라지다》 및 다른 책들에 비해 크게 못 미치는 수준이다. 그럼에도 불구하고 《죽음의 지대》를 굳이 리스트에 추가한 이유가 있다. 베스트셀러를 10권 넘게 써낸 이 시대 최고의 작가 작품들 중에, 연말결산 양장본 베스트셀러 차트에 처음으로 진입한 책이 바로 《죽음의 지대》다. 게다가 베스트셀러를 연구한다면서 어떻게 스티븐 킹을 빼먹을 수 있겠는가?

여성 작가 vs. 남성 작가

베스트셀러를 선정하면서 내가 고려한 또 다른 요소는 성별이었다. 다양성은 까다로운 문제다. 문학평론가 레슬리 피들러(Leslie Fiedler)는 '문학과 돈(Literature and Lucre)'이라는 에세이에서 이렇게 말했다. "순수예술과 대중예술 간의 갈등은 남녀 간의 갈등으로 간주되었다. 너대니얼 호손(Nathaniel Hawthorne)은 데뷔 전, 이미 독자층을 선점하고 있는 작가들을 가리켜 '글 나부랭이나 끼적이는 여자들'이라고 강력히 비판했다."

책을 구입하는 독자의 75퍼센트 이상이 여성이기 때문에, 혹자는 베스트셀러 순위에서 여성 작가가 차지하는 비율이 남성 작가보다 높을 거라고 생각할지 모른다. 하지만 이는 사실이 아니다. 10년 간격으로 연말결산 베스트셀러 순위를 이용해 조사를 실시해본 결과, 사뭇 다른 결과를 확인할 수 있었다.

1900년, 10권 중 2권이 여성 작가 작품

1910년, 10권 중 5권이 여성 작가 작품

1920년, 10권 중 3권이 여성 작가 작품

1930년, 10권 중 4권이 여성 작가 작품

1940년, 10권 중 1권이 여성 작가 작품

1950년, 10권 중 3권이 여성 작가 작품

1960년, 10권 중 2권이 여성 작가 작품

1970년, 10권 중 2권이 여성 작가 작품

1980년, 10권 중 2권이 여성 작가 작품

1990년, 10권 중 5권이 여성 작가 작품

말하자면 20세기 연말결산 베스트셀러 순위에서 10위권에 진입한 여성 작가 작품은 평균 2권~3권이었다는 이야기다. 이는 절반에도 훨씬 못 미치는 수준일 뿐 아니라 너대니얼 호손이 남성우월주의적 시각으로 미뤄 짐작했던 것과는 완전히 다른 그림이다. 베스트셀러에 관한 흥미로운 사실을 모아놓은 존 베어(John Bear)의 책 《#1 뉴욕타임스 베스트셀러(The #1 New York Times Best Seller)》에 따르면 〈뉴욕타임스〉 베스트셀러 순위에서 1위를 차지하는 여성 작가의 비율은 점차 늘고 있는 추세다. 1940년대부터 1980년대까지 1위를 차지한 여성 작가의 비율은 20퍼센트를 맴돌았지만 1990년대 이르러서는 27.9퍼센트까지 상승했다.

오프라 윈프리, 광고 그리고 기타 고려사항

베스트셀러 순위에 대해 말하면서 마케팅과 오프라 윈프리(Oprah Winfrey)를 빼놓을 수는 없는 일이다. 많은 독자들이 책의 본질이 아니라 말만 번드르르한 광고 캠페인이나 TV 스타가 특정 인구의 구미에 맞춰 추천하는 책을 구입한다면, 베스트셀러 순위에서 문화적 결론을 도출한들 그게 얼마나 유효할까?

마케팅 담당자가 힘들게 고안해낸 마케팅 전략은 단 몇 번만 효과를 볼 수 있는 게 엄혹한 현실이다. 참신한 마케팅 전략이 나오면 곧 다른 경쟁사가 그 전략을 따라 하고 그러면 홍보효과가 급감하기 때문이다. 예를 들어보자. 과거에는 작가가 직접 나서서 자신의 작품을 홍보하는 경우가 거의 없었다. 하지만 마크 트웨인은 예외였다. 그는 자신의 트레이드 마크가 된 흰 양복과 콧수염, 입에 착 달라붙는 필명, 위트 넘치는 농담으로 무장하고 순회강연에 나서 작은 마을을 직접 찾아다니며 자신의 책을 팔았다. 근대에 들어와서는 재클린 수잔이 책 홍보의 신기원을 열었다. 그녀는 강렬하고 기하학적인 무늬의 원피스를 입고 조세핀이라는 이름의 푸들을 안은 채 화물자동차 휴게소까지 찾아다니며 평소에 편의점이나 슈퍼마켓 선반 위의 책들을 샀던 트럭 기사의 비위를 맞췄다. 트웨인과 수잔은 자가 홍보의 선구자였다. 현대 작가들에게는 이제 새로울 게 없는, 지칠 줄 모르고 때로 대담하기까지 한 자가 홍보 방식이다.

하지만 지난 수십 년 동안 책 홍보를 위한 투어는 너무나 흔해빠진 홍보 전략으로 전락했다. 매일 저녁 미국 전역의 서점에서는 자신을 찾아줄 독자를 기다리며 복도를 어슬렁거리는 저자들을 볼 수 있다. 살아 숨 쉬는 저자를 직접 만나는 데서 오는 신기함은 이미 사라진 지 오래다.

최신 광고 전략이 의도한 결과를 내는 데 실패하는 경우도 많다. 홍보 활동에 수십 만 달러를 투자한다고 해도 책의 성공을 보장할 수 없다. 전략은 먹힐 때도 있지만 그렇지 않을 때도 있다. 이제 출판사들은 대중이나 대부분의 작가들이 생각하는 것만큼 책의 운명을 좌지우지하지 못한다. 출판사들이 원하는 바는 아니겠지만 말이다.

요지는 출판업계에 예측불가능성이 난무하기 때문에 책을 베스트셀러로 만들기 위해 출판사가 어떤 홍보 전략을 활용했는지 그 정확한 방법과 내력을 알아도 별 소용이 없다는 것이다. 지난 몇 년간 출판사나 에이전트들이 "저 책이 대체 어떻게 베스트셀러 순위에 오른 거지?"라고 말하는 것을 자주 들었다.

"주간 베스트셀러 순위 중에서, 책을 출판한 출판사조차 그 성공을 이해하지 못하는 책이 절반이 넘습니다." 베스트셀러 작가이자 편집자인 마이클 코다는 이렇게 말한다. "그렇기 때문에 출판사들이 책을 연달아 성공시키기 힘들다고 느끼는 것이지요. 애당초 그 책이 어떻게 성공할 수 있었는지 이해하지 못하는 경우가 절반이 넘으니까요."

오프라 윈프리에 대해서는 먼저 그녀의 노력에 경의를 표하고 싶다. 1996년부터 〈오프라 윈프리 쇼〉의 북클럽은 책에 별다른 흥미가 없던 수많은 독자들을 서점으로 이끌었고, 무명의 작가들에게 그들이 받아 마땅한 부와 명예를 안겨 주었다. 북클럽이 아니었다면 그들 중 대부분은 시장에서 사장되었을 것이다.

하지만 〈오프라 윈프리 쇼〉의 북클럽이 오랜 기간 전 세계 출판계에 막강한 영향력을 행사하면서, 북클럽이 아니었다면 그렇게까지 히트하지 않았을 책들이 베스트셀러 순위에 많아지기 시작했다. 그에 따라 독자들이 책 리뷰나 서적상, 입소문 등 다양한 출처에서 정보를 얻어 선택할 수 있었던 책들이 기회를 잃고 베스트셀러 리스트에서 제외됐다.

어쨌든 나는 오프라가 선택한 책을 이 책의 베스트셀러 리스트에 집어넣을 필요를 느끼지 못했다. 오프라가 좌지우지하는 인구들이 전폭적으로 지지하는 책이 내 리스트에도 이미 최소 두 권이 들어 있기 때문이다. 바로 《앵무새 죽이기》와 《인디언 여름》이다.

내가 해킷의 베스트셀러 차트에 더한 다섯 명의 작가들은 1975년부터 1999년도에 활발하게 활동한 작가들로 주로 현대 소설의 성격이 짙은 작품을 썼다. 해킷의 차트를 이렇게 바꾼 이유는 베스트셀러에 관한 이번 연구를 현대 독자들과 보다 관련 있는 방향으로 진행하기 위해서였음을 밝힌다.

목차

거부할 수 없는 매력

> 세상에서 가장 어려운 일은 독자들이 책장을 급속히 넘길 수 있도록 이야기를 간단하면서도 매혹적으로 쓰는 것이다.
>
> _〈코스모폴리탄〉 전 편집장헬렌 걸리 브라운(Helen Gurley Brown)

손에서 내려놓을 수 없게 만드는 베스트셀러의 비결은 무엇일까?

영국 시인 콜리지(Samuel Taylor Coleridge)의 시 '늙은 수부의 노래'에서 수부는 결혼식장을 향해 급히 발걸음을 옮기고 있던 성미 급한 사내를 삐쩍 마른 손으로 붙들어 세운다. 그리고 눈을 번뜩이며 자신이 바다에서 겪은 잊지 못할 이야기로 그를 매혹시킨다. 콜리지의 이 시에는 베스트셀러 작가의 최대 미션을 빗댄 은유가 담겨 있다. 베스트셀러는 이야기가 끝날 때까지 독자를 꼭 붙들고 놓아주지 않아야 한다는 것이다.

대중에게 소설은 무조건 재미있어야 한다. 이 책에서 다루는 12권의 블록버스터 소설만큼 팔리려면 책장이 술술 넘어가는 책이어야 한다. 단숨에 읽어 내려가게 되는 책, 밤을 꼬박 새우며 읽게 되는 책, 독자를 열광시키고 매료시키는 책, 빠른 전개로 독자의 마음을 사로잡고 롤러코스터 같은 스릴을 선사하는 책, 그래서 도저히 내려놓을 수가 없는 책, 그런 책 말이다.

나와 같은 대학에 재직 중인 소설가 겸 역사학자 르스탠디포드 (Les Standiford)는 소설가가 꿈인 학생들에게 "재미없는 책을 읽는 곳은 대학밖에 없다"는 이야기를 즐겨 한다.

이번 장에서 나는 두 가지 내용을 중점적으로 다룰 것이다. 첫째는 제자들과 내가 '속도 기법'이라 명명한 것으로, 작가들이 초반에 독자의 눈길을 사로잡은 후 수백 페이지에 걸쳐 이야기를 빠르게 전개시키며 독자를 매료시키는 다양한 기법을 알아볼 것이다.

둘째로 12권의 베스트셀러가 수많은 독자들을 사로잡을 수 있었던 주요 특징에 내러티브 장치 이외의 어떤 것들이 있는지 살펴볼 것이다.

영화로 만들기 좋은 소설

할리우드 영화제작자들은 빠른 내용 전개를 위한 형식적 장치를 사용하며 스토리텔링을 과학으로 바꿔놓았다. 이들에게서 속도에 관해 두어 가지를 배울 수 있다.

내가 선정한 12권의 베스트셀러는 모두 영화화되었고 그들 중 일부는 원작 소설만큼의 흥행을 거뒀다. 하지만 소설을 원작으로 한 영화의 성공이 책의 상업적 성공을 견인한다는 생각은 추측일 뿐, 현실과는 괴리가 있다. 일례로 소설《죠스》는 영화화되기 전에 이미 100만 부 이상의 판매고를 올렸다.

역대 최고의 베스트셀러《인형의 계곡》과《다빈치 코드》의 경우, 영화 개봉 이전에 원작 소설이 엄청나게 팔려나갔기 때문에 원작을 읽지 않고 영화를 보러 간 관객은 거의 없을 정도였다. 다시 말해 관객들은 원작을 이미 알고 있었고 많이 좋아했기 때문에 영화를 보고 싶어했다.

그렇다고는 해도 영화의 성공이 원작 소설의 판매에 아무런 영향을 미치지 않는 것은 아니다. 영화는 동명 소설의 장기 판매에 상당한 영향을 미칠 수 있다. 현재의 티켓가격으로 흥행가치를 환산했을 때 역대 최고의 흥행작은 〈바람과 함께 사라지다〉다. 확실히 영화의 꺼지지 않는 인기는 원작 소설의 판매에 긍정적 영향을 미친다. 하지만 마거릿 미첼의 원작 소설《바람과 함께 사라지다》의 경우, 소설이 출간된 그해에만 이미 200만 부가 넘게 팔렸다는 데 주목할 필요가 있다. 이는 데이비드 셀즈닉(David O. Selznick)이 소설을 영화로 만들기 훨씬 전의 일이다. 소설을 영화화한 다른 많은 경우와 마찬가지로, 영화 〈바람과 함께 사라지다〉는 원작 소설의 롱런을 도왔다. 하지만 영화는 원작이 성공한 여러 이유 중 하나에 불과할 뿐이다.

원작과 영화의 성공 조합은 무궁무진하다. 원작은 베스트셀러에 등극했지만 영화 흥행에는 참패하는 경우가 있고(〈러블리 본즈〉),

소설로는 큰 재미를 보지 못했지만 영화로는 메가 히트를 기록하는 경우도 있다(〈포레스트 검프〉). 소설은 간신히 베스트셀러 반열에 올랐지만 영화는 전설 같은 흥행작이 되는 경우도 있다—래리 맥머트리(Larry McMurtry)의 소설들은 영화로 훨씬 큰 사랑을 받았다.

하지만 본질적으로 이런 생각들은 모두 핵심에서 벗어나 있다. 아니 적어도 내가 생각하는 핵심—인기 소설가들이 영화제작자들에게서 분명 많은 것을 배웠다는 것—에서는 벗어나 있다. 의도적이든 그렇지 않든, 소설가는 이야기를 더욱 '친영화적'으로 만들어왔고 할리우드 사람들은 그 책을 영화로 만들고 싶어한다. 결과적으로 영화제작자들은 베스트셀러 소설가의 테크닉을 차용함으로써 영화의 스토리텔링 기법을 발전시켰다. 스토리텔링을 중심으로 하는 두 가지 예술, 소설과 영화의 이런 교류는 지극히 당연한 것이며 서로에게 윈윈(Win-Win)이다.

스티븐 스필버그는 "나는 아이디어, 특히 한 손에 잡히는 아이디어를 좋아합니다. 아이디어가 25글자 이하로 요약된다면, 꽤 괜찮은 영화로 만들 수 있어요"라고 말했다.

소설의 복잡한 줄거리를 한 문장으로 압축해보는 것은, 소설가에게는 자신의 작품이 지닌 극적 설득력을 이해하는 좋은 연습이며, 출판업계와 영화계에게는 유용한 마케팅 도구다. 스토리를 재미있고 짧게 표현하는 데서 오는 상업적 이익은 한두 가지가 아니다. 소설을 간결하고 재미있게 요약할 수 있으면 입소문도 나기 쉽고 마케팅 활동의 성공 확률도 높다. 책 영업사원도 훨씬 수월하게 책을 판매할 수 있다. 소설의 핵심을 맛깔스럽게 요약할 수 없는, 애매하고 복잡한 이야기는 이 모든 것이 불가능하다.

예를 들어보자. 냉전시대, 미소 간 군사력 불균형을 야기할 수 있을 정도의 최첨단 기술을 탑재한 잠수함을 지휘하는 소련 함장이 미국 해군을 쥐락펴락하는 천재 CIA 분석가와 쫓고 쫓기는 게임을 펼친다. 자칫하면 제3차 세계대전이 발발할 수 있는 일촉즉발의 상황이 벌어진다.

작은 마을에서 일어난 인종차별 사건에 한 소녀가 휘말리며 평범한 유년기는 산산조각이 나고 가족들도 위협에 처한다.

다음은《오즈의 마법사》내용을 한 줄로 요약한 것인데 어떻게 들으면 맨슨 패밀리를 조직해 끔찍한 살인사건을 저질렀던 찰스 맨슨(Charles Manson) 이야기같이 들린다.

이상한 나라에 떨어진 소녀는 처음 만난 여자를 죽이고 다시 살인을 저지르기 위해 생면부지의 셋과 합심한다.

'극적 의문(Dramatic question)'으로도 잘 알려져 있는 문학의 '하이 콘셉트(창의성과 감성적 공감 능력으로 스토리를 만들어내고 서로 다른 아이디어를 결합해 새로운 것을 창조하는 것)'는 소설에 흐르고 있는 극적 에너지를 캐치프레이즈로 포착해내는 것이다.

각 장르마다 기준이 되는 의문이 있다. 추리소설은 "탐정이 과연 살인범을 잡을 수 있을 것인가?", 로맨스 소설은 "그녀는 백마 탄

왕자와 사랑에 빠질 수 있을 것인가?", 호러물은 "우리 영웅이 어떻게 난관을 헤치고 모두를 구할 것인가?", 성장소설은 "주인공이 유년시절에 겪은 일련의 사건들이 성인이 되고 난 후 어떤 영향을 미칠 것인가?"

우리가 살펴볼 12권의 소설은 시작부터 독자에게 확실한 의문을 던진다. "상어가 다시 돌아와 또 다른 희생자가 생길 것인가?", "스칼렛은 과연 애슐리와 결혼할 수 있을 것인가?", "성공은 미첼과 애비 부부에게 무엇을 가져다줄 것인가?", "앤 웰스와 두 친구는 도시에서 사랑과 행복을 찾을 수 있을 것인가?", "신의 존재를 의심하는 신부가 악령의 손아귀에서 소녀를 구해낼 수 있을 것인가?"

모두 좋은 의문이다. 아마 대부분의 독자들은 이 의문에 흥미를 느낄 것이다. 하지만 이 의문만으로 수많은 독자들을 사로잡을 수 있을까? 그렇지 않다. 독자의 눈길을 계속 책에 고정시키기 위해서는 더 많은 것이 필요하다.

내가 선정한 베스트셀러 12권이 다른 책들과 구분되는 점은 독특하고 창의적인 방법으로 기존의 장르를 융합하여 각각의 극적 의문을 발전시켰다는 데 있다.《붉은 10월호》의 경우, 본 장르는 수사물이고 극적 의문도 단도직입적이다. 과연 잭 라이언은 단독으로 움직이는 소련 핵잠수함의 위치를 포착해서 라미우스를 저지할 수 있을 것인가?

하지만 그게 이야기의 전부라면《붉은 10월호》가 당시의 경쟁작을 물리치고 최고 인기를 구가하지는 못했을 것이다. 많은 독자들이 이 책에 사로잡혔던 이유는 작가 톰 클랜시가 수사물이 갖는 극적 구조와 국제 음모, 바다에서 펼쳐지는 모험의 요소를 잘 섞었고 거기에 창의적이고 새로운 구성요소, 즉 최첨단 기술과 장비에 대한 상세한 묘사를 더했기 때문이었다. 이 책 이후 최첨단 기술과 장비는 테크노 스릴러에 빠질 수 없는 중요 요소가 되었고, 극에서 주인공만큼이나 중요한 역할을 담당하게 된다(과학소설처럼 말이다). 말하자면 부가 요소의 추가 덕분에《붉은 10월호》는 수사물로서 본래 가지고 있었던 극적 의문의 효과가 몇 곱절 증폭된 것이다.

보통 책에 물릴 대로 물린 사람이라도 생전 처음 접하는 종류의 책인데 거기에서 이전에 읽어봤고 좋아했던 것의 흔적이 보인다면 흥미를 느끼기 마련이다. 우리는 익숙한 것을 좋아하고 새로운 것에 흥미를 느낀다. 그리고 익숙함과 새로움이 공존하는 것에 거부할 수 없는 매력을 느낀다.

지금은 딱히 신선하거나 독창적으로 느껴지지 않지만《붉은 10월호》의 출간 당시만 해도 이 책이 보여준 참신함은 가히 실험적이었다.《붉은 10월호》의 소설 원작과 영화의 성공은 장르의 융합과 책의 첫 페이지부터 눈길을 사로잡는 '하이콘셉트'라는 이름의 친영화적 원칙에서 비롯된 것이다.

2막 그 이후

소설의 하이콘셉트에 걸려든 독자는 이제 주인공이 연달아 문제에 봉착하고, 본래의 극적 의문이 다른 질문들로 계속 진화함에 따라 책에 빨려들어간다.

《바람과 함께 사라지다》의 스칼렛은 멜라니와 약혼한 애슐리 윌크스를 어떻게 쟁취해 결혼에 성공할 것인가? 프랭크와 충동적으로 결혼한 스칼렛은 어떻게 꿈을 이뤄갈 것인가? 이런 의문이 생기는 와중에 남북전쟁이 터지고 상황은 더 복잡해진다. 스칼렛은 최전선에 다녀온 후 다정다감한 모습을 잃어버린 애슐리를 어떻게 유혹할 것인가? 레트 버틀러가 스칼렛에게 구애하며 다가올 때, 그녀는 과연 레트의 매력을 거부하고 여전히 애슐리만을 바라볼 수 있을 것인가? 이 밖에도 주요 극적 의문에서 파생된 갈등 요소는 많다. 하지만 이 대서사의 모든 줄기는 한 가지 뿌리, 즉 가질 수 없는 남자 애슐리를 향한 스칼렛의 집념에서 비롯된다. 애슐리만을 좇는 스칼렛의 어리석은 사랑이 어떤 결과를 가져올 것인가? 그 의문에 답을 내놓기 위해 천 페이지가 소요된다.

《그래서 그들은 바다로 갔다》에서 너무 완벽해서 현실감이 떨어질 정도인 미첼 맥디르의 첫 직장 또한 해결하는 데 수백 페이지가 소요되는 극적 의문을 제기한다. 이 선남선녀 커플은 성공의 기회를 붙잡을 것인가? 아니면 도리어 성공의 기회가 그들을 집어삼

킬 것인가? 독자들이 미첼과 애비가 곤경에 처했다는 것을 알게 될 때쯤, 이제 의문은 더욱 긴박한 의문으로 발전한다. 미첼과 애비는 어떻게 이 위험한 함정에서 빠져나올 것인가?

《대부》가 던지는 첫 번째 의문은 그다지 위험하게 들리지 않는다. 마이클 코를레오네는 아버지의 조직을 이어받지 않기 위해 어떻게 저항할 것인가? 우선 마이클은 아버지의 조직과 일정 거리를 두고 마피아 공주와는 정반대 스타일의 여자와 결혼한다. 하지만 아버지가 암살의 타깃이 되고 가족 모두의 목숨이 위협받게 되면서 이제 의문은 더 이상 마이클이 어떻게 저항할 것인가에 머무르지 않는다. 다음 의문은 마피아 일에 뛰어들 준비가 되어 있지 않은 참전용사이자 모범생인 마이클이 마피아 보스가 해야 하는 최소한의 일들을 해나갈 수 있을 것인가 하는 것으로 발전한다. 이후 마이클이 조직을 인계받으면, 의문은 또 다시 변화한다. 능력 밖의 일에 휘말린 듯 보이는 이 전형적인 미국 청년이 도대체 어떻게 대부가 걸어온 암흑의 길을 따라갈 것인가?

《죽음의 지대》 초반, 조니 스미스에게 예지력이 생겼음이 분명해질 때, 독자는 첫 번째 질문을 던진다. 이 평범한 사람은 자신에게 생긴 특별한 초능력을 어떻게 사용할 것인가? 다른 많은 초능력자처럼 재미 혹은 돈을 위해 그 능력을 사용할까?

물론 이 또한 자극적인 스토리 라인이 될 수 있지만 우리는 곧 이야기의 방향이 그쪽이 아님을 알게 된다. 조니는 이기적이거나 탐욕스런 사람이 아니라 도덕정신이 투철한 인물이다. 그는 자신의 능력을 세상에 이로운 일에 쓰고 싶어한다. 그렇다면 조니는 어떤 숭고한 목적을 위해 그 능력을 쓸 것인가? 독자는 이 의문을 가지고 책을 읽어나가다 살인마 프랭크 도드를 만나고 이 악한이 조니에 의해 비참한 최후를 맞는 것을 목격한다.

좋다. 이제는 또 어떤 일이 벌어질까? 앞으로도 조니는 단순히 경찰을 도와 미궁에 빠진 사건을 해결하고 살인범을 잡아 정의를 실현하는 데 만족할 것인가? 프랭크 도드와 같은 잔인무도한 연쇄살인마보다 더한 이가 있을까?

곧 그렉 스틸슨이라는 답이 나온다. 스틸슨은 전 세계를 대상으로 끔찍한 계획을 세우고 있다. 독자들은 초능력을 좋은 곳에 쓰고 싶다는 조니의 단순한 바람이 어두운 집착으로 변해가는 과정을 보게 된다. 그렉 스틸슨이 권력을 장악하고 세계를 고통에 빠뜨리기 전에 그를 죽여야겠다는 무서운 결심을 하게 되는 것이다.

착한 심성의 조니 스미스가 그렉 스틸슨 암살이라는 외로운 임무에 착수하는 것을 보며 독자는 긴장감과 동시에 흥미를 느낀다. 이제 독자는 어려운 의문을 던질 수밖에 없다. 조니는 제정신인가 아니면 미쳤는가? 상상도 할 수 없는 일을 하도록 명령하는 환영을 보거나 목소리를 듣는 것은 아닐까?

이 마지막 의문 때문에 독자는 마지막 장까지 집중하며 책을 읽는다.

MRI까지 동원할 필요가 있을까?

단순한 전제(스칼렛은 애슐리와 결혼하고 싶어한다)에서 시작된 이야기는 다양한 갈등과 어려움이 파생되면서 더욱 흥미롭게 전개된다. 스칼렛은 극복해야 할 난제들 앞에서 자신의 원래 꿈을 이루기 위해 온갖 수단을 동원하는데, 그 투지의 강도에 정비례하여 독자들의 감정도 격해진다.

소설 속 주인공은 모두 강한 신념과 의지를 가지고 보통 사람의 경험치를 넘어서는 격정을 느끼는 인물이다. 《매디슨 카운티의 다리》의 남자 주인공 로버트 킨케이드는 태평스러운 성격에 사는 게 무료한 사람이다. 그런 그조차 감정적 격동에 휩싸여 프란체스카에게 열정적으로 사랑을 고백한다. "나는 머나먼 시간 동안 어딘가 높고 위대한 곳에서부터 이곳으로 떨어져 왔소. 내가 이 생을 산 것보다도 훨씬 더 오랜 기간 동안. 그렇게 많은 세월을 거쳐 마침내 당신을 만나게 된 거요."

신의 존재를 의심하는 카라스 신부와 장황하게 말하기 좋아하는 기호학 교수 로버트 랭던도 위험이 닥치자 생각이 아닌 행동으로 실천하는 힘이 자기 안에 있다는 것을 발견한다. 베스트셀러의 주인공들은 분명하고 강력한 목표를 세우고 결단력 있게 행동한다. 다른 많은 책들에 등장하는 조심성 많고 내향적인 햄릿 타입의 주인공이 문제를 해결하려고 소파에서 일어나려다 다시 주저앉아 문제를 분석하고 토론하고 망설이고 그러다 또 흔들리는 것과 다른 부분이다.

최신 연구결과에 따르면 독자들은 소설 속 주인공에게 감정을 이입한다고 한다(새로울 것도 없는 뉴스다). 인지과학자와 문학연구가는 우리가 스칼렛이나 미첼, 마이클 코를레오네와 같은 인물들에게 매료되는 화학적, 생물학적 원인을 밝혀내기 위해 함께 연구해왔다. 그 연구 일환으로 그들은 각기 다른 난이도의 글을 읽고 있는 사람의 뇌를 MRI 촬영하여 뇌의 어느 부분이 활성화되는지 지켜보았다. 이 실험을 예비 분석한 결과는 아직 개략적이지만, 주인공의 마음속 은밀한 생각과 동기들을 해독해야 하는 소설과 뇌의 활동성 간에 모종의 관계가 있는 것은 확실해 보인다.

하지만 이보다 더 간단하고 저렴한 실험 방법이 있다. 수백만 독자의 감정을 요동치게 만든 기존 베스트셀러의 주인공을 몇 명 뽑아 그들에게서 어떤 공통적 특징이 발견되는지 살펴보는 것이다. 한 가지 답이 나올 것이다.

마이클 코를레오네, 스카웃, 스칼렛과 그 외 소설 속 주인공들이 공유하는 특징이자 베스트셀러에 중복적으로 나타나는 캐릭터의 특징은 감정선이 격렬하고 그 때문에 대담하고 예상치 못한 행동을 한다는 것이다. 이들이 항상 영웅처럼 행동하는 것은 아니지만 그들 중 누구도 방관자적 입장으로 생각에만 잠겨 있거나, 자신에게 닥친 문제에 마음 졸이면서 멍하니 있지는 않는다. 베스트셀러에 생각에만 잠겨 있는 주인공은 없다. 그들은 행동한다. 그것도 아주 강단 있게. 낡은 배를 타고 거대한 상어를 잡으러 바다로 나가고, 마피아와 FBI를 따돌리고 함정에서 빠져나갈 수 있는 계획을 세운다. 그들은 최전선에서 밀치고 밀고 장벽에 부딪힌다. 또 감정이 임계점에 이를 때까지 벼랑 끝까지 몰린다.

이것을 이해하는 데 무슨 MRI가 필요한가?

특정 주인공에게 빠져들 수밖에 없는 이유

소설에 몰입한 독자들은 극중 인물이 여러 감정의 변화를 거치며 훌쩍 성장하는 것을 느낀다. 독자는 주인공의 행위를 넘어 작품의 원동력을 이해하고 지지할 수 있어야 한다. 그 연결고리 없이는, 소설 속 주인공이 아무리 강렬한 감정을 보인다 한들 아무 의미가 없다.

우리는 《바람과 함께 사라지다》의 첫 장에서부터 애슐리는 스칼렛에게 맞는 남자가 아니라고 한 스칼렛 아버지의 판단이 옳다는 것을 눈치챈다. 하지만 스칼렛은 결코 들으려 하지 않는다. 애슐리를 향한 그녀의 사랑은 가질 수 없는 남자의 마음을 얻어내고야 말겠다는 유치한 변덕에서 생겨난 감정이다. 우리는 이 순진한 아가씨를 동정하면서도 스칼렛이 그 어리석음 때문에 상처 입지는 않을까 걱정한다. 다른 말로 관심을 갖기 시작한다고도 할 수 있다. 이 고집불통 아가씨의 말을 믿어보기로 하는 것이다. 결국 스칼렛이 자신의 잘못을 깨우칠 것이라고 생각하며 스칼렛을 좋아하기 시작하고, 그녀가 현실을 직시하지 않음으로써 생기는 문제를 예상한다.

처음에 스칼렛에게는 애슐리를 향한 사랑이 그 무엇보다, 심지어 타라 농장보다도 중요하다. "저는 타라 농장, 아니 그 어떤 농장도 원치 않아요. 농장은 제게 아무것도 아니에요. 저한테……." 스칼렛의 아버지 제럴드는 딸의 말을 끊고 땅이야말로 진짜 유일하게 중요한 것이라고 언성을 높인다.

시간이 조금 걸리긴 하지만, 결국 스칼렛도 타라 농장은 끝까지 지킬 가치가 있는 땅이라는 아버지의 말을 이해한다. 이제 스칼렛은 타라 농장을 위해서라면 사랑하지 않는 남자와 결혼할 수도 있고, 레트 버틀러처럼 증오하는 남자와 결혼할 수도 있다.

타라 농장은 당시 노예제도와 관련된 여러 모순을 안고 있지만, 대부분의 독자들이 인정하는 가치도 지니고 있다. 비옥한 토양의 타라는 스칼렛이 한때 행복한 시절을 보냈던 집이고, 아직도 곳곳에는 부모님의 흔적이 남아 있다. 스칼렛에게 가장 중요한 문제는 우리에게도 중요한 문제가 된다. 그녀가 레트 버틀러 품에 안길지, 애슐리와 맺어질지, 그것도 아니면 다른 사람과 다시 사랑에 빠질지는 우리에게 타라만큼 중요하게 다가오지 않는다. 우리는 스칼렛이 누구와 맺어지든 무조건 그녀를 지지한다. 결국 스칼렛이 가장 사랑하는 것은 타라 농장이기 때문이다.

《죽음의 지대》에서 조니는 어릴 적 스케이트를 타다 미끄러져 머리를 다친다. 그는 우리 모두가 어렸을 때 그랬듯, 그저 재미있게 놀고 싶었을 뿐이다. 그날 조니가 연못가에서 어리석고 비열한 짓을 한 것도 아니다. 그는 그냥 우리처럼 미끄러운 세상을 지극히 평범한 열정으로 시험했을 뿐이다. 그가 넘어지면 우리도 넘어진다. 그가 당한 고통과 당황스러움, 사고 이후 잃어버린 세월도 마치 우리 일처럼 느껴진다.

조니는 사고로 초능력이 생기지만, 우리는 이미 연못가에서 스케이트를 타던 평범한 아이에 대해 관심을 갖게 되었고 계속해서 그의 행적을 좇는다. 조니가 살인계획을 짜기 시작할 때, 그의 계획이 의심스러울지라도 우리는 그의 편이다. 아리스토텔레스는 비극에서 감정을 유발하는 것은 연민과 공포라고 한 바 있다.

물론 우리가 살펴볼 12권의 베스트셀러를 끌어가는 것도 이 쌍둥이 감정, 연민과 공포다.

《인디언 여름》의 앨리슨 매킨지는 친구 셀레나 집에 놀러 간다. 그냥 친구 집에 가는 것이지 창문으로 집 안을 훔쳐보기 위해 간 것이 아니다. 하지만 하필 창문의 커튼이 활짝 열려 있었고 앨리슨은 그 창문을 통해 폭력과 성적 학대를 목격한다. 그녀는 마치 자기 자신이 빙판에 넘어지는 것 같은 충격을 받는다. 그날을 계기로 앨리슨은 우여곡절 끝에 낯설고 살벌한 대도시 뉴욕의 맨해튼으로 떠나게 된다. 우리는 이 믿을 수 없는 동네를 떠도는 앨리슨을 보며 그녀의 순진함에 연민을 느끼고 안녕을 우려한다.

반사회적 인격 장애자가 아니라면 사람들은 고통받는 이에게 감정을 이입하는 경향을 가지고 있다. 특히 자기도 모르게 고통을 자초한 사람들, 비극을 자초한 이들에게는 더더욱 공감한다. 우리도 자신이 한 선택으로 소중한 것을 잃어도 봤고 인생의 방향이 바뀌기도 했고 실패를 맛보기도 했기 때문이다.

《인형의 계곡》의 여 주인공 앤 웰스는 재미있게 살고 싶어서, 경험을 쌓고 사랑도 찾고 싶어서 대도시로 떠난다. 사랑하지 않는 약혼자와 결혼해 숨 막히지만 안정적으로 살 수 있는 미래를 버리고 떠나는 그녀에게 찬탄을 보내지 않을 자가 누구겠는가? 앤은 돈 많은 중년 남자를 유혹하려 안달 난 그런 난잡한 여자가 아니다. 그저 우리 모두가 원하는 딱 그만큼을 원하는 평범한 여자일 뿐이다. 앤의 비극적 몰락은 그녀가 거의 모든 면에서 잘 해나가고 있었던 것처럼 보이기 때문에 더 뼈아프게 느껴진다.

《앵무새 죽이기》의 스카웃은 유년시절의 자유와 독립심을 지키고 싶어한다. 우리는 스카웃의 그런 바람이 결코 이뤄지지 않을 것이라는 점을 알면서도 그녀를 응원한다. 결국 유년시절은 끝나기 마련인 것을 알고 있음에도 우리는 스카웃에게 연민을 느끼고, 그녀가 순수를 상실할까 염려한다. 하지만 상황은 우리가 생각했던 것보다 안 좋게 흘러간다. 스카웃은 인종 간 갈등과 근친상간, 살인과 같은 최악의 인간본성과 마주하고 유년기로부터 차갑게 내쳐진다. 스카웃은 이 모든 어려움을 잘 이겨내지만 우리는 그녀가 얼마나 상처받고 있는지 알고 있고 스카웃의 고통을 함께 느낀다.

《대부》의 마이클 코를레오네도 좋은 여자와 결혼해서 안정된 삶을 살고 합법적인 노동의 대가를 누리는 평범한 미래를 꿈꾼다. 그렇게 살며 아버지의 조직과 일정한 거리를 두려고 한다. 이는 우리 대부분의 이야기이기도 하다. 비록 마피아 집안에서 태어나지는 않았을지라도, 때때로 가족에게서 벗어나고 싶어하는 것은 우리도 마찬가지니까.

그래서 마이클이 운명의 선을 넘어 처음 폭력을 행사할 때 우리는 겁을 먹고 움찔한다. 결국 그는 조직을 벗어나지 못할 것이다. 하지만 우리는 마이클이 아버지와 마찬가지로 가족을 보호하기 위해 그런 길을 가게 되었다는 것을 점차 알게 된다. 가족을 보호한다는 것은 대부분 사람들이 수긍하는 목표다. 그것이 점차 명확해질수록 마이클과 우리의 감정적 유대도 공고해진다. 우리는 겁에 질리고 또 그 매력에 사로잡혀 마이클이 그의 아버지가 떨어뜨린 지휘권을 다시 잡는 것을 바라본다. 공포와 연민이다.

우리의 베스트셀러 12권의 주인공이 모두 그렇듯, 마이클도 처음 얼마간은 상대에 밀리는 것처럼 보인다. 그의 앞에 주어진 과제는 너무나 벅차 보이고 해결 불가능하다고 느껴진다. 그가 자기 안의 어떤 힘을 발휘해 이중적이고 잔인한 마피아 간 싸움에서 살아남을 수 있을지 상상도 되지 않는다. 상어 잡는 배를 탄 보안관처럼, 국제분쟁 해결을 위해 선발된 잭 라이언처럼, 악몽보다 끔찍한 첫 직장에 입사한 젊은 미첼 맥디르처럼, 악령과의 싸움에 말려든 믿음 약한 카라스 신부처럼, 마이클도 그의 능력으로는 감당할 수 없는 일을 만난 것처럼 보인다.

《매디슨 카운티의 다리》의 프란체스카 존슨도 남편이 아닌 남자와 사랑에 빠지며, 스스로 감당할 수 없을 듯한 상황에 처한다. 도덕적 신념 때문에 그들의 사랑을 완전히 인정하지 않은 독자도 있겠지만, 사랑을 찾은 이 의기소침한 여인에게 누가 공감하지 않을 수 있겠는가? 그녀가 자기 인생에 찾아온 소중한 사랑을 가족의 따분한 일상을 지키기 위해 포기하기로 결심했을 때, 우리의 오랜 친구 연민과 공포가 되살아난다.

우리의 베스트셀러 12권은 유사한 감정적 역학관계를 보인다. 대의명분에 대한 주인공의 헌신은 사람들이 가치 있고 중요하다고 인정하는 목표다. 그 목표가 늘 순수하고 이타적인 것은 아닐지라도 말이다.

미첼 맥디르에게 큰 문제가 우리에게는 별 문제가 아니라면 그의 이야기에 시간을 들일 사람은 없을 것이다. 로버트 랭던이 맡은 임무가 단순히 고대 문서를 해독하는 것이었다면 대부분의 독자들은 감정적으로 휘말리지 않을 것이다. 열정적인 여인 소피 느뵈가 위기에 처하지 않는다면 해묵은 수수께끼를 푸는 이야기를 계속 읽어갈 이유도 없을 것이다.

　베스트셀러의 주요 목적은 독자의 감정을 흔들어 소설 속 주인공과 강력한 감정적 유대를 맺도록 하는 것이다. 그리고 그 유대관계를 구성하는 것은 보통 연민과 공포다.

속도 기법

　작가 윌리엄 포크너는 "과거는 결코 사라지지 않는다. 심지어 과거는 아직 지나간 것이 아니다"라고 했다. 그의 말이 맞을지도 모르지만 나와 제자들이 발견한 베스트셀러의 속도 법칙은 이와 사뭇 다르다. 대부분의 베스트셀러들은 과거에 관한 핵심 정보를 전달하는 수준으로만 과거를 언급한다. 내가 선정한 베스트셀러 12권 또한 할리우드 종사자들이 '백스토리(backstory)'라 부르는 배경 스토리를 최소화하고 내러티브를 축약함으로써 독자의 눈을 페이지에 고정시킨다. 영화를 보러 간 관객이 화면에 빨려들어가듯 독자도 그렇게 빠른 속도로 책 속으로 빨려들어간다. 독자는 늘 무슨 일인가 일어나고 있는 이야기 속에서 다음에 일어날 일을 놓치고 싶어하지 않는다. 이제 소설 속에는 죽은 공간도, 긴 독백도 없다. 숨 돌릴 잠깐의 여유조차 주어지지 않는다.

수년간 강의를 하며 나는 미첼 맥디르나 잭 라이언, 심지어 스칼렛 오하라까지 주인공의 과거에 대한 배경 정보가 거의 없다는 사실에 놀라곤 했다. 주인공들은 완벽히 준비를 끝내고 무대에 등장한 것처럼 보이고 우리는 무대 위에서 그들이 보여주는 말과 행동을 통해 그들을 알아간다.

적절한 타이밍의 적절한 위협 요소

독자를 완전히 사로잡고 사건 전개의 속도를 높이는 또 다른 장치는 바로 서스펜스, 그중에서도 위협 요소를 이용하는 것이다. 모든 소설의 초반부에는 육체적, 정신적 위협 요소가 등장하고, 책장을 넘기는 우리의 심장은 달음박질하기 시작한다.

역대 최고의 베스트셀러 중 절반은 서스펜스물이다. 하지만 내가 뽑은 12권의 베스트셀러 또한 장르와는 무관하게 놀라울 정도로 유사한 서스펜스 기법을 차용하고 있다. 그게 성장소설이든, 연애소설이든, 스릴러물이든 마찬가지다.

《죽음의 지대》는 조니 스미스가 꽁꽁 언 연못에서 스케이트를 타는 장면으로 시작된다. 조니는 스케이트를 타다 넘어져 머리를 부딪치고 잠시 기절한다. 곧 정신을 차리고 일어서지만, 불길한 예감은 피할 수 없다. 그 작은 사고 후 조니가 달라진다. 정확히 어떻

거부할 수 없는 매력

게 달라졌는지는 말할 수 없지만 우리는 그가 얼음판에서 넘어지기 전의 그 쾌활한 소년이 아닌 것을 안다. 바로 그 다음 장에서 우리는 그렉 스틸슨을 만난다. 그는 집집마다 찾아다니며 성경책을 파는 영업사원이다. 한 농장을 방문한 그렉은 경비견 한 마리가 자신을 보고 짖어대기 시작하자 두 번 생각도 하지 않고 잔혹하게 개를 죽여버린다. 소설이 시작되고 10페이지도 안 되어 그 일이 벌어지는 순간, 우리는 훗날 이 두 남자가 우연히 만날 것을 예감한다. 그때부터 독자의 마음은 불안해지기 시작하고 불안지수는 계속해서 상승한다.

《앵무새 죽이기》의 애티커스 핀치가 백인 여성을 성폭행한 혐의로 체포된 흑인 톰 로빈슨의 변호를 맡게 되자 그의 가족을 향한 위협은 점점 강도를 더해간다. 애티커스가 사건을 맡게 되는 것은 소설의 약 25퍼센트가 전개되었을 즈음이다. 현대 시나리오 작가들은 이 지점을 제1 구성점(plot point)으로 여기고, 이 지점에서 예상치 못한 피할 수 없는 방향으로 이야기를 전환한다.

학교에서도 극심한 인종차별이 일어나고, 애티커스를 해하려는 목적의 집단린치도 발생한다. 재판은 긴박하게 진행되고, 증인석에서 애티커스에게 모욕을 당했다고 생각한 밥 이웰이 애티커스에게 침을 뱉고 그를 죽이겠다고 위협하면서 긴장감이 더해진다. 애티커스의 딸 스카웃의 걱정도 늘어가고, 이웰이 핀치 가족의 곁을 맴돌며 스토킹하면서 긴장감은 더더욱 상승한다. 이웰이 학교 연극을 마치고 늦게 귀가하던 스카웃과 젬을 덮치면서 위협은 절정에 다다른다. 이런 긴박감이 없었다면 소설에 도덕적 영향력을 실어주는 사회적 정의와 인종차별을 비롯한 고상한 문제들이 우리 시선을 사로잡기는 어려웠을 것이다.

《그래서 그들은 바다로 갔다》의 제3장에서 우리는 미첼과 애비의 집에 도청장치가 설치되었다는 것을 알게 된다. 회사는 부부의 대화를 녹음하고 회사를 어떻게 생각하고 있는지 낱낱이 분석한다. 또 우리는 미첼의 전임자 중 여럿이 의문의 죽음을 맞았다는 것을 알게 된다. 이런 경고신호는 소설의 초반에 나타나 극 전반부를 오싹하게 만든다. 미첼과 애비가 모르고 있는 사실을 우리는 알고 있기 때문에 긴장감은 더하다. 문학에서는 이를 '극적 아이러니(dramatic irony)'라고 한다. 주인공은 쏙 빼고 작가와 독자만 상황을 파악한 상태를 가리키는 이 장치를 잘 활용하면 독자는 무슨 일이 벌어지고 있는지 낌새도 채지 못한 주인공에게 더욱 감정이입을 하게 된다.

《죠스》에서 거대한 백상어는 우리가 숨을 고르기도 전에 알몸으로 수영 중이던 여자를 삼킨다. 추가 설명이 없어도 우리는 이 상어가 아미티의 여름 피서객을 공격 대상으로 삼았음을 안다. 이후 상어가 배를 채우러 사람들로 꽉 들어찬 인간 뷔페에 다시 나타나기 전까지, 이 원시적 위협은 매 장면 나타난다.

겉으로 보기엔 매력적인 작은 마을 페이튼 플레이스 안에 위험

거부할 수 없는 매력

이 도사리고 있다는 것도 소설의 초반에 드러난다. 우리는 이 마을이 '과도하게 성적으로 집착한다는 것'과 길을 사이에 두고 주민들이 팽팽하게 대립하고 있다는 것을 알게 된다. 이야기가 20퍼센트도 진행되지 않은 지점에서 사춘기 소녀 셀레나 크로스는 술에 잔뜩 취한 의붓아버지에게 성폭행을 당하고 그 장면을 셀레나의 친구 앨리슨 매킨지가 우연히 목격한다. 이렇게 작가는 위험의 씨앗을 심고 이 폭력행위의 결과를 점차 드러낸다. 심한 충격을 받은 셀레나와 앨리슨, 두 여 주인공이 충격에서 벗어나기도 전에 다른 극적 사건들이 연이어 일어난다. 주인공의 운명을 결정짓는 데 커다란 영향을 미치는 재판도 그중 하나인데《인디언 여름》의 재판은《앵무새 죽이기》의 그것과 상당히 흡사하다.

《대부》에서는 소설의 10퍼센트에도 못 미친 지점에서 이탈리아 영화감독의 침대에 그가 아끼던 말의 머리가 피범벅된 채 던져진다. 당황스러운 순간의 고전으로 꼽히는 장면이다. 그때까지도 소설의 방향을 눈치채지 못한 독자가 있다면 이 장면으로 중요한 사실을 깨닫는다. 대부가 잔인무도의 끝을 보여줄 수 있는 사람이라는 것이다. 이 장면 이후로 독자는 경계태세로 책을 읽게 된다.

《매디슨 카운티의 다리》의 처음 몇 페이지만 읽어도 이제 읽을 이야기가 '저속하다'고 치부될 수 있는 내용이라는 것을 눈치챌 수 있다. 아내와 남편의 평판이 땅에 떨어질 수도 있다는 위험에도 불구하고, 읽지 않고 무시하기에는 이야기가 너무나 놀랍고 흥미롭다. 프란체스카의 집 현관에 잠시 차를 세운 로버트 킨케이드가 이 아름다운 여인의 남편이 잠시 집을 비웠다는 사실을 알게 되었을 때, 곧바로 성적 긴장감이 형성된다. 독자는 남의 일에 참견하는 게 취미인 이웃이나 최악의 경우 프란체스카의 남편이 갑자기 들어와 이 연인을 현행범으로 잡을 수도 있다고 생각하게 된다. 이 위협이 《엑소시스트》나 《죽음의 지대》처럼 육체적으로 위험하거나 원시적인가? 글쎄, 농부들이 배우자에 대해 대단히 보수적인 것으로 알려져 있긴 하다. 엽총, 쇠스랑 같은 것들을 무기로 활용할 수도 있고 말이다.

《인형의 계곡》의 불운하지만 불굴의 의지를 지닌 세 여 주인공, 앤, 제니퍼, 닐리의 비극적 이야기도 초반부터 위협을 설정한다. 이들은 다른 소설 속 주인공들과 마찬가지로 목숨을 위협하는 위험에 맞닥뜨린다. 그들은 사랑에 취하고, 통제를 벗어난 야심에 취하고, 자기 파괴적인 약물에 중독되어 정신을 못 차린다. 그뿐인가, 그녀들을 이용하기만 하는 남자들의 날카로운 이에 갈기갈기 찢긴다.

이 소설의 주인공 앤 웰스는 사랑 없는 약혼자와 결혼해 로렌스빌에서 평생을 중산층으로 살며 질식하는 대신, 대도시에서의 모험을 꿈꾸며 탈출한다. 하지만 탈출 전, 앤의 어머니는 앤에게 더 넓은 세상에서 그녀를 기다리고 있는 것은 더 큰 위험일 뿐이라고 경고하고 "사랑 같은 건 없다"고 충고한다. "3월 15일을 조심하라

(줄리어스 시저의 암살일로 예언되었던 고사에서 비롯된 흉사의 경고)"는 어머니의 지독한 예언은 가장 잔인한 방식으로 실현된다. 앤이 맨해튼에 도착하자마자, 그녀의 고용주는 라이언 버크라는 이름의 악당에 대해 경고한다. "라이언은 미소로 사람의 눈을 멀게 하지. 처음에는 속아 넘어갈 거야. 그가 친절한 사람이라고 생각하겠지. 하지만 절대로 그와 가까워질 수는 없어. 실제로 아무도 성공한 적도 없고."

위험을 알리는 붉은 깃발이 미친 듯 펄럭인다. 저기 바깥에 크고 사악한 상어가 한 마리 있다! 그가 목표물 주위를 빙글빙글 돌며 다가오고 있으니 조심하라. 그의 공허한 미소를 조심하라. 하지만 과연 앤 웰스가 이런 경고를 듣고 깊은 물속으로 빠져들지 않겠는가? 물론 아니다.

《엑소시스트》의 초반에 크리스 맥닐은 잠든 딸의 방에서 섬뜩한 소리를 듣는다. 그 소리는 '이상했고 조용했으며 난해했다. 꼭 죽은 사람이 외계인의 암호를 치는 것만 같았다.' 영문을 알 수 없게 가구의 위치가 바뀌어 있고 레건의 옷장 속 옷들도 자리가 바뀌어 있다. 레건은 허공에 대고 말을 한다. 뭐 크게 극단적인 건 아니다. 하지만 예민한 독자들이라면 지독한 무언가가 스르르 미끄러져 들어왔음을 눈치챈다.

《엑소시스트》와 《인형의 계곡》의 서두를 연 위협은 《다빈치 코드》의 첫 페이지에서 루브르 박물관의 수석 큐레이터 자크 소니에르가 처한 곤경에 비하면 위협도 아니다. 소설 초반의 폭력과 폭력으로 인한 위협에 대한 설명은 이쯤에서 맺기로 하고 우선은 이렇게 정리하고자 한다. 구조적 차원에서 소설은 맹렬한 추격전, 손에 땀을 쥐게 하는 대담한 묘기, 정신없는 총격전의 연속에 불가사의하고 고통스러운 문제에 대한 논문 수백 권을 섞어놓은 것이다. 서스펜스라는 따뜻한 빵 안에 알찬 속을 채워넣은 샌드위치 같다고나 할까.

독자를 긴장시키는 시계 소리

우리를 긴장시키는 시계의 똑딱 소리는 산업혁명 때부터 힘을 갖기 시작했다. 산업혁명 이전에 땅을 삶의 터전으로 삼았던 인류는 계절에 따라 일하며 양식을 마련했다. 하지만 산업혁명 후 대도시로 이주해온 사람들의 쓸모는 무자비한 기계의 박자에 의해 측정됐다. 때문에 현대인은 시간의 압박에 예민하게 반응했고 대중소설 작가는 그 사실을 고려해야 했다. 그렇게 작가들은 유사 이래 최대로 시간을 염두에 두기 시작했다.

《바람과 함께 사라지다》의 트웰브 오크스에서 바비큐 만찬이 열리던 날, 전쟁 소식이 날아든다. 소설이 약 10퍼센트쯤 진행됐을 때, 남자들은 말에 안장을 얹고 야단법석을 떨며 전장으로 떠난다.

남북전쟁의 시계가 똑딱똑딱 움직임에 따라 사건에도 가속도가 붙는다. 결혼한 스칼렛은 제7장의 서두에서 단 한 문장으로 과부가 된다. 이후 침입자들이 시계바늘처럼 쉬지 않고 조금씩 애틀랜타로 내려오면서 소설에도 리듬이 실린다. 스칼렛의 연애에는 새로운 문제들이 생겨나고 그로 인해 또 다른 문제들이 시계 소리에 박자를 맞춘 듯 일어난다.

부유했고 남부러울 것 없었던 남부 아가씨들은 전쟁이 터진 후, 자신과 다를 바 없는 아가씨들을 즐겁게 해주기 위해 시간을 보낸다(그런 의미에서 여자들은 그들만의 전쟁에 휘말렸다고 할 수 있다). 전쟁은 계속된다. 무도장은 전장으로 떠나는 제복 입은 남자들로 가득 차고, 병원은 팔다리를 잃고 신음하는 병사들로 북적인다. 거대한 시계는 똑딱똑딱 계속 제 갈 길을 가고, 전쟁의 영광은 도시의 변두리까지 미친다.

스칼렛은 그녀답게 애틀랜타에서 버틸 수 있는 데까지 버티다가, 타라 농장으로 다시 돌아오기 위해 화염을 뚫고 탈출한다. 이제 옛 남부의 남은 시간을 재촉하는 건 불량배 무리와 새로운 인종 질서다.

멈추지 않는 시계바늘이 우리의 불안지수를 지속적으로 높이지 않는다면, 소설 속 연애싸움은 지루하고 경박하게 느껴질 것이다. 우리에게 최면을 거는 리듬이 없다면 '본인 이외의 여자와 사랑에 빠진 남자를 선천적으로 참을 수 없는' 스칼렛이 벌이는 연애 행각도 우리의 눈을 마냥 사로잡지는 못했을 것이다.

12권의 베스트셀러는 주인공이 정해진 시간 안에 임무를 완수하도록 저마다 기발한 방법으로 판을 짠다.《매디슨 카운티의 다리》의 불륜 연인 프란체스카와 로버트는 남편이 돌아오기 전에 관계를 끝내야 하고, 조니 스미스는 그렉 스틸슨을 암살할 마지막 기회가 될 선거 날 전에 그를 처치해야 한다. 시간이 부족하기는 미첼과 애비도 마찬가지다. 시간은 제록스 복사기가 문서를 뱉어내듯 정신없이 흘러간다. 미국 해안을 향하는 소련의 핵잠수함도 최대 속도로 이동 중이다. 이런 속도전 속에서 잭 라이언은 바다에서 잠수함을 가로챌 마지막 기회를 놓친다. 악령에게 완전히 사로잡힌 레건 맥닐은 더 오래 버티지 못할 것이다. 사랑스럽고 순진한 소녀와 그녀를 구하느라 녹초가 된 신부, 둘 중 누가 먼저 죽느냐는 50대 50의 확률이다. 결코 긴장을 놓을 수 없다.

흥행을 보증하는 주제

_ 핫버튼

> 논쟁의 대상이 아닌 것은 더 이상 관심의 대상도 아니다.
>
> _ 윌리엄 해즐릿(William Hazlitt)

사람들을 분노하게 하는 확실한 방법 중 하나는 그 시대의 논쟁거리를 사용하는 것이다. 의식적 전략이었든 아니었든 간에 우리가 선정한 베스트셀러 작가들도 당대의 뜨거운 논쟁거리를 하나 이상 제기했다.

뉴스의 머리기사에서 이야기를 뽑아내는 것이 간단하고 쉬운 일이라면, 누구나 〈워싱턴포스트〉를 펼치고 앉아 백만 부가 팔려나갈 책을 쓸 수 있을 것이다. 공식은 간단하다. 먼저 상식적인 인간의 피를 끓게 만들 만한 사안을 고른다. 실패 확률이 적은 주제로는 낙태, 동성 결혼, 종교와 정치, 지구온난화, 공립학교의 종교 활동, 총기 규제, 인종차별, 이민정책, 사형 등 여전히 유효한 고전적 주제를 들 수 있다. 그런 다음에는 선택한 주제에 관해 감정을 자극하는 의도적 언어(Loaded language)를 모아 선악구도가 분명한 줄거리를 간단히 구상해본다. 그럼 이제 준비는 끝났다.

하지만 이는 베스트셀러를 만드는 핫버튼 공식의 절반일 뿐이다. 우리의 작가들이 어느 정도 모두 차용한, 주제의 폭을 넓혀줄 중요한 절반이 아직 남아 있다. 읽는 사람을 부글부글 끓어오르게 만들려면 핫버튼 이슈에는 민족의식에 비춰봤을 때 여전히 풀리지 않은 고질적 갈등이 있어야 한다.

남북전쟁을 예로 들어보자. 미국의 많은 이들이 남북전쟁을 핫버튼 이슈로 선택했고 그에 관한 픽션, 논픽션 수천 권이 출간되었다. 이 불붙기 쉬운 주제는 여전히 뜨거운 감자다. 왜 그럴까?

미국인들이 나라 이야기를 할 때면 연방깃발이나 북군과 남군에서 노예가 각각 맡았던 역할, 그 밖에도 끝없이 반복되는 다른 해묵은 논쟁거리를 가지고 죽자사자 싸우는 경우가 많다. 이 주제들은 여전히 분노를 일으키는데, 왜냐하면 전쟁 발발 당시 한 국가를 둘로 쪼갰던 상극의 입장이 현대에도 여전히 존재하고 있기 때문이다. 보다 미묘하고 덜 폭력적인 방식이긴 하지만 말이다.

핫버튼 #1_ 애증의 그녀

《바람과 함께 사라지다》가 논쟁의 중심에 선 것은 단순히 옛 남부를 찬양했거나 남부의 인종정책을 다뤘기 때문만은 아니다. 전쟁통에, 그리고 전쟁이 끝난 후에도 악착같이 돈을 모으는 스칼렛이라는 캐릭터도 논란을 불러일으킨 핫버튼이었다.

1936년 이 소설이 출간되었을 당시는 많은 사람들이 경제적 파산을 경험하고 난 직후였다. 그런 독자들에게《바람과 함께 사라지다》는 고통스럽지만 익숙하고 동시에 신선하기도 한 이야기를 재연해줬다. 그저 근근이 생계를 유지하기 위해 형편에 따라 닥치는 대로 일해야 했던 세대들은 부정하게 돈을 벌어 살아남은 스칼렛의 생존법을 생생하게 기억하고 있었다.

무슨 일을 해서라도 살아남고야 말겠다는 스칼렛의 의지, 상황에 따라 비윤리적 혹은 계산적으로 행동하는 태도는 당시에 딱 들어맞는 핫버튼이었다. 어떤 사람들에게 돈과 권력을 향한 스칼렛의 욕망과 그것이 가져다주는 자유는 자본주의의 폐해의 결정이었고, 일부에게는 그 반대로 다가왔으며 그 둘 다라고 생각하는 사람도 많았다.

침실과 일터 모두에서 남성을 정복하려는 스칼렛의 욕망 또한 많은 독자들을 발끈하게 만들었다.

영화평론가 몰리 해스켈(Molly Haskell)은 스칼렛을 이렇게 말한다. "사람들은 그녀를 증오하고 동시에 사랑하죠. 애매한 도덕성을 가진 혁명적인 여 주인공을요…… 스칼렛은 잘못을 깨우치고 굴복하길 거부해요."

물론 스칼렛의 이런 점은 오늘날에도 여전히 우리 피를 끓게 만드는 핫버튼이다.

핫버튼 #2_ 회색 양복과 핫팬츠

《인디언 여름》은 더 많은 사람의 피를 끓게 만들었다. 특히 1950년대 뉴잉글랜드 주민들은 소설로 인해 그들의 정체가 만천하에 드러나고 자신들의 에로틱한 침실생활이 발가벗겨지자 불쾌함을 감추지 못했다. 아이젠하워가 대통령이었던 시절 그리고 베스트셀러 《회색 양복을 입은 남자(The Man in the Gray Flannel Suit)》가 히트했던 보수적 시절에, 알코올중독자와 근친상간, 성적으로 관대한 홀어머니, 관음증, 자위행위, 10대들의 성관계와 불법 낙태를 다룬 이 저속한 소설은 사람들을 부들부들 떨게 만들기에 충분했다.

"미국 남부사회가 퇴폐적이라는 것은 모두가 알고 있었고 놀랄 일도 아니었죠." 소설가 머를 밀러(Merle Miller)는 당대 제일의 여성잡지 〈레이디스 홈 저널(Ladie's Home Journal)〉에서 이렇게 말했다. 사람들은 남부사회가 타락했다는 것을 알면서도 《인디언 여름》을 받아들일 수는 없었다. "《인디언 여름》 속 청교도적 뉴잉글랜드에는 미국 남부의 온갖 성·마약 범죄가 일어나고 있어요. 그중 몇몇은 미국 남부사회의 변천 모습을 연대기적으로 묘사한 것으로 유명한 윌리엄 포크너마저 건드리지 못한 내용이지요."

요즘에는 섹스라는 핫버튼을 눌러 수익을 내기가 훨씬 어려워졌다. 지나친 남용으로 그 효과가 떨어졌기 때문이다. 하지만 1956년 그레이스 메탈리어스는 그 버튼을 세게, 그리고 자주 눌러서 그 시절 미국이 가장 열광했던 핫버튼 이슈—섹스, 인종, 학생, 여성 해방—를 잘 배합한 자극적인 이야기를 탄생시켰다.

핫버튼 #3_ 백인 여자에게 휘파람 불기

《앵무새 죽이기》 출간 5년 전, 14세의 흑인 소년 에멧 틸은 미시시피 남부에 사는 친척을 방문했다가 백인 여자에게 휘파람을 부는 치명적 실수를 저지르고 만다. 틸은 구타당해 목숨을 잃었으며 그의 시체는 강가에 던져졌다. 뒤이어 열린 재판은 웃음거리 그 자체였다. 전원 백인으로 구성되었던 배심원이 틸을 살해한 혐의로 기소된 두 백인 남성에게 무죄를 선고한 것이다. 이 사건은 당시 막 태동의 조짐을 보이고 있던 미국 인권운동에 활기를 불어넣었고 재판 결과에 대한 뜨거운 논쟁이 전국적으로 일어났다.

거의 같은 시기에 소설 속 주인공 애티커스 핀치가 법을 공부했던 지역 앨라배마 주의 몽고메리에서는, 로자 파크라는 이름의 흑인 여성이 버스에서 백인에게 자리를 양보하고 뒤쪽에 마련된 흑인 자리에 앉길 거부하면서 체포되는 사건이 일어났다. 마침 화려하게 등장한 마틴 루터 킹은 몽고메리 버스의 승차거부운동을 이끌며 인권운동의 스타로 떠올랐다.

1960년대에 이 소설을 읽었던 이들이라면 하퍼 리가 어떤 머리

기사에서 이야기를 따왔는지 모두 알고 있었다. 그리고 반세기가
지난 지금도 신문에는 유사한 기사가 끊임없이 등장하고 있다.

핫버튼 #4_ 성의 상업화

6년 후, 재클린 수잔이 실화를 바탕으로 쓴 소설《인형의 계곡》
이 출간되었을 때도 시끄럽기는 마찬가지였다. 비평가에게 "정상
적이고 비정상적인 섹스에 관한 단조로운 에피소드의 집합"이라는
평가를 받았던 해롤드 로빈스(Harold Robbins)의 소설《카펫베거스
(Carpetbaggeres)》의 뒤를 이은 수잔의 소설은 획기적이었다. 적어도
성적인 측면에서는 말이다.《인디언 여름》으로 미국 여성들이 섹스
에 관해 직설적인 글을 쓰기 시작했지만, 부유하고 유명한 사람들
의 침실생활을 자세하고 생생하게 묘사한 여성 작가는 재클린 수
잔이 처음이었다.

소설 속 한물 간 디바 헬렌 로슨(Helen Lawson)의 실제 모델은 에
델 머먼(Ethel Merman)이 맞을까? 할리우드 스타 에델 머먼은 한때
최고 인기를 구가했던 여배우 재키 수잔(Jackie Susann)과 끈적끈적한
레즈비언 관계를 맺었을까? 닐리 오하라의 실제 모델은 할리우드
배우 주디 갈란드(Judy Garland)였을까? 아니면 베티 허튼(Betty Hutton)
이었을까? 실제로 에델 머먼의 대역을 맡았던 사람은 누구였을까?

 내가 무슨 이야기를 하고 있는지 이해가 되는가?

당신은 모를지 몰라도, 소설이 출간된 1966년도 독자들은 확실히 알고 있었다. 이 질문들은 당시 타블로이드 신문이 자주 다룬 가십 기사거리였기에 모두 익숙한 내용이었다. 선정적인 신문은 알코올중독과 약물중독처럼 그 시대 한창 유행하던 문제들에, 마릴린 먼로, 존 F. 케네디, 프랭크 시나트라, 딘 마틴 같은 주요 인물의 이름을 암시한 기사를 다뤘다.

《인형의 계곡》이 다른 11권의 책보다 구식처럼 느껴진다면, 아마도 그것은 소설이 당시 최고 이슈였던 문제들에 과도하게 의존했기 때문일 것이다. 출간 당시 가십을 다뤘던 신문들은 몇 년 후가 되자 더욱 선정적으로 변했고 에델 머먼의 디바 자리는 새로운 디바로 몇 번이나 교체되었다. 다른 베스트셀러에서 흔히 볼 수 있는, 소설의 롱런 요소들이《인형의 계곡》에는 별로 없다. 이는 작가가 핫버튼 공식을 일시적 유행과 가십 방향으로 너무 틀었고 자신이 찾아낸 소재의 문화적 장기 영향력을 고려하지 않았기 때문이다.

핫버튼 #5_ 새로운 광맥(鑛脈)을 찾아서

3년 뒤 당대 최고의 가수 프랭크 시나트라가 소설 속으로 돌아왔다.《대부》속 조니 폰테인이라는 캐릭터로 그려진 것이다. 케네디 가문도 돌아왔다. 많은 독자들이 코를레오네 저택은 하이애니스 항에 위치한 케네디 가의 가족별장에서 그 모습을 따온 것이라고 확신했고, 수상한 배경의 두 세력가문이 서로 많이 닮아 있다고 생각했다. 하지만 이런 가십거리 때문에《대부》가 혹평을 받지는 않았다. 이 소설이 히트한 이유는 아주 오래된 광산에서 새로운 광맥을 찾아냈기 때문이다.

너대니얼 호손이 청교도인의 문란한 생활을 폭로한 이후 미국인들은 자신의 도덕적 삶의 어둡고 불법적 이면을 알고 있었다. 여기서 말하는 새로운 광맥이란 마피아다.

오늘날 우리는 〈소프라노스(Sopranos)〉 같은 마피아 드라마를 통해 그 부류 사람들을 잘 알고 있지만《대부》의 출간 전만 해도 그 세계를 상상하기란 쉽지 않았다. 유사 이래 조직적 범죄집단은 늘 존재해왔지만, 실상 그것에 대해 아는 것은 거의 없었다. 푸조는 자수성가의 신화에서 튀어나온 사악한 도플갱어를 통해 아메리칸 드림의 부정적 이면을 우리에게 보여줬다.

푸조는 케네디 가문과 미국의 기타 명문가에 관해 오랫동안 떠돌고 있는 소문에서 대다수 미국인의 혈압을 급상승시키는 핫버튼을 찾았고 또 눌렀다. 그것은 미국에 이민 온 한 가정의 가장이 새로 정착한 땅에서 가족이 잘되는 것을 보기 위해 갈취와 강도, 밀수, 정치권 뇌물 수수, 폭력 등 필요한 수단을 가리지 않고 쓰는 이야기였다. 그리고 이 핫버튼은 오늘날에도 여전히 유효하다.

핫버튼 #6_ 종교

《엑소시스트》는 1960년대 말 화약고와 같았던 종교적 대치상황을 전면으로 다뤘다. 당시는 전통적 신앙과 막 새롭게 떠오른 세속적 인본주의, 힌두교의 종교 지도자 스와미, 마하리쉬 등 온갖 종류의 종교적 기인들이 충돌하던 때였다. 소설에서 레건의 가정교사이자 크리스 맥닐의 사교활동 담당 비서였던 20대 금발 여성 샤론 스펜서는 자기최면과 초월명상법을 시험하고 염불을 외기도 한다. 그녀 때문에 맥닐 가의 2층에서는 향 타는 냄새와 동양의 경구를 외우는 웅얼거리는 소리가 끊임없이 새어나온다.

거만한 무신론자 크리스는 홀로 딸을 키우는 싱글맘이자 할리우드 스타다. 크리스는 영화배우이기에 버크 데닝스 같은 사람도 알고 지내는데, 그는 한때 신부의 길을 가려고 했지만 중간에 완전히 방향을 틀어 영화감독이 된 사람이다. 신을 믿지 않게 된 그는 늘 술에 절어 살며 성직자들을 "빌어먹을 도둑놈들"이라고 부른다. 거기에 더해 신의 존재를 믿지 않는 회의적 신앙의 예수회 수사도 등장한다. 이 대목에서 묻지 않을 수 없는 것은 사탄이 이 상류층을 공격의 목표로 고른 게 과연 우연일까 하는 것이다. 답은 명확하다. 악마는 무자비한 시험을 필요로 하는 태만한 신앙을 좋아한다.

신은 죽었다는 이론이 〈타임〉지 커버로 등장했던 그 시기에 출간된 소설 《엑소시스트》는 불신자들의 믿음을 시험대에 올려놓았고, 문화적으로 이미 곪을 대로 곪아 있던 상처를 건드렸다.

핫버튼 #7_ 악한

《죠스》의 경우 이야기의 중심에 미국의 역사만큼이나 오래된 시민 간의 갈등이 있다. 해변을 폐쇄하고 시민을 보호하기 위해 경찰서장 브로디는 먼저 자신의 뜻에 동조하지 않는 시장과 시의회의 승인을 받아야 한다. 하지만 아미티 섬을 관할하는 정치인들은 1년 중 가장 큰 수익을 올릴 수 있는 시기에 "상어가 나타났다!"고 외치고 싶지 않다. 《죠스》는 정부의 지원을 받고 있는 탐욕적인 세력 대 시민 복지를 최우선으로 하는 세력이라는 대결구조를 만들고 정치에 대한 오랜 불신과 시위운동을 다룬다. 당시 미국에서는 베트남 전쟁과 닉슨 대통령의 사임에 대해 수년간 문화적 충돌이 일어나고 있었기 때문에 이는 충분한 핫버튼 감이었다.

이러한 배경이 있었기 때문에 많은 독자들은 본인의 부와 권력만을 위해 정책을 결정하는 소설 속 정치인과 의원을 악한으로 봤다. 그와는 반대로 전통세력이 위험하기 그지없는 반체제 무법상태에 대해 강경노선을 취해야 한다고 생각하는 독자도 많았다.

《죠스》의 첫 3분의 1에서 정치인들은 시민을 팔아먹는 도덕적 타락을 보여준다. 나라를 분열시킨 그 갈등은 그때도 있었고 지금도 존재한다.

뿐만 아니라 《죠스》는 첫 장면에서부터 당시 태동하던 뉴에이지 운동만큼이나 뜨거운 핫버튼을 누른다. 대마초를 피우고 난교를 즐기는, 우드스탁 록페스티벌에서나 볼 법한 한 여자가 해변에서 정사를 나누고 알몸으로 바다에 수영하러 들어갔다가 상어에게 잡아먹히는 것이다.

핫버튼 #8_ 재미를 유지하는 재미

정계에서는 미친 사람 취급을 받았지만 문학계에서는 상당한 권위를 인정받았던 시인 에즈라 파운드(Ezra Pound)는 시를 '재미를 유지하는 재미'라고 한 줄로 정의했는데, 여기에 인용하기 적절한 문구인 것 같다.

에즈라의 이 말에는 내가 말하고 싶은 핫버튼 이슈의 정의와 상통하는 데가 있다. 핫버튼 이슈는 계속 뜨거움을 유지해야 한다. 좋은 글은 부패 테스트를 통과해서 밖에 내놓은 지 1년, 2년이 지나도 악취를 풍기지 않는 법이다.

《죽음의 지대》가 바로 그런 글이다. 스티븐 킹은 조니가 혼수상태에 빠져 있는 동안 놓친 사회문제를 일목요연하게 정리해준다. 그간 우리의 불쌍한 주인공 조니는 많은 것을 놓쳤지만, 사실 대부분의 뉴스는 놓쳐도 전혀 상관없는 시답지 않은 것들이었다.

닉슨이 재선됐다. 베트남에 파병됐던 군인들이 집으로 돌아오기 시작했다. 제2차 아랍-이스라엘 전쟁이 발발했고 끝났다. 석유 불매운동이 일어났고 끝이 났다. 휘발유 가격이 엄청나게 급등했고 여전히 그런 상태다.

스티븐 킹은 폭력적 정치행위가 반복적으로 되풀이되는 이런 일들쯤은 그냥 무시하고 푹 자도 된다고 말하는 듯하다. 이렇게 의미 없는 사건들 속에서 극악무도한 인물인 그렉 스틸슨의 등장은 훨씬 유의미해진다. 스틸슨은 재미를 유지하는 재미있는 인물이며, 영원히 뜨거울 핫버튼이다. 그는 선거의 해에 나타나는 인물의 전형이며, 적그리스도의 재림이고 마침내 그의 시대를 맞이한 난폭한 야수다.

핫버튼 #9_ 쉿, 비밀이야

로널드 레이건 대통령이 가장 좋아하는 책으로 《붉은 10월호》를 꼽으면서, 이 책은 단숨에 유명세를 탄다. 하지만 이 황금 같은 기회를 잡기 위해서는 워싱턴 밖에 사는 사람들이 궁금해하는 이야기도 소설 속에 있어야 했다.

톰 클랜시는 기계와 군사의례, 항해에서 쓰이는 언어를 생생하고 자세하게 묘사해 워싱턴 밖 주민들의 주의를 끄는 데 성공했다. 어찌나 생동감 있게 묘사했던지 작가가 미 국방부의 기밀에 접근권이 있을지도 모른다고 생각하는 사람도 많았다. 클랜시는 비밀스럽고 민감하며 중요한 사항을 많이 알고 있는 것처럼 보였다. 대통령이 그를 백악관으로 초청한 진짜 이유는 CIA의 조사를 받게 하기 위해서라는 그럴듯한 풍문이 떠돌기도 했다.

《붉은 10월호》는 조지 오웰의 해인 1984년 냉전에 대한 편집증이 극에 달해 있을 때 출간되었다. 미국은 소련의 개혁정책과 개방정책을 자세히 알지 못했고 이에 위기감을 느꼈고 초조해했으며 군사력을 증강했다. 미국의 지략과 첨단기술, 군사장비와 바다 속에서 보여준 품위를 잘 담아낸 이 잠수함 소설은 적절한 소재를 쓴 적절한 줄거리로 적절한 타이밍에 나타나 미국 우파 독자층의 눈을 사로잡았다.

핫버튼 #10_ 탐욕이란 좋은 것

탐욕의 시절 1980년대에는 미첼 맥디르처럼 풍족하지 않은 졸업생이 돈 많이 주는 회사를 선택하는 것이 큰 유행이었다. 미첼과 동료 여피족들은 입사 후 받은 첫 주급으로 고급 승용차와 호화로운 집의 계약금을 내고 더 나은 코카인 딜러를 찾아나섰다. 따끈따끈한 법대 졸업장과 매력적인 젊은 아내를 가진 미첼은 자기중심적 세대들이 꿈꾸는 완벽한 모델이었다.

그리샴은 '탐욕은 나쁜 것이다 vs. 탐욕은 좋은 것이다'라는 논쟁에서 양쪽 다 맞다는 입장을 취한다. 이 논쟁은 미국 건국 이래 늘 있어왔고 소설의 출간 당시에도 여전히 뜨거운 감자였다.《그래서 그들은 바다로 갔다》는 당시 레이거노믹스 시대를 사실적으로 그려냈다. 레이건은 공급측면에서 대기업과 부유층의 부를 먼저 늘려줌으로써 경제를 발전시키자는 정책을 내세웠고, 이 현실성 없는 미신적 정책을 두고 사람들의 의견은 분분했다. 한편 MBA와 로스쿨 졸업생이 쏟아져 나왔고 새로운 세법은 한계세율을 낮췄으며 기업규제 완화와 노조 해체의 기운이 감돌았다. 청년이여, 어서 가서 큰돈 한번 만져보라. 빼지 말고 호화롭게 한번 살아보는 거다.

당시 레이건의 경제정책을 뒷받침하는 이론적 근거는 바로 세율의 축소가 세수의 증가를 가져온다는 래퍼곡선이었다. 자, 이제 다시 미첼 맥디르 이야기로 돌아가보자. 최고 법대를 졸업한 그의 전문분야는 탈세가 되었다. 미첼은 대학 졸업 후 남부에 위치한 작은 회사에 취직하고 곧 엄청난 사실을 알게 된다. 회사의 고객은 과도한 세금과 규제로 힘들어하는 합법적 중소기업의 CEO가 아니라 돈세탁이 목적인 범죄조직으로, 자신들의 돈이 법을 준수하는 시민들에게 흘러가는 걸 전혀 원치 않는다. 탐욕이 과연 좋은 것인가에 대한 상반된 입장은 이 소설에 의미를 부여한다. 미첼과 애비가 목숨을 건 탐욕의 도박에서 승리한 뒤 배를 타고 바다로 나갈 때, 탐욕이 과연 좋은 것인가 하는 핫버튼에 대한 논쟁은 더욱 뜨거워진다.

핫버튼 #11_ 가족

1992년 미국 전역의 서점에 로버트 킨케이드가 성큼성큼 걸어 들어왔을 때, 많은 사람들의 입에 오르내렸던 핫버튼 이슈는 다름 아닌 '가족'이었다. 당시 부통령 댄 퀘일(Dan Quayle)도 가족에 관심이 많았다. 그는 그해 황금시간대에 방영 중이던 TV 드라마 〈머피 브라운〉을 두고 가족의 가치를 떨어뜨린다며 맹비난했다. 드라마의 여 주인공인 뉴스 앵커 머피 브라운이 결혼하지 않고 혼자 아기를 낳기로 결정을 내리면서 가족의 신성함을 훼손했다는 것이었다. 그의 이 발언은 다수 유권자의 공감을 얻어냈다.

가족의 신성함은 《매디슨 카운티의 다리》의 핵심이다. 소설은 프란체스카의 아들과 딸이 왜 자기 어머니의 사적인 일기를 책으로 출간해 다른 사람에게 공개하는지에 대해 '너무 깊게 생각하지 말라'는 식으로 설명하며 서두를 연다.

모든 형태의 신뢰가 산산조각 나고, 일회성 사랑이 만연해진 이 세상에서, 프란체스카의 자녀는 이 진실된 이야기를 공개할 가치가 있다고 느꼈다.

이 소설은 수백만 독자의 뜨거운 반향을 일으켰다. 아름다운 기억과 잃어버린 사랑, 가지 않은 길에 대한 후회를 느끼는 사람, 불륜의 유혹을 부정적으로 바라보는 사람, 그 소회는 각각이었지만 말이다.

핫버튼 #12_ 성모

《다빈치 코드》와 같이 논란과 스캔들을 자초하는 소설이 있다. 이런 소설을 '추리역사소설'로 분류한다. 이 부류 소설은 역사적 사건의 뒤편에서 어떠한 일이 일어났을지 상상하며, 절반의 진실만을 가지고 독자를 자극한다. 또 맞는 것도 아니지만 틀렸음을 입증할 수도 없는 주장으로 우리의 의심을 잠재우고, 선정적이고 기이한 이야기를 바이러스처럼 퍼뜨린다.

한때는 최고의 권력을 누렸지만 지금은 많이 쇠약해진 조직을 대상으로 혐의를 제기했을 때 그에 대한 강력한 반발은 보장된 것이나 마찬가지다. 여전히 세계 인구의 25퍼센트가 믿고 있는 현대 천주교가 좋은 예다.

댄 브라운의 소설이 출간되자 독실한 천주교 신자와 냉소주의자, 불신자가 벌이는 논쟁으로 미 전역이 들썩였다. 특히 냉소주의자와 불신자는 이제껏 자신들이 품고 있던 불평과 의심, 편견을 흥미진진하게 그려낸 소설의 등장에 기쁨을 감추지 못했다. 살인자 수도승, 2천 년 묵은 음모, 그리고 성적인 의식. 그렇다, 나는 이 책이 히트 칠 것이라는 점을 첫눈에 알아봤다!

우리는 그저 이 선정적인 소설을 경외 섞인 눈빛으로 바라보며, 이 모든 핫버튼을 잉태한 성모의 손등에 키스할 뿐이다.

중간점검

대중소설은 빠른 이야기 전개로 독자의 감정을 밑바닥까지 흔든다. 작가들은 독자의 눈길을 사로잡고 책이 끝날 때까지 그 시선을 고정시키기 위해 여러 가지 기법과 장치를 활용한다. 그들은 독자의 흥미를 자극하는 하이콘셉트를 제시하고, 술술 읽히는 글로 책장이 쉽게 넘어가게 하며, 주인공을 시간에 쫓기게 만든다. 계속해서 긴박감을 상승시키고, 주인공의 말보다는 행동으로 독자의 시선을 사로잡으며 무엇보다도 독자들이 주인공에게 감정을 이입하도록 만든다. 주인공들은 각자의 대의명분을 위해, 또 자신의 목적을 이루기 위해 열정적이고도 대담하게 행동한다. 소설 초반의 전제는 이야기 전개에 따라 계속해서 복잡해지고 주인공은 더 높은 장벽에 부딪힐수록 더 큰 열정으로 장벽을 뛰어넘는다. 국가 차원의 오랜 갈등에 뿌리를 두고 있는 사회적 핫버튼 이슈도 빠질 수 없다.

다음 장에서는 더욱 구체적으로 소설을 살펴볼 것이다. 베스트셀러를 빠르게 훑어보고 이 기분 좋은 음식을 꿀떡꿀떡 삼키면서, 혹자는 이런 질문을 던질지도 모르겠다. "이렇게 맛있고 소화도 잘 되는 음식이 영양가까지 있을 수 있을까?"

다음 장에서 우리는 이 질문에 대한 답을 찾아볼 것이다. 하지만 시작 전에, 나는 저 질문에 한마디로 대답할 수 있다. "그렇다"고.

웅장한 스케일 속 소소한 이야기

이미 세계 최고의 국가인 미국은 앞으로 경쟁국을 크게 앞서나갈 것이다. 인구, 부, 연간 저축, 신용, 농업, 부채 비율 등 다방면에서 미국은 이미 다른 문명세계를 앞서가고 있다.

_앤드류 카네기(Andrew Carnegie)
《승리의 민주주의(Triumphant Democracy)》, 1886

소설 속 놀라운 능력의 주인공들은 이야기 시작부터 끝까지 멋진 일들을 해낸다.

소설은 발생 직후부터 계급과 인종편견, 사회적 불평등 따위는 아랑곳하지 않는 거대한 조직 대 개인의 분투를 다뤘다. 지난 200년 동안 우리에게 잘 알려진 소설 속 주인공들은 그저 단순한 개인을 넘어선 그 시대의 화신이었다.

《허클베리 핀의 모험》,《백경》,《순수의 시대》,《나의 안토니아》,《위대한 개츠비》,《분노의 포도》,《투명인간》,《지상에서 영원으로》,《네이티브 선》 등 미국의 걸작 대부분은 사회문제를 비판적으로 다뤘다. 이 소설 속 주인공들은 자기 자신과 싸우기보다는 거대한 조직과 집단에 맞서 자신의 운명을 개척해나갔다.

미국의 베스트셀러들은 주인공의 감정과 의식, 생각을 섬세하게 표현하기보다는 광범위한 역사적, 사회적 무대를 배경으로 인간사와 인간의 행동, 관습, 신념을 다뤘다.

대부분의 소설에서 사건 묘사와 성격 묘사 사이에 시소효과(한 쪽이 올라가면 다른 한 쪽은 어쩔 수 없이 내려가는 효과-옮긴이)가 나타나듯 주인공의 내면과 외면 묘사에도 비슷한 관계가 성립된다. 작가가 시대적 배경을 설정하고 그 시대의 풍속, 행동, 의복, 물건 등 외적 묘사에 내러티브 에너지를 쏟아부을 경우, 주인공의 내면을 밀도 있게 표현할 시간은 자연스레 부족해진다.

많은 인기 베스트셀러의 공통적 특징을 꼽으라면 주인공을 중심으로 시대와 사건을 폭넓게 조망했다는 것을 들 수 있다. 싱클레어 루이스(Sinclair Lewis), 펄 벅(Pearl S. Buck), 제임스 존스(James Jones), 존 스타인벡, 제임스 미치너(James Michener) 외에도 많은 미국 소설가들이 거대한 배경 아래 주인공의 삶을 장엄한 파노라마로 그려냈다.

생기 넘치고 늠름하며 거친 주인공

역대 최고의 베스트셀러들이 공통으로 보이는 특징 중 하나는 거대한 배경 아래 소소한 이야기를 펼쳐갔다는 것이다.

《바람과 함께 사라지다》의 초반부에서 스칼렛 오하라는 아버지 제럴드 오하라에게 자신이 애슐리에게서 위안을 얻는 이유를 설명하려 한다. '스칼렛은 애슐리에게 생기 넘치고 늠름하며 거친 면이 있다고 생각했다. 하지만 스스로를 분석해본 적이 없던 스칼렛은 자기 안에도 그런 부분이 있기 때문에 그에게 끌리는 것이라는 사실을 알아차리지 못했다…….'

우리의 다른 주인공들도 스칼렛과 마찬가지로 자신을 분석하지 않는다. 스칼렛이 자기를 분석할 필요를 못 느끼는 것처럼 앨리슨 매킨지도, 잭 라이언도, 미첼 맥디르도, 로버트 랭던 교수도 마찬가지다. 이들은 자신에게 몰두하거나 깊은 생각에 빠지지 않는다. 때문에 우리는 주로 외적인 관찰을 통해 그들이 어떤 사람인지 파악한다. 주인공이 사회에서 어떤 관계를 맺고 어떤 행동을 하는지, 어떤 옷을 입는지, 무슨 말을 하는지, 사람들과 함께 있을 때와 혼자 있을 때 어떻게 다르게 행동하는지 등 눈에 보이는 외적 활동이 그에 대해 말해주는 것은 많지만 그의 깊숙한 의식세계가 말해주는 것은 거의 없다.

독자들은 스케일 큰 이야기에 매혹된다. 거대한 무대 위에서 펼쳐지는 의미 있는 이야기, 거기에 다양한 사회계급까지 등장하면 금상첨화다. 이야기 속 소재뿐 아니라 등장하는 인물도 다양할수록 좋기 때문이다.

소설은 발생 직후부터 가장 민주적인 문학형식으로 기능해왔다. 일상에서 쓰는 언어 그대로의 단순한 산문체를 사용했기 때문에, 문맹만 아니라면 누구나 초기 영국 소설을 읽을 수 있었다. 현대의 베스트셀러 소설 또한 독자들에게 그 이상의 수준을 요구하지 않는다. 초기 소설의 평등정신은 미국의 현대 베스트셀러에도 그대로 살아있다.

18세기 산업혁명 시대에 태동한 소설은 사람들의 신분 상승을 돕는 역할을 했다. 초기 영국 소설가들은 독자가 이해하기 쉬운 표현과 스타일로 생기 넘치고 늠름하며 거친 주인공의 이야기를 써서, 신분 상승의 방법을 알려주는 것이 자신의 주 임무라고 생각했다.

지금도 마찬가지다. 미국의 현대 베스트셀러 소설은 200년 전 초기 소설이 타깃으로 삼았던 독자를 여전히 대상으로 삼고 있고, 그때와 같은 문제, 즉 사회적 유동성이라는 주제를 집중적으로 다루고 있다. 대표적으로 인종, 성별, 계급 간 평등, 빈곤층과 부유층의 투쟁과 승리 같은 주제를 들 수 있다. 말하자면 현대 소설은 주인공이 자신과 벌이는 싸움을 묘사하기보다는 거대한 조직이나 힘에 맞서 싸우는 이야기를 다루고 있다.

《바람과 함께 사라지다》의 작가는 스칼렛이 안전하고 예측가능한 피난처인 전쟁 전의 타라 농장으로 돌아가기 위해 발버둥치는 것을 묘사하는 데 책의 대부분을 할애한다. 전쟁 전 타라에서는 스칼렛이 남자들에게 매력적으로 보이기 위해 살짝 윙크만 해도 그들은 그녀 앞에 바로 무릎을 꿇고 구애했다. 비록 전쟁 전으로 돌아가고자 하는 스칼렛의 향수 젖은 바람은 애슐리 윌크스와 결혼하겠다는 그녀의 환상만큼이나 가망 없지만, 엄혹한 현실에

웅장한 스케일 속 소소한 이야기

도 불구하고 그녀의 야심은 결코 수그러들지 않는다.

스칼렛은 역사적으로 얼마나 중요한 시대를 살고 있는지 끝내 알지 못한다. 그녀는 그저 전쟁이 가져온 불편함이 싫을 뿐이고, 살아남기 위해 말도 안 되는 일을 해야 하는 상황이 짜증 날 뿐이다. 그것도 그녀의 매력이긴 하지만, 결과적으로 스칼렛은 사회정의를 요구하며 시위하는 사람보다도 큰 목소리로 징징거린다. 그런 의미에서 스칼렛은 코믹한 캐릭터에 가깝다. 그녀는 자신이 처한 상황이 얼마나 엄청난 것인지를 모르기 때문에 가혹한 시련이 닥쳐도 의연하다. 그리고 끝까지 자신이 영웅처럼 행동하고 있다는 사실을 결코 깨닫지 못한다.

《바람과 함께 사라지다》에서 스칼렛은 사회에서 살아남기 위해 해야 하는 일상적인 일들에서 시련을 겪는데, 대부분의 독자들은 이 사회라는 곳이 얼마나 냉혹한 곳인지 알고 있다. 스칼렛은 예의범절과 상류사회의 품행이 급격하게 변하는 와중에, 그것들을 완벽하게 배워 익혀야 한다.

스칼렛이 전시(戰時)의 현실에 대처해나가고 예의범절을 중시하는 애틀랜타에서 과부로 사는 법을 배우면서, 미국 역사상 가장 격동적인 시대를 배경으로 그녀의 개인적인 이야기가 펼쳐진다. 스칼렛은 자신이 원하는 것을 갖도록 도와줄 수 있는 사람이 있으면 그게 누구든 결혼하는 방식으로 사업을 성공시키며 승승장구한다. 그런 의미에서 《바람과 함께 사라지다》는 연애소설인 동시에 여성의 지위 향상과 산업혁명 시대의 기회를 재정의한 소설이기도 하다. 역대 미국 소설 주인공 중 가장 핫한 스타 스칼렛을 위해 작가는 방대한 주제와 포괄적 문제, 거대한 배경 모두를 동원했다.

스칼렛은 타라로 돌아가기 위해 가족을 이끌고 시체가 즐비하고 화염에 휩싸인 애틀랜타를 빠져나온다. 소를 몰 고삐가 없어 입고 있던 페티코트를 찢기도 하고, 살아남기 위해 직접 목화를 따기도 하며, 자신의 집에 침입한 북군 병사를 죽이기도 한다. 또 그녀는 두 남편(레트까지 포함한다면 세 명)과 아이 하나를 잃는다. 하지만 스칼렛은 자신이 지나온 역경만큼이나 거대한, 사랑하는 사람에 대한 갈망으로 모든 난국을 헤쳐나간다.

스칼렛은 내면보다는 외면을 중시했고 사회문제, 그중에서도 표면적 문제에 집중했다. 그녀에게 사회학이란 코르셋과 파티드레스의 디테일 정도였다. 스칼렛이 격동의 역사를 살지 않았다면 그녀의 이야기는 그저 멍청한 여자의 이야기에 지나지 않았을 것이다. 하지만 독자의 눈앞에서 전쟁 전 남부가 비명 속에 사라져가고 인종, 계급, 성별 간 질서가 재편성되고 그에 따라 미국인의 삶이 완전히 바뀌는 엄청난 변화가 일어나면서 스칼렛의 이야기는 더 큰 스케일과 영향력을 갖게 된다.

많은 베스트셀러들이 그렇듯 소설 안에는 작은 이야기 하나, 큰 이야기 하나가 공존한다. 소설 속 스칼렛은 이 이야기들을 하나로 통합시킨다. 《바람과 함께 사라지다》의 중심 스토리는 옹졸하고

웅장한 스케일 속 소소한 이야기

자기도취적인 순진한 처녀가 사랑을 갈망하는 이야기, 즉 애슐리를 갖기 위해 온갖 계략을 세우는 스칼렛의 이야기다. 나머지는 한 북군 병사에 정면으로 맞서고, 무자비한 사업세계에서 성공하고 미국 역사상 가장 극심했던 사회 변화에 적응하는 한 젊은 여인의 이야기다.

인종 정치학

《앵무새 죽이기》의 배경은 《바람과 함께 사라지다》의 거대한 역사적 배경과는 상대가 안 되는 작은 마을이다. 얼핏 보면 소녀의 눈을 통해 그려지는 이 작은 마을의 자화상은 거대한 스케일과는 거리가 있어 보일 것이다.

사람들은 한 시대의 정치적, 사회적 격변이 도심지에서 일어날 것이라고 생각하는 경향이 있다. 그들은 도심에서 일어난 변화가 교외에 다다를 때쯤이면 그 파급력도 현저히 줄어들 것이라고 생각한다. 알 저커먼(Al Zuckerman)은 저서 《블록버스터 소설 쓰기 (Wringting the Blockbuster Novel)》에서 이를 다음과 같이 직설적으로 표현했다. "주기적으로 양장본 소설을 사서 읽을 경제적 여유가 있는 사람은 전체 인구의 1퍼센트 미만이다. 그리고 그 부유한 독자층은 빈곤층보다는 부유층에, 시골사람보다는 도시인에, 혹사당하는 민중보다는 거물급 인사에 더 관심을 갖는 경향을 보인다."

그러나 그의 말이 꼭 맞다고 할 수는 없다. 《앵무새 죽이기》는 역대 최고의 베스트셀러지만, 그 배경은 미국의 도시와는 아주 멀리 떨어진 작고 한적한 마을이다. 그럼에도 불구하고 사람들이 이 책에 매혹된 것은 미국인이 중요하다고 생각하는 문제들을 깊이 있게 다뤘기 때문이다.

앨라배마 주의 외딴 마을 메이컴에서는 경제대공황 시대의 윤리 문제와 정치문제가 법정과 가게, 학교와 교회에까지 파고든다. 스칼렛이 그랬던 것처럼 스카웃 핀치도 사회문제 주변을 배회한다. 독자는 그녀를 따라 흑인교회에도 가보고, 먼 이국땅의 선교사를 후원하고 있는 독실한 여인들도 만나고, 애티커스가 변호하는 흑인 청년을 죽이기 위한 집단린치의 현장도 구경한다. 평범한 주인공이라면 결코 갈 수 없는 장소들이다. 스카웃은 마을에서 일어나는 모든 일을 관찰하며 독자를 메이컴의 구석구석으로 안내한다. 다행인 것은 마을의 사회학적 구조에 관한 한 스카웃이 아주 영리한 관찰자여서 길을 잃을 걱정 따위는 없다는 것이다.

이 짧고도 포괄적인 소설에서 스카웃은 마을 전체를 빠짐없이 살피고 또 살핀다. 메이컴은 땅도 비좁고 인구도 얼마 안 되는 마을이지만, 스카웃은 넓은 시야로 메이컴을 응시하고 그녀의 시선은 마을을 넘어 미국 전체에 닿는다.

웅장한 스케일 속 소소한 이야기

크게, 더 크게, 좀 더 크게

《다빈치 코드》는 아주 오래된 제도의 핵심 가치에 도전장을 내민다. 그 대표적 대상을 두 개만 꼽아도 천주교와 서양미술이니, 얼마나 큰 스케일의 이야기를 하고 있는지 대충 감이 올 것이다. 그럼에도 불구하고 작가는 행여나 독자가 잊을까 노파심에 사로잡혀 끊임없는 과장법으로 그 사실을 상기시킨다. "더 큰 걸 원하는가? 여기 있다" 하는 식이다. 아래는《다빈치 코드》에서 발췌한 문장이다. 실제 책을 읽은 사람은 알겠지만, 책 페이지를 넘길 때마다 아래와 같은 최상급 표현을 발견할 수 있다.

1. "세상에서 가장 유명한 그림……"
2. "유럽에서 가장 긴 빌딩……"
3. "역사상 가장 유명한 수열……"
4. "세상에서 가장 유명한 예술작품……"
5. "세상에서 가장 많이 문서화된 아는 사람만 아는 농담……"
6. "인류 역사상 사람들이 가장 많이 찾아 헤맨 보물……"
7. "역대 최고(最古) 미스터리……"
8. "역대 최고 프레스코화……"
9. "역대 최고의 비밀……"

이 난무하는 과장법을 보라. 최고 위대한 이것, 최고 큰 저것, 가장 유명한 이것, 제일 유명한 저것 등등, 작가가 팔꿈치로 독자의 가슴을 툭툭 치며 이렇게 말하는 것 같다. "알겠어? 알겠냐고! 이거 중요하다니까! 이거 중요한 거야! 정말로 엄청난 거라고!"

물론 대부분의 독자들은 소설 속 수수께끼 풀기와 천주교, 기호학, 여신, 서양미술, 파리, 런던 여행 정보에 푹 빠져, 대수롭지 않게 이런 문구들을 지나친다. 사실 《다빈치 코드》의 경우, 이렇게 과장된 표현법을 쓸 필요는 없었다. 줄거리 자체의 스케일과 장엄한 주제, 놀라운 폭로만으로도 이미 충분하기 때문이다.

판돈은 클수록 제맛

《붉은 10월호》잭 라이언의 활동 무대는 두 초강대국이 첨단무기를 가지고 각축전을 벌이는 대서양의 망망대해 어디쯤이다. 소련의 핵잠수함은 최첨단 소음제거장치를 탑재해 위치 포착이 불가능할 만큼 조용히 운항 중이고 미국은 상대적으로 뒤떨어진 기술로 소련의 잠수함 위치를 파악하려고 필사적이다. 소련의 이 첨단기술은 미소 양국 간의 군사력 균형을 단번에 무너뜨릴 수 있을 정도로 위협적이다.

잭 라이언의 내면에 대해 우리가 아는 바는 거의 없다. 확실한 것은 그가 아주 똑똑한 사람이고 군사문제를 전공한 전문가이며, 나라의 부름에 비록 잠시 주저하기는 하지만 용감하게 응했고, 제3차 세계대전의 발발을 막기 위해 자신의 군사지식과 미국인으로서 가진 양식(良識)을 최대한 활용하고 있다는 것이다. 이런 남자를 어떻게 싫어할 수가 있겠는가? 또 그의 대담하고 모험가적인 행동을 이해하는 데 그의 심리상태를 좀 더 아는 것이 무슨 도움이 되겠는가?

마리오 푸조가 독자에게 이야기한 것은 마피아 가족 그리고 마피아의 이야기다. 《바람과 함께 사라지다》, 《엑소시스트》, 《죠스》, 《붉은 10월호》와 마찬가지로 《대부》도 전쟁소설이다. 소설 속에서 한 마피아 조직은 다른 마피아 조직과 전쟁에 휘말리고, 코를레오네 가문은 법을 준수하는 세상과 전쟁을 치른다.

이 소설의 매력 중 하나는 미국 사회의 구석구석까지 침투해 있는 거대한 범죄조직의 권력구조를 상세히 그리고 있다는 것이다. 킬러와 도둑으로 이뤄진 이 거대한 네트워크를 두루두루 살펴볼 수 있다는 것만으로도, 마이클 코를레오네와 대부의 마음속을 들여다볼 시간이 턱없이 부족하고 아는 것도 없다는 사실은 별로 대수롭지 않게 느껴진다.

조용하고 비밀스럽게 움직이는 핵잠수함과 《죠스》에서 깊은 바다 속을 유영하는 백상어의 공통점은 무엇일까? 답은 거대함이다. 그 백상어는 보잘 것 없는 작은 물고기가 아니라 거대한 물고기다. 바다 깊숙한 곳에서 온 그 백상어는 다른 상어들 위에 군림하는 절대 상어다. 상어는 어부부터 거만한 시장에 이르기까지 아미티 마을 전체를 들썩이게 만들고, 상어가 지나가며 남긴 수면의 잔물결은 호기심을 담고 아미티 바깥으로 퍼져나간다.

다음은 《엑소시스트》다. 악마보다 큰 스케일의 주인공을 찾는 것이 가능키나 할까? 아마도 불가능할 것이다. 악령의 목소리와 메스꺼운 냄새, 또 소녀의 육체 안에 들어간 소름끼치는 존재, 눈앞을 빙빙 돌게 만드는 공포와 선악구도, 이 모든 것이 어린 소녀를 악령에게서 구하기 위해 기독교 전체가 발 벗고 나서게 만든다.

《인디언 여름》의 페이튼 플레이스는 단순히 뉴잉글랜드에 위치한 작은 마을이 아니다. 페이튼 플레이스는 비밀과 위선, 낙태, 근친상간, 10대 섹스, 성폭력으로 얼룩진 미국의 모든 마을을 의미한다. 그곳은 예의범절이라는 가면 아래 숨어 꿈틀거리는 현실 속 미국 그 자체다. 《앵무새 죽이기》와 마찬가지로 《인디언 여름》은 미국인이 차마 인정하고 싶어하지 않는 부패한 관습과 계급투쟁을 폭넓게 다룬다. 이런 의미에서 《인디언 여름》은 뉴잉글랜드 주민들의 사생활 폭로 이상의 의미를 갖는다. 실제로 《인디언 여름》은 여성 탄압과 착취 그리고 빈곤층 문제 등 전후 시대의 주요 사회문제를 연대순으로 다루는 한편 해방을 꿈꾸는 여성들의 용기를 소재로 삼았다.

《그래서 그들은 바다로 갔다》에서 존 그리샴은 미국 남부에 위치한 작은 법률회사의 실체를 폭로한다. 존 그리샴은 하버드 법대를 우수한 성적으로 졸업한 미첼 맥디르를 수상한 회사에 보내 일하게 만들어놓고, 다시 FBI의 국장급 인물을 외딴 공원으로 보내 미첼과 접선하게 해서는 이 악랄한 다국적 기업을 일망타진하도록 FBI를 위해 일해줄 수 없겠느냐고 제안하게 만든다. 한 FBI 요원은 미첼에게 이렇게 말한다.

"회사 내부에서 건수를 하나 찾으시오. 그걸로 회사를 무너뜨리고 미국 최대의 범죄조직을 와해시키는 겁니다."

크게, 더 크게, 좀 더 크게 법칙이다.

재클린 수잔의 소설 《인형의 계곡》은 1990년대 후반 미국을 강타한 드라마 〈섹스 앤 더 시티(Sex and the City)〉의 전신이다. 작가는 세 여 주인공을 미국 대도시 뉴욕과 LA에 떨궈놓고는 화려한 스타들과 쇼비즈니스 업계 인물들과 어울리도록 만든다. 독자들은 영화배우와 브로드웨이의 유명인사, 엔터테인먼트 업계에서 최고 영향력을 행사하는 브로커에 매혹되고, 커다란 스케일의 배경 아래 펼쳐지는 방탕한 이야기에 빠져든다.

《죽음의 지대》에서 스티븐 킹은 우드스탁, 워터게이트, 켄트 주립대학 발포 사건으로 대변되는 1960년대와 1970년대 초반의 정치적 격동기를 배경으로 조니 스미스 이야기를 풀어낸다. 조니는 혼수상태에 빠진 채 이 격동의 4년을 잃어버리고, 깨어난 후에야 베트남 전쟁은 이미 끝났고 닉슨은 대통령 자리에서 쫓겨났음을 알게 된다. 이 소설의 중심 스토리에서 정치는 중요한 의미를 갖는다. 조니가 격세지감에 빠져 있다가 현실을 직시할 때, 백악관 점령을 목표로 하는 과대망상증 정치인 그렉 스틸슨을 암살하는 데자신의 초능력을 사용할 것인지 말 것인지를 결정해야 하기 때문이다. 조니의 '예지력'은 대중에게 널리 알려지고, 그가 한 행동들은국가 차원의 뉴스가 된다.

이 거대한 스케일의 배경 아래 펼쳐지는 또 다른 이야기 속에서조니는 스틸슨이 선두 지휘하는 악한 미래를 본 후, 자신이 스틸슨을 처단해야 한다는 것을 깨닫는다. 스틸슨은 곧 제2의 히틀러나빈 라덴이 될 것이다. 세계 멸망을 가져올 이 전쟁에서 인류를 구원해줄 유일한 희망은 바로 조니 스미스다.

판돈이 너무 크다. 이보다 더 클 수는 없을 만큼.

태평양에서 대서양까지

장편소설이라는 형식이나 방대한 시공간을 배경으로 하는 소설에 대한 권리가 미국에 있는 것은 아니지만 확실히 미국이 원조라고 주장할 수 있는 것들이 있다. 바로 장엄하고 웅장한 스토리와짜임새가 엉성한 자화자찬 일색의 백인풍 스토리를 지나치게 좋아하는 경향이 그것이다. 시인 월트 휘트먼(Walt Whitman)은 미국을 얘기하며 "나는 크다. 나는 많은 것을 품고 있다"고 즐겨 말했다.

레스토랑 한 끼 식사만큼의 돈을 지불하고 소설책을 사는 사람들은 자신이 읽을 이야기가 간단한 타파스(여러 가지 요리를 조금씩 담아내는 스페인식 음식-옮긴이)에 그치지 않기를 바라는 것 같다. 그들은 미국이 북미 전체를 지배할 운명을 가졌다는 사명적 스토리나, 미국이 빛나는 언덕 위의 도시가 될 것이라는 유의 이야기를 원한다. 우리 모두는 자신이 가장 중요하다고 생각하는 문제를 이야기하는 책을 원한다.

이런 맥락에서 스칼렛과 미첼 맥디르, 잭 라이언, 스카웃과 그들의 이웃이 희망과 용기를 품고 위험을 불사하고 거대한 임무를 수행하는 것을 지켜보건대, 그들은 틀림없는 미국인들이다. 비록 소설 속 주인공은 내면세계보다는 사회계급, 가족, 친척, 직업에 의해 정의되지만, 내면세계의 부족한 점들은 스케일이 보완해준다.

내가 뽑은 12권의 베스트셀러 소설들에는 갖가지 고정관념이 가득하다. 이기적이고 경박한 남부의 미녀, 돈을 좇는 젊은 변호사, 성실하고 깐깐한 CIA 분석가, 순수를 잃어버린 시골 소녀, 이 모두가 고정관념이라고 할 수 있다. 문학적 완성도에 복잡한 심리 묘사는 필수불가결한 것이라 믿었던 나의 전제를 이런 전형적인 캐릭터들이 어떻게 뿌리까지 흔들 수 있었던 것일까?

나와 제자들은 이 질문의 답을 베스트셀러가 다루는 폭넓은 범위에서 일부 찾을 수 있다고 생각한다. 주인공들은 미국의 정치,

사회의 격동이라는 커다란 스케일의 배경 하에 행동하고, 그들의 개인적 운명과 바람, 꿈들은 미국의 중대 관심사들과 불가분하게 엮여 있다. 스칼렛과 미첼, 잭, 스카웃 외 다른 주인공 모두는 보잘 것 없는 출신의 평범한 미국 시민들이지만 나라의 부름에 응해 자신의 한계를 뛰어넘는다. 그들의 전쟁이 작고 하찮으며 국가적 문제와 상관없는 것이었다면, 단언컨대 대부분의 사람들은 전혀 관심을 갖지 않았을 것이다.

웅장한 스케일 속 소소한 이야기

잃어버린 에덴동산

덧없이 흘러가버리는 매혹적인 한 순간 인간은 이 매혹을 바라보며 숨을 죽였을 것이다. 이해할 수도, 감히 바랄 수도 없는 경이를 받아들이는 자신의 수용력의 한계에 대적하는 그 무언가와 역사상 마지막으로 대면하면서, 자신도 모르게 심미적 묵상 속으로 빨려들어갔을 것이다.

_ F. 스콧 피츠제럴드(F. Scott Fitzgerald), 《위대한 개츠비》 중에서

'천국 같은 미국'이라는 생각은 미국의 국가 정체성 형성에 지대한 영향을 끼쳤다. 그리고 이는 우리 베스트셀러 12권의 주제(Motif) 중 하나이기도 하다.

신세계에 대해 피츠제럴드는 이렇다 할 글을 쓰지 않았지만, 미국이 아직 영국으로부터 독립하기 전 미국에 온 정착민의 전형이라 할 수 있는 토머스 모턴(Thomas Morton)은 1622년 이런 글로 미국의 무성한 황무지를 칭송했다. "내가 알고 있는 세상에 이만한 곳은 없었다…… 무성히 우거진 수풀, 조심스럽게 봉긋 솟은 작은 언덕들…… 수정처럼 맑은 샘물, 속이 빤히 들여다보일 정도로 맑은 시내."

모턴이 미국 땅을 디딘 지도 좀 있으면 400년이다. 하지만 소설 속 자연 묘사는 여전히 미국인들의 마음을 사로잡는다. 베스트셀러 작가들도 이를 잘 이해하고 있는 것 같다.

나와 제자들이 연도별 베스트셀러를 비교하다 처음으로 발견한 베스트셀러의 공통적 특징은 바로 잃어버린 에덴동산의 이미지였다. 우리는 반복적으로 나타나는 이 현상을 가리켜, 조지 오웰의 베스트셀러《1984》에 나오는 구절을 인용해 '황금 나라'라고 명명했다.

> 그 풍경을 꿈속에서 너무나 자주 보았기에, 그는 자신이 실제로 그 풍경을 본 적이 있는지 헷갈려 했다. 꿈에서 깨어나 정신이 들었을 때, 그는 꿈속 그곳을 황금 나라라고 불렀다.

《1984》의 주인공 윈스턴 스미스는 끊임없는 전쟁 가운데 사상 경찰과 빅 브라더의 지속적 감시를 받으면서도 꿈속 관능적인 환상의 나라로 자주 탈출한다. 이제는 희미한 기억으로만 남은 잃어버린 세계와 다시 만나기 위해서다. 그곳에는 시냇물이 졸졸 흐르고 신록의 들판이 펼쳐져 있으며 여인의 머리칼처럼 무성한 느릅나무 잎사귀들이 바람에 흔들리고 있다.

윈스턴 스미스가 매일 반복되는 기계적 일상에서 탈출해 느끼는 안도감은 잠깐 지속될 뿐이지만 독자에게는 매우 특별하게 다가온다. 황금 나라를 묘사한 이 서정적 표현은 조지 오웰이 암울하고 억압받는 미래 사회를 그리기 위해 사용한 무미건조한 문체에 대비되어 아주 두드러진다.

일반적으로 미국 작가들은 영국 소설가 조지 오웰과는 다르게, 두 가지 시각에서 에덴동산을 묘사한다. 헨리 데이비드 소로(Henry

David Thoreau)가 월든 호반(湖畔)의 자연에 묻혀 살았던 삶을 기록한 산문《월든(Walden)》을 예로 들어보자. 유토피아적인가? 그렇다. 에덴동산 같은가? 그것도 그렇다. 하지만《월든》은 영감을 주는 글인 동시에 자연 속에서 어떻게 살아야 하는지를 알려주는 실용적 지침서이기도 하다. 지극히 미국적인 작가였던 소로는 자연의 아름다움을 열렬히 찬양하는 한편 숲 속에서 살아남는 현실적인 방법에도 관심을 가졌다. 이렇게 미국 베스트셀러 속 자연은 인간이 정복해야 할, 덧없는 아름다움의 에덴동산으로 묘사된다.

구세계와 신세계

미국 독자들은 땅에 뿌리를 둔 이야기를 원한다. 여기에는 미국이 새로운 에덴동산이라는 민족 신화도 영향을 주었을 것이다. 신화 속 미국은 순결한 황무지에서 새롭게 시작할 수 있는 기회의 나라였다.

미국으로 건너온 청교도인들은 신세계로 건너와서 만난, 하나님이 손으로 직접 빚어낸 그 풍성하고 아름다운 자연에 황홀해했다. 그들은 오염되지 않은 자연 그대로의 숲에서 지상낙원을 봤다. 즐거움과 유혹까지 겸비한 낙원이었다. 그들의 후손 미국인들은 각자의 종교에 상관없이 미국의 자연을 천연기념물로 인식한다.

유럽 사람들이 자신이 세운 거대한 성당을 바라보듯, 미국인은 그런 눈빛으로 경탄이 절로 나오는 산맥과 삼림지대, 협곡 등의 자연을 본다. 물론 미국에 노트르담 대성당이나 샤르트르 대성당은 없지만, 저 웅장한 로키 산맥을 한번 보라.

미국의 황무지는 미국인에게 개척정신과 저돌적 감성을 선물해 줬다. 특히 저돌적 감성은 대서양 건너편에 살고 있는 미국의 까다로운 사촌 영국인과 미국인을 구별 짓는 특징이다. 미국인에게 자연이란 낭만적 감성에 차서 바라본 안개가 자욱이 낀 산 정상이 아니다. 미국인은 보다 실용적으로 자연을 바라본다. 그들에게 자연은 휴식이 필요한 야생마이고, 생존을 위해 곡식을 심기 위해 곳곳에 널려 있는 그루터기와 거친 돌을 치워야 할 초원이며, 나라 발전에 방해가 된다면 깎아야 할 산맥이다. 또한 울창한 숲은 야만인과 회색 곰, 방울뱀을 비롯한 무시무시한 피조물이 도사리고 있는 곳이다.

《대부》에서 마이클 코를레오네가 걸어 들어가는 곳이 바로 이 위험한 에덴동산이다. 경찰서장을 살해한 후 대부의 막내아들 마이클은 이탈리아 시칠리아로 피신해 법적 소송이 끝나 집으로 돌아갈 수 있을 때까지 몸을 사리고 기다린다. 시칠리아 행 비행기에 몸을 실을 때 마이클은 확실히 낭만이라고는 눈곱만큼도 찾을 수 없는, 전형적인 미국 실용주의자의 모습을 하고 있었다.

그랬던 그가 섬에서 한가로운 시간을 보내다 아폴로니아라는 이름의 아리따운 아가씨를 만나면서 완전히 바뀐다. 그녀를 처음 본 순간 마이클은 벼락을 맞은 듯한 느낌을 받는다. '참을 수 없는 소유욕이 밀려왔다. 지울 수 없는 소녀의 얼굴이 뇌리에 각인되었 다.'

짧은 교제 후 둘은 결혼하고, 몇 페이지에 걸쳐 마이클은 아폴 로니아의 관능미와 시칠리아의 원시적 아름다움에 취해 그의 인생 에서 최고로 행복한 시간을 보낸다. 어느 날 아침, 막 잠에서 깬 마 이클을 묘사한 대목은 《대부》에서는 보기 드문 시적 이미지로 가 득 차 있다. 그 장면에서 마이클은 소설 속 어느 때보다 더 부드럽 고 유약해 보이고, 본질만을 남겨두고는 다 벗은 것같이 그려진다. 이른 아침, 시칠리아의 뜨거운 레몬빛 태양이 마이클의 침실에 쏟 아져 들어온다. 이제 막 잠에서 깬 마이클은 자는 동안 따뜻하게 데워진 자신의 피부에 아폴로니아의 비단결같이 부드러운 피부가 닿아 있는 것을 느끼고, 애무로 그녀의 잠을 깨운다. 몇 달이나 그 녀를 독차지하고 있었음에도 불구하고 마이클은 여전히 아폴로니 아의 아름다움과 격정에 빠져 있는 모습을 보인다.

아폴로니아는 씻고 옷을 입으러 아래층 화장실에 갔다. 마이클은 여 전히 벌거벗은 채 침대에 편안한 자세로 누워 자신의 몸 위로 쏟아지 는 상쾌한 햇살을 느끼며 담배에 불을 붙였다.

그로부터 1~2페이지 후, 아폴로니아는 폭탄 폭발로 살해당하고 마이클은 큰 부상을 입는다. 코를레오네의 에덴동산은 얼마 가지 않았다. 하지만 울창한 숲과 햇살 가득한 초원의 시칠리아에서 보낸 짧은 기간은 마이클의 캐릭터를 근본적으로 재정의한다. 마이클이 시칠리아를 떠난 후, 우리는 마이클을 단순하고 원시적인 그의 조상 땅에 뿌리를 둔 남자로 보기 시작한다. 그리고 소설이 끝날 때까지 그 땅은 마이클과 독자의 기억을 지배한다.

황금 나라에서 보낸 그 짧은 시간이 없었다면 마이클 코를레오네라는 캐릭터의 아주 중요한 부분은 그냥 묻혀버렸을 것이고 캐릭터의 복잡함 또한 크게 줄어들었을 것이다. 마이클이 황금 나라에서 경험한 순수하고 강렬했던 사랑은 그를 다정하고 정열적인 사람으로 다시 태어나게 만들었다. 그 순간부터 시칠리아는 아주 중요한 기준점이 되어, 웅웅거리는 소리굽쇠의 낮은 소리처럼 소설이 끝날 때까지 마이클의 의식을 지배한다.

마이클 코를레오네는 자신의 에덴동산에서 추방당하는 과정에서 인간의 야만성과 정면으로 마주친다. 그는 순수를 잃어버린 후, 더욱 냉정하고 냉소적인 영웅이자 해결사로 변모한다. 선택의 여지란 없었다. 완전히 다른 사람이 된 마이클은 아폴로니아의 품속에서 느꼈던 그런 사랑을 다시는 찾지 못할 것같이 보인다. 이제 그는 전사다. 시칠리아를 떠난 후 그의 방패와 창은 강한 불꽃 아래 더욱 날카롭게 다듬어지고 마이클의 평화롭고 목가적이었던 황금 나라 생활도 끝이 난다.

아폴로니아를 잃은 마이클은 자신의 복수가 정당하다는 생각을 갖게 되고 우리 또한 그의 생각에 묘하게 공감하게 된다. 마이클이 황금 나라에서 사랑하는 여인의 죽음이라는 충격적인 사건을 겪지 않았다면 이후 그가 저지른 모든 범죄와 폭력행위는 훨씬 더 사악하게 느껴졌을 것이다.

전쟁 전 타라

20세기 베스트셀러에서 황금 나라는 주인공들이 원치 않게 떠났고 어떻게든 다시 돌아가려고 애쓰는 진정한 의미의 고향이며, 소설의 기본 토대로 반복 사용된다.

스칼렛이 무수한 단점에도 불구하고 사람들을 매료시킬 수 있었던 이유 그리고 《바람과 함께 사라지다》가 문학적 한계에도 불구하고 큰 인기를 끌 수 있었던 이유는 이 소설이 한결같이 지성보다는 감성을, 정제된 것보다는 날것 그대로를 중시했기 때문이다. 스칼렛은 무도회장과 응접실만 들락거리는 연약한 남부 아가씨가 아니었다. 스칼렛의 아버지가 외부 활동을 즐기듯, 그녀는 울창한 원시림과 목화밭으로 둘러싸인 집과 타라 땅 구석구석을 돌아다녔다.

하지만 훗날 스칼렛의 땅에 대한 사랑은 심각한 시험대에 오른다. 전쟁으로 피란을 떠났던 그녀가 다시 타라로 돌아온 뒤, 가족을 먹여 살리기 위해 목화밭을 되살려야 했을 때다. 하지만 고된 육체노동을 하면서 그녀의 정신력도 목화가 자라듯 성장했고 마침내 결실을 거둔다. 제럴드가 수백 페이지 전에 예상했듯 목화는 그녀를 안심하고 진정하게 만들어준다.

땅과 땅의 풍요로움은 스칼렛의 기운을 북돋는다. 한편 자연의 힘을 알게 된 스칼렛은 겸손해지고 동시에 고양된다. 살아있는 땅 앞에서 귀족과 평민은 똑같이 아무것도 아닌 존재이기 때문이다.

계급적 측면에서 봤을 때, 자연에 대한 지식을 더 많이 가지고 있는 것은 지주나 귀부인이 아닌 노동자다. 직접 손에 흙을 묻히고 자연과 가깝게 지내며 자연에 경의를 표하고, 나무가 열매를 맺게 만드는 것도 모두 다 노동자이기 때문이다.

우리는 고상한 귀족을 '교양 있다(cultivated, '경작된'이라는 뜻도 있음-옮긴이)'라고 표현하는데 여기에서도 알 수 있듯 이 단어의 어원은 농업과 연관되어 있다. 문학 형식 측면에서 보았을 때도, 소설은 발흥 직후부터 평범한 사람들을 독자층으로 삼았기에 땅을 강조할 수밖에 없었다. 소설의 뿌리는 농업국가였던 미국의 과거와 불가분의 관계다.

《바람과 함께 사라지다》에서 가장 눈에 띄게 황금 나라를 다룬 부분은 남북전쟁이 일어나기 전의 타라다. 특별한 이유가 없어도 파티를 열고 여름을 즐겼던 전쟁 전의 타라는 천국이었다. 작가가 소설의 전반부에 풍요로운 땅에 대해 생생하게 묘사하지 않았더라면, 어린 시절을 보낸 집으로 돌아가 폐허가 된 그곳을 재건하고자 하는 스칼렛의 간절한 바람도 의미 없게 느껴질 것이다.

마이클 코를레오네가 시칠리아의 황금 나라를 완벽히 극복하지 못했듯, 스칼렛 오하라도 전쟁이 일어나기 전 남자들에게 잘 보이기 위해 교태를 부리고 여유로운 시간을 보냈던 남부 농장의 기억을 결코 지워내지 못한다.

스칼렛도 마이클과 마찬가지로 자신의 황금 나라에서 쫓겨난다. 황급히 짐을 꾸려 진흙이 질척거리는 애틀랜타의 길거리로 간 스칼렛은 이전과는 완전히 다른 시련에 부딪힌다. 이것들을 헤쳐나갈 수 있도록 해줄 그녀의 강점과 능력은 위험하지만 풍요로운 땅 조지아 주의 흙에 뿌리를 두고 있다.

마이클 코를레오네의 에덴동산에는 올리브 나무와 험준한 언덕 바로 뒤에 살인이 도사리고 있었다. 에덴동산에는 뱀이 있기 마련이다. 스칼렛에게는 그녀의 에덴동산 타라에 '어린 흑인 소년 노예'가 있었다. 전쟁이 일어나기 전의 유토피아를 갈가리 찢어버리는 것은 바로 잔인한 노예제도다. 그 어떤 에덴동산도 영원하지 않다. 우리도 우리의 아버지 혹은 대부가 지은 원죄 때문에 동산에서 쫓겨났다. 우리가 각자의 타라로 되돌아가는 유일한 방법은 《1984》의 윈스턴처럼 상상을 통해 잠시 방문하는 것뿐이다. 타라를 떠난

후부터 소설이 끝날 때까지 스칼렛은 계속해서 다시 돌아가고 싶어한다. 시칠리아의 아폴로니아라는 에덴동산에서 추방당한 마이클은 소설이 끝날 때까지 그녀를 잃게 만든 것에 대한 복수를 하는 데 모든 것을 바친다.

잃어버린 천국

《앵무새 죽이기》에서도 추방은 갑작스럽고 폭력적인 방식으로 일어나지만 특기할 만한 점은 스카웃의 황금 나라가 앞서 살펴본 소설들과는 달리 포근한 대자연이 아니라 순수의 시절이었다는 것이다.

《앵무새 죽이기》의 황금 나라는 잔디 위에 나른히 누워 시간을 보냈던 느긋한 시절로 표현된다. 소설은 스카웃과 오빠 젬, 오빠 친구 딜 셋이서 한가롭게 여름날을 보내는 장면으로 시작된다. 그들은 함께 '이상한 계획을 짜고 기발한 공상에' 푹 빠져 지낸다.

스카웃의 황금 나라는 남자와 여자의 구분이 없는 시절의 의미도 가지고 있다. 하지만 오빠 젬이 사춘기에 접어들고 여동생을 낯설게 여기면서 남녀의 구분이 생겨난다. 완벽했던 그해 여름 몇 달 동안 스칼렛은 셋 중 하나라는 소속감을 즐기고 뒷마당의 큰 전단나무 두 그루 사이에 놓인 나무집 고치기, 책으로 본 이야기나 직접 꾸며낸 이야기 속 인물을 맡아 연기하기 등의 일상에 만족한다. 창의력이 넘치고 남녀의 구분 없는 순진한 시절이었다.

하지만 이런 순수한 유년시절은 영원할 수 없다. 백인 여자를 성폭행한 혐의로 체포된 흑인 청년 톰 로빈슨의 재판이 시작되자, 스카웃은 평범한 사람들보다 이르게 그리고 처참하게 에덴동산에서 추방당한다. 인종차별이 극심한 마을에서 아빠 애티커스가 흑인 청년의 변호를 맡고 그 여파로 집단린치까지 당하게 되면서 스카웃은 엄혹한 현실에 직면한다. 그 과정에서 그녀의 순진함은 녹아 없어지고 유년시절도 끝이 난다.

스카웃은 재판에서 지독한 편견과 체면, 비겁함과 용기를 알게 되고, 정의로 인간의 마음을 바꿀 수는 없다는 것을 깨닫는다. 이 과정에서 그녀는 또래의 다른 아이들보다 빨리 성숙한다.《앵무새 죽이기》에서도 스카웃의 캐릭터는 그녀가 추방당한 황금 나라의 기억을 통해 정의된다.

앨라배마 주의 작은 마을 메이컴을 뒤흔든 재판은 남북전쟁이 끝나고 100년 후 다시 터진 제2의 남북전쟁이었는지도 모른다. 《앵무새 죽이기》의 재판 장면은《바람과 함께 사라지다》의 전쟁이나 아폴로니아의 사망과 같은 역할을 한다. 재판을 기점으로 스카웃은 순수성을 잃고 우울한 현실을 자각하며, 무거운 짐으로 가득한 성인의 세계에 발을 들여놓는다.

다른 소설에서도 황금 나라는 시간과 공간의 조합의 형태로 나

타난다. 이를테면 형언할 수 없이 아름다운 자연 경관, 순수함의
배경이 되는 비밀스러운 장소, 아름다운 전원 풍경, 혼란과 아픔,
무감각이 덮치기 전의 단순했던 시간같이 말이다. 황금 나라는 베
스트셀러의 맥박을 뛰게 만드는 지상낙원이다. 주인공은 황금 나
라를 늘 동경하고 그리워한다. 많은 독자들도 황금 나라가 가진
후회와 열망이라는 감정에 공감한다. 우리 또한 다른 곳을 보고
있는 사이 조금씩 잃어버린 각자의 유년시절, 순수성, 꿈, 성적인
순수함 등 중요한 것을 놓친 것을 후회하고 또 그것을 다시 얻을
수 있길 소망하기 때문이다.

탐욕의 뱀

　존 그리샴은 《그래서 그들은 바다로 갔다》의 서두에서 미첼과
애비 부부의 로스쿨 생활을 잠깐 보여준다. 퇴근 후 집에 돌아온
애비를 남편 미첼이 맞이한다. 그는 애비와 사랑을 나누고 싶다는
듯, 또 무언가 축하할 만한 일이 있다는 듯 흥분된 상태다. 그날
미첼에게 믿을 수 없을 정도로 파격적인 조건을 제시한 회사가 나
타난 것이다. 미첼은 애비를 집 안으로 홱 끌어당겨 소파에 눕히고
키스하기 시작한다. 그들은 서로를 더듬고 10대 연인처럼 신음소
리를 내며 사랑을 나눈다.

젊은 부부는 값싼 샤블리 와인 한 병을 따고 치킨 볶음면과 에그푸영(중국식 계란요리-옮긴이)으로 그날을 축하한다. 소파에서 사랑을 또 나눴음은 물론이다. 그렇다, 달콤하고 단순했던 순수의 로스쿨 시절이다.

소설이 빠르게 전개되면서 미첼 맥디르는 탐욕의 뱀에게 유혹당해 가장 높은 연봉을 제시한 회사에 영혼을 판다. 불행히도 그 법률회사는 코를레오네 조직의 사촌쯤 되는 범죄조직이 조종하는 곳이다. 미첼과 애비는 반짝반짝 빛나는 새 BMW와 대저택, 저이율 대출, 관대했던 1980년대가 제공한 갖가지 혜택에 행복해한다. 하지만 회사일 때문에 결혼생활에 위기가 찾아오고 직장에서 자신의 도덕적 원칙에 부딪히는 일을 겪게 되면서 미첼의 행복은 흔들리기 시작한다. 미첼은 자신이 두고 온 진짜 황금 나라를 그 어느 때보다 갈망하며 애비에게 이렇게 말한다. "캠브리지의 방 두 개짜리 학생 기숙사에 살 때가 더 행복했던 것 같아."

그리샴은 단 1~2문단으로 이 부부의 순수했던 로스쿨 생활을 묘사하고, 저 한 문장으로 잃어버린 황금 나라에 대한 향수와 후회를 표현한다. 하지만 그 구절들이 없었다면 미첼의 야망은 통제되지 않는 탐욕으로 보였을 것이고, 그렇게 되면 이 소설은 참혹하게 끝날 방종에 바치는 길고 긴 시에 지나지 않았을 것이다.

존 그리샴은 짧게나마 그들의 황금 나라를 묘사함으로써 젊은이 특유의 이상주의를 꿈꾸던 순수한 청년이 돈이라는 유혹에 넘어가 타락했다가 잘못을 뉘우치고 잃어버린 낙원을 되찾으려 한다는 것을 독자에게 암시한다.

산만한 아이였지만 하버드 로스쿨에 진학해 최고 로펌이 탐내는 잘나가는 변호사가 된 미첼은 소설 말미에 BMW와 대저택으로 대변되는 가짜 에덴동산에서 추방당한 후 새로운 황금 나라에서 새 출발의 기회를 찾는다. 그의 새 황금 나라는 그가 상상했던 것보다 훨씬 더 좋다. 리틀케이맨 섬의 소박한 목조주택에서 미첼과 애비는 럼주를 마시고 해변에서 정사를 나누며 새로운 삶을 축하한다.

오염된 정원

《인디언 여름》에서의 황금 나라는 아름다운 자연 경관으로 나타난다. 적어도 처음에는 그런 것처럼 보인다.

앨리슨은 숲 속을 걸어 국화꽃이 만개한 들판에 다다른다. 노란 꽃들로 가득한 공터를 가로질러 뛰어가면서 그녀는 '무아지경'에 빠져 자신을 감싸고 있는 세상을 향해 두 팔을 활짝 벌린다.

그곳은 앨리슨 매킨지의 비밀장소다. 13세 소녀가 발견한 그녀만의 황금 나라는 사람의 손길이 닿지 않은 뉴잉글랜드의 마지막 숲 속, 그중에서도 막다른 곳에 위치하고 있다. 페이튼 플레이스

근처에서는 가장 순수하고 완전한 에덴동산에 가까운 장소다. 앨리슨은 그곳에서 자연과 교감하고 자연이 주는 진정효과를 누린다. 하지만 그녀가 자신만의 비밀정원에서 넘실대는 황금빛 꽃물결에 흠뻑 젖어 있는 장면에서, 단 25페이지만 넘기면 모든 것이 달라진다. 앨리슨이 감정이 메마른 친구 셀레나를 자신의 비밀장소에 데리고 가려 하는 데서 모든 것이 무너지기 시작한다.

셀레나는 앨리슨과 함께 숲 속을 걷기 싫다며 친구의 제안을 거절하고 앨리슨은 그런 친구에게 자신의 '비밀장소'를 거부하다니 못됐다고 말한다. 셀레나는 친구의 순수함을 파괴하는 데 묘한 재미를 느끼며 충격적인 사실을 폭로한다. 앨리슨의 비밀장소는 어두컴컴한 밤에 남자아이들이 여자아이들과 애무하러 찾는 장소라는 것이다. 그리고 셀레나의 그 폭로를 기점으로 다양한 성적 접촉의 장면이 끊이지 않고 등장한다.

순진한 앨리슨은 연인들이 찾는 으슥한 장소를 자신도 모르게 황금 나라로 선택했다. 그것도 평범한 연인들이 찾는 곳도 아니고 온갖 성적 타락이 난무하는 페이튼 플레이스의 연인들이 찾는 곳이다. 불쌍한 주인공 소녀는 자신의 가장 신성한 장소로, 세속적인 동네에서도 가장 세속적인 장소를 골랐다.

암울한 현실을 담고 있는 이 아이러니한 장면은 《인디언 여름》 전체를 관통하는 패러다임이다. 곧 이 소설의 거의 모든 등장인물이 앨리슨과 같은 인식의 변화를 겪으며 각자의 환상이 무너지는 경험을 한다.

앨리슨은 이후 자신의 비밀장소에 노먼 페이지라는 남자와 함께 와서 첫 키스를 나눈다. 노먼은 섹스에 관한 책에서 읽은 것들을 그녀에게 이야기하지만 그런 그의 모습에 앨리슨은 전혀 달아오르지 않고 그의 부드러운 키스도 그녀를 흥분시키지 못한다. 앨리슨의 황금 나라의 한가운데서 벌어진 이 전희는 다음 단계로 진행되지 못하고 그대로 끝이 난다.

결국 섹스로 이어지지 않은 이 날의 성적 접촉은 앨리슨의 삶의 궤도를 완전히 바꿔놓는다. 그녀는 이제 자신의 첫 키스 배경이었던 그 황무지처럼 야생적이고 자신을 주도하는 남자를 원한다. 열정을 책에서 배운 남자는 싫다. 앨리슨의 비밀장소에서 일어나는 몇 장면들은 그녀에게 성인이 된 후까지 커다란 영향을 미친다.

소설의 중후반부, 앨리슨은 연인에게 잔인하게 속고 자신이 사생아라는 사실도 알게 되며 페이튼 플레이스의 자살, 낙태, 근친상간 등 지저분한 역사와도 대면하게 된다. 그런 후 소설의 결말부분에 앨리슨은 위안을 받고 싶은 마음에 자신의 황금 나라를 찾는다. 예전에 그곳에서 느꼈던 마법과도 같았던 힘이 그때 그대로는 아니지만, 그녀는 충분하다고 느낀다. 앨리슨은 오랜 시간 앉아 생각에 잠기며 어릴 적 느꼈던 그 깊은 위안의 조각을 다시 발견한다.

황금 기회

《죠스》의 섬사람들에게 낙원이란 휴가철 동안 외부 침입자들에게 잠시 빌려주는 섬이다. 섬사람들의 재정은 전적으로 그해 행락객이 얼마나 다녀가느냐에 달려 있다. 작가는 소설 초반에 도시사람들이 몰려오기 전, 자연 상태 그대로의 섬을 이렇게 묘사한다.

> 부드러운 바람에 바다에 잔물결이 인다. 한밤중 상쾌한 공기, 한낮의 뜨거웠던 태양에 아직도 모래가 따듯하다. 평온하고 아름다운 섬이다.

그로부터 얼마 지나지 않아, 간밤 알몸으로 바다에 뛰어들었던 여인이 훼손된 사체로 해안가에 나타난다. 자, 이제 낙원은 끝났다. 선량한 경찰서장 마틴 브로디는 시민들에게 상어가 나타났다는 사실을 알리고 싶지만 시장은 지역사회의 자금줄인 피서객이 겁에 질려 휴가지를 바꿀 경우 섬이 입을 재정적 타격을 우려한다. 시장은 이 에덴동산이 여전히 그 에덴동산이며, 징그러운 뱀은 아직 나타나지 않았다고 거짓말을 하려 한다.

브로디와 그의 편에 선 사람들에게 해변, 바다, 햇살 좋은 여름날, 상어를 비롯한 아미티의 자연은 종교적 의미를 지닌다. 반면 시장과 의원들은 자연을 판매 목적인 상품으로 본다. 미국에서 흔히 그렇듯, 한 사람의 황금 나라는 다른 사람의 황금 기회다.

돈이 미첼과 애비의 지상낙원을 오염시켰고, 욕정에 몸이 달아오른 10대들이 앨리슨 매킨지의 비밀장소를 침범했듯, 도시에서 온 행락객들은 곧 이 성역을 침입하고 섬사람들의 에덴동산을 포위할 것이다.

이제 브로디의 임무는 상어를 제거하고 마을을 예전 상태로 되돌려놓는 것이다. 부르르 끓었다가도 금방 식어버리는 여름철 피서객들은 곧 상어를 잊어버리고 아미티를 황금 나라로 여길 수 있을 것이다. 하지만 대부분의 지역주민들은 다르다. 그들에게 상어가 유린한 바다는 더 이상 평온했던 그 옛날 바다가 아니다. 자연이 선사한 아름다운 바다는 인간을 해치지 않을 것이란 순수한 믿음이 깨진 것이다. 여행객들이 섬을 떠난 후 과연 황금 나라는 재건될 수 있을까? 상어는 마을이 원래 가지고 있던 평온한 바닷가에 대한 판타지를 산산조각 냈다. 이제 남은 건 더 이상 존재하지 않는 순수에 대한 희미한 갈망뿐이다.

살얼음판

이제 《죽음의 지대》를 살펴보자. 이 소설의 황금 나라에 가까운 이미지는 우리의 영웅 조니 스미스가 연못에서 스케이트를 타다가 넘어지기 전의 초반 몇 페이지에 걸쳐 등장한다. 조니 스미스가 어렸을 때 일이다. 아이들 한 무리가 꽁꽁 언 연못 위에서 나뭇가지를 스틱 삼고 감자 주머니를 골문 삼아 하키를 하고 있다. 더 어린 아이들은 연못 가장자리에서 놀고 있고 다른 한쪽 구석에서는 사람들이 모닥불을 피우고 있다. 아이들을 지켜보느라 연못가를 서성이는 몇몇 부모들은 미국 화가 노먼 록웰(Norman Rockwell)의 그림에서 보는 것 같은 안정감을 선사한다.

하지만 그로부터 1~2페이지를 넘기면 조니 스미스는 평온하기만 했던 얼음 위에서 미끄러져 머리를 부딪친다. 이 사고로 조니 스미스에게는 약간의 초능력이 생기는데, 이는 에덴동산으로부터 추방당하는 첫 단계인 셈이다. 이 소설의 도입부가 끝날 때까지도 조니는 여전히 황금 나라 안에 속해 있다. 하지만 이 첫 번째 사고는 성인이 된 조니가 두 번째 사고를 겪으며 얻게 될 예지력에 대한 복선이 된다.

스티븐 킹의 소설을 읽는 동안, 우리 모두는 미끄러운 얼음판 위에서 스케이트를 탄다. 소설 속의 정해진 운명 혹은 사고로 인해 우리는 눈 깜짝할 사이에 우리가 살고 있는 평범한 세상에서 벗어나 기존의 생각이 통하지 않고 공포만이 가득한 다른 세계로 던져진다. 《죽음의 지대》가 그렇고 스티븐 킹의 다른 베스트셀러도 마찬가지다. 그의 소설 《쿠조》에 나오는 개 세인트 버나드는 토끼를 쫓다가 우연히 갇힌 동굴에서 박쥐에 물려 광견병에 걸린다. 이후 수많은 우연의 사건들이 연달아 일어나면서 이야기는 빠르게 전개된다.

스티븐 킹의 소설에서는 주인공이 불운과 그 밖의 여러 요소들로 인해 유년시절이라는 황금 나라에서 쫓겨난다. 또 그의 소설에서 광적으로 종교에 집착하는 사람은 주인공을 황금 나라에서 추방하는 사람으로 그려진다.《죽음의 지대》나《캐리》에서 남을 지배하려 드는 기독교 극단주의가 우리의 순수한 주인공을 에덴동산에서 쫓아내듯 말이다.

하지만 발밑의 미끄러운 얼음같이 진짜 위험은 우연에서 비롯된다. 불운을 피해갈 수 있는 사람은 없다. 이는 스티븐 킹이 공포감을 조성하기 위해 자주 사용하는 전제이기도 하다. 그의 소설에서는 우리가 아무리 까치발을 들고 조심한다 해도 황금 나라를 나서자마자 도사리고 있는 공포를 피하지 못한다. 우리의 유일한 희망은《죽음의 지대》의 주인공 조니 스미스처럼 각자에게 주어진 저주와도 같은 능력을 좋은 목적을 위해 쓰는 것이다.

복숭아 농장

온통 섹스와 마약에 관한 이야기《인형의 계곡》에서도 황무지와 자연은 내러티브 전개에서 제한적이나 매우 중요한 역할을 맡고 있다. 비록 우리가 좇는 소설 속 여 주인공들은 콘크리트와 자동

차 경적, 나이트클럽, 닭장 같은 아파트로 가득한 도시의 삶에 충
성을 맹세하지만, 이 소설에도 황금 나라를 가슴 저미게 회상하는
짧은 순간이 존재한다.

그 이야기는 소설의 주인공 앤 웰스가 도회적이고 세련된 남자
라이언 버크와 단 둘이 있을 때 나온다. 앤의 말에 따르면 "누구든
작아 보이게 만드는 위력을 가진 남자"였던 라이언은 그녀에게 전
쟁터에서 겪은 이야기를 들려준다. 그 이야기가 주는 진짜 교훈이
무엇인지 전혀 감을 잡지 못한 채 말이다. 라이언은 젊은 병사와
함께 폐허가 된 헛간에서 하룻밤을 보냈다. 그 젊은 상병은 한 손
으로 흙을 움켜쥐고 다른 한 손으로 옮기는 행동을 계속하며 반
복적으로 말했다. "정말 좋은 흙입니다." 알고 보니 그 상병은 펜
실베이니아에 복숭아 농장을 소유하고 있는 농부였다. 중요한 전
투에 다시 투입되기 전, 전쟁으로 폐허가 된 헛간에서 까맣고 긴 시
간을 보내는 동안 상병은 라이언 버크에게 고향의 흙이 생각만큼
비옥하지 않아서 겪었던 여러 가지 문제들을 이야기해줬다. 그는
농장을 키워서 자식들이 성인이 될 때까지 계속 운영하는 것이 목
표라고 했다.

다음 날 라이언과 그 상병은 헤어져 각자 갈 길을 갔는데, 얼마
지나지 않아 라이언은 그 젊은 상병이 헤어진 지 몇 시간 되지 않아
총에 맞아 죽었음을 알게 된다. 그는 상병의 군번줄을 손에 쥐고
골똘히 생각에 잠겼다.

"어젯밤, 한 남자가 이 땅에서 보내는 마지막 밤을 비료와 흙 걱정으로 낭비했소. 이제 이국땅에 뿌려질 그의 피는 이 땅을 비옥하게 만들어주겠지."

그는 앤을 바라보며 갑자기 미소 지었다. "그리고 여기 내가, 이 이야기로 당신의 시간을 낭비하고 있군."

이 소설 속 거의 모든 등장인물이 대부분의 시간을 다른 등장인물을 유혹하느라 바쁘다는 점으로 미루어보아, 라이언 버크가 전쟁 이야기로 앤의 마음을 얻으려 했다고 보는 것은 전혀 무리가 없을 듯하다. "우리에게 충분한 세상과 시간만 있다면야, 여인이여 이 수줍음은 죄가 되지 않으리"라는 유명한 작업 멘트가 있다. 남자에게 데이트 저녁을 올바른 방향으로 인도해주는 것에 카르페 디엠(현재에 충실하라는 뜻의 라틴어-옮긴이)만 한 것은 없다.

라이언 버크는 앤이 이 이야기의 실존적 의미를 이렇게 이해해주길 바랐다. '인생은 짧고, 언제 어디서 죽을지 모르는 것이 우리네 인간이다. 그러니 순결을 지켜야 한다는 둥의 사소한 걱정으로 시간을 낭비해서는 안 된다.'

하지만 상병의 입장에서 이 이야기는 정반대의 뜻을 갖는다. 생의 마지막 순간에 그가 걱정했던 것은 인간의 단순한 죽음보다 훨씬 영속적이고 심오하며 보다 근본적으로 미국적인 문제였다.

상병은 전쟁터의 최전방에서 살아남기 위해 자신이 사랑했던 땅, 그만의 황금 나라로 돌아가는 것을 택했다. 그는 흙의 자식이었고, 복숭아나무들이 황금 주머니만큼이나 중요한 사람이었다. 흙을 움켜쥐고 이쪽 손에서 저쪽 손으로 옮기면서 상병은 현실과 진실을 깨달았다. 이 소설의 다른 등장인물들은 전혀 깨닫지 못한 현실과 진실이다.

그가 기억하고 마음속으로 잠깐이나마 회귀할 수 있었던 그의 자연은《1984》에서 윈스턴이 상상을 통해 전쟁과 죽음, 자신의 마음속 에덴에 대한 탄압으로부터 탈출해 다다랐던 그 황금 나라와 닮아 있다. 라이언 버크는 완전히 잘못 짚었다. 상병은 그의 마지막 몇 시간을 낭비한 것이 아니라 마지막 기도를 엄숙하게 올리며 그만의 황금 나라를 기억해낸 것이다.

돈, 명예, 마약, 정신없이 바뀌는 섹스 파트너 등 천박한 자극제로 가득한 이 소설에서 이 상병의 이야기는 소설의 다른 내용과는 확연히 구별된다. 상병이 등장하는 것은 단 1~2단락이지만, 그의 짧은 출현은 정확히 때린 종처럼 남은 페이지를 내내 울린다.

두 개의 천국

《붉은 10월호》에서 황금 나라는 상상 속 저 먼 곳의 목적지다. 수심 수백 미터 아래를 잠항하는 잠수함 속에서 함장 마르코 라미우스는 선원들에게 그들의 목적지가 열대의 천국 쿠바라고 이야기한다. 이 소설의 에덴동산 이미지인 셈이다. 제국주의의 개 미국의 눈에 띄지 않고 쿠바로 갈 수만 있다면 그들은 곧 하얀 해변의 야자수 그늘 아래 누워 쿠바 여인들과 동료애를 나눌 수 있을 것이다.

하지만 라미우스의 실제 목적지는 따로 있다. 그는 자신만의 황금 나라 미국으로 망명할 생각이다. 우선적으로 선원들이 잠수함의 궤도 이탈에 동의하도록 만들기 위해 공산당 버전의 지상낙원, 멕시코만류의 이국적인 섬으로 가자고 말하는 것이다.

마침내 잭 라이언은 라미우스가 미국이 가진 거대한 매력 때문에 망명을 결심했다는 것을 정확히 파악해낸다. '라이언이 미소 지었다. 소련의 회색빛 인생을 산 사람에게 미국은 꽤나 유혹적일 것이다.'

톰 클랜시의 소설에는 미묘한 구석이란 거의 없지만, 이 부분에서만큼은 소설의 내용과 애국주의적 입장의 토대가 되는 본질적 역설이 드러난다. 간단히 말해 소련의 '회색빛 삶'은 쿠바와 같은 허름한 낙원도 지상 최고의 낙원으로 보이게 만든다는 것이다. 웬만한 독자들이라면 진짜 황금 나라는 미국이라는 에덴동산이라는 것을 이미 눈치챘겠지만.

《다빈치 코드》의 소피 느뵈에게 낙원은 할아버지의 시골집이다. 이 소설의 대부분 이야기가 전개되는 배경인 그 집은 파리의 복잡

잃어버린 에덴동산

한 일상에서 멀리 떨어져 있는 자연 속에 위치해 있다. 할아버지의 시골집은 소피라는 인물의 성격 형성에 지대한 영향을 미친다.

소피가 어린 시절 할아버지의 시골집에 놀러갔을 때 일이다. 할아버지 자크 소니에르는 손녀에게 줄 크리스마스 선물을 숨겨놓고 여기저기 복잡한 수수께끼를 준비해놓는다. 그리곤 손녀가 집 한 바퀴를 돌게 하는데, 수수께끼를 좋아하는 손녀는 즐겁게 문제를 하나하나 풀어가다 마침내 반짝이는 새 자전거를 발견하고 기뻐한다. 이 순간은 소피의 머릿속에 각인되어 영원히 지워지지 않는 기억으로 남는다.

하지만 어느 날, 대학생이 된 소피가 갑작스럽게 시골집에 방문했을 때, 그녀의 에덴농산은 산산조각이 난다. 자신의 할아버지가 집단 성교를 주도적으로 즐기는 것 같은 장면을 목격하는 것이다. 그 순간부터 소피는 할아버지와 멀어지고 유년시절의 황금 나라로 돌아가길 거부한다.

마이클 코를레오네, 라미우스, 앨리슨 매킨지, 스칼렛 오하라 등과 마찬가지로 소피 느뵈의 황금 나라도 에로틱한 에너지가 넘치는 자연이다. 그리고 그 자연이 순수성을 상실했을 때 그곳은 결코 다시 복원되지 않는다. 소설 뒷부분에서 소피는 할아버지가 참여하고 있었던 그 이상한 집단 성교가 종교적 의식이라는 것을 알고 충격을 받는다.

소피의 생각을 바로잡아주려 노력하는 로버트 랭던조차 그녀가 목격한 장면을 설명하는 데 어려움을 느낀다. "분명 신에게 이르는 길로서의 성이란 처음에는 마음을 심란하게 하는 개념이다." 맞다. 사과를 한 입 깨물어 과즙을 맛보면 그 맛을 결코 지워낼 수 없는 것과 마찬가지다.

황금 나라나 잃어버린 에덴동산의 이미지가 베스트셀러의 전유물이라고 할 수는 없다. 하지만 단언할 수 있는 것은 내가 뽑은 12권의 베스트셀러에는 하나도 빠짐없이 잃어버린 에덴동산이 등장하며 그 이미지는 소설에서 중요한 역할을 담당하고 주인공의 캐릭터를 변화시킨다는 것이다. 미첼 맥디르와 마이클 코를레오네가 그랬듯, 또는 《인디언 여름》과 《바람과 함께 사라지다》의 전원적인 자연 풍경이 그랬듯 이 에덴동산은 소설 전체의 주제를 뒷받침하는 토대가 되어준다.

전문가 못지않은 전문지식과 정보

프랭클린은 현실적이고 근면하며 호기심 많은 유쾌한 철학자였다. 그는 도덕적
가치와 상호 이익, 자기계발과 사회 개선을 높게 평가했다.

_월터 아이작슨(Walter Isaacson)

《인생의 발견(Benjamin Franklin: an American Life)》

우리의 베스트셀러 12권에는 자잘한 에티켓에서부터 잠수함의 실제 레이
아웃까지, 풍부한 사실과 정보가 가득하다. 소설이라는 문학 장르의 역사
만큼이나 오래된 소설의 교훈적 기능은 오늘날 베스트셀러에서도 독자를
사로잡는 주요 매력으로 작용하고 있다.

벤저민 프랭클린(Benjamin Franklin)은 평범한 사람치고는 드물게 독창적인 사람이었다. 그는 연을 이용해 번개실험을 했고, 인쇄기술자 겸 출판업자로도 활동했으며 복초점 안경과 구부러지는 요도관을 발명했고 멕시코만류에 이름을 붙여줬다. 벤저민 프랭클린은 미국의 두 가지 본질적 미덕인 실용성과 자기계발을 상징하는 인물로 영원히 남을 것이다.

스무 살의 프랭클린은 《위대한 개츠비》의 제이 개츠비가 그랬듯 할 일 목록을 작성했다. 그 시절이나 오늘이나 그 목록에는 작성자의 정신이 담긴 개인적인 목표가 가득하다. 프랭클린의 목록 제6항은 자신과의 약속에 관련된 내용이었다.

"부지런하게 움직이자. 시간 낭비 말고 항상 무언가 쓸모 있는 것을 즐기자. 불필요한 행동은 모두 없애자."

프랭클린은 초기 소설을 부지런히 읽었고 책을 통해 많은 것을 배웠다. 그는 가장 감명 깊게 읽은 책으로 청교도 목사 코튼 매더(Cotton Mather)의 《보니파키우스: 선행록(Bonifacius: Essays to Do Good)》을 꼽았지만, 역사학자들은 매더였다면 하드코어 포르노라고 생각할 만한 외설적 책들로부터 프랭클린이 많은 가르침을 받았다고 얘기한다. 프랭클린은 미국인 최초로 영국 작가 존 클리랜드(John Cleland)의 에로틱 소설 《패니 힐(Fanny Hill; or, Memoirs of a Woman of Pleasure)》을 입수할 만큼 욕정에 몸이 달아 있었다. 외설적 묘사로 가득했던 그 책은 18세기 최고의 섹스 지침서로 여겨졌다. 이 남자는 그냥 무엇이든지 배우고 싶었던 것이다.

소설 독자들도 마찬가지로 소설을 통해 늘 무언가를 배우고 싶어한다. 실제로 초기 소설이 폭넓은 대중에게 사랑받았던 이유 중 하나는 그것이 설명서 역할을 했기 때문이다. 물론 18세기 영국 초기 소설의 독자들이 관음증 해소를 위해 《파멜라(Pamella)》와 《몰 플랜더스(Moll Flanders)》 같은 소설을 읽은 것도 사실이다. 그들은 평범한 두 여 주인공의 은밀한 생활을 알 수 있다는 데 끌렸고, 영주의 저택에 하녀로 들어가게 된 시골 출신 아가씨와 런던의 창녀라는, 고통에 휩싸인 주인공에 대해 알 수 있다는 데 매력을 느꼈다.

초기 소설이 당시 사회계급을 상세하고 현실적으로 묘사했기 때문에 독자들이 주인공과 자신을 동일시할 수 있었던 것도 인기 요인이었다. 초기 소설들은 내러티브 초반에 도를 지나친 성적 행각을 자주 묘사해, 선정적이고 외설적인 감성이 만연했다. 말하자면 당시 사람들에게 소설은 첨단기술을 뺀 리얼리티 TV 프로그램 같았던 것이다.

하지만 대부분의 소설 독자들에게 배우고자 하는 열망도 그만큼 중요했다. 그들은 더 큰 세상, 특히 사회적 출세의 비결을 배우기 위해 소설을 읽었다. 영주의 저택에 하녀로 채용된 농장 출신의 소녀는 어떻게 처신해야 하는가? 어떻게 하면 영주의 희롱을 막고 순결과 일자리를 동시에 지켜낼 수 있을까?

새뮤얼 리처드슨(Samuel Richardson)의 소설 《파멜라》는 성희롱에 성공적으로 대처하는 방법을 알려준 최초의 지침서였다. 순결을 지키고자 분투한 파멜라는 결국 그녀가 거절했던 영주와 결혼함으로써 보상받는다. 하지만 상류층의 묵직한 대문 뒤에서 일어나는 충격적 현실을 목격하는 스릴에 비하면 이런 '권선징악'의 교훈은 별것 아닌 것처럼 느껴졌을 것이다(상류층의 규범을 배우고자 하는 미국인의 강렬한 열망은 1922년 에밀리 포스트(Emliy Post)의 책 《에티켓》을 베스트셀러에 등극시켰다. 이 책은 순위권에 1년 반이나 머물렀으며 오늘날 개정 17판이 판매 중이다).

《파멜라》 출간 100년 후, 제인 오스틴(Jane Austen)은 당시 계급을 규정했던 행동 규범과 의복, 인사법, 남녀 교제의 복잡한 의식 절차들에 중점을 둔 소설을 썼다. 그 시절 사람들은 제인 오스틴의 '풍속소설'을 '남편 사냥 스토리'로 여기며 하위 문학 장르로 폄하했다. 그때보다는 많이 좋아진 요즘도 이 경멸은 여전히 존재해

'로맨스 소설', '여성 소설', '칙릿'으로 불리는 소설들은 증오에 찬 비방에 시달린다.

하지만 사실 제인 오스틴의 소설은 현대의 마리오 푸조나 톰 클랜시, 존 그리샴의 소설과 그리 다를 것이 없다. 여성 소설인《인디언 여름》과《앵무새 죽이기》가 집단역학을 소재로 삼았듯, 남성주도형 소설은 계급차별, 핵잠수함에서의 행동 강령, 마피아 조직의 서열, 최고 법률회사 내에서 일어나는 일을 소재로 삼았을 뿐이다.

정보는 자세하게

오늘날 우리가 논픽션 하면 연상하는 사실주의적 정보도 베스트셀러의 특징 중 하나다. 톰 클랜시는 잠수함의 이런저런 기본 정보를 자세히 묘사했고 댄 브라운은 건축, 종교, 문화 정보들을 해박한 지식으로 풀어냈다. 독자들은 소설을 읽을 때 어느 정도 사실적 정보를 얻길 기대한다. 추리물, 스릴러물, 모험물, 과학소설을 읽을 때도 마찬가지다. 베스트셀러 중 독자에게 이런 서비스를 제공하지 않는 책은 거의 없다.

소설가는 독자의 마음을 움직이는 이야기를 써야 한다. 그것을 얼마나 실감나게 써서 독자로 하여금 이야기를 전적으로 신뢰하게 만들지는 소설가의 기술에 달려 있다. 이는 소설의 탄생 직후부

전문가 못지않은 전문지식과 정보

터 지금까지 변함없는 사실이다.

책이 담고 있는 정보의 많고 적음이 판매에 어떤 영향을 미치는지 확실히 증명할 방법은 없다. 하지만 다년간 강의를 하며 베스트셀러를 살펴본 결과, 정보의 제공은 베스트셀러에서 가장 빈번하고 지속적으로 발견되는 특징이라는 것을 알 수 있었다.

베일에 가려진 정보

정보 중에서도 가장 흥미진진한 정보는 내부 정보, 최신 정보, 베일에 가려진 정보, 가십거리, 비밀 정보다. 독자들은 전문가의 안내를 받으며 한 번도 가보지 않은 생경한 곳을 구경하길 좋아한다.

존 그리샴의 《그래서 그들은 바다로 갔다》가 가진 매력 중 하나는 최고 권력을 휘두르는 법률회사의 내부 사정을 독자에게 사실그대로 보여준다는 것이다. 소설에서는 회사가 왜 하버드 법대 졸업생을 원하는지, 면접은 어떻게 진행되는지, 우수 인재를 둘러싼 연봉 경쟁이 어떻게 벌어지는지 등이 생생하게 그려진다. 우리는 이 회사 소속 변호사들이 시간당 얼마를 청구하는지를 비롯해 법조계의 세세한 부분까지 알게 된다. 《그래서 그들은 바다로 갔다》 출간 전에는 얼 스탠리 가드너(Erle Stanley Gardner) 같은 법정 소설가들만이 법조계의 현실을 소재로 했지만, 잘나가는 변호사들이 얼마의 돈을 요구하는지, 정신없이 바쁘게 일하는 대가로 어떤 집과 차를 제공받는지 같은 정보는 다루지 않았다. 그렇기에 《그래서 그들은 바다로 갔다》의 독자들은 '모든 것을 까발린' 이 책에 끌렸다. 그리샴이 커튼을 열고 안에서 무슨 일이 일어나고 있는지 실황 중계를 해준 것이다.

《인형의 계곡》의 작가 재클린 수잔은 미국 쇼비즈니스의 배후에서 일어나고 있는 배신과 속임수를 폭로한다. 맨해튼에 이제 막 입성한 야심만만한 아가씨가 성공하려면 어떤 실질적 전략이 있어야 하는지 알고 싶은가? 영화업계에 발을 들이기 위해서 누구와 잠자리를 해야 하는지 그 이야기를 듣고 싶은가? 그 업계에 도사린 위험과 대가와 유혹, 가슴 찢어지는 아픔, 바람둥이, 데메롤과 세코날 등 약물에 대해 알고 싶은가? 일자리를 잃지 않으면서 영주의 손길을 뿌리칠 수 있는 방법을 알고 싶은가? 그렇다면 《인형의 계곡》을 읽어보라.

《인형의 계곡》은 《파멜라》와 그리 다를 게 없는 결말을 맺는다. 선은 보상받고(상사와 결혼함으로써), 음탕한 자는 벌을 받는다. 예쁘지만 머리는 텅 빈 여 주인공 제니퍼는 부끄러운 줄도 모르고 물질주의에 빠진다. '그녀는 어느 날 밤 로비와 함께 비버 코트를 어루만졌다. 훌륭한 몸매의 좋은 점은 원하는 걸 갖게 해준다는 것이다.'

몇 장이 더 진행된 뒤, 우리의 불쌍한 비버 코트의 주인공 제니퍼는 마약을 과다 복용하고, 부덕함으로 인해 벌을 받는다. 그녀는 소설 속 착한 여 주인공 앤에게 전형적인 자기애의 상징인 유서를 남기고 죽음을 선택한다.

> 앤, 어떤 장례사도 내가 하는 것만큼 나를 꾸며주지는 못할 거야. 마약이 있어 참 다행이었어. 네 결혼식에 함께해주지 못해 미안해. 사랑해. ‒제니퍼

《인형의 계곡》의 세 여 주인공은 미국 쇼비즈니스의 비열하고 삭막한 뒷무대로 우리를 안내한다. 순수했던 세 여자는 죽거나, 약물에 중독되거나, 사랑에 완전히 냉소적인 여자가 된다. 이 비극적인 소설은 우리에게 끊임없이 경고의 목소리를 낸다. 하지만《파멜라》와《몰플랜더스》와 마찬가지로 이 소설의 교훈적 메시지는 스타덤에 올랐다 마약에 중독되고, 요양원에서의 치료과정을 거쳐 다시 무대에 화려하게 복귀하기까지의 롤러코스터 같은 주인공의 인생에 완전히 묻힌다.

꽉꽉 눌러 담은 정보

《다빈치 코드》의 첫 장을 여는 순간 수많은 정보들이 쏟아져 나

온다. 작가는 루브르 박물관, 여신과 페미니즘, 남녀의 상징, 히브리 문자, 막달라 마리아, 오푸스 데이, 시온수도회, 취리히 은행, 양피지를 비롯한 갖가지 수수께끼에 관한 이야기를 쉴 새 없이 쏟아낸다.

《다빈치 코드》출간 후 수년 동안 댄 브라운의 주장에 반박하는 책이 열 권도 넘게 나왔다는 사실은, 이 책의 성공에 캐릭터와 줄거리뿐 아니라 정보도 한몫했다는 것을 여실히 보여준다. "교회가 500만 명에 달하는 여성을 불태워 죽였다"든지 "예수가 결혼해 아이를 낳았다"는 작가의 주장이 옳고 그름을 떠나, 그런 주장의 존재만으로도 책은 인기를 얻었다. 거기에 더해 많은 비평가들이 댄 브라운의 주장을 어불성설이라고 비판하고 나서면서 책은 더욱 주목을 받았다. 사실과 진실은 별개의 문제다. 전 세계 독자들은 흥미진진해 도저히 눈을 뗄 수 없는 이 소설의 내용이 충분히 설득력 있다고 생각했고 그 내용이 사실이라고 믿기를 선택했다.

톰 클랜시는 어떤가?《붉은 10월호》는 정보를 꽉꽉 채워넣은 《다빈치 코드》만큼이나 많은 정보를 제공한다. 잠수함, 정부기관과 그들의 프로토콜과 절차를 비롯한 이런저런 정보를 알고 싶다면 이 책을 읽어보라. 원했던 것 이상의 정보를 얻을 수 있을 것이다. 단언컨대, 포크너나 헤밍웨이의 소설 한 권이 주는 정보보다 《붉은 10월호》의 한 페이지가 제공하는 정보가 많을 것이다.

배우는 즐거움

사실에 근거한 소설은 단순하면서도 차린 것이 많은 밥상 같아서 폭넓은 사랑을 받는다. 이 부류의 소설은 입맛이 까다로운 사람도 그렇지 않은 사람도 누구나 즐길 수 있는 밥상이다. 정보는 갈빗대에 붙어 있는 살코기같이, 무언가 배우고자 책을 읽는 사람의 욕구를 충족시켜준다. 또 정보는 이야기를 풍부하게 만들고 영양가를 더해줘서 독자들의 기본적 욕구를 충족시킨다. 이런 맥락에서 사람들은 자기를 계발하고 더 많은 것을 배우기 위해 책을 읽는다고 할 수 있을 것이다. 《로빈슨 크루소》의 작가 디포(Defoe)와 《파멜라》의 작가 리처드슨의 독자들이 그곳(어린 소녀 파멜라가 일하러 들어간, 보기만 해도 주눅 들고 신비로운 영주의 저택처럼 소설이 아니었더라면 접근할 수 없는 장소)의 은밀한 사정을 들여다보기 위해 책을 읽었듯 말이다.

각각의 입맛이 어떻든 독자들은 굳게 닫힌 문 뒤에서 벌어지는 일을 알고 싶어한다. 그들은 바티칸의 꼭대기 쿠폴라에 올라가서 아래를 훤히 내려다보고 싶어하고, 수심 8킬로미터 아래까지 내려가보고 싶어한다.

마거릿 미첼은 전쟁 전 남부에 살던 한 가족의 속사정에서부터 저녁 파티에서 갖춰야 할 복잡한 예의범절까지 하나부터 열까지 자세하게 묘사하며, 잠수함과 첨단 군사장비를 직접 보고 있는 듯 상세하게 그려낸 톰 클랜시에 필적할 만큼의 정보를 제공했다.

문학잡지 〈현대 작가(Contemporary Authors)〉의 기자가 톰 클랜시에게 책을 쓸 때 얼마나 많은 사전조사를 거치느냐고 물었을 때, 그는 퉁명스럽게 이렇게 대답했다. "내 책 중 조사에 가장 많은 공을 들인 것은 《페트리어트 게임》으로, 딱 3주 동안 사전조사를 했습니다."

그게 사실이라면, 벼락치기를 엄청난 속도로 아주 잘 해냈다고 칭찬해 마땅할 일이다.

좋은 책 vs. 성경

사실과 정보를 중시하는 미국인의 성향은 미국 문화의 뿌리 깊은 실용주의와도 어느 정도 관련이 있다. 여기에서 실용주의란 개츠비처럼 실용적 지식으로 자신을 계발한 후, 자신의 우월함을 실현해보고 싶을 때 그 지식을 사용하는 것이다.

미국에서는 어떤 책이 좋은 책인지를 정의하는 데 청교도 윤리가 적잖은 영향을 미쳤다. 영국의 종교박해를 피해 청교도인들이 미국으로 건너온 17세기 초반부터 오늘에 이르기까지, 많은 미국인에게 좋은 책이란 성경이었고 상당수 독자들은 유용한 정보가 없는 책은 읽을 가치가 없다고 생각했다.

우리가 살펴보는 대중소설의 독자들이 살아있는 것 같은 생생한 캐릭터와 감동적인 스토리, 사실적 세부 묘사, 미묘한 심리 묘사 이상의 것을 원한다는 것은 확실하다. 그들은 소설을 통해 이제까지 잘 알지 못했던 거대한 무언가에 대해 배우고 싶어한다. 확실한 것은 베스트셀러 작가들이 대중의 이런 바람을 잘 이해하고 있고, 많은 정보를 흥미진진하게 포장해서 제공할 의지도, 능력도 있다는 것이다.

내밀한 곳을 들여다보는 재미

조지 부시와 존 케리는 전혀 상반되는 인물로 보일 테지만 그들에게도 공통점이 하나 있다. 지난 수십 년간 이 둘이 공유한 것은 바로 예일 대학의 엘리트 비밀결사 '해골과 뼈(Skull and Bones)'다. 이 비밀결사에는 20세기 가장 영향력 있는 거물급 인사들이 다수 포함되어 있다.

_ 60분, CBS 뉴스

우리의 12권 베스트셀러는 각각 하나 이상의 비밀결사의 내막을 폭로한다.

댄 브라운이 비밀결사라는 주제를 창안했다고 믿는 독자가 있다 해도 그리 놀라울 것은 없고 충분히 이해할 수 있는 일이지만, 어쨌든 사실은 아니다. 댄 브라운이 비밀결사라는 주제를 선택해 철저하게 해부하긴 했지만, 그 이전에도 비밀결사를 소재로 선택한 작가는 있었고, 미국 문화의 편집증을 다룬 작가도 있었다.

1950년대 폭발적 인기를 끌었던 TV쇼 〈허니무너스(Honeymonners)〉에서 배우 재키 글리슨(Jackie Gleason)이 분한 주인공 랄프 크램든과 아트 카르니(Art Carney)가 연기한 단짝 친구 에드 노튼은 '라쿤의 착한 아들의 국제질서'라는 조직의 일원으로 활발히 활동한다. 그 조직의 회원들은 서로 암호를 사용하고 아메리카 너구리의 털가죽으로 만든 모자를 쓰고 다니는데, 인사할 때는 뒤로 길게 늘어뜨린 너구리 꼬리 부분을 획 젖히면서 "털가죽을 쓴 형제여"라고 우스꽝스럽게 말한다.

1950년대에는 거만한 로터리클럽 회원과 프리메이슨 단원, 드몰레단 단원 등 풍자하고픈 대상 앞에서 털모자 쓴 극단주의자를 묘사하는 것만으로도 아주 쉽게 사람들을 웃길 수 있었다. 비밀결사대는 오만했고 제정신이 아니었으며, 그 조직에 속함으로써 갖는 권력은 자기기만에 지나지 않았다.

〈허니무너스〉가 비밀결사를 조롱했던 그해, 위스콘신 주 상원의원이었던 조셉 매카시(Joseph Raymond McCarthy)는 미국 정부의 깊숙한 곳에 침투해 있는 공산주의자들과 소련 스파이, 그 동조자의 명단을 가지고 있다고 주장하며 단숨에 전국적 유명인사로 떠올랐다. 그후 수년 동안, 매카시는 청문회를 열어 나라에 얼마나 충성하고 있는지를 가리겠다며 다양한 분야의 시민을 꼬치꼬치 심문했다.

매카시가 반공주의자의 이름에 먹칠을 하고 있는 동안, 베스트셀러 작가인 미키 스필레인(Mickey Spillane)은 미국의 국민 정서에 깊게 침투해 있었던 편집증을 이용해《내가 심판한다(I, the Jury)》와 같은 수백만 부 팔려나가는 베스트셀러를 썼다. 스필레인은 소설 속 허구의 공산주의자를 죽임으로써 큰 부자가 되었다.

미국의 음모론은 1798년 뉴잉글랜드의 목사집단이 신도들에게 유럽의 계몽주의자들(유럽의 지식인집단)이 곧 기독교를 없애고 정부 쿠데타를 일으킬 작정이라는 음모를 퍼뜨렸던 그 순간부터 오늘날까지 내내 존재해왔다. 대중을 선동하는 가장 확실한 방법 중

하나는 미국과 다른 나라 사이에 편 가르기를 하는 것일지도 모른
다. 찰스 카글린(Charles Coughlin)부터 존 버치 협회, KKK, TV와 라
디오에서 고의적으로 선동적 발언을 일삼는 사람들에 이르기까지,
우리는 증오와 편견을 양식으로 하는 집단이 다른 집단을 미국의
위협으로 몰고 가면서 승승가도를 달리는 것을 많이 목격했다.

이는 아마도 미국이 이민자 나라인 데다 주위에 의심과 불신을
부추기는 다른 나라들이 늘 있었기 때문일 것이다. 비밀결사가 미
국 대중문화에서 커다란 역할을 맡게 된 것은 필연적 결과였다.

특권을 지닌 시선

《위대한 개츠비》의 서두에서 닉 캐러웨이는 친구들의 멜로드라
마에 휘말려 심적으로 지쳤음을 토로하며 "나는 이제 더 이상 특권
을 지닌 시선으로 인간의 마음을 소란스럽게 답사하고 싶지 않았
던 것이다"라고 말한다. 몇 달 동안 제이 개츠비와 톰, 데이지 뷰캐
넌의 사연을 들어주며 그들의 비극적 이야기를 소상히 알게 된 후,
그는 완전히 지쳐버리고 그 엘리트 집단에서 빠져나오기만을 간절
히 바라게 된다.

닉의 이런 토로에 독자들은 앞으로 이어질 이야기를 더 궁금해
한다. 사람들은 삼엄한 경비가 선 요새나 지성소의 안, 펜트하우

스, 중역 회의실이나 대통령 집무실을 '특권을 지닌 시선으로' 들여다보고 싶어하기 때문이다. 베스트셀러 소설은 그 비밀스런 장소에 드리워진 커튼을 열어젖히고 온갖 비밀결사의 비밀을 폭로하며 독자들의 이런 열망을 충족시킨다.

우리의 12권 베스트셀러의 중심에도 마피아, 오푸스 데이, 핵잠수함, 범죄조직에 맞선 변호사, 브로드웨이 슈퍼스타, 상어 사냥꾼, 엑소시스트, 작은 마을의 패거리, 미국 남부의 귀족층 등 하나 이상의 비밀결사가 있다.

여기서 먼저 비밀결사를 정의하고 넘어가자. 비밀결사란 이런저런 이유로 나름의 규칙, 의식, 서약, 은밀한 행동을 만듦으로써 세상으로부터 자신들을 고립시킨 단체를 말한다. 각 집단의 규약은 세상으로부터 회원을 더욱 고립시킨다. 대체로 이 배타적인 집단들은 각자가 규정한 의식과 정의, 의무, 언어, 심지어 형사법을 가지고 특정 영역에서 권력을 휘두른다.

우리는 모든 사회집단의 가장 내밀한 곳에는 아무나 들어갈 수 없는 엘리트 집단이 있을 것이라 예상한다. 선택된 극소수만이 은밀한 의식을 거쳐 들어가는 그런 집단 말이다. 우리의 상상 속에서 그들은 집단의 규약과 의복양식, 행동양식 등을 완벽하게 마스터해 누가 봐도 그 특별한 비밀결사의 회원인 것을 알 수 있거나 그 집단에 가입하기 위해 보통 사람은 엄두도 못 낼 엄청난 대가를 치른다. 그 집단은 아무나 들어가지 못하는 공동체로 경호원과 군

내밀한 곳을 들여다보는 재미

은 표정의 보초병이 삼엄한 경비를 서고 있다.

겹겹의 삼엄한 경비를 뚫고 가장 깊숙한 곳으로 가면 돈 코를레오네나 교황의 심복, 최고 법률회사의 사장, 최신 핵잠수함의 엘리트 함장과 상어 사냥꾼을 만날 수 있다. 특히 상어 사냥꾼은 바다와 그 깊숙한 곳에서 유영하는 무서운 생명체에 대한 해박한 지식으로 거의 구원자에 가까운 권위를 가졌다.

어떻게 생각하면 지금까지 말한 비밀결사와 사회계급은 겹치는 부분이 있는 듯 보인다. 하지만 우리가 베스트셀러에서 발견하는 배타성은 사회계급에서 비롯된 배타성이라기보다는 나이가 들어감에 따라 각자의 노력으로 획득한 연공서열에 가깝다. 돈 코를레오네의 권력에서 돈이나 사회적 지위, 특권층 등은 중요한 요소가 아니다. 가난했던 한 청년이 마피아 보스가 되는 돈 코를레오네의 이야기는 베스트셀러에서 흔히 볼 수 있는 전형적인 스토리다. 우리가 검토하는 베스트셀러에는 가난한 사람이나 중하류 계층이 부유한 사람보다 훨씬 많이 등장한다.

바다의 비밀

《죠스》의 등장인물 퀸트는 보통 사람은 알지 못하는 해양 전문 용어와 신기한 기술을 쓰고, 절대 어길 수 없는 선상 규칙을 지닌

베테랑 상어 사냥꾼이다. 비록 너구리 털가죽 모자를 쓰고 있지는 않지만 그는 엄연히 바다 버전의 '라쿤의 착한 아들의 국제질서' 비밀결사에 속해 있다.

상어 사냥에 관한 한 그는 절대적 권위와 전문성을 지녔다. 당신이 쉬고 있는 해안가에 세상에서 가장 거대하고 사나운 백상어가 나타나 사람들의 목숨을 위협하고 관광지 경제를 통째로 흔든다면, 당신이 불러야 할 사람이 바로 퀸트다.

상어가 출몰하기 얼마 전, 퀸트의 조수가 일을 그만두는 바람에 조수 자리가 공석이 된다. 누구나 심사를 통과하면 퀸트의 조수로 낡은 어선 오르카호에 올라 그와 함께 상어를 사냥할 수 있다. 이 드문 기회를 잡기 위해 마을의 경찰서장 마틴 브로디가 나서고, 브로디는 상어 사냥꾼들의 비밀결사에 서서히 합류한다.

"조수를 잃으셨나요? 왜요, 바다에 나갔다가 죽었나요?"
"아니, 그만뒀소. 불안해진거지. 이 일에 뛰어든 사람들 대부분이 좀 지나면 다 그렇게 돼요. 너무 생각이 많아지거든."

그래서 브로디는 오르카호에 올라 아무 생각도 하지 않으려 기를 쓴다. 그는 퀸트와 어깨를 나란히 하고 일하며, 자의가 아닌 타의에 의해 빠른 속도로 요령을 터득하고 상어가 도사리고 있는 바다에 던져질 각오를 한다.

내밀한 곳을 들여다보는 재미

선장 퀸트는 조수의 질문에 마지못해 대답해주는 게 전부지만, 브로디는 최대한 빨리 또 많이 배우기 위해 질문을 멈추지 않는다. 한번은 브로디가 더 자세히 설명해 달라고 재촉하자 퀸트는 이렇게 대답해 우둔한 제자의 입을 닫아버린다.

"원래 그런 거요."

작고 푸른 상어를 잡았을 때의 일이다. 퀸트는 브로디에게 시범으로 보여주려고 상어 배를 가르고 내장을 바다에 던진 후 상어를 풀어준다. 상어는 본능적으로 어선 옆을 헤엄치며 자신의 내장을 꿀떡꿀떡 삼킨다. 그리고는 곧 피냄새를 맡고 몰려든 작은 상어 떼에게 먹힌다.

배울 것은 끝이 없고 질문도 끝없이 이어진다. 상어 사냥에 나선 첫 날, 어떻게 지나는지도 모르게 달리는 시간 속에서, 퀸트는 낚시 기술에 대해 공손하게 호기심을 보이는 브로디에게 서서히 마음을 연다. 둘이 친해졌다고 할 수는 없지만, 퉁명스러운 퀸트의 모욕적 언사는 확실히 줄어든다. 적어도 브로디를 향해서는 그렇다. 하지만 부유한 집안 출신에 공부도 많이 한 해양생물 전문가 후퍼는 퀸트의 비밀결사에 즉시 가입되기 힘들어 보인다. 후퍼에게서는 적절한 수준의 경의와 진정성을 찾아볼 수 없다. 퀸트가 보기에 후퍼의 학위와 책으로 배운 지식은 아무짝에도 쓸모없는 것이다. 중요한 것은 오직 경험이다. 퀸트가 인정할 수 있는 교육이란 오르카호의 피로 축축해진 갑판에서 경험을 갈고닦는 것뿐이다.

거대한 백상어가 갑자기 그들 시야에 나타나고 손 뻗으면 닿을
거리까지 접근해 와 입을 쩍 벌리자 브로디는 너무 놀라서 그 자리
에 얼어붙는다. 후퍼는 상어의 아름다움과 거대함에 경탄의 말을
쏟아내고 퀸트는 묵묵히 해야 할 일을 해나가지만 아마추어 브로
디는 공포에 온 몸이 굳는다. 상어가 바다 깊은 곳으로 사라지고
나서야 퀸트는 브로디를 놀린다.

"좀 놀랐나보군."

"좀이라니요." 브로디는 생각을 재정비하고 시야를 정리하려는 듯
머리를 흔들며 말한다. "아직도 상어가 나타났었다는 것을 믿을 수
없어요."

선장이 쿡 찌르자마자, 이 생짜초보는 그의 무지를 순순히 인정
한다. 오르카호의 비밀결사에서 보인 브로디의 반응은 퀸트가 보
기에 적절하며 브로디는 훗날 보상을 받을 것이다.

《다빈치 코드》나 《대부》, 《붉은 10월호》, 《엑소시스트》 등의 비
밀결사들은 소설의 중심에 있기 때문에 별다른 부연설명을 붙일
필요도 없다. 오푸스 데이, 마피아, 핵잠수함, 천주교도 엑소시스
트는 자신들의 활동에 신비로운 아우라를 주기 위해 갖은 주문을
외운다. 그리고 낯선 경구와 의식, 기도문, 전문용어, 권위와 계층
의 규칙, 향내 가득한 고대 경배의식, 신자들의 요식행위 등은 각

자 맡은 역할을 충실히 담당한다.

일례로 《대부》의 서두에서, 돈 카를레오네가 전통에 따라 딸 결혼식에서 자신을 만나고자 하는 사람들에게 자신의 지성소를 공개하는 장면을 들 수 있다. 대부를 만나기 위해 그를 찾아온 사람이 부탁의 말을 꺼내는 방법은 이미 정해져 있다. 먼저 대부의 손등에 키스해 경의를 표하고 허리를 굽혀 인사한 후 자신의 용건을 이야기해야 한다. 이렇게 정해진 규칙이 있기 때문에 부탁하는 사람은 대부를 만나기 전 그 방법을 완벽히 숙지해야 한다. 이 시험에 통과하지 못하면 대부의 도움을 받을 길은 사라진다.

오르카호에서도 마찬가지다. 비록 《대부》와는 다르게 퀸트는 아주 무난한 수준의 가입 절차를 마련해놓았지만 말이다. 퀸트의 절차에는 상어 사냥에 대한 어떤 신비로움도, 거창한 의식도 없다. 퀸트는 자신의 직업이 가진 감상적 요소를 냉정하게 제거해버린다. 그에게 세상에서 가장 거대하고 위험한 상어를 사냥하는 그의 직업은 잘난 체할 것도 없는 육체노동일 뿐이다.

브로디가 선장 퀸트에게 상어를 개인적인 적으로 생각하느냐고 물을 때, 그는 비웃으며 이렇게 대답한다.

"아니, 배관공이 막힌 배수구를 뚫는 것이랑 똑같아."

육체노동자의 이런 정신은 베스트셀러에 반복적으로 나타난다. 작가들은 마치 우리 모두 그저 배관공, 즉 평범한 사람에 지나지 않는다고 말하고 싶은 것 같다. 스토리텔링 또한 파이프에 낀 찌

꺼기를 제거하는 것 이상도, 이하도 아닌 일이라고 말이다.

상어 사냥 마지막 날, 오르카호에 오르기 전에 브로디가 퀸트에게 어제 상어 습격으로 죽은 후퍼를 대체할 만한 사람을 찾았냐고 물을 때, 퀸트는 확신에 차서 이렇게 대답한다.

"이 상어라는 놈은 사람과 다를 게 없지. 일손이 많아진다고 해서 나아질 건 없어. 게다가 이건 나 스스로 해결해야 하는 일이고⋯⋯."

그렇게 브로디는 오르카호의 비밀결사 회원권을 얻어내고, 운명적인 마지막 항해 날 오르카호에 오른 세계 최정상급 상어 사냥 비밀결사대가 된다. 그런데 백상어와의 접전 끝에 살아남는 사람은 퀸트가 아니라 브로디다.

마지막 결투의 순간, 퀸트는 갑판 위의 밧줄에 발을 헛디디는 치명적 실수를 범한다. 그게 치명적이었던 이유는 밧줄의 한쪽 끝이 상어에 연결되어 있었기 때문이다. 브로디는 사력을 다해 멘토를 구하려 달려들지만, 퀸트는 《백경》의 에이헙처럼 '까만 바다 속으로 서서히 끌려들어간다'. 이슈멜 역의 브로디는 공포에 질려 그 광경을 지켜만 보다가 곧 육지로 돌아갈 더딘 여정을 시작하는데, 그 장면에서 《백경》 이슈멜의 유명한 마지막 문장이 귓가에 맴돈다. "나 혼자만 그곳에서 탈출해 당신에게 이 이야기를 전한다."

은밀한 침실의 비밀

《매디슨 카운티의 다리》에서 킨케이드와 프란체스카는 불륜의 비밀결사를 만들고 그 비밀결사는 그들이 죽고 난 다음에야 세상에 드러난다. 프란체스카 존슨의 자녀 마이클과 캐롤린이 죽은 엄마의 일기를 발견하는 이 소설의 틀은, 자녀가 엄마의 일기장이라는 타임캡슐을 통해 엄마의 은밀한 세계를 들여다봄으로써 이 비밀결사를 해산시켰다는 점에서 꽤나 영리한 설정이다.

두 연인은 주위 사람들을 지키기 위해 그들의 사랑을 비밀에 부치기로 약속한다. 하지만 프란체스카는 자신에게 찾아왔던 황홀한 연애감정을 자식들에게 알려줄 필요가 있다고 생각한다. 아마도 자식들이 자신을 엄마라는 이름을 지키기 위해 어렵게 찾아온 사랑을 희생한 고귀한 영혼으로 기억해주길 바랐기 때문일 것이다.

소설은 그들이 엄마의 일기를 막 읽기 시작하는 장면에서 끝이 나기 때문에 성인이 된 자식들이 엄마의 일기에서 무엇을 느꼈을지는 알 수 없다. 하지만 《매디슨 카운티의 다리》의 핵심 주제가 부부 사이의 배신이나 충실함이 아닌 것만은 확실하다. 비밀결사를 조직한 두 연인은 평범한 가정을 지키기 위해 서로에게 찾아온 일생일대의 사랑을 포기하자는 뼈아픈 약속을 했고, 수십 년간 그 약속을 지켜냈다.

지나친 신파라고 생각하는 사람도 있을 것이다. 하지만 나를 비롯한 수백만 독자들은 이 소설에 킨케이드와 프란체스카가 만든 비밀결사 이상으로 복잡한, 옛스럽고 가슴 저미는 무언가가 있다고 느낀다.

먼저, 함께 나누었던 황홀한 기억을 그대로 간직한 채 사랑을 포기하자는 결정을 내리고, 자신들의 사랑을 은폐하고 남은 세월을 감정적 빈곤상태로 보내기 위해 이 소설의 두 주인공은 극도의 의지와 자제력을 발휘해야 했다.

이후 프란체스카는 자신의 비밀을 자녀에게 알려야겠다고 결심한다. 거짓이 되어버린 자신의 삶과 결혼생활에서 자식들을 해방시켜주기 위한 그녀의 방식인 셈이다. 그녀의 마지막 폭로는 우리에게 수수께끼를 하나 던져 소설에 진한 여운을 더한다. 프란체스카와 킨케이드가 사랑을 포기한 것이 과연 옳은 결정이었을까? 지레 겁먹는 바람에 마음이 이미 떠나버린 결혼을 의무감으로 지켜내고, 일상을 지키겠다는 진부한 이유로 더 큰 기쁨을 거부한 것은 아닐까? 그들의 희생은 비극이었을까 아니면 승리였을까?

아이러니로 가득한 이 세상에서 이 두 주인공이 보여준 진지함이 감상적으로 보일 수도 있지만, 우리가 살펴보는 베스트셀러의 가치를 진정으로 인정하기 위해서 독자는 소설의 미묘함과 복잡함, 모호함을 받아들여야 한다. 비록 이 특징이 대중소설이 자주 사용하는 요소는 아니지만 말이다.《매디슨 카운티의 다리》는 첫 장부터 마지막 장까지 진심이 서려 있는 소설이다. 말하는 것 이

내밀한 곳을 들여다보는 재미

상의 것을 전달하려고 독자에게 은밀한 신호를 던진다거나 특별한 언어를 사용하지도 않는다. 이런 소박한 분위기와 꾸밈없는 표현이 많은 독자의 마음을 사로잡았다. 무엇보다 이 소설은 누구나 공감할 수 있게 만든 이야기였다. 작가는 평범한 독자보다 일부 식자층에게 잘 보이기 위한 스타일이나 스토리텔링 기법을 전혀 시도하지 않았다.《매디슨 카운티의 다리》는 누구나 읽을 수 있고 그 어떤 차별도, '비밀의 악수'(secret handshakes, 조직 내 힘을 지닌 소집단이 다른 사람을 구성원으로 받아들이는 행위-옮긴이)도 허용하지 않는다.

비밀결사에 잠입하기

《앵무새 죽이기》의 배경 도시 앨라배마 주의 메이컴이 아주 작은 마을이라는 것을 감안할 때, 이 마을에는 놀라우리만치 많은 비밀결사가 존재한다. 딜과 젬, 스카웃이 한 패거리로 뭉쳐 그들만의 드라마 클럽을 만들었을 때, 그 클럽의 규칙은 아주 명확했다. 상상력이 부족한 사람이나 위험을 마냥 무서워하는 사람, 권위에 도전할 의지가 없는 사람은 지원하지 않아도 됨, 어른은 가입을 생각도 말 것. 아주 까다로운 꼬마들이었다. 그들은 융통성 없고 수상쩍은 이웃을 조롱의 대상으로 삼고 거리를 오가는 모든 사람들을 따라 하며 놀려댔다.

하지만 애티커스의 도움으로 세 아이들은 자신들이 놀렸던 이웃 어른 중 일부를 약간이나마 존경하게 되고, 매번 새로운 것을 배울 때마다 비밀결사 규칙도 조금씩 수정해나간다. 하지만 그들의 시선이 계속 머무른 사람이 하나 있었으니 바로 부 래들리다. 세 아이는 마을에서 배척당하는 은둔자인 부 래들리를 유령이라 부른다.

세 아이의 야유를 한 몸에 받으면서도 부는 이에 굴하지 않고, 아이들의 환심을 사기 위해 보이지 않는 곳에서 적당한 거리를 유지하며 아이들이 조직한 비밀결사의 규칙과 행동을 관찰하고 그에 따라 자신의 행동도 바꿔나간다. 브로디가 오르카호의 비밀결사에 들어가고, 미첼 맥디르가 신성한 협상 테이블의 한 자리를 차지하기 위해 뼈 빠지게 일했던 것처럼 말이다.

"그가 미쳤다고 생각하세요?" 스카웃이 믿을 만한 마우디 부인에게 부에 대해 물었다.

마우디 부인은 고개를 절레절레 흔들며 대답했다. "그 전에는 아니었더라도 지금쯤은 그렇게 되었겠지. 사람들에게 정말로 무슨 일이 일어나는지는 알 길이 없어. 닫힌 문 뒤에서 일어나는 일들과 비밀……."

내밀한 곳을 들여다보는 재미

마우디 부인은 갇혀버린 사람이 성장하지 못하도록 막는 것이 바로 비밀과 격리 시스템이라는 것을 말하고 싶었던 것 같다. 래들리 가는 스스로를 완벽히 고립시켰고 사람들은 이제 그 집을 무시무시한 반향실(echo chamber)로 여겼다. 사람들은 예전에 부에게 있었던 문제는 집 안에 갇혀 산 세월 동안 훨씬 나쁜 문제로 악화되었을 거라고 생각했다.

부는 경찰서장 브로디가 퀸트를 관찰했듯 아이들이 오가는 것을 지켜본다. 모든 걸 다 알고 있다는 듯 나무옹이에 선물을 넣어두기도 하고, 젬의 찢어진 바지를 꿰맨 후 몰래 돌려주기도 한다. 부는 보이지 않는 곳에 숨어 아이들의 폐쇄적 모임이 어떻게 돌아가는지 지켜보며 그들의 환심을 사려 한다.

메이컴의 모든 주민이 알고 있듯 부도 서로 다른 집단과 인종, 심지어 기독교 종파조차도 섞는 게 금지되어 있다는 사실을 매우 잘 알고 있다. 메이컴에서 모든 사람은 인종, 성별, 종교, 가통, 협의의 계급에 따라 모두에게서 격리되어 있다. 어느 날 스카웃은 애티커스에게서 마을에서 가장 쓰레기 같은 집안이 스스로를 대단하게 생각하고 있다는 이야기를 듣고 큰 충격을 받는다. '아버지는 이웰 가문은 이웰 집안사람들로 구성된 배타적인 집단이라고 말씀하셨다.'

핀치 가의 응접실에서 모임을 갖는, 먼 타국의 선교사를 후원하고 있는 부인들도 빼놓을 수 없다. 이 선량한 부인들은 자신들의 관습과 의식절차에 대해, 자신들이 구원해줄 대상이라고 믿고 있는 아프리카의 므루나스 부족만큼이나 배타적이고 융통성 없다. 하지만 마을의 배타적인 사람들이 이 선량한 백인 기독교인뿐만은 아니다. 흑인교회의 많은 신자들 또한 스카웃이 흑인교회에 와서 자리에 앉자 불편한 듯 중얼거린다. "도대체 왜 저 백인 여자애를 흑인교회에 데려온 거야?" 그들도 알고 싶어한다. 흑인사회에도 그들만의 규칙이 있다.

오푸스 데이, 엘리트 킬러조직, 뉴욕의 범죄조직 같은 집단은 모두 고도로 조직화된 구조를 차용한다. 법률회사 벤디니, 램버트&로크의 직원들은 매우 엄격한 지침 아래 함께 일하는 가족의 캐리커처 같다. 돈 코를레오네의 비밀결사도, 벤디니, 램버트&로크도 조직에서 탈퇴하려면 목숨을 걸어야 한다. 급하게 조직을 탈퇴하려고 시도했던 사람은 당장 연락이 두절된다.

《앵무새 죽이기》의 비밀결사는 《대부》나 《그래서 그들은 바다로 갔다》의 그것만큼이나 위험하다. 언뜻 보기에는 스카웃과 젬, 딜이 정하는 모임의 기본 규칙들이 별거 없고 그저 유치해 보일지도 모른다. 하지만 결국 딜이 이 무리에 합류할 수 있었던 것도 그가 젬과 스카웃만큼 독창적인 아이고, 연기와 무모한 곡예를 기꺼이 할 것임을 증명해 보인 후였다. 애들이 애들다운 짓을 하고 있는 거라고? 정말 그렇다고 생각하나?

아이들이 얼마나 무자비하게 목표를 설정하고, 부 래들리를 악마로 만들어버렸는지 생각하면, 아이들에게서 톰 로빈슨을 위험에 빠뜨렸던 집단린치가 보인다. 물론, 그 셋은 아이일 뿐이었다. 하지만 이 셋의 모임도 불신과 편견, 공포를 양식으로 한 폐쇄된 시스템이었음을 부정할 수는 없다. 물론 순수한 의도이긴 했지만, 이 아이들도 KKK의 집단역학을 따라 한 것이다.

이야기의 말미, 학교 연극을 마치고 집으로 돌아오던 스카웃과 젬이 이웰에게 습격당하는 순간, 부는 이들과 가까운 곳에 있다가 위험에 처한 스카웃과 젬을 구해준다. 하지만 남매를 구하는 과정에서 이웰을 죽이게 되는데, 그는 이런 폭력행위라는 대가를 치르고서야 핀치 가의 세계에 들어오게 된다.

핀치 가의 아이들과 부가 같은 입장에 서게 되자, 이전의 모임이 해체된다. 벤디니, 램버트&로크가 미첼 맥디르 같은 정직한 변호사 하나를 받아들일 수 없었듯, 로버트 랭던이 그 누구의 도움도 받지 못한 채 혼자 오푸스 데이에 침입해 해묵은 수수께끼를 풀어냈듯, 부 래들리는 스카웃, 젬, 딜의 모임을 해체시킨다.

그러자 책의 중반까지만 해도 상상할 수 없었던 일이 벌어진다. 핀치 가의 가장 깊숙한 성지에 부 래들리가 초대된 것이다. 그날 저녁, 몸을 다쳐 움직일 수 없는 젬 대신 스카웃이 그를 집까지 바래다준다. 이제 그들 사이의 경계선은 무너졌고 비밀도 모두 밝혀졌다. 부와 스카웃 사이에 신체적 접촉까지 일어난다.

부 래들리의 현관에 서서 그의 시각으로 세상을 바라보며, 스카웃은 그해 여름의 모임이 얼마나 배타적이었는지 문득 깨닫는다. 그들은 이 남자를 괴롭혔고, 톰 로빈슨을 죽인 집단린치를 어린아이 버전으로 재연하며 이 남자를 집단적으로 공격했다. 바로 이것이 이 소설이 주는, 아주 단순하지만 심오한 반향을 불러일으키는 교훈이다. 다른 사람의 입장에서 생각하라. 애티커스가 말한 것처럼 역사사지하고 공감하라는 것이다. "그 사람의 입장에서 생각하기 전에는 절대 그 사람을 이해할 수 없단다."

유치한 게임을 하고 비밀결사를 조직한 이가 KKK든, 이웰이든, 커닝햄 가 사람들이든, 흑인교회든, 선교사를 후원하는 부인들이든, 젬, 스카웃, 딜 중 그 누구건 간에, 또 아무리 그들의 행동이 전혀 문제될 게 없어 보인다 해도 그들의 행동은 공평하고 열린사회에 반하는 편협과 심각한 편견을 낳는 훈련캠프가 될 수 있다.

《앵무새 죽이기》는 비밀결사의 파괴적 특성을 강력히 비난하면서 그 비밀결사가 아이들 혹은 최소 인원의 결집을 통해 어떻게 바뀔 수 있는지 보여준다. 《앵무새 죽이기》는 공상적이고 몽롱하며 밝은 이상주의와 희망적 사고에 날 선 회의론을 살짝 가미해, 세계적으로 큰 사랑을 받았고 아직까지도 꺼지지 않는 인기 행진을 이어가고 있다.

비밀의 음모

《다빈치 코드》는 그야말로 비밀결사에 관한 이야기다. 시온수도회, 오푸스 데이, 프리메이슨, 템플기사단…… 소설의 비밀결사 명단은 끝도 없이 이어진다. 이 소설은 수백 년의 역사를 간직한 은밀한 조직들이 보이지 않는 곳에서 어떻게 세계사를 조작해왔는지 흥분해서 떠든다. 소설에 따르면 이 비밀결사들은 다른 비밀결사와 여전히 전쟁 중이며, 그들의 범죄행위를 폭로하려 달려드는 로버트 랭던 같은 사람과도 싸우고 있다.

많은 사람들이 그럴 법한 이야기라고 생각하는 허구를 이용한 소설은 많고 많다. 에인 랜드(Ayn Rand)의 《진원지(The Fountainhead)》와 《아틀라스(Atlas Shrugged)》, 《닥터 스트레인지러브(Dr. Strangelove)》, 움베르트 에코(Umberto Eco)의 《푸코의 진자》가 모두 그런 소설이다. 그중에서도 《다빈치 코드》는 가장 큰 사랑을 받은 소설이다.

《다빈치 코드》는 과거 음모소설이 가장 사랑한 목표물인 로마 가톨릭에 대해 자극적이고 정치적으로 옳지 않은 이야기를 전개한다. 오푸스 데이의 공식 웹사이트에서 볼 수 있듯 그 조직이 '성 호세마리아 에스크리바가 창설한 가톨릭 종교단체로 일과 일상생활이 하느님과 만나는 장소이며 이웃에게 봉사하고 사회의 진보에 공헌할 수 있는 기회라는 메시지를 전파하는 것을 사명으로 삼는 곳'이라고 생각하는 사람도 있겠지만, 댄 브라운은 그것과는 완전히 다른 허구의 이야기를 지어낸다.

댄 브라운은 신문기사에서 볼 법한 사실들을 단 한 단락 안에 오려붙여, 오푸스 데이가 신입회원에게 약물을 줘서 종교적 황홀경을 경험했다고 믿게 한다고 하는가 하면, 또 다른 회원은 '실리스'라는 못이 박힌 쇠사슬로 채찍질을 당해 심각한 염증에 시달린다고 묘사한다. 마지막으로 주교를 죽였다는 자괴감에 괴로워하다 자살을 시도하는 청년을 통해 이 조직의 사악함을 다시 한 번 증명하려 한다.

이쯤 되면 코를레오네의 범죄조직은 따뜻하고 푹신한 아버지의 품처럼 느껴질 정도다.

《다빈치 코드》의 줄거리는 수상쩍은 비밀결사를 폭로하려는 연이은 시도에 의해 앞으로 나아간다. 암호를 해독하고 퍼즐을 풀고, 스위스 취리히의 안전금고 은행에 침투하고, 열쇠를 가지고 금고를 열어 그 안에 숨겨진 흥미진진한 비밀을 발견하고, 장미의 상징을 설명하는 수도회의 쐐기돌 위치를 찾고, 타로 카드에서 교리를 풀어내며, 이 모든 비밀을 풀어줄 열쇠가 들어 있는 장미목 상자를 찾아 실타래처럼 엉켜 있는 흔적을 쫓아간다.

어떤가, 이 소설의 내러티브 구조가 눈에 딱 보이지 않나? 그렇다.《다빈치 코드》는 작은 상자부터 차례로 큰 상자에 꼭 맞게 들어갈 수 있게 만든 상자 한 벌과 같은 구조를 차용하고 있다. 하나를 열면 그 안에 또 상자가 있고, 그 안의 상자를 열면 역대 최고의 비밀을 감추기 위해 혈안인 알비노 사제를 따라 당신도 뛰게 된다. '성배는 예수 그리스도의 아내이며 그의 후손을 세상에 남긴 이는 막달라 마리아'라는 놀라운 비밀을 폭로하려는 극적인 목표 아래 이 구조는 위험할 정도의 속도로 이야기를 전개시키고, 모든 스릴과 공포의 원천이 된다.

우리 중, 혹은 8,000만의《다빈치 코드》독자들 중에는 분명 댄 브라운의 주장을 믿는 음모론자들이 있을 것이다. 하지만 평론가들 중에는 망상증에 미쳐 날뛰는 조랑말 한 마리가 이끌어나가는 듯한 소설의 이런 구조에 짜증을 내고 혹평을 쏟아낸 이들도 있었다. 그들은 이 책을 수백 페이지 읽고 나면 이제껏 우리가 너무나 순진하게 믿을 수 있다고 생각했던 걸스카우트 등 우리 주위의 조직들을 의심하게 된다고 말한다. 세상의 모든 조직들이 부정하고 사악하며, 서양예술과 문화의 면면에 침투해 있는 거대한 음모에 관여하고 있다고 생각하게 된다는 것이다.

책의 결말부분에서 로버트 랭던은 자신과 소피의 목숨을 구해내지만, 우리는 성배란 것이 랭던이 말했던 것보다 애매하다는 것을 알게 된다. 책의 말미에 등장하는 인물 마리 쇼벨은 그것을 아주 직설적으로 표현한다. 로버트 랭던이 성배를 찾기 위해 한 고생은 헛수고에 지나지 않았다. 그것도 아주 공들인 헛수고 말이다.

"나에게 성배는 단순히 위대한 개념이에요. 오늘날과 같은 혼돈의 세상에서 우리에게 영감을 주는, 얻을 수 없는 빛나는 보물 말이에요."

잘 알겠다. 그러니까 성배는 금으로 만든 성배 잔이나 기막히게 아름다운 공예품도 아니고 그냥 단순히 추상적 개념이라는 거 아닌가? 그럼에도 불구하고 이 소설이 우리의 심장을 요동치게 만들었다는 것을 부인하는 사람은 없다. 《다빈치 코드》는 롤러코스터와 같다. 타고 나면 속이 메슥거리고 머리도 헝클어지지만, 그것을 제외하면 당신은 롤러코스터의 시작 시점으로 되돌아와 있고 변한 것은 아무것도 없다. 책장을 덮은 우리도 책을 읽기 전에 우리가 속해 있던 세상으로 돌아온다. 복잡다단한 조직들이 계속해서 못된 속임수를 쓰고, 비밀결사에 잠입해 그 비밀을 폭로하는 것을 자신의 사명으로 삼은 기호학자이자 프롤레타리아의 궁극적 수호자의 넓은 어깨에 우리의 마지막 희망을 건, 그런 세상 말이다.

담배 연기 자욱한 방

미국 독자들이 비밀결사의 내부 사정을 폭로하는 소설에 매력을 느끼는 이유는 간단하다. 그들의 운명을 결정짓는 소리 없는 권력의 실체를 이해하고, 세상에 전원을 공급하고 있는 숨겨진 보일러실을 '특권 어린 시선'으로 들여다보고 싶은 것이다. 나아가

우리는 확고한 민주주의자들로서 우리의 개인적 자유를 침해하고
있을지 모르는 공적, 사적 조직을 당연히 의심하고 닫힌 문 뒤에서
의식을 거행하는 불투명한 조직을 불신한다.

　이런 유의 베스트셀러들은 주기적으로 나타나, 독자로 하여금
'정보의 자유법' 아래 정보 공개를 요구할 수 있는 권리를 실천에
옮기게 만든다. 이 소설들은 담배 연기 자욱한 방의 문을 박차고
들어가 음모를 꾸미고 있는 악한을 낱낱이 폭로하고 조직의 권력
을 해체한다. 이들은 독자에게 배타적이고 널리 알려져 있지 않은
세계를 폭로한다는 점에서 대중문화에 세운 공로를 인정받는다.
내가 선정한 소설들처럼 정의로운 개인이 비밀결사의 비인간적 편
견에 맞서서 싸우는 것을 그린 책은 더 큰 공로를 인정받는다.

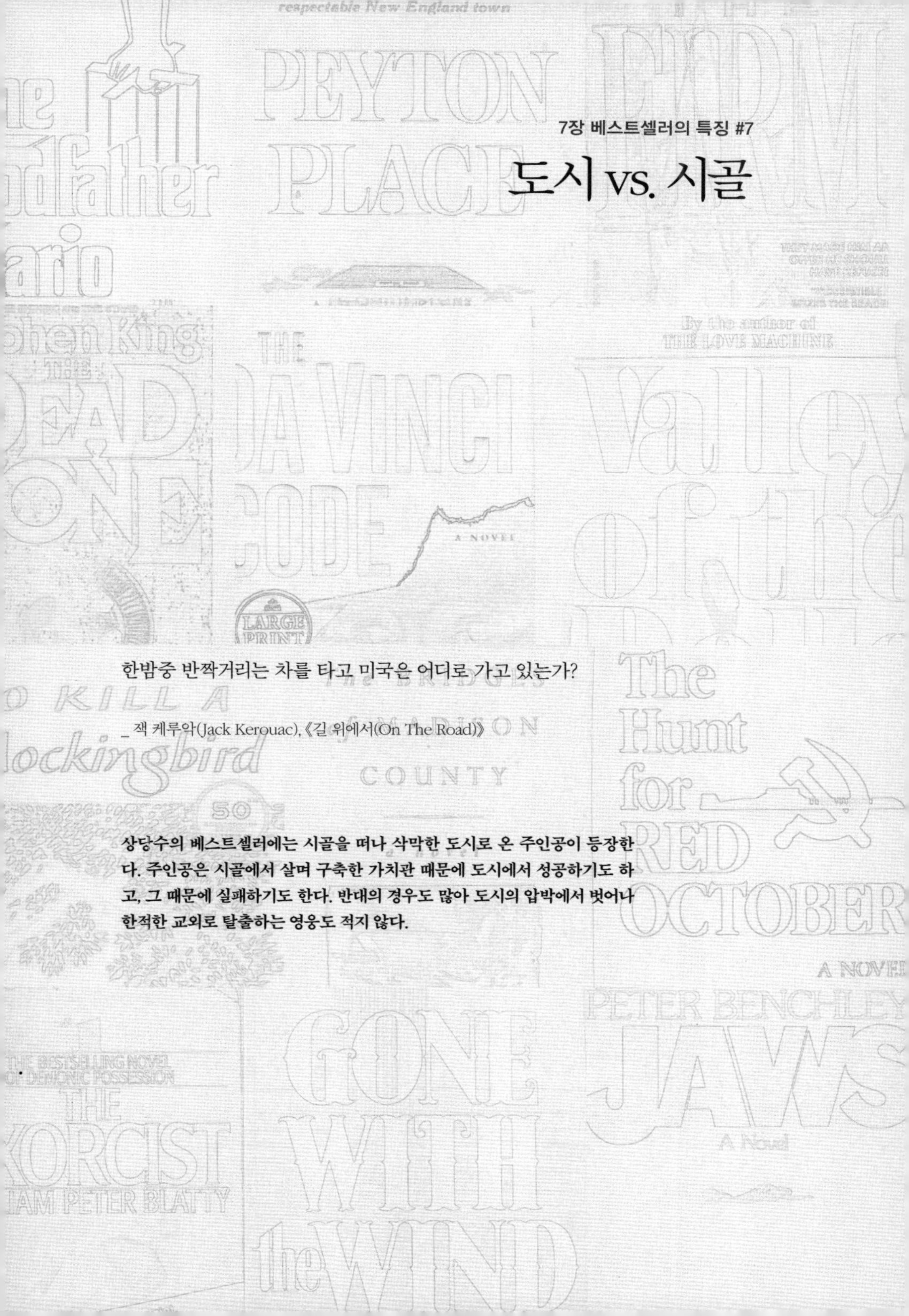

도시 vs. 시골

한밤중 반짝거리는 차를 타고 미국은 어디로 가고 있는가?

_ 잭 케루악(Jack Kerouac), 《길 위에서(On The Road)》

상당수의 베스트셀러에는 시골을 떠나 삭막한 도시로 온 주인공이 등장한다. 주인공은 시골에서 살며 구축한 가치관 때문에 도시에서 성공하기도 하고, 그 때문에 실패하기도 한다. 반대의 경우도 많아 도시의 압박에서 벗어나 한적한 교외로 탈출하는 영웅도 적지 않다.

도시와 시골을 오가는 여정에는 《길가메시 서사시(Gilgamesh Epoth)》만큼이나 오래된 신화적 울림이 있다. 《길가메시 서사시》는 초인적 힘을 가진 통치자 길가메시가 성벽으로 둘러싸인 도시를 떠나 세계 각지를 모험하는 내용의 대서사시다. 영웅의 여정이라고도 불리는 내러티브 구조는 조셉 캠벨(Joseph Campbell)의 역작 《천의 얼굴을 가진 영웅(The Hero with a Thousand Faces)》의 토대가 되기도 했다. 현대 작품 중에서는 크리스토퍼 보글러(Christopher Vogler)가 할리우드 시나리오 작가 지망생들을 위해 쓴 책 《신화, 영웅 그리고 시나리오 쓰기(The Writing Journey)》라는 실용 지침서에서 자세히 설명했듯, 〈스타워즈〉부터 〈오즈의 마법사〉까지 다양한 영화들이 이 구조를 차용했다.

모험은 주인공을 부른다. 처음에는 그 부름을 거절하지만 일련의 사건을 겪으면서 주인공은 자신이 살고 있던 안전한 고향을 떠나 낯선 땅을 떠도는 모험에 나서게 된다. 그 과정에서 스승에게 의지하기도 하지만 초능력을 가진 주인공도 있다. 다양한 적들의 시험을 통과하면 마침내 보글러가 '가장 깊숙한 동굴'이라고 부르는 위험한 장소에 도달하게 된다. 그곳에서 주인공은 지독한 시련을 겪지만 결국은 자기 안에 있던 능력을 발휘해 적을 무찌른다. 이후 고향으로 돌아가는 길고 긴 여정을 시작하는데, 적에게서 쟁취한 성배를 가지고 집에 도착하기 전 보통은 두 번째 시련을 겪는다. 도로시와 세 명의 친구들, 마녀의 무시무시한 감옥과 마법과도 같은 빨간 구두를 생각해보라.

대부분의 대중소설은 이와 같은 신화적 패러다임에 그 뼈대를 두고 있다. 뛰어난 이야기꾼은 의식적으로든 본능적으로든 이 요소를 잘 파악해, 아주 오래된 이야기도 새롭게 변화시킨다.

우리의 12권 베스트셀러 속 주인공들이 겪는 여정은 놀라우리만치 유사하다. 그중에서도 시골과 도시 양쪽을 왔다갔다 하는 공통된 특징을 보이는데 이 장에서는 그 내용을 자세히 살펴보려고 한다. 시골뜨기가 맨해튼에 가고, 뺀질뺀질한 도시인이 시골로 내려간다. 이런 '물 밖에 나온 물고기' 스토리라인은 우리의 12권 베스트셀러에 반복적으로 나타나는 특징이다.

물 밖에 나온 물고기

남북전쟁 발발 후, 스칼렛은 자신이 살던 물 밖으로 밀려나지만 빠른 눈치와 성적인 매력에 의존해 새로운 환경에 적응해나간다. 다른 책의 주인공들도 놀던 물에서 나와 불편한 환경에 적응하기는 마찬가지다. 물을 지독히 싫어하는 경찰서장 브로디는 깊은 바다로 배를 타고 나가고, 해군 역사학자인 잭 라이언은 잠수함에 탑승하기 위해 헬리콥터를 타고 내내 멀미에 시달린다. 조니 스미스는 혼수상태에서 깨어나 누운 채 젊은 세월을 그냥 흘려보냈고 아주 긴 유체이탈을 경험했음을 깨닫는다. 게다가 이 남자는 혼수상태에서 깨어난 후 지극히 평범한 현실도 누리지 못하게 된다. 마이클 코를레오네도 있다. 시칠리아의 햇살 아래 유유자적하던 이 남자는 뉴욕의 불쾌한 거리로 다시 추방당한다.

각 소설은 다양한 방법으로 도시와 시골의 가치관 충돌을 탐구한다. 주인공은 사람들로 바글거리는 도시에서 한가로운 교외로, 교외에서 도시로 이동하며 진정한 의미의 고향을 찾고자 끊임없이 갈망하는 인간으로 그려진다.

도시로 간 시골 소녀들

이런 이동 패턴은 《인디언 여름》의 주인공 앨리슨이 과거에 어머니 콘스탄스가 그랬듯 좁디좁은 고향 뉴잉글랜드를 떠나 뉴욕이라는 거대한 도시로 나가는 데서도 확인된다. 오래 전, 콘스탄스는 비록 페미니스트는 아니었지만 자신이 떠나는 여행에 대해 아주 명확한 목표를 가지고 있었다.

아름답고 고집불통이며 자신감에 가득 차 있었던 19세의 콘스탄스는 어머니의 강력한 반대에도 불구하고 뉴욕으로 떠난다. 직장을 구하고 돈 많은 남자를 만나기 위해서였다. 뉴욕에 도착하자마자 그녀는 앨리슨 매킨지라는 이름의 남자가 운영하는 옷감 가게에 취직한다. 그는 준수한 용모에, 사업적으로도 성공한 부유한 남자였다. 한 달도 못 되어, 둘은 잠자리를 함께하는 깊은 관계가 된다. 당시로 치면 엄청난 진도였다.

하지만 콘스탄스는 자신의 연인이 이미 결혼해서 두 아이를 둔 유부남이며 자신은 그의 정부였다는 것을 알게 되고, 그 사실을 안 즉시 고향인 페이튼 플레이스로 돌아온다. 그 남자의 딸을 임신한 채였다. 그녀는 딸에게 자신을 속인 그 남자의 이름을 붙여준다(정말이지 이해가 안 되는 부분이다).

《인디언 여름》 출시 10년 뒤 출간된 《인형의 계곡》의 주인공 앤 웰스 또한 놀라우리만큼 유사한 여정을 거친다. 고향인 매사추세

츠 주 로렌스빌에서 답답한 삶을 살길 거부하고 사랑과 성공(바로 남편)을 찾아 기만과 배신의 온상이자 콘스탄스를 그토록 잔인하게 대했던 죄악의 소굴 뉴욕으로 떠난 것이다.

소설 초반에 앤 웰스는 작은 마을로부터 독립을 선언한다. 그녀 마음에는 100년 전 동부 해안지방의 젊은이들이 아직 개척되지 않은 곳을 찾아 "서쪽으로 가라, 젊은이여"라고 했던 것과 같은 열정이 가득 차 있었다.

앤은 어머니와 외할머니가 받아들였던 시골의 일상에서 탈출하는 길을 선택했다. 건실하지만 사랑하지 않는 약혼자도 버렸다. 그녀는 대대로 살아온 집에서 살길 강력하게 거부한다. 무엇보다 앤은 작은 마을이 예의라 여기는 숨 막힐 정도로 올곧은 행동들에 단호히 '아니오'라고 말했다. 그녀는 정말이지 자유롭고 싶었다.

시골로 간 도시 청년들

《그래서 그들은 바다로 갔다》의 미첼 맥디르는 졸업 후 여러 도시에서 들어온 일자리 제안을 뿌리치고, 대학을 다니며 경험했고 또 쉽게 정복했던 보스턴도 포기하고, 한적한 멤피스의 남쪽 마을에 위치한 회사에 가기로 결정하며 자신의 남은 여정을 시작한다. 여기서 남은 여정이라고 말하는 이유는 미첼이 시골에서 보스턴으로 대학을 오며 이미 절반의 여정을 마쳤기 때문이다. 만약 그가 열심히 공부하지 않아서 하버드 대학에 진학하지 못했더라면 어떤 사람이 되어 있을까? 어쩌면 그의 형처럼 감옥에 갔을 수도, 그의 어머니처럼 파나마 시티 비치에 있는 와플 가게에서 일하고 있을지도 모를 일이다.

산전수전 다 겪고 세상에 관해 알 만큼 아는, 예이츠의 시를 읊조리는 남자 로버트 킨케이드가 아이오와 주의 시골에 들어서는 순간, 《매디슨 카운티의 다리》에도 미국의 도시와 시골 간의 가치관 충돌이 발생한다. 로버트에게서 풍기는, 도시생활이 따분해 미치겠다는 분위기는 농부의 아내에게 치명적인 매력으로 다가간다.

프렌체스카는 어느 정도 그의 매력에 넘어가기 쉬운 상태다. 이탈리아 나폴리에서 태어나 자란 자유로운 영혼인 그녀도 한때는 세상을 많이 경험하며 넓은 세상을 배웠다. 남편 리처드 존슨을 만나고 고향을 떠나 미국 아이오와 주로 올 때만 해도 그녀는 자유로웠고 미래에 대한 기대치도 높았다.

하지만 프란체스카에게 미국이라는 달콤한 약속은 따분하기 이를 데 없는 아이오와 시골로 전락한다. 때문에 남편이 박람회에 다녀오느라 집을 비운 사이 세상사 모르는 게 없는 로버트 킨케이드가 마을에 도착했을 때, 프란체스카의 도덕적 기준은 낮아질 준비를 완벽히 끝낸 상태였다.

하지만 로버트 킨케이드는 그냥 도시 남자가 아니었다. 그는 그

도시 vs. 시골

냥 도시 남자보다 훨씬 능수능란한 인물이었다. 세련된 매너의 그는 세상 돌아가는 물정을 아주 잘 알고 있었다. 불쌍한 프란체스카에게는 빠져나올 구멍이 없었다.

로버트 킨케이드로 말하자면 진정한 자유로운 영혼이다. 그는 1945년에 군대에서 빠져나와 〈내셔널 지오그래픽〉의 일자리에 바로 복귀하는 대신, 오토바이를 몰고 캘리포니아 해안과 빅서 해안 도로까지 달려, 그곳 해안에서 이스라엘 카르멜에서 온 음악 하는 여인과 정사를 나눈다. 이후에도 히피스러운 곳이라면 어디든 방문하며 전 세계를 떠돈다.

나이가 쉰둘이 되었을 때는 세계일주도 두어 번 하고, 어릴 적 벽에 걸어두었던 사진 속의 이국적 풍경도 직접 찾아가서 두 눈으로 본 후다. 싱가포르의 래플스 바에도 가봤고 배를 타고 아마존도 탐험해봤으며 라자스탄 사막에서 낙타도 타보는 등 안 해본 일이 없다.

로버트 킨케이드의 방랑은 미국인에게 꽤나 익숙한 모습이다. 미국인에게 이동해 다니는 습성이 있기 때문이다. 미국의 선조는 살 곳을 찾아 대서양을 가로지를 만큼 강인한 영혼을 지닌 사람들이었다. 미국인은 그후 300년간 마치 생명공학으로 방랑 유전자만을 골라 미국 문화를 만들어온 것 같다.

하지만 미국에 불치의 방랑자가 있다면, 방랑은 이제 충분히 했으니 소의 안장을 내리고 내 땅을 마련해 정착하겠다고 결심하는 사람도 있다. 이 둘 사이의 갈등은 대중소설의 단골 주제일 뿐 아니라 논픽션에도 자주 등장하는 주제다.

1970년대는 미국인들에게 대규모 이주의 시기였다. 교외로 이사를 가고 새로운 지역에 직장을 얻고 이러저러한 이유로 살던 곳을 떠나는 등 이사가 빈번했다. 당시 문화비평가 밴스 패커드(Vance Packard)는 저서 《이방인의 나라(A Nation of Strangers)》에서 점차 늘어나는 미국인의 방랑이 사회를 무너뜨리고 있다고 경고했고 이 책은 논픽션 부문 베스트셀러에 올랐다. 패커드는 지역사회의 와해와 익명성의 증가로 혼돈이 생겨나고 있다고 했는데, 이는 로버트와 프란체스카의 로맨스의 배경이기도 하다.

이 두 사람은 작별인사를 고하고 마지막 키스를 나눈 후에도 한 번 더 길에서 우연히 마주친다. 박람회에서 집으로 돌아온 남편과 프란체스카가 함께 시내에 나왔는데 누가 나타났겠는가, 당연히 픽업트럭을 몰고 어슬렁거리던 로버트다. 10미터가 채 안 되는 거리를 사이에 두고 신호가 바뀌길 기다리며, 프란체스카는 차문을 박차고 나가 로버트의 트럭으로 달려가 그와 함께 떠나는 상상을 한다. 하지만 상상은 상상일 뿐, 그녀는 떠나지 못한다. '자신의 책임감에 얼어붙은 채.'

작가 로버트 제임스 월러는 우리에게 가장 좋아하는 케이크를 주고 또 그것을 마음껏 먹게 해줬다. 우리는 방랑하는 남자와 집에 갇혀 사는 전업주부 사이에 피어난 강렬하고 뜨거운 사랑에 대리만족을 느꼈고, 읽으며 느낀 죄책감은 프란체스카의 도덕적 자기부정으로 깨끗이 씻어낼 수 있었다.

우리가 믿고 있는 가짜 꼬리표

미국인은 도시에서의 삶을 미화하고 중부 시골의 삶은 폄하하지만 필요한 경우에는 도시와 시골의 꼬리표를 정반대로 기꺼이 바꾼다. 거기에 중간이란 없어 보인다.

매 선거철이 다가오면 미국 중부의 언론은 익숙한 신화적 정체성을 떠들어대는데 뻔히 예측가능하고 요란하기 이를 데 없는 선동 하에 진부한 표현과 고정관념이 쏟아져 나온다. 미국의 시골은 갑자기 '근면한 육체노동자'와 예절과 정직을 중시하는 '진정성 있는' 사람들로 가득한 지역으로 변모한다. 또 도시인, 특히 중요한 가치를 본체만체하는 교만한 엘리트라 조롱받는 해안가 거주 도시인에 비해, '밥상' 문제를 훨씬 많이 다룬다. 도시의 삶은 빠른 속도에 쫓기고 물질적이며 천박하고 정신없이 바쁘게 돌아가고 돈을 끊임없이 숭배하지만 시골의 삶은 여유롭고 이웃과 너그러움, 가족적인 삶의 미덕이 남아 있고, 벽난로 선반에 총을 올려놓을 수 있을 정도로 공간이 넉넉하며 곳곳에 미국 국기가 펄럭인다고 선전한다.

공화당 지지 주 vs. 민주당 지지 주, 노동계급 vs. 도시 엘리트, 고결함 vs. 타락. 개척자 정신과 성경을 여전히 믿으며 부패한 도시 문화에서 퍼져 나오는 불신의 메시지에 길들거나 타락하길 거부하는 평범한 사람들.

리처드 바이스(Richard Weiss)는 저서 《미국의 성공 신화(The American Myth of Success)》에서 이런 고정관념을 대중에게 널리 알린 사람으로 미 소설가 허레이쇼 앨저(Horatio Alger)를 꼽았다.

"앨저 소설의 배경은 대부분 19세기 후반의 뉴욕이다. 그 시절 뉴욕의 거리와 호텔, 하숙집, 레스토랑을 아주 정확히 묘사한 그의 책은 도시를 잘 모르는 사람에게 훌륭한 안내서가 되어준다. 하지만 소설 속 도시에 대한 그의 태도에는 적대감이 존재한다. 도시는 기회의 땅이기도 하지만, 말할 수 없는 부패와 부도덕의 땅이기도 하다. 앨저에게 미덕은 시골에 있다. 시골에서 올라온 소년이 그의 순수를 갉아먹으려 하는 도시의 사기꾼을 이겨낼 수 있다면, 그 소년이 도시에서 성공할 확률은 도시에서 자란 또래보다 훨씬 높다. 왜냐하면 소년은 시골에서 자라며 도시인보다 도덕적으로 컸고, '도시 소년보다 더욱 근면 성실하게 일하도록 교육받았기 때문'이다. 시골 소년들은 돈을 벌기 위해 도시로 모여들지 모르지만, 도시 소년들은 도덕관념을 새롭게 정비하기 위해 시골에 가야 할 것이다."

도시 vs. 시골

미국의 국가 정체성에 이런 꼬리표가 뿌리를 깊게 내리고 있기에 미국인들은 그것이 가짜임을 알고 틀렸다고 생각하면서도 반사적으로 받아들인다. 미국의 베스트셀러에 도시와 시골에 대한 양날의 감정이 아주 자주 등장하는 것을 봐서는, 많은 독자들 또한 미국의 국가 정체성이 가지고 있는 두 꼬리표에 매력을 느끼는 것이 분명하다.

시골의 부흥

워싱턴 D.C.를 주요 무대로 하는 《엑소시스트》에 농지나 전원 마을, 시골 풍경은 거의 나오지 않는다. 소녀에게서 악령을 내쫓는 과정에서 도시 풍경이 딱히 하는 역할도 별로 없다. 하지만 카라스 신부가 레건 맥닐의 몸속에 들어온 악마를 몰아내는 마지막 결전을 치르기 전 메린 신부의 도움을 청하는 중요한 순간, 메린 신부는 교외의 한적한 수도원에서 휴식을 취하는 중이다. 그가 사랑해 마지않는 숲 속을 걸으며 울새가 지저귀는 소리를 듣고, 나비가 나뭇가지 사이를 훨훨 날아다니는 것을 보고 있는 그 평화로운 순간, 운명의 전보가 도착한다.

이 목가적인 배경에서 미국의 수도로 이동한 메린 신부의 여정은 결국 소녀의 몸에서 악마를 내쫓으면서 승리로 끝나지만, 그 과정에서 그는 목숨을 잃는다. 《엑소시스트》에서 이번 장의 주제인 시골 vs. 도시가 어떤 역할을 했는지를 지나치게 강조하는 것은 옳지 않을 수 있지만, 그래도 선과 악의 마지막 결전에서 시골에서 온 신부와 도시에서 온 신부가 함께 힘을 모아 이 소녀에게서 악령을 몰아냈다는 것은 주목할 대목이다.

시골 악마

《다빈치 코드》의 로버트 랭던은 소설의 시작부터 끝까지 줄곧 도시의 가치관을 지지한다. 시골 사람들은 절대 믿을 수가 없다는 게 그 이유 중 하나다. 본문 중 그는 소피에게 이교도(pagan)라는 단어가 '시골뜨기'라는 뜻의 라틴어 파가누스(paganus)에서 유래했음을 설명한다. 도시인들이 그리스도교를 많이 믿은 반면 시골 사람들은 점차 교회를 위협했기 때문에, '시골 사람들(villagers)'은 '악당(villain)'이 되었다. 하나님보다 자연을 더 숭배했던 농촌 주민을 악당으로 만들어버린 것이다.

《다빈치 코드》의 설명대로라면, 시골이라는 단어에도 악당의 역사가 남긴 흔적이 묻어 있을 것이다. 그렇지 않을 리가 없다. 시골 사람들은 수상쩍고, 아마도 위험할 것이므로 우리의 유일한 희망은 도시 사람들이다.

실제로 《다빈치 코드》는 도시 묘사와 건축, 대성당, 지저분한 뒷골목과 숨겨진 보물을 설명하는 데 거의 모든 스토리텔링 에너지를 소비한다.

랭던이 교외에 가장 오래 머문 것은 레이 티빙의 자택 빌레트 성에서 계획보다 오래 머물게 되었을 때다. 랭던과 소피가 도시에서 여러 차례 위기에 처하자, 랭던은 티빙의 집이 '안전한 피난처'가 될 것이라고 생각하고 소피를 데리고 피신한다. 하지만 이 랭던이라는 남자는 위대한 기호학자일지는 모르지만, 사실 사람을 빠르고 정확하게 판단하는 인물은 아니다. 이후에 티빙은 이 소설의 최대 악당이라는 사실이 밝혀진다.

랭던은 소설에 수백 번도 넘게 나오는 밑도 끝도 없는 주장을 반복하며, 티빙이 "시온수도회와 성배에 관해 그 누구보다 많이 아는 사람"이라고 말하며 소피를 안심시킨다.

《다빈치 코드》에 등장하는 모든 것이 그렇듯 티빙의 자택은 거대해서 베르사유 궁전의 복제품을 연상시킬 정도다. 위험에 처한 커플이 이 '수수한 성'에 들어설 때, 소피는 마치 스칼렛에게 타라가 그랬듯, 시골의 조용함과 평온함이 자신의 신경체계를 변화시키는 것을 온몸으로 경험한다. 도시에서 멀리 떨어져 있는 것만으로도 근육이 이완되고 안도감을 느낀다.

외딴 교외에 위치한 티빙의 자택에서 보낸 그날 저녁, 티빙은 소피와 랭던에게 성배와 〈최후의 만찬〉의 관계, 그리고 막달라 마리아가 예수의 아내였고 예수의 후손을 세상에 남겼다는 것을 설명한다.

그것이 무엇을 암시하는지 파악할 새도 없이, 갑자기 날아온 총알에 셋은 알비노 수도사 사일러스와 함께 시골 피난처를 급히 빠져나온다. 그들은 레인지로버를 타고 울창한 산속 길을 달리다 마침내 고속도로에 들어선다. 문명으로부터 벗어났던 짧은 체류는 그렇게 끝이 난다. 시골 체류 전, 랭던은 시골의 어원을 좀 더 진지하게 연구하고 사악한 시골 사람들 속에서 더 바짝 긴장했어야 했다.

미 동북의 인구밀집지역

우리의 베스트셀러 12권만 본다면, 소설의 배경이 워싱턴과 보스턴, 뉴욕의 인구밀집지역과 남부지역이 전부인 것처럼 보일 수도 있을 것이다. 미 서부를 배경으로 하는 초대형 베스트셀러는 거의 없고, 유럽만을 배경으로 한 것도 굉장히 특이한 케이스다.

이런 사실은 책을 실제로 구입하는 독자들이 미국 서부를 배경으로 하는 책보다 동북부의 인구밀집지역을 배경으로 하는 책에 더 큰 매력을 느낀다는 것을 시사한다. 이런 지리적 편중은 출판동향과 책 구매의 인구통계학적 요소를 어느 정도 말해준다. 시장에 쏟아져 나온 수많은 원고들 중 쓸 만한 원고를 고르는 저작권 대리인과 그것을 실제로 선택하는 편집자들, 책을 홍보하고 유통시키는 출판인들은 대부분 인구가 많은 동북지역에 거주하고 있다. 그들이 살고 있는 곳과 비슷한 배경의 책을 선호하는 것은 당연한 일이다. 또한 우리가 선택한 이 12권의 위대한 베스트셀러들을 봤을 때, 많은 미국인들이 거주지와는 상관없이 도시의 매력에 끌린다는 것 또한 사실처럼 보인다.

최근의 선거구 지도를 보면 이번 장 주제의 정치적 측면을 완벽히 이해하는 데 도움이 될 것이다. 도시 사람들과 시골 사람들은 서로 반대의 투표 성향을 보인다. 이 간극은 미국이 생긴 이후 줄곧 있었고, 지금도 여전히 줄어들 기미를 보이지 않는다. 농촌 사람과 도시 엘리트 간의 정치적 입장 차이를 좁히는 것이 대중소설가의 몫은 아니지만, 이 12권의 이야기 중심에 미국과 또 다른 미국이 접하는 단층선에 일어나는 미진이 전해지고 있다는 것은 확실하다.

이민자와 개척자

도시는 막대한 정치력과 경제력을 갖췄지만, 미국인들의 기분을 완벽히 전환해주기에는 무언가 부족하다. 미국은 서부로의 확장을 칭송해온 국가고, 그들의 선조는 동부 도시의 압박을 피해 서부의 황무지를 밟았기에, 미국인에게 최고의 칭찬은 '개척자'라 불리는 것이다.

이와 마찬가지로 미국은 이민자 역사도 자랑스러워한다. 플리머스 록과 앨리스 아일랜드는 미국의 정신과 신화의 틀을 잡아줬다. 미국 소설가들이 이런 국가 정체성의 핵심을 다루는 것도 당연하다. 하지만 놀라운 것은 베스트셀러들이 매우 자주, 또 대담하게 이런 전통적 기대를 저버린다는 것이다.

사람들은 대중예술을, 당연하게 생각하는 가치를 더욱 강화시킴으로써 사회를 한데 묶어주는 사회의 접착제라고 여긴다. 하지만 이 12명의 소설가들이 미국의 가장 해묵은 문제인 도시와 시골 간의 갈등을 다룬 방식을 살펴보면, 사회의 접착제와는 정반대의 역할을 수행했음을 알 수 있다. 전체적으로 이 12권의 소설은 이 문제에 대해 가능한 모든 각도에서 양쪽의 입장을 모두 이야기했다. 스칼렛이 격식만 따지는 도시의 가치관에 정면으로 맞서는 동안 《인디언 여름》과 《인형의 계곡》의 초기 페미니스트들은 도시의 삶을 신나게 누린다. 비록 독자가 보기에 도시 삶은 그들의 삶을 좀먹고 비극으로 이끄는 주요 원인이지만 말이다. 댄 브라운은 시골을 극악무도하고 비열하게 그리지만 소설 속 도시 파리와 런던은 문화와 예술이 가득한 장소다.

우리의 12권 베스트셀러 중, 이야기의 배경이 미국의 국경 밖인 것은 《다빈치 코드》가 유일하다. 이 지구촌 시대에 미국 개척자의

세계 버전인 로버트 랭던이 오랜 숲만큼이나 짙푸르고 위험으로
가득 찬 기호학의 황무지를 걸어간다는 것이 얼마나 어울리는 일
인가.

신은 위대한가?

인간은 종교적인 동물이다. 인간은 유일한 종교적인 동물이다. 진짜 종교를 믿는 유일한 동물이 인간인데, 그 진짜 종교라는 게 하나가 아니라 여러 개다. 인간은 이웃을 자기처럼 사랑하는 유일한 동물이며 이웃이 다른 신을 이야기할 때는 가차 없이 죽여버리는 유일한 동물이기도 하다.

_ 마크 트웨인(Mark Twain)

우리의 베스트셀러 12권은 한 권도 빠짐없이 종교적 관행의 모순과 종교에의 지나친 몰입의 위험을 끊임없이 비판하는 방식으로 비중 있게 종교를 다룬다.

사회적 통념에 따르면 베스트셀러 중에서도 최고의 베스트셀러는 성경이다. 하지만 실제로 성경이 연말결산 베스트셀러 순위에 진입한 것은 몇 번 되지 않는다. 1952년 출간된 개역 표준성경은 200만 권을 팔아치우며 출간 직후 베스트 순위 1위에 등극했다. 당시 탈룰라 뱅크헤드(Tallulah Bankhead, 성생활 폭로로 유명한 여배우)의《탈룰라(Tallulah)》는 5위에 머물렀다. 1953년 성경은 다시 한 번 논픽션 부문 베스트셀러 1위 자리에 올랐다. 자기계발서의 고전 노먼 빈센트 필(Norman Vincent Peale)의《적극적 사고방식(The Power of Positive Thinking)》이 2위로 성경의 뒤를 바짝 쫓았고 알프레드 킨제이(Alfred Kinsey)의《여성의 성 행동(Sexual Behavior in the Human Female)》이 3위를 차지했다.

그리고 1954년에도 성경은 최고 판매량을 기록했다. 그해 베스트셀러 3위는 《뉴 레시피(Better Homes and Gardens New Cook Book)》가, 4위는 《베티 크로커의 쉬운 레시피(Betty Crocker's Good and Easy Cook Book)》가 차지했다.

종교와 섹스, 가사일. 이 셋보다 미국인을 잘 표현해주는 게 어디 있던가. 섹스와 가사일에 대해서는 뒷장에서 다루기로 하고 이번 장에서는 먼저 하나님, 종교, 믿음에 대해 이야기하도록 하자.

잘 팔리는 하나님

자고로 미국에서 종교소설은 인기가 좋았다. 그래서 대다수 베스트셀러 집계기관은 종교소설을 위한 카테고리를 따로 만들어, 비종교 서적들의 생존율을 조금이라도 높이고자 했다.

그런 게임의 조작에도 불구하고 소설 부문 베스트셀러 순위에는 늘 종교 성향의 책이 1~2권 섞여 있다. 《다빈치 코드》와 《남겨지다(Left Behind)》 시리즈, 《벤허(Ben Hur)》와 《권력과 영광(The Power and the Glory)》, 로이드 C. 더글러스(Lloyd Cassel Douglas)의 《성의(The Robe)》, 톨킨(J. R. R. Tolkien)의 《반지의 제왕》 3부작, 제임스 레드필드(James Redfield)의 《천상의 예언(The Celestine Prophecy)》과 같은 책들이 초대형 베스트셀러가 될 수 있었던 이유는 그 책들이 영적 주제를 다루었다는 사실과 큰 연관성을 갖는다.

이 밖에도 종교와 유사한 뉘앙스를 풍기며 '영감을 준' 소설들
도 큰 인기를 끌었다. 윌리엄 폴 영(William Paul Young)의 메가 히트작
《오두막(The Shack)》과 리처드 바크의 《갈매기의 꿈》은 1972년과
1973년 2년 동안 베스트셀러 순위 상위권에 랭크되는 기염을 토했
다. 바크는 《갈매기의 꿈》이 어디선가 들려오는, 자신을 바른 길로
인도해준 목소리를 받아 적은 것이라고 주장하기까지 했다.

갈매기의 비행을 은유적으로 표현한 이 책은 비상에 대한 찬사
혹은 앞날을 멀리 내다보며 준비하는 인간의 기적과도 같은 능력
에 대한 헌사 등 다양하게 해석되었다. 혹자는 이 책이 그저 미국의
긍정주의와 자기계발서의 고전인 노먼 빈센트 필의 《적극적 사고
방식》의 소설 버전에 지나지 않는다고 말하기도 했다.

멜 깁슨의 2004년 작품 〈패션 오브 크라이스트(The Passion of the
Christ)〉도 평소에는 극장에 잘 가지 않던 보수적인 기독교인 수백
만을 극장으로 끌어모으며 센세이션을 일으켰다. 비종교적인 소
설에는 관심 없는 독자들에게 종교적인 주제를 강조한 소설은 매
력적이다. 초대형 베스트셀러를 만들기 위해서는 반드시 이 독서인
구의 마음을 사야 한다. 습관적으로 책을 구입하는 사람들이 아
무리 책을 사준다고 해도, 그것만으로는 절대 수백만 부의 판매부
수가 나올 수 없다. 판매부수를 늘리고 세속과는 동떨어진 인구를
공략하기 위해서는, 평소 책을 잘 구입하지 않는 수많은 독서인구
의 눈길을 사로잡아야 한다. 이를 위해 많은 작가들이 흔히 겨냥

하는 대상이 바로 종교적 성향을 가진 독자층이다.

세속주의

우리의 베스트셀러 12권이 모두 종교적 내용을 비중 있게 다루고 있다는 사실이 이제 놀랍지는 않을 것이다. 하지만 이 소설들이 주류의 종교적 관점을 상당히 이단적으로 해석하고 있다는 점은 놀랍게 다가온다. 12권의 베스트셀러 작가 중 대부분은 종교를 회의론적 관점에서 바라보고 있고 소설 속 주인공들은 모두 어느 정도 신에 대한 의심으로 괴로워하는 것으로 그려진다. 사람들 눈에 베스트셀러 작가들은 모두가 종교적 위선을 조롱하고 일반적 통념에 저항하는 경향의 자유사상가와 무신론자인 것처럼 보일지도 모른다.

역대 최고의 베스트셀러들이 모두 믿음과 기성 종교에 적대적이라는 말을 하려는 것이 아니다. 그렇다기보다 종교의 영적인 측면보다는 관행이 가져오는 세속적 결과에 더 초점을 맞춘 듯 보인다. 한마디로 베스트셀러의 도덕은 세속 문화에 단단히 뿌리를 내리고 있다.

이런 세속주의는 소설 자체와 그 역사를 같이 한다. 이안 와트(Ian Watt)는 저서 《소설의 발생(The Rise of the Novel)》에서 이렇게 말한

바 있다. "디포 소설에서 보이는 종교의 무기력함은 작가가 신실하지 않음을 의미하는 것이 아니라 그의 세계관에 세속화가 깊게 뿌리내리고 있음을 보여준다. 디포의 시대에 세속화는 매우 뚜렷한 특징이었으며, 세속화라는 단어는 18세기 초반부터 현대적 의미를 지니기 시작했다."

초기 영국 소설이 사회 통념에의 저항이라는 경향을 보였다면, 미국 소설은 종교 교리에 의문을 제기하는 성향을 가지고 있다. 미국의 선조들은 독실한 기독교 신자이기도 했지만 종교에 의심을 품은 1대 의심가들이기도 했다. 일례로 토머스 제퍼슨(Thomas Jefferson)은 존 애덤스(John Adams)에게 보낸 편지에서 성경의 문학적 가치를 이렇게 평가했다.

이 복음서는 틀린 구석과 의심스러운 부분이 많아, 괜히 헛수고로 힘들여 조사할 필요도 없어 보인다. 글 곳곳에 속임수를 썼고, 복음서에 관련된 다른 책들의 문장에도 속임수를 썼으니, 그러한 이유로 우리는 그중 어떤 내용이 진실인지 밝혀내기 위해 의문을 품을 권리가 있다. 신약성서는 예수라는 비범한 인물에게서 비롯된 부분도 있지만 그저 열등한 사람들이 짠 내용도 있다는 것이 신약성서 안의 내재적 증거를 통해 보인다. 그것들을 구분하는 것은 거름에서 다이아몬드를 골라내는 것만큼이나 쉬운 일이다.

위선을 폭로하다

종교가 미국의 국가발전에 어떠한 역할을 했는지 설명한 수작 《미국식 복음(American Gospel)》에서 작가 존 미첨(Jon Meacham)은 미국에서만 보이는 비종교인과 종교인 간의 대립에 대해서 이렇게 묘사했다.

세속파와 종교파가 끊임없이 대립하는 다원적인 민주주의가 이상적이지는 않을지 몰라도, 세상일을 정리하는 데 그만큼 실용적이고 오래가는 방식도 없다. 우리는 그 방식을 잘 수호해야 한다.

이런 세속적 회의론은 12권의 베스트셀러 모두에서 찾아볼 수 있다. 우선 《앵무새 죽이기》의 에피소드부터 살펴보자. 애티커스는 인성교육 차 스카웃을 알렉산드라 고모의 선교단체 모임에 보낸다. 모임의 부인들은 아프리카의 정글에 사는 므루나스 부족에게 기독교를 전하러 간 레버렌드 J. 그라임스 데버레트를 재정적으로 후원하고 있다.

'메이컴에서 가장 독실한 신자'로 알려진 메리웨더 부인은 스카웃에게 므루나스 부족이 겪고 있는 어려움과, '그들 곁에 가까이 가려 하는 유일한 백인' 레버렌드의 영웅적인 행동을 이야기하며 눈물을 짠다.

그 다음 페이지에서 메리웨더 부인은 다음 주제로 화제를 옮겨, 패로우 부인의 하인 중 '부루퉁한 얼굴을 하고 있는 검둥이'가 있다며 불만을 토로한다. 그리고는 예수님은 그 어떤 고난에도 불평불만하지 않았는데, 그 심술궂은 하인은 예수님처럼 살지 않는다며 질책한다. 이 말을 들은 하인이 주눅 들자 이 짧은 인종차별의 순간에 메리웨더 부인은 '주님이 하시는 일을 직접 목격'한 데 만족감을 느낀다.

작가가 경건한 시간과 심한 편견이 실린 언사를 나란히 배치한 것은 결코 우연이 아니다. 하퍼 리는 입에 발린 위선적인 말보다는, 인간성의 가치에 뿌리를 둔 종교의 진실성을 지지했던 게 분명하다. 스카웃은 이런 모순에 아주 예민한 소녀였고, 자기 방식대로 조용히 그들을 경멸한다.

스카웃이 흑인구역의 교회에 갔을 때도 마찬가지다. 애석하게도 그 교회의 설교는 완벽하지 않았다. 목사는 신도들의 죄를 맹렬히 비난한 뒤 스카웃이 만나본 목사들이 한결같이 사로잡혀 있던 '여성의 음란함'을 성토한다.

비록 설교는 여성 혐오적이었지만, 스카웃은 열정적인 신도들에게서 깊은 인상을 받는다. '찬송가 살 돈은 없어도 뇌리에 남아 있는 옛 노래를 끄집어내 찬송하는 그 모습이 아름다워 보였다. 그들은 가사 한 마디 한 마디를 가슴으로 이해하고 있었다.'

이 가난한 신도들은 주머니와 가방 깊숙한 곳을 뒤적여 동전을 꺼내 억울하게 체포된 톰 로빈슨을 위한 성금을 10달러나 모은다. 이 헌금에 담긴 희생은 신성한 체하며 헛소리나 하는 메리웨더 부인과 그 동료 선교사 부인들과 극명한 대조를 이룬다. 하퍼 리는 간접적으로 얘기했지만, 그녀가 말하고자 하는 바는 더할 나위 없이 명확하다. 기독교 아래, 편견과 가식적인 독실함은 공존한다. 하지만 진부한 이야기로는 큰 효과를 거둘 수 없다. 그건 어린 꼬마도 아는 사실이다.

믿음과 의심

하퍼 리와 마찬가지로, 그레이스 메탈리어스도 위선 폭로에 전념했다. 《인디언 여름》은 시종일관 온갖 종류의 가식과 거짓된 신실함을 힐난하고, 종교는 지나친 비난을 받는다.

선량한 마을 주민 메리언 패트리지는 페이튼 플레이스로 시집오자마자, 남들이 보기에 종교적이지 않은 이유를 들어 교회를 옮긴다. 침례교회를 그만두고 회중파교회로 옮긴 이유는 사람들이 보기에 회중파교회가 더 부유하다는 이유였다. 메리언이 생각하기에 회중파교회의 유일한 흠은 때로 교회가 '탐탁지 않은 사람들'을 교인으로 받아들여 고상한 분위기를 망친다는 것이었다.

이 소설의 여 주인공 앨리슨 매킨지와 목사가 나눈 대화를 보면,

그녀도 종교에 아주 회의적이라는 사실이 드러난다. "누군가 그러는데 하나님은 세상 모든 사람들의 기도를 들으신다면서요. 만약 그게 정말이라면, 하나님은 왜 기도에 응답하지 않으시나요?" "글쎄, 때로 하나님은 우리를 위해 우리 기도를 들어주지 않기도 한단다." "알겠어요. 그런데 그러면 뭣하러 기도하나요?"

몇 줄 지나지 않아, 앨리슨은 나머지 책들과 같은 종교적 입장을 취한다. 신의 존재를 의심하는 사람과 믿지 않는 사람의 중간쯤에 자리 잡는 것이다.

앨리슨이 어렸을 때, 그녀는 아버지가 집에 돌아오게 해 달라고 매일매일 기도했다. 하지만 끝끝내 아버지는 집에 오지 않았다. 앨리슨은 아픈 깨달음을 얻었다. 기적도 마음대로 행하는 하나님은 왜 이렇게 쉬운 기도도 안 들어주실까? 작은 소녀에게 왜 이런 고통을 주실까? 겉으로 보기에 불공평해 보이는 이런 것들이 앨리슨의 믿음을 망가뜨렸다.

하나의 악령과 두 희생자

신부가 소녀에게서 악령을 내쫓는 《엑소시스트》의 줄거리를 읽고 책을 구입하는 사람 대부분은 신앙이 악마를 이기는 이야기를 읽게 될 것이라 생각할지 모르겠다. 하지만 그게 그렇게 간단하지 않다.

《엑소시스트》의 예수회 수사 데미안 카라스 신부는 앨리슨 매킨지와 달리, 믿음이 약해진 것에 대해 많은 고민을 한다. 의심이 꼬리에 꼬리를 물며 일어나는 이유를 말하면 자신을 미쳤다고 할까봐 동료 신부들에게도 고민을 털어놓을 수 없다. 소설 속 그의 독백을 보면, 이 신부가 존재론적 벼랑에서 비틀거리고 있다는 것을 알 수 있다. 카라스 신부는 기형아와 어린 복사들이 아무 이유 없이 공격당하고 불태워져 죽임당하는 것과 같은 일상적인 공포를 생각하며 신의 존재를 의심하기 시작한다. 정의로운 하나님은 왜 이런 고통을 허락하는 걸까?

설상가상으로 하나님은 침묵하고 카라스 신부는 더욱 괴로워한다. 왜 그에게 하나님은 모습을 드러내지 않는 걸까? 왜 하나님은 자신에게 인생을 바치고 지금은 가장 전통적인 방법으로 울부짖고 있는 이 믿음의 아들에게 응답하지 않는가? 그의 믿음은 너덜너덜해졌고 하나님의 권능을 더 이상 믿지 않게 되었다. 크리스 맥닐은 신을 믿지 않는다고 공공연히 말하고 다니는 사람이지만, 악령에 사로잡힌 딸을 구하기 위해 카라스 신부에게 서슴없이 도움을 청한다. 이제 믿음의 뿌리까지 흔들리고 있는 카라스 신부는 레건이 보이는 이상행동에 대해 이성적이고 세속적인 설명을 찾기 위해 노력한다. 그는 레건과 마주 앉아 레건의 몸속에 들어 있는 악마와 말싸움도 하는데 그런 이야기 방식은 정신분석 혹은 예수

회의 토론방식을 닮아 있다. 카라스 신부는 레건의 이상행동을 이성적으로 또 심리학적으로 설명하려 애쓰지만, 결국 원인을 찾지 못하고 하나의 결론만 남게 된다. 바로 악령이 이 소녀를 사로잡았다는 것이다.

소설의 결말부분에서 교구의 주교는 엑소시즘을 치르는 데 동의하지만 이 이야기의 대부분은 카라스 신부가 누가 봐도 악령에 씐 소녀를 비종교적으로 설명하려 애쓰는 내용으로 채워진다. 과학적, 논리적 접근법으로는 이 가여운 아이를 구할 수 없다는 것이 분명해지자, 카라스 신부는 어쩔 수 없이 자신의 흔들리는 믿음에 의지하게 된다. 악령의 목소리로 외설적인 말을 내뱉는 소녀와 극한의 공포에 독자들의 맥박은 빨라지지만, 사실 소설의 중심 내용은 억지로 떠밀려 악마와 대면하게 된 한 신부가 하나님을 재발견하게 되는 이야기다.

소설이 이야기하고자 한 종교적 입장을 함축적으로 말해주는 사람은 바로 메린 신부다.

하지만 나는 사탄의 공격 대상이 저 어린 소녀라고는 생각하지 않네. 사탄은 우리 모두를 목표로 삼지. 이 집에서 이 모든 장면을 지켜보는 우리들 말일세. 그들의 목적은 우리를 절망에 빠뜨리고, 우리가 인간이길 거부하게 만들고, 자신을 궁극적으로 나쁘고 부패한 짐승으로 보도록 만드는 거지. 내 생각에 믿음은 이성적으로 가질 수 있는 게 아니네. 믿음은 결국 사랑의 문제라네. 하나님이 우리를 사랑하신다는 가능성을 받아들일 때 생기는 게 바로 믿음이지…….

메린 신부는 악령을 내쫓는 의식이 끝나기 전 숨을 거두고 카라스 신부는 그를 대신해 사투에 뛰어든다. 결국 궁극적 승리자는 카라스 신부다. 비록 카라스 신부도 목숨을 잃지만 악마는 제거됐고, 소녀는 목숨을 구한다. 맥닐의 자택 바깥쪽 인도에 쓰러진 채 죽어가며 카라스 신부는 하나님께 회개하고 용서를 받는다. 정식 종부성사 신부가 없는 상황에서, 카라스가 이 축복을 받아들이는지 아닌지는 논란의 여지가 있지만 말이다.

하지만 카라스가 용서를 받았든 못 받았든, 이 소설이 그토록 집착한 믿음과 종교라는 주제에 대해 마지막 말을 남기는 사람은 크리스 맥닐이다. 그녀는 카라스 신부에게, 이 모든 것을 두 눈으로 목격했지만 자신은 여전히 신을 믿지 않는다고 말한다. 대신 그녀는 악마가 실재한다는 것을, 그것도 아주 실재한다는 것을 알게 됐다.

이 소설의 결말은 과연 무엇일까? 결국 하나님의 자비와 권능을 받아들이는 카라스일까? 아니면 끝끝내 신을 거부하는 크리스일까? 독자가 어느 결말을 선택할지는 이 소설을 읽기 시작할 때 이미 가지고 있었던 종교적 성향에 달려 있을 것이다. 하지만 놀라운 사실은 소설의 마지막 말에 세속적 입장이 드러났다는 것과, 초자연적 내용이 가득한 소설에서 하나의 악령을 처치하는 데 두 명의 신부가 희생되었다는 것이다. 요즘 말로 지속 불가능한 경제라고 하는 상황이다.

비상식

마이클 코를레오네의 아내 케이 아담스가 마침내 남편의 정체를 알았을 때, 그녀의 첫 반응은 천주교 입교를 도와줄 신부를 찾는 것이다. 선혈이 낭자한 복수와 살인, 파워게임으로 가득한 이 소설의 마지막에 케이는 성당에 간다.

간절한 마음으로 무릎을 꿇고 고개를 숙이고 두 손을 모아 깍지 낀 채 케이는 '믿고자 하는 간절한 의지를 가지고' 마이클 코를레오네의 영혼을 위해 기도한다.

그녀의 '믿고자 하는 간절한 의지'가 진정한 믿음이었을까? 아닐 것이다. 마리오 푸조는 그녀가 기도하는 순간에 소리 없이 회의론을 흘려넣는다. 400여 페이지에 걸쳐 마이클 코를레오네는 온갖 종류의 비도덕적인 죄를 지었다. 그런 그의 영혼이 이제 막 개종한 흔들리는 믿음의 아내가 기도한다고 구원받지는 못할 것이다. 결국 마이클은 대부 아니던가. 세속적인 신이 있다면 바로 대부가 그 신일 것이다.

《죠스》에서 마을 주민들은 상어를 '천재지변'이라고 생각한다. 상어를 없애기 위해서는 희생양이 필요하다. 지역공동체를 위해 불려온 상어 전문가 후퍼는 상어에 경이로움을 느낀다. 반면 상어 처치를 위해 동원된, 산전수전 다 겪은 뱃사람 퀸트의 생각은 좀 다르다. 후퍼는 상어가 자연의 경이로움을 보여주는 아름다운 생명체이며, 상어를 보면 신이 존재한다는 것을 확신할 수 있다고 생각한다.

"말똥 같은 소리 하고 앉았네." 퀸트의 대답이다.

이후 퀸트와 브로디는 상어의 등장이 시사하는 종교적 의미에 대해 이야기를 나눈다. 브로디는 마을 주민 중 한 여인이 인간이 천벌 받을 짓을 해서 상어가 나타난 것이라고 이야기한 것을 전한다. 하지만 종교와 거리가 먼 퀸트는 상어가 나타난 것은 그저 "운이 나빴기 때문"이라고 일축한다.

이 소설의 마지막 부분에서 브로디는 거대한 백상어와의 사투에서 홀로 살아남아 퀸트가 깊은 바다 속으로 서서히 사라지는 것을 지켜본다. 마치 예수가 십자가에 못 박혀 죽을 때와 비슷한 자세로, '양 손을 옆으로 활짝 벌리고 머리는 뒤로 젖힌 채' 말이다. 세속적 버전의 예수 그리스도가 다른 사람들의 세속적 죄 때문에 죽는 것이다.

만약 신이 마을 사람들에게 놀라운 권능을 보여주기 위해 상어를 보낸 게 맞다면, 효과는 탁월했다. 하지만 퀸트에게 상어는 신이 완벽히 배제된 우연이며 사고였을 뿐이다. 퀸트도 스카웃이나 크리스 맥닐처럼《죠스》가 취한 도덕적 입장을 뒷받침하는 상식적인 회의론의 목소리를 내며《죠스》가 견지하는 도덕적 입장을 알려준다.

보통 사람의 상식

스칼렛 오하라는 종교적 신념이 아닌 상식을 신조로 삼는 사람이다. 아버지 제럴드를 땅에 묻던 날 장지에서 종교적 격식을 중시하는 애슐리 윌크스가 틀에 박힌 말을 한 뒤 농부 월이 즉흥적으로 제럴드의 죽음을 애도하는 대목에서 이런 표현이 나온다.

스칼렛은 위안을 받았다. 더 좋은 세상에서 다시 만나자는 둥, 자신의 의지를 하나님께 내어드린다는 둥 하는 실없는 소리 대신, 월은 상식을 이야기했다.

소설의 처음부터 끝까지 스칼렛의 신앙은 유치하고 얕으며, 믿음과 헌신이라는 단어보다는 무자비한 실용주의라는 말이 그녀에게 어울린다. 스칼렛에게 종교란 협상카드 그 이상도 이하도 아니다. 그녀는 자신의 투자에 대한 보답을 원할 때만 신에게 약속을 한다. 하지만 스칼렛에게 신은 믿을 만한 사업 파트너가 아니었다. 때문에 '그녀가 생각하기에 자신이 그에게 빚진 것은 아무것도 없는 것 같았다…….'

확실히 수많은 독자에게 많은 사랑을 받았던 캐릭터치고 스칼렛 오하라는 놀랍도록 불경스럽다. 앨리슨 매킨지와 카라스 신부처럼 스칼렛도 믿음을 잃어버렸다. 스칼렛은 남부연방을 위해 신에게 매일같이 기도하는 수백만의 사람들에게 응답하지 않는 절대적 존재를 믿길 거부한다.

스칼렛은 교회를 버렸고 더 이상 기도하지 않는다. 그녀의 영적 가치관은 세속주의를 신봉하는 것으로 순수하고 단순하다. 그녀는 기독교 엘리트들의 예배용 의식보다는 보통 사람의 상식에 뿌리를 둔 인본주의적 관점을 믿는다.

스칼렛의 회의적 관점은 《죽음의 지대》의 조니 스미스에게서도 보인다. 조니는 초능력을 통해 그렉 스틸슨이 미국 대통령으로 당선될 때 미국에 닥쳐올 재앙과도 같은 미래를 본다. 그런데 혹시 잊어버렸을까봐 한 번 더 말하는데 그렉 스틸슨은 수많은 물건 중에 성경을 파는 사기꾼으로 출발한 인물이다.

조니는 스틸슨을 암살하려는 계획을 실행하기에 앞서, 그 같은 악한을 가만히 내버려두는 신 때문에 고뇌한다. 왜 신은 그렉 스틸슨처럼 극악무도한 인간의 성공을 허락하는가? 왜 신은 그를 제거하는 더러운 일을 조니에게 맡겼는가?

원칙주의자인 잭 라이언도 소련 잠수함 함장이 신을 믿느냐고 물어왔을 때 난감해한다. 라이언은 더듬거리며 물론 신을 믿는다고 대답한다. "신을 믿지 않으면 사는 게 무슨 의미가 있겠습니까? 신을 믿지 않는다면 사르트르나 카뮈, 그리고 그 비슷한 부류의 말—모든 것은 혼돈이며 인생은 아무런 의미가 없다—이 맞다는 것을 의미할 테니까요. 그걸 믿기는 싫거든요."

신앙을 강력히 지지한다고 볼 수는 없는 말이다. 라이언은 카뮈와 '그 비슷한 부류'의 말에 동조하기 싫다는 이유만으로 신을 믿었다. 그리고 내 생각에, 그 '비슷한 부류'란 프랑스인들을 가리키는 것 같다.

신성모독의 힘

세상에 《다빈치 코드》보다 더 세속적인 소설이 있을까?

소피는 회의적이었다. "교회가 우리 할아버지를 죽였다고 생각하시는 거예요?"
티빙이 대답했다. "교회가 자신을 보호하기 위해 살인을 저지른 역사는 이것이 처음은 아니라오. 성배를 다루는 문서는 위험한 물건이지. 교회는 수년 동안 그런 문서들을 없애고 싶어했으니까."

천주교에 연쇄살인의 죄를 묻는 것과 세속주의는 완전히 다른 문제다. 이 소설을 읽은 바티칸 관계자들이 소설의 내용에 분노한 것은 당연했다. 또 많은 독자들이 진지하게 받아들인 허구의 반(反)천주교적 주장에 반박하는 책들이 쏟아져 나온 것도 전혀 놀랍지 않다.

《다빈치 코드》의 내러티브 역학은 명확하다. 주인공 로버트 랭던은 과학을 믿고 그의 적수는 신을 믿는다. 이 소설의 핵심은 과학과 믿음, 교수와 성직자, 이성과 신비주의 간의 갈등에 있다. 세속주의와 종교 간 갈등이라고 해도 무방하다.

합리성의 대제사장 로버트 랭던이 그의 연인이자 학생인 소피에게 신앙에 대해 설명하는 것을 보라. 그는 이슬람교에서 불교까지 이 세상에 존재하는 모든 종교의 신성한 이야기가 거짓임을 증명하는 구체적 증거를 댈 수 있다고 자신한다. 동정녀 마리아에게서 났다고 하는 예수 이야기도 독실한 신자들이 믿는 것과 달리 사실이 아니며, 그저 은유법에 불과하다는 것도 증명해 보일 수 있다고 말한다. 하지만 랭던은 이 불쌍한 바보들이 계속 착각하며 살도록 내버려두기로 한다. 수백만 종교인들에게 예수가 물 위를 걸었다고 하는 것 같은 거짓말은 아주 유용한 대응기제로 작용하기 때문이다. 그 거짓말이 종교인에게 도움이 된다면 구태여 망칠 필요가 어디 있겠는가?

전 세계 해결사들의 대변인 로버트 랭던은 궁극적인 세속주의자다. 그에게 모든 것은 설명할 수 있는 대상이다. 그는 모든 미스터리, 초자연적 현상, 신앙을 낱낱이 해부하고 가장 작은 단위까지 쪼갤 수 있다고 생각한다. 랭던은 오직 논리와 이성에서만 황홀경을 느낄 수 있다.

놀라운 것은 독실한 신앙인이 다수 포함되어 있을 수백만의 독자들이, 기독교의 상징주의가 틀렸음을 이렇게 줄기차게 폭로하고 신앙이라는 개념 자체에 대해 의구심을 갖는 소설에 매혹됐다는 것이다. 《다빈치 코드》가 큰 인기를 끈 이유는 종교적 문제를 매우 직접적인 방법으로 다뤘기 때문이라는 데는 의심의 여지가 없다. 독자들이 "세상의 모든 믿음은 꾸며낸 말에 기초한다"는 랭던의 말을 믿든 믿지 않든, 확실히 그들은 작가가 기성종교를 주무대에 올리고 그 도상학과 예술을 신선하고 놀라운 방법으로 자세히 풀이하는 것을 보며 에너지를 얻었고 우쭐해하기까지 했다.

아메리칸 드림/ 아메리칸 악몽

나는 아메리칸 드림을 좇았고 성공했다. 그러나 지난 몇 년간은 아메리칸 악몽을 꿨다고 말할 수 있을 것 같다.

_ 케네스 레이(Kenneth Lay), 엔론 CEO

미국인들은 보잘 것 없는 출신이 부자가 되고 권력을 손에 넣는 미국의 신화 재연에서 큰 즐거움을 느낀다. 불의에 저항하다 결국은 탄압을 이기고 승리하는 주인공의 이야기 말이다. 동시에 우리는 그 성공스토리 이면의 어두운 이야기에도 매혹된다.

19세기 후반과 20세기 초반에 출판된 허레이쇼 앨저의 소설들이 '무일푼에서 거부가 되는' 줄거리를 창조한 것은 아니지만(신데렐라식 이야기는 수백 년간 민간에 전승되어왔다), 앨저의 소설이 '아메리칸 드림'이라는 것의 핵심을 명확하게 짚어냈다는 데는 의심의 여지가 없다.

앨저는 오늘날 '청소년 소설'로 분류될 수 있는 소설 《누더기를 입은 딕(Ragged Dick)》, 《도시에서의 표류 혹은 올리버 콘래드의 용감한 싸움(Adrift in the City; or, Oliver Conrad's Plucky Fight)》을 통해, 빈털터리에 누더기를 걸친 주인공이 투지와 노동, 땀, 정의감을 가지고 혼자만의 힘으로 자수성가하여 부와 사회적 성공을 누리게 되는 미국의 국민의식을 대중에게 널리 알린 작가다. 이 이야기의 주인공은 보통 세상 물정에 밝은 고아로 자신을 괴롭히는 무리에 대해서라면 주먹다짐도 불사하는 의지 강한 인물이다.

앨저의 소설에는 동화 같은 분위기가 있다. 하지만 앨저 작품의 최고 성과는 가장 가난하고 보잘것없는 사람도 성공할 수 있고 물질적 부와 자유를 누릴 수 있다는, 미국이 가장 귀하게 여기는 국가의 신화를 생생하게 극화한 내러티브를 구축했다는 것이다.

아메리칸 악몽 스토리

미국인들은 이런 낙관론을 믿길 갈망하면서도 그와는 정반대의 이야기에서 음울한 만족감을 얻길 원하는 것 같다. 미국인은 미국의 국가 신화가 벽에 부딪히고 그 내재적 한계와 약점, 때로는 공허함이 낱낱이 드러나는 것을 보길 좋아한다.

다음은 하나같이 미국의 악몽을 다룬 소설들이다. 위선과 배신, 도덕적 범죄가 끊임없이 일어나는 독실한 지역공동체의 이야기(《인디언 여름》), 똑똑하고 재능 있는 매력적인 여성들이 부와 명성(그리고 남편)을 찾아 여정을 떠나지만 결국 그 꿈은 위험과 공허함으로 가득 차 있는 것이 밝혀지며 비극적 최후를 맞는 이야기(《인형의 계곡》), 보이스카우트의 소박하고 근면한 신조에 따라 살던 평범한 미국 청년이 생각지도 못한 위험에 빠지는 이야기(《죽음의 지대》).

조니 스미스의 도플갱어라 할 수 있는 미첼 맥디르는 어떤가? 다 쓰러져가는 트레일러에 살며 집착적일 정도로 공부를 파서 결국 하버드 법대에 진학하고 꿈의 직장에 취업하는 그 똑똑한 청년 말이다(《그래서 그들은 바다로 갔다》). 그렇다, 미첼 맥디르도 아메리칸 드림의 이면에 부딪힌다. 성공을 위해 영혼을 팔아치운 그는 저이율 대출로 멋진 BMW를 새로 뽑은 대신 결혼생활과 생명을 위기로 내몬다.

미첼은 자신이 좇던 아메리칸 드림이 그를 배신했고 그에게 소중한 모든 것을 위험에 처하게 만들었다는 것을 알고 난 후에도, 그것에 대한 믿음을 포기하지 않는다. 그는 다시 한 번 심호흡하고 용기를 내어 자신의 모든 것을 바쳐 노력해본다. 그렇게 그는 범죄조직과 FBI, 회사 동료들을 따돌리고 영원한 은퇴의 세계로 유유히 빠져나간다.

미국은 내게 좋은 나라였어요

그리고 여기 《대부》의 초반에 등장하는 보나세라가 있다. 그는 딸에게 강간을 시도하고 폭행한 놈들이 집행유예로 풀려나자 분노를 참지 못하고 돈 코를레오네에게 놈들을 처단해줄 것을 부탁하러 온다. 자신이 선택한 제2의 조국의 법이 실현해줄 것이라 믿었던 정의를, 이제 대부에게 와서 실현해 달라고 부탁하는 것이다. "미국은 내게 좋은 나라였습니다. 나는 좋은 시민이 되고 싶었고 내 아이들도 미국인으로 크길 바랐습니다."

돈 코를레오네는 자신 대신 미국을 믿었다는 이유로 딱한 보나세라를 질책한다.

이후 미 전역의 마피아 대표들이 한데 모인 회의에서 돈 코를레오네는 정치인이 할 법한 연설을 한다. 조직을 한데 묶어주는 것은 아메리칸 드림에 대한 믿음이라는 내용이었다.

파워 엘리트에게 조종당하는 인형이 되길 거부하며, 돈 코를레오네와 동료 마피아 두목들은 코를레오네의 후손을 위한 기초공사를 탄탄히 해놓는다. 덕분에 그들의 자녀들은 그들보다 더 나은 삶을 살고 과학자, 음악가, 교수가 되어 사회적으로 인정받는 삶을 살게 되었다. 이들이 미국의 새로운 거물인사, 지배층이 될 것은 이미 자명하다. 대부의 손자 손녀들은 또 어떤가? 어쩌면 그들 중에 미래의 주지사, 나아가 대통령이 나올지도 모를 일이다. '불가능이란 없는 미국'이기 때문이다.

돈의 아들 마이클이 전통적인 청교도인 부인 케이 아담스에게 코를레오네 가문의 '가업'이 무엇인지 정체를 폭로할 때, 마이클이 하는 한 마디 한 마디는 그의 아버지가 이야기한 아메리칸 드림의 메아리같이 들린다.

마이클은 자신의 아이들이 케이 아담스 아래서 전형적인 미국 아이로 커가길 바란다. 그리고 언젠가는 자신의 자녀 중에서, 혹은 다음 세대의 코를레오네 가문에서 미국의 대통령이 나올 수도 있

다는 희망을 버리지 않는다. 안 될 게 뭐 있는가? 마이클은 대학 역
사 수업에서 미국인이 가장 존경하는 대통령 중 일부는 '교수형에
처해지지 않은 게 다행'인 정도의 아버지 아래서 컸다는 것을 배워
알고 있었다.

이민자 내러티브

미국의 국가관에 기초가 된 단 하나의 신조를 꼽으라면, 사회
적 신분 이동이 가능하다는 약속일 것이다. 열심히 일하고 정정당
당하게 경쟁에 임하면 보상을 받을 것이라는 약속. 누구나 스타가
될 수 있다. 하지만 반대로 스타덤에 올랐던 사람이 순식간에 나
락으로 떨어질 수도 있다(《인형의 계곡》).

지독하게 인종을 차별하는 작은 마을에 사는 여덟 살짜리 꼬마
도 세상 돌아가는 일을 바꿀 수 있다. 스카웃이 집단린치를 저지
시켰던 것처럼 말이다. 극도로 물을 무서워하는 작은 마을의 경찰
서장도 관할지역을 공포에 떨게 만든 거대한 백상어를 잡기 위해
바다로 나간다. 교태 말고는 별다른 기술이 없는 응석받이 스칼렛
오하라조차 자신이 가진 것을 모두 이용해 사업가로 성공하고 북
부 침입자들로부터 타라를 지켜내겠다는 굳센 투지로 역경을 헤
쳐나간다.

레트 버틀러는 스칼렛에게 여자에게는 두 가지 선택만이 존재한
다고 이야기한다. 돈을 벌며 여자답지 않은 삶을 살며 상류사회로
부터 왕따를 당하거나, 가난하게 살되 교양을 갖추고 많은 친구
를 사귀는 것. 스칼렛은 그가 운운한 여자다운 것들에 대해 시시
하다고 일축하고, 애틀랜타의 제재소에서 현금을 융통해 첫사랑
이자 유일한 사랑인 타라를 재건해나간다. 스칼렛은 마법사 자본
주의자다. 한껏 모은 가슴과 유혹적인 눈으로 첫 번째, 두 번째, 세
번째 남편을 쟁취하고 남편이 바뀔 때마다 더 부자가 된다.

스칼렛이 근면 성실이라는 미국의 미덕을 무시하고 손에 흙 한
점 묻히지 않았다고 말하는 것이 아니다. 전쟁이 끝난 후 타라로
돌아왔을 때는 직접 목화를 따고 채소를 기르고 예전에는 '검둥이
들'이나 하던 일들을 배우기도 했다. 스칼렛은 아버지의 이민자 내
러티브를 그대로 따른다. 무일푼으로 비굴하게 살다가 근근이 먹
고살 정도가 되고 자신이 흘린 피땀과 여성적인 매력으로 마침내
잃어버린 왕국을 재건한다.

어느 때인가는 북부인들이 타라를 빼앗기 위해 300달러라는 과
도한 세금을 매긴다. 스칼렛은 어떻게든 돈을 마련해야 한다는 생
각에 애틀랜타 감옥에 수감 중인 레트 버틀러를 유혹하기로 결심
한다. 이 중요한 유혹의 임무에 입고 나갈 마땅한 드레스가 없자
그녀는 타라의 다이닝 룸에 걸려 있던 벨벳 커튼을 떼어 근사한 드
레스를 만든다. 스칼렛은 그 드레스가 자신의 계획에 도움이 될 것

임을 직감적으로 안다. 스칼렛이 아름다운 드레스를 입고 감옥의 레트를 찾아가자, 레트는 잠시잠깐 그녀에게 넘어갈 뻔하지만 부여잡은 스칼렛의 손이 노동으로 거칠어진 것을 보고는 정신을 차린다. 그리고는 스칼렛에게 진짜 그렇게 힘들게 일해서 성공할 생각이었냐며 그녀의 어리석음을 비웃는다. 레트가 생각하기에 스칼렛은 그것보다는 현실을 잘 아는 여자였다. 레트는 스칼렛에게 이렇게 충고한다. 내가 원하는 것을 얻기 위해 남성적 매력을 사용하듯, 당신도 그냥 미인계를 쓰라고.

레트의 거절도 그녀를 막지는 못한다. 스칼렛은 감옥을 나선 지 얼마 되지 않아, 그 아름다운 드레스를 입은 채 성공한 사업가인 프랭크 케네디와 마주친다. 오호, 목표물이 곧장 바뀐다. 그녀 시야에 새로운 잠재적 남편이 나타난 것이다. 케네디를 낚아채는 데 딱 한 가지 걸리는 것이 있다면 그가 자기 여동생의 약혼자라는 사실이다. 그럼에도 불구하고 스칼렛은 레트에서 케네디로 목표를 바꾼다. 그녀는 그렇게 여동생의 연인을 빼앗고 그 남자에게 들러붙어 세금문제를 해결한다.

스칼렛은 잔꾀와 교활함의 대명사다. 전쟁 전, 스칼렛이 살던 삶의 방식은 더 이상 유효하지 않았고 남부연방은 패배했지만, 스칼렛은 미국이 꾼 최악의 악몽을 그녀만의 아메리칸 드림으로 바꿀 운명이었다.

자수성가의 신화

내가 선정한 베스트셀러 12권의 중심에는 자신이 가진 기술과 머리, 교활함을 이용해 최고의 자리에 오르거나 나락으로 떨어지는 주인공의 역량이 있다. 아무리 해결이 불가능해 보이는 문제일지라도(대서양 한가운데서 붉은 10월호라는 바늘을 찾은 것 같은) 약간의 재주와 투지를 갖춘 데다 솔직한 성품에 겸손하고 잘난 체하지 않으며 지극히 현실적인, 평범한 우리의 주인공은 문제를 해결해낸다―잭 라이언의 경우에는 세상을 구한다.

앞서 언급했듯 소설은 발흥 초기부터 매우 민주적인 문학 형식이었다. 지금도 소설은 인종과 신념, 사회계급, 교육수준에 상관없이, 읽고 싶은 사람은 누구라도 읽을 수 있는 문학이다. 그리고 베스트셀러 작가들은 재미있는 성공스토리와 신분 상승 스토리, 혹은 타산지석으로 삼을 수 있는 실패스토리로 소설에 관심을 갖는 모든 사람들을 즐겁게 만들어야 하는 임무를 잘 알고 있다.

우리가 살펴보는 12권의 베스트셀러에는 아메리칸 드림을 성취하는 바른 방법과 잘못된 방법이 존재한다.《대부》의 할리우드 거물 잭 볼프를 예로 들어보자. 돈 코를레오네는 잭 볼프에게 작은 부탁을 하려 한다. 볼프는 돈 코를레오네가 그랬듯 자수성가한 사람이지만 그의 성공에는 어딘가 미국적이지 않은 구석이 있다.

볼프는 나이 쉰에 강연을 듣기 시작하고 영국인 하인을 고용해 옷 입는 법을 배우며 영국인 집사를 고용해 예의범절도 배운다. 그는 그림과 조각을 수집하는 한편 예술가를 후원한다. 이런 행동만으로도 대부의 블랙리스트에 올랐겠지만, 결정적으로 그의 운명이 꼬이기 시작한 것은 대부의 사업 제안을 거절하는 불경스러운 행동을 저지른 때부터다. 얼마 지나지 않아 잭 볼프는 자다 깨서, 침대의 베개 옆에 자신이 그토록 아끼던 말의 머리가 잘려진 채 던져져 있는 것을 발견한다.

볼프의 거만한 아메리칸 드림과 돈 코를레오네를 자수성가하게 한 아메리칸 드림은 극명한 대비를 이루며, 무엇이 진짜이고 무엇이 가짜인지를 확실히 보여준다.

고향 이탈리아에서 마피아와의 분쟁으로 가족을 모두 잃은 돈 코를레오네는 12세의 어린 나이에 고향을 떠나 미국으로 건너와 친구들과 함께 생활한다. 그는 슈퍼마켓에 취직해 열심히 일하고, 몇 년 후에는 16세의 시칠리아 출신 소녀와 결혼도 해 10번가 공동주택에 정착한다.

하지만 돈 코를레오네는 그런 평범한 인생을 살다 갈 운명이 아니었다. 그는 자신의 지략과 용기를 이용해 가난과 곤궁에서 벗어난다. 돈 코를레오네는 마피아의 분파 일원으로 알려져 있던 폭군 파누치를 살해하고 젠코 푸라 올리브오일 회사를 창립한다. 파누치를 제거함으로써 마을 주민들의 존경과 두려움을 사놓은 터라 그의 사업은 성공가도를 달린다. 돈 코를레오네는 사업을 더욱 빠른 속도로 확장시키기 위해 여러 수단을 동원하는데 그의 사업 계획은 와튼스쿨 교육과정의 사악한 버전 같다.

돈 코를레오네는 수년간 노력해서 젠코 푸라 올리브오일 회사를 전국 최고의 오일 수입회사로 만든다. 그는 경쟁사보다 낮은 가격으로 물건을 공급하고 상점 주인들이 경쟁사 브랜드 제품을 덜 사도록 강압한다. 그리고 경쟁사의 입지가 흔들리면 그 즉시 회사 자체를 사들인다. 돈 코를레오네 회사가 파는 올리브오일의 품질이 시장의 다른 브랜드와 비슷했다는 것을 감안하면, 그가 수입 올리브오일 업계를 완벽히 지배할 수 있었던 것은 사람들이 그를 존경했기 때문이라는 것을 알 수 있다. 특히 냉혈한 살인자라는 그의 명성은 사업의 성장에 해는커녕, 커다란 도움이 된다.

《대부》는 성공을 위해서라면 수단과 방법을 가리지 않는 극악무도한 범죄자 조직을 그리는 한편, 미국의 윤리관과(대부는 마약 거래를 하지 않는다) 가족과 친구들에 대한 충성심으로 난관을 극복하고 가난에서 탈출하는 전형적인 미국의 이민자 가정을 그렸다. 나는《대부》가 이 두 가지 이야기를 교활할 정도로 치밀하게 같이 그렸기 때문에 많은 사람들의 사랑을 받을 수 있었다고 믿어 의심치 않는다.

아메리칸 드림/ 아메리칸 악몽

미국의 냉소주의

우리의 베스트셀러 12권에는 아메리칸 드림과 같은 분량으로 아메리칸 드림의 어두운 이면이 담겨 있다.《앵무새 죽이기》에서 백인 여성을 강간했다는 누명을 쓴 억울한 흑인 청년 톰 로빈슨은 끝끝내 유죄판결을 받는다. 법정 안의 모든 사람이(우리의 8살짜리 꼬마 스카웃마저도) 그가 결백하다는 사실을 알았지만 배심원의 판결은 달랐다. 그곳에 정의는 없었다. 애티커스는 배심원의 판결 시간이 유난히 길었다는 것에서 위안을 찾으려 하지만, 사법제도의 공정성을 향한 그 작은 걸음은 말 그대로 너무 작고, 사회적 진보라기보다는 편견의 슬픈 합리화에 가까워 보인다.

마찬가지로《인디언 여름》에서는 페이지마다 아메리칸 드림을 향한 냉소주의가 뚝뚝 떨어진다. 주변인물인 로베르타와 하먼 카터를 예로 들어보자. 슬하에 아들 하나를 둔 이 부부는 페이튼 플레이스에서 '두 번째로 좋은 구역'에 살고 있다. 그들은 원한다면 가장 좋은 구역에도 살 수 있고, 방 20칸짜리 거대한 성도 지을 수 있는 재력을 가졌지만 너무 과시하는 것같이 보일까봐 두 번째로 좋은 구역에서 조용히 살아간다. 그들에게 남의 이목이 달갑지 않은 이유는 부를 축적하는 과정에 속임수가 있었기 때문이다.

하먼 카터와 로베르타 웰치가 젊었을 적 둘은 뜨겁게 연애했다. 하지만 지역 방앗간의 경리로 일하던 하먼은, 자신의 직업으로는 아메리칸 드림이 요원한 것을 알았다. 그는 로베르타에게 그들 둘이 인생을 함께할 경우, 경제적으로 이것밖에 못 살 것이다, 저것밖에 못 살 것이다 하며 끊임없이 부정적인 이미지를 주입했고, 그렇게 로베르타의 마음속에 사악한 씨앗을 심어놓았다.

그는 그녀에게 수입은 매달 받는 월급뿐일 거라며 월급쟁이의 우울한 삶을 상기시키고, 그녀는 그렇게 살기에는 아까운 여자라고 부추겼다. 또 그녀는 모피와 다이아몬드, 최신 유행의 옷을 가져 마땅하지만, 별 볼일 없는 자신의 직업으로는 그런 물질적 풍요는 결코 누릴 수 없을 것이라고도 했다.

로베르타는 돈이 있든 없든 하먼을 사랑하고 앞으로도 영원히 그럴 것이라고 말하지만, 똑똑한 하먼은 그녀의 말을 무시하고 주제를 돌려 이렇게 말한다. "당신이 나를 그렇게 사랑한다면, 당신이 청소하는 그 집 주인 독 큄비에게 시집가도 그 사랑은 마르지 않을 거요."

로베르타는 하먼의 생각에 결국 동의하고, 그들은 계획 실행에 들어간다. 불쌍한 독 큄비는 로베르타의 유혹에 넘어가고 마을 전체는 둘의 결혼을 숨죽여 비웃는다. 독 큄비는 날이 갈수록 자신이 얼마나 어리석었는지 깨닫게 되고 결혼 1주년 기념일 몇 주 전 권총으로 자살하고 만다.

로베르타는 독이 남긴 유산을 상속받은 후 곧장 하먼과 재혼한다. 빙고, 그들은 아메리칸 드림의 대상을 수상했다. 얼마 지나지

아메리칸 드림/ 아메리칸 악몽

않아 그들은 아들 테드를 낳고 하먼의 월급으로는 어림도 없었던 커다란 주택을 구입한다. 잠깐, 그들이 게임의 승자라고 생각하는가? 아니다. 결국 그들은 최후의 순간 비웃음을 당하게 된다.

이 부부의 기쁨이자 자랑인 아들 테드는 셀레나 크로스에게 깊게 빠져드는데, 문제는 셀레나가 마을 빈민가의 판잣집에 사는 품행이 단정치 못한 여자라는 것이다. 이 부부에게 셀레나는 순결을 잃은 여자에다 알코올중독자의 의붓딸일 뿐이고, 하늘이 두 쪽 나도 아메리칸 드림을 이룰 수 없는 계집이다. 게다가 셀레나만 보면 자신들의 보잘것없는 배경과 독 큄비를 속였던 과거가 떠오르니 그들에게 셀레나는 당연히 눈엣가시다.

대학을 졸업한 테드는 페이튼 플레이스로 돌아와 셀레나와 결혼하고 언덕 위에 창문이 많은 집을 지을 계획을 세운다. 테드는 변호사가 되어 셀레나를 불행한 운명에서 꺼내줄 생각이다. 이 둘은 테드 부모의 왜곡된 대본을 다시 새롭게 쓰며 허레이쇼 앨저 식의 이야기를 행동으로 옮길 계획이다.

하지만 마지막에 젊은 테드 카터는 생각을 바꿔 사랑이란 게 꼭 좋은 것만은 아니라는 결론을 내린다. 셀레나의 손을 잡고 청혼하려 계획했던 전날 밤, 그는 현실을 얘기하며 둘 사이를 반대하는 부모님 의견을 듣기 시작하고 괴로워한다. 그러다 자기 자신과 약간의 논쟁(분량으로 치면 거의 한두 줄)을 벌인 후, 약혼녀 셀레나를 버리는 것이 최선이라는 결론을 내린다. 그렇게 눈 깜짝할 새 테드의 마음속에서 셀레나는 잊힌다.

누군가 마을 물에 약이라도 탄 것일까, 주인공들은 미국의 약속은 말짱 거짓이라고 줄줄이 자백한다. 어쩌면 마을은 처음부터 저주받았는지도 모른다. 결국 이 마을의 이름은 기구한 운명의 흑인 노예 새뮤얼 페이튼의 이름에서 유래된 것이 아니던가. 노예였던 새뮤얼 페이튼은 프랑스로 도망가서 프랑스의 백인 여성과 결혼한 후, 남북전쟁이 한창일 때 미국으로 돌아와 유럽에서 쌓은 부와 교양을 과시했다.

새뮤얼과 그의 아내가 정착한 시골의 주민들은 흑인과 백인의 결합을 탐탁하게 생각하지 않았고 부부의 잘난 체하는 모습도 꼴사나워했다. 새뮤얼이 유럽에서 큰돈을 벌어 중세의 성을 사들이고, 그것을 돌 단위로 잘게 분해해 미국으로 들여와 마을 강가를 따라 다시 세울 만큼 아메리칸 드림을 성취했음에도 불구하고 사람들은 그를 인정해주지 않았다.

지역주민에게 따돌림을 당한 새뮤얼 부부는 결국 그들 성에 틀어박혀 두문불출했고 결과적으로 뉴잉글랜드의 부 래들리 부부가 되었다. 흑인 새뮤얼은 대체 무슨 생각이었던 것일까? 이곳은 자유의 땅 미국이라고 생각했을까? 열심히 일해 부자가 되기만 하면 검은 피부쯤이야 극복할 수 있다는 구닥다리 말을 정말 믿었던 것일까? 글쎄, 그럴 수 없다는 것을 그는 똑똑히 알았을 것이다!

새뮤얼 페이튼의 뒤틀린 동화는 소설가가 된 앨리슨 매킨지에게 영감을 준다. 소설의 중후반 즈음, 앨리슨은 작은 마을을 벗어나 부와 명성을 찾아 대도시로 간다. 출판업계에 취직을 한 그녀는 저작권 대리인 일을 하면서 소설을 쓰기 시작한다. 앨리슨은 자신의 소설이 대놓고 베스트셀러를 목표로 하고 있다는 데 전혀 부끄러움을 느끼지 않는다.

실제로 소설 속 앨리슨이 집필하고 있는 책은 《인디언 여름》과 놀랄 정도로 닮아 있다. 앨리슨의 에이전트인 브래드 홈즈는 그녀의 소설을 아주 마음에 들어한다. 그가 그녀와 잠자리를 함께하는 사이라는 것을 고려하면 팔이 안으로 굽은 것일 수도 있지만 말이다. 사회적으로 의미 있는 주제에 대한 책을 쓰는 장래 유망한 젊은 작가 데이비드 노예스에게 앨리슨이 자신의 원고를 보여주자 데이비드는 한껏 고상한 체하며, 돈이나 명성 같은 얕은 주제를 가지고 책을 쓰려 하냐며 앨리슨을 비웃는다. 하지만 앨리슨은 생각을 바꾸지 않는다. 모두가 차세대 문학계의 별이나 천재가 될 수 있는 것은 아니기에, 그녀는 대중소설이라는 저속한 길을 기꺼이 택하고 자신의 능력 안에서 최고의 책을 쓰려 한다. 데이비드 같은 사람들이 자신의 책을 쓰레기라 여긴다 해도 말이다. 우리의 베스트셀러 12권에는 베스트셀러의 이런 진정성을 옹호하는 갈등이 모두 존재한다.

아메리칸 드림의 음과 양

앨리슨 매킨지는 스티븐 킹 같은 남자친구를 사귀었어야 했다. 자, 이제 부와 명성에 관해 꽤 많은 것을 알고, 아메리칸 드림과 그 꿈의 이면에 대해서도 속속들이 알고 있는 작가 스티븐 킹의 작품을 파헤쳐보자.

《죽음의 지대》는 아메리칸 드림의 음과 양을 대변하는 두 주인공이 펼쳐나가는 이야기다. 첫 번째 주인공은 조니 스미스로 근면 성실한 전형적인 미국인이다. 그는 꽁꽁 언 호숫가에서 스케이트를 타다가 넘어져서 심각한 부상을 입고 초능력을 얻지 않았다면 지극히 평범한 사람에 불과했을 것이다. 조니는 연인 사라와 결혼하고, 학교에서 아이들을 가르치고, 아이를 낳아 가정을 이루고, 선생으로 살며 노동의 정직한 대가를 누리는 것 이상을 원해본 적이 없다. 하지만 그는 세상을 바꿀 힘을 갖게 된다.

조니 스미스와 정면충돌을 빚는 또 하나의 주인공은 미국 교외의 가정집을 방문하며 성경을 팔던 영업사원 그렉 스틸슨이다. 소설 속에서 우리가 처음 만나는 그는 성경을 팔기 위해 농장을 방문 중이다. 농장을 지키던 경비견이 귀를 젖히고 자신에게 다가오자, 그는 눈 깜짝할 새 총으로 개를 쏘고 잔인하게 발로 차기까지 하며 처치한다.

그 불쌍한 짐승을 죽인 후, 그렉은 차로 돌아와 편안한 자세로 앉아 신발에 묻은 개의 핏자국을 닦아내고 그 기억도 순식간에 깨끗이 지워버린다. 그리고는 곧 자신이 꿈꾸는 미래를 상상하며 깊은 생각에 빠져든다.

얼마 지나지 않아 그렉 스틸슨은 성경 판매원을 그만두고 기가 막히게 남을 속이는 자신의 능력을 이용해서 정치계에 입문, 승승장구하기 시작한다. 조니 스미스의 눈에도 뉴햄프셔의 정계에 혜성같이 나타나 경력을 쌓고 있는 스틸슨이 들어온다. 소설의 후반부쯤 가면, 아마추어 정치학자와 비슷한 일을 하게 된 조니 스미스는 직접 정치집회에 참석하길 즐기는데, 이는 후보자들과 손을 맞잡고 악수하면 초능력을 통해 누가 좋은 지도자가 될지 미래를 알 수 있기 때문이다.

조니 스미스가 스틸슨을 직접 만나 악수하고 그의 정체에 대해 확신하기 전부터 그는 스틸슨의 정책이 마음에 들지 않았다. 심지어 그의 정책 중 어떤 것들은 무섭게 느껴지기까지 했다. 실제로 스틸슨이 당선된 뒤, 도서관 예산은 삭감됐고(책을 사랑하는 사람들에게는 끔찍한 일이다), 순찰차, 진압 장비, 군 병기를 위한 경찰 예산은 약 40퍼센트 증가했다. 그는 청소년 오락센터를 폐쇄했고, 16세 이하 어린이 및 청소년에게 야간통행 금지령을 내렸으며 복지 예산을 약 3분의 1 삭감했다.

조니 스미스의 마음에 무시무시한 질문이 점차 고개를 든다. "타임머신을 타고 1932년으로 여행을 갈 수 있다면, 히틀러를 죽일 것인가?"

죄 없는 경비견을 아무 이유 없이 쏴 죽이는 별난 신보수주의자인 스틸슨이 정말 히틀러만큼이나 위험하고 악랄한 존재인지는 이미 중요한 문제가 아니다. 조니 스미스의 판단에 따르면 스틸슨은 틀림없이 그런 존재다. 그런 조니의 예측이 사실임을 보장할 수 있을 정도로 그의 예지력은 신통함을 충분히 검증받았다. 만약 조니가 스틸슨의 질주를 막지 않는다면, 그렉 스틸슨이 미국의 다음 대통령으로 선출될 확률은 꽤나 높고, 그렇게 될 경우 세계의 종말이 다가올 것이다.

이 두 남자의 얽히고설킨 운명은 아메리칸 드림과 아메리칸 악몽에 관한 은유로 볼 수 있는데 이런 관계는 우리가 선정한 12권 베스트셀러 목록의 대다수 책들에서 모두 발견되는 특징이다. 조니 스미스는 스틸슨의 집권이 불러올 대재앙을 목숨까지 걸고 필사적으로 막아내고 결국 착한 영웅은 악당을 제압한다.

여기서 스틸슨의 인생이 아메리칸 드림의 비극적 버전처럼 보인다는 것에 주목할 필요가 있다. 아버지가 없는 편부모 가정에서 자란 스틸슨은 열심히 일하고 사회봉사에 헌신하며 가난을 극복한다. 그리고 이제 막 미국의 대통령 집무실에 입성하려는 찰나, 자신이 초능력자라고 믿는 덜떨어진 놈 때문에 그 꿈이 좌절된다.

서로 바꾸어도 이상할 게 없는 두 가지 버전의 아메리칸 드림 스토리는 아메리칸 드림에 대해 베스트셀러 작가와 독자들이 느끼는 양면의 감정을 잘 말해준다.

한편으로 '무일푼에서 거부가 되는' 미국이라는 나라의 가능성에 대한 믿음은 미국의 국가 정체성을 지탱하는 튼튼한 기둥이지만 다른 한편으로는 각종 미사여구로 아메리칸 드림을 향해 달려가는 이들을 악랄하게 이용해 본래 자신의 몫보다 더 많은 것을 챙기는 사람들이 있다. 마크 트웨인부터, 스타인벡, 싱클레어 루이스, 스티븐 킹까지 베스트셀러 작가들은 많은 미국인이 공유하고 있는 믿음의 원천을 다루며 모든 것이 다 잘될 거라는 미국의 약속을 독자들에게 상기시키는 한편 성실한 이들을 속여먹는 사기꾼들을 더 통렬하게 속이며 이 메시지를 전달해왔다.

미국의 황홀한 약속

아메리칸 드림에 관한 한 마지막 헌사는 마땅히 톰 클랜시의 《붉은 10월호》의 주인공 잭 라이언에게 바쳐야 할 것이다. 그는 미국이라는 나라가 주는 황홀한 약속을 내세워 소련에서 온 망명자들과의 거래를 성사시키고 인류를 핵전쟁의 위험에서 구해낸 영웅이다.

우리의 베스트셀러 목록에서 톰 클랜시의 소설은 허레이쇼 앨저가 꿈꿨던 미국을 전면적으로 그려낸 유일한 책이다. 로널드 레이건 식의 뻔뻔함으로 무장한 클랜시는 소련을 속임수와 무능이 판치는 파산한 사회주의 국가이자 암울하고 사악한 제국으로 묘사하고 제3차 세계대전 발발 직전까지 이야기를 몰고 간다.

소련의 핵잠수함 함장인 마르코 라미우스는 소련의 열악한 의료 환경 때문에 아내 나탈리아를 잃는다. 클랜시는 특유의 상세한 설명으로 이 일련의 과정을 묘사하는데, 이를테면 원래 소련 보건소에 공급되던 프랑스의 항생제가 소련 전역에서 공급이 부족해지면서 작은 병에 증류수를 대신 채워넣은 가짜 항생제가 보급되었고, 그 때문에 나탈리아가 혼수상태에 빠졌다가 결국은 죽음에까지 이르렀다는 식이다.

아내와 사별하고 조국에 신념도 잃은 라미우스는 분노에 차서 미국으로 망명할 대담한 계획을 세운다. 그는 미국이란 땅에서는 그런 말도 안 되는 의료 과실이 일어나지 않을 것이며 자신의 신념도 회복될 것이라고 믿는다. 차갑고 음울한 대서양을 건너도록 라미우스를 부추긴 것은 실패한 정치체계에 대한 혐오감과 아메리칸 드림이 주는 커다란 매력이다.

희망이 넘치는 미국대륙에 도착하기 몇 시간 전쯤, 잭 라이언과 라미우스는 어느 정도 유대감을 형성한 상태다. 라미우스 밑의 중위 카마로프는 잔뜩 들떠, 소련 선원들이 미국에 도착한 후 '정치 교육'을 받게 되는지 라이언에게 묻는다. 라이언은 웃으며 미국이 어떤 사회인지 선원들에게 알려주는 시간이 있겠지만, 그 이후에는

아메리칸 드림/ 아메리칸 악몽

다른 미국인과 마찬가지로 자유롭게 나라를 비판해도 된다고 말
해준다. 그러면서 라이언은 한 번도 자유롭지 않은 나라에서 살아
본 적이 없어서 조국에 충분히 감사하지 않았음을 시인한다.

라이언의 이런 고백에 많은 미국 독자들 또한 자유를 너무나 당
연하게 누리고 있다는 죄책감을 느꼈을 것이다. 《붉은 10월호》는
독자들에게 미국의 자유는 잭 라이언 같은 믿을 만한 일꾼이 안전
하게 지켜주는 것이라고 계속 상기시키는 재미있는 정치 교육자료
다. 레이건 대통령이 《붉은 10월호》를 가장 좋아하는 소설 중 하
나로 뽑은 것도 당연하다.

소련 망명자를 가득 실은 핵잠수함이 약속의 땅 미국에 접근할
무렵, 배 안 선원들은 스티븐 스필버그의 〈ET〉를 감상한다. 영화
가 끝나자 공산주의자들은 정말 훌륭한 영화였다며 엄지손가락
을 치켜세우고 눈물을 흘리기까지 한다. 한 선원은 모든 미국 아
이들이 그렇게 용감하고 자유로운지 궁금해한다.

솔직한 라이언은 영화의 촬영지는 캘리포니아이며, 그곳의 부모
들은 다른 지역 부모보다 더 관대하고 아이들은 더 자유로운 편이
라고 말하지만 그러면서도 미국의 아이들이 소련 아이들보다 더
독립적인 것은 맞다고 말하는 것을 잊지 않는다.

클랜시 스타일의 정치 교육은 망명자들이 육지에 다다랐을 때
도 계속된다. 외교 관례에 따르면 이들이 마지막에 망명하겠다고
최종 결정을 내리지 않는 한 이들을 다시 소련으로 돌려보내야 하

기 때문에 선원들은 약간의 자본주의식 세뇌를 받게 된다. 아메리칸 드림 가이드 투어를 받은 것이다.

망명자들은 VIP 비행기를 타고 6,000미터 상공에 올라 담배와 술을 즐기며 창문 아래로 보이는 풍요로운 땅에 대한 생중계 해설을 듣는다. 가이드는 중산층이 모여 사는 거대한 지역을 보여주며, 저 곳이 평범한 일을 하는 평범한 사람들이 모여 사는 곳이라고 설명한다.

빛나는 언덕 위의 도시에 오신 것을, 물질로 가득한 풍요의 보고에 오신 것을 환영합니다. 월마트와 코스트코를 보여주면 완전히 넘어가서 망명을 신청할 것이 분명하다.

라이언이 미국의 슈퍼마켓이라는 것에 대해 말하자, 소련 장교 하나는 그게 무엇인지 설명해 달라고 한다. 그러자 라이언은 슈퍼마켓은 신선한 과일과 채소가 가득하고 상상할 수 있는 모든 음식이 다 있는 축구장만 한 커다란 빌딩이라고 대답한다.

겨울에 신선한 과일이라니? 소련 사람들은 믿을 수가 없다. "믿기 힘들겠지만 진짜입니다." 라이언이 재차 확인해준다. 미국은 그렇게나 싱싱하고 풍부한 물자가 넘치는 나라라고요. 영업은 계속된다.

돈만 있다면 원하는 것은 무엇이든 거의 다 살 수 있어요. 미국의 평범한 가정의 1년 소득은 2만 달러 정도 됩니다.

1985년에 2만 달러라, 이 소설이 출간되었을 당시만 해도 소련 망명자들에게 그 금액은 어마어마한 것이었다. 지금도 마찬가지일지 모른다. 하지만 사실 아메리칸 드림은 평범한 노동자가 벌어들이는 연수입보다는 고결하고 덜 조잡한 것이다.

소설의 마지막 페이지에서 라미우스 함장은 예인선을 타고 미국 해안 쪽으로 이동하며 망명 여정을 마무리한다. 하지만 그의 마음속에는 소련을 버리고 미국을 택한 결정이 과연 옳은 것인가 하는 의심이 남아 있다. 마지막까지 애국자 역할을 하는 잭 라이언은 다시 한 번 주문을 외운다. 미국이라는 나라의 국민으로 사는 것이 특별하고 소중한 이유를 상기하려 할 때 누구나 외는 그 주문 말이다.

항구 입구에 다다랐을 때, 소련 선원을 실은 예인선이 갑자기 서행한다. 라미우스가 왜 속도를 줄인 것인지 궁금해하자 미국 함장 바트가 이렇게 대답한다. "늘 민간인 선박을 조심해야 합니다. 작은 요트를 타고 있는 사람에게도 커다란 선박과 똑같은 권리가 있기 때문이지요. 레이더에 잡히지도 않을 만큼 작은 요트라도 마찬가집니다."

"함장님, 여긴 자유의 나라입니다. 자유가 진정 무엇인지 아시기까진 시간이 좀 걸리실 겁니다." 라이언이 부드럽게 얘기했다.

허레이쇼 앨저에게 영감과 에너지를 주고, 미국 소설의 주춧돌로 역할해온 사회적 유동성은 소득이 늘어나는 것과는 별 관련이 없다. 때로 그 사회적 유동성이란 국가의 간섭 없이 장소를 이동할 수 있는 자유를 의미하기도 한다.

이단아 기질

미국 소설에 나타난 새로운 특징은 모험을 즐기는 영웅, 급진적일 만큼 새로운 인격의 등장이다. 이들은 전통에 얽매이지 않고 자신의 출신배경을 기꺼이 버리며, 가문이나 인종같이 타고나는 요소에 영향을 받지 않는다. 자주적이고 독립적인 이들은 자기 앞에 기다리는 것이 무엇이든 자신의 능력을 발휘해 그것에 맞설 준비가 되어 있다.

_ R.W.B 루이스(R.W.B. Lewis), 《아메리칸 아담(The American Adam)》 중

우리의 베스트셀러 12권의 주인공들은 하나같이 반역자, 외톨이, 사회 부적응자, 이단아다. 남들과 어울리지 못하는 그들의 특징은 충분히 가치가 있으며, 우리가 그토록 그들을 사랑하는 이유이기도 하다.

마크 트웨인의 소설 《허클베리 핀의 모험》의 주인공 허클베리는 자신을 양자로 삼고 싶어하는 샐리 아줌마네 집으로 들어가고 싶은 생각이 조금도 없다는 것을 깨닫고는 미시시피 강을 따라 떠돌며 여행을 시작한다. 허클베리는 많은 모험을 거치면서 샐리 아줌마처럼 점잖은 사람들의 위선과 배신, 순응에 대해 너무 많은 것을 알게 되고, 그런 사람들 사이에 섞여서는 편안하게 살 수 없을 거라고 생각하기에 이른다. 이 고전 미국 소설의 마지막 페이지에서 허클베리는 독립을 선언한다.

"나는 나머지 사람들보다 앞서 인디언 부락으로 떠나야겠다는 생각이 들었습니다. 왜냐하면 샐리 아줌마가 나를 양자로 삼아 '교양 있는' 사람으로 만들려고 하는데 나는 정말이지 그걸 참을 수가 없기 때문이에요. 교양 있다는 게 어떤 것인지 이미 경험해봤거든요."

 군학비평가 노드롭 프라이(Northrop Frye)가 말했듯, 미국 소설에 반복적으로 나타나는 영웅은 "문명에 속하지 않아 원래 타고난 본연의 기질을 드러낸다. 도덕관념이 없거나 무자비하지만, 자신에게 힘이 있다는 것을 알고 있고 때로는 리더십을 갖고 있기도 하다. 이런 이유로 사회에서는 거부를 당한다."

 간단히 말해 이단아란 얘기다.

 제임스 가너(James Garner)는 1960년대 미 서부를 배경으로 한 TV 시리즈 〈매버릭(Mavericks)〉에서 이와 유사한 역할을 맡았다. 극중 그는 도박꾼이었고 살인청부업자였으며, 충성심 없이 여기저기를 떠도는 거친 남자였다. 영화 〈탑건〉에서 톰 크루즈가 분한 최신 전투기 조종사의 별명도 '미스터 매버릭', 즉 이단아였다. 최근 있었던 미국의 총선에서도 양당의 대통령 후보와 부통령 후보 모두 각각 '매버릭'을 별명으로 내세웠다.

 미국의 대중문화와 민간전승 속에서 이단아는 늘 동경의 대상이었다. 매버릭이라는 단어는 텍사스의 변호사이자 목장 주인이었던 새뮤얼 매버릭(Samuel Maverick, 1803~1870)의 성에서 유래된, 아주 미국적인 족보를 가지고 있다. 새뮤얼 매버릭은 모두가 가축에 낙인을 찍어 소유를 표시할 때, 자신이 키우는 소에 표시를 하지 않았다. 당시 사회관습에 저항하기 위해서가 아니라 가축을 키우는 일

자체가 너무 힘들었기 때문에 낙인찍고 관리할 새가 없었기 때문이었단다.

자, 이제 좀 감이 오는가? 반역자, 보헤미안, 개척자, 반항아, 외톨이, 불복주의자, 극단주의자, 불평분자, 독립투사, 반란군, 괴짜, 자유로운 영혼, 아웃사이더, 은둔자, 이방인, 왕따, 유배자 등의 단어와 같은 뜻으로 받아들이는 매버릭, 즉 이단아라는 단어는 목장 일에 무심해서 가축에 낙인찍는 것조차 귀찮게 여겼던 한 변호사에서 유래했다. 저항적이기도 했지만 그만큼 게으른 행동이었다.

새뮤얼 매버릭은 세상을 떠났고 시간은 흘렀지만 지금도 '매버릭'이라는 단어에는 새뮤얼의 게으름이 아주 미약하게나마 남아, 매버릭과 게으름뱅이는 종잇장 한 장 차이일지도 모른다는 사실을 상기시켜준다.

헨리 데이비드 소로는 철저한 미국 이단아의 표본이었다. 어느 날 갑자기 문명세계를 떠나 월든 호반으로 들어간 그는 먹고사는 것만이 간신히 해결되는 검소한 생활을 수년이나 지속했다. 그는 자신의 이런 행동을 당시 시대의 청교도적 도그마에 대한 반란이라고 주장했다. 하지만 자연 속에서 에세이를 쓰고 콩코드 숲 속에서 자기성찰을 한 데서는 게으름의 기운이 묻어난다.

자신이 낸 세금이 국가의 폭력에 쓰일까 우려해 세금을 내지 않던 초월주의자 소로가 세금 미납으로 감옥에 끌려갔을 때, 현실적이고 법을 잘 준수하던 그의 이웃들은 아마 조금의 연민도 보이지 않았을 것이다. 공공의 이익을 위해 맡은 바 임무를 다하는 것과 저항은 완전히 별개의 문제이기 때문이다.

미국의 베스트셀러에서 이단아와 전통주의자들 사이의 팽팽한 긴장감은 핵심적인 역할을 한다. 스칼렛 오하라, 엘리슨 매킨지, 스카웃 핀치, 앤 웰스, 마이클 코를레오네, 크리스 맥닐, 마틴 브로디 서장, 조니 스미스, 잭 라이언, 미첼 맥디르, 로버트 킨케이드, 로버트 랭던은 작품 속에서 복종을 강요하는 억압의 세력에 대항해 정의로운 싸움을 펼쳐나간다.

그들 모두는 이단아다. 전통 사회로부터 완전히 배제당할 위기에 처해 있는 그들은 대중문화의 관습으로부터 고립된 개인주의자를 받아들일 준비가 된 사람들이다.

사회적 통념의 주기적 변화

사회적 통념의 변화를 관찰, 기록하는 사회학자들은 미국 사회가 약 10년 주기로 개인주의와 전체주의가 번갈아 강조된다는 사실에 흥미를 느꼈다. 예를 들어보자. 제1차 세계대전이 끝난 1920년대에는 이른바 '고향 정신'이 유행했는데, 이 정신은 젊은 개인주의자들이 자신의 생각을 솔직히 말하거나, 성적인 행동을 하지 못하도록 '미묘하게 강요한' 집단적 사고였다. 플래퍼(flapper) 룩의 신

여성 대 도덕주의자의 갈등이 팽배했다.

1920년대에 그 둘의 대결에서 보통 승리하는 편은 신여성이었다. 온갖 부류의 이단아들이 여기저기에 넘쳐났다. 당시 문학잡지를 보거나 유럽식 카페에 가면 자신의 생각을 쏟아내는 이단아들을 쉽게 볼 수 있었다.

경제대공황 시기에는 개인적 자유 및 성적 자유에 대한 갈망이 잦아들고 체제에의 순응을 강조하는 풍토가 오랫동안 유지됐다. 아이린 톰슨(Irene Thomson)은 저서 《갈등 없는 세상(In Conflict No Longer)》에서 1930년대(《바람과 함께 사라지다》가 쓰인 시대이자 《앵무새 죽이기》의 배경이 된 시대)의 대중잡지 소설 주인공들이 더 이상 '집단의 개념보다 자아실현을 중시하지 않았다'고 했다. 당시에는 개인이 사회에 맞추기 위해 자기를 바꾸는 모습을 그린 이야기가 인기를 끌었다.

미국 문화에서 체제에의 순응과 반체제적 반란의 풍토가 주기적으로 반복되었다는 것은 명확하다. 우리의 베스트셀러 12권도 시종일관 이 문제를 다루고 있다. 스칼렛과 스카웃, 미첼 맥디르, 앨리슨 매킨지, 조니 스미스는 사회의 지배적 견해를 거부했고, 가족들이나 마을 주민이 가하는 사회적 억압에도 저항했다. 자신의 신념에 따라 행동한 결과가 사회적 고립이나 목숨의 위협을 가져온대도, 그들은 자기 생각을 굽히지 않았다.

지난 100년 동안, 독자들의 심금을 울렸던 미국 베스트셀러 소설의 주인공들은 체제 순응에의 강요나 거기에서 비롯되는 치명적 결과를 거부하고, 새로운 영역을 독립적으로 찾아나섰다.

이단아 커플, 스칼렛과 레트

소설의 서두에서부터 스칼렛은 자신이 부모에게서 상반된 유전자를 물려받았다고 생각한다. '귀족이었던 엄마에게서는 부드러운 목소리를, 아일랜드 소작농 출신인 아버지에게서는 영민한 머리와 거친 성격을 물려받았다.' 그 때문인지 스칼렛은 남자들에게 섬세한 상류층 여인으로 보이고 싶어하는 한편 말괄량이로도 보이고 싶어했다. '말괄량이'란 약간은 교양 없고, 약간은 선머슴 같고, 완전히 이단아 같은 여자를 말한다.

레트 버틀러는 윌크스 집에서 열린 바비큐 파티에 처음 등장하는 순간에도, 전통적인 매너에 대한 경멸을 감추지 않으며 그가 남들과 다름을 분명히 보여준다. 그는 앞으로 전쟁이 일어날지도 모른다고 야단법석인 한 무리의 신사를 비웃고는 그런 것에는 관심도 없다는 듯 춤을 추기 시작한다. 레트 특유의 경멸과 가짜 예의 냄새를 풀풀 풍기며 말이다.

레트는 현실을 쥐뿔도 모르는 이 신사들이 자신의 설교를 싫어할 것이라는 것을 알면서도 그들에게 싫은 소리를 한다. 남부에 대포 공장이 얼마나 있는지? 제철 공장은 몇 군데나 되는지? 전쟁이 일어나면 모직 공장과 무두질 공장, 면직 공장은 어떻게 될지? 남부의 해상력 부족은 어떻게 할 건지? 북군의 선박들은 남부 항구를 쉽게 봉쇄할 텐데, 그렇다면 남부는 면직물을 어떻게 판매할 건지? 남군이 가진 것이라고는 거만함과 노예뿐이니, 전쟁이 일어나면 남부는 한 달 안에 먹혀버릴 것이라고.

스칼렛과 레트 둘 다 점차 분명하게 알게 되지만, 이 둘은 이단아 소울 메이트다. 스칼렛은 애틀랜타 상류층이라는 사상경찰에 매번 저항해 곧 반항아라는 평판을 얻게 된다. 때문에 한 자선무도회에서 레트 버틀러가 얼마 전에 남편을 잃고 과부가 된 스칼렛에게 춤을 청했을 때, 상중인 과부는 춤추면 안 된다는 사회의 규범에도 불구하고 스칼렛이 춤에 응하는 것은 전혀 놀랍지 않다. 스칼렛은 빠르게 고동치는 자신의 심장소리를 들으며 벌떡 일어나고, 절대 용납할 수 없다는 듯 쳐다보는 샤프롱들의 시선을 무시하고 레트와 춤을 춘다.

이후 레트는 전쟁통인 애틀랜타를 빠져나가 타라로 돌아가는 스칼렛을 도와주다가 갑자기 패색 짙은 남부군에 합류하겠다는 결정을 내리고 그녀 혼자 위험한 여정을 마치게 한다. 레트는 자기 없이도 스칼렛은 잘만 살아남을 것이라고 확신한다. 스칼렛이 울며 매달려보지만 같이 가줄 수 없다는 레트의 입장은 단호하다. 그때 레트는 스칼렛을 아주 정확히 묘사한다.

"사랑하오, 스칼렛. 우리 둘은 서로 너무나 많이 닮았소. 우리 둘 다 변절자고 이기적이지. 우리만 안전하고 편안하다면 세상이 멸망한 다 해도 우리는 눈도 깜짝하지 않을 거요."

변절자와 이단아, 이 둘의 차이는 무엇일까? 단어의 뉘앙스에 대해 지나치게 파고들 생각은 없다. 하지만 자신의 신념을 버리고 다른 것을 택한 사람을 변절자라 하고, 대의에 반하는 행동을 한 사람을 배신자라고 하는 것은 흥미롭다.

이단아는 변절자보다 더 극단적이다. 이단아는 현재 상황을 받아들이길 거부하고 정상이라는 낙인찍기를 거부하며, 기성체제를 거부하는 불복주의자며 부적응자다. 간단히 말해 이단아는 무리에서 완전히 독립되어 다른 사람의 의견이나 규칙에 신경 쓰지 않고 자기 뜻대로 행동하는 사람이다.

테트가 스칼렛이라는 여인을 정의하는 역사적 순간에 이단아라는 단어를 사용하지는 않았지만, 레트와 스칼렛이 공유하는 특징을 보다 잘 나타내는 단어는 변절자가 아니라 이단아라고 생각한다. 변절자는 대의를 저버리는 사람을 가리키는데, 레트와 스칼렛은 자신들의 사리사욕 말고는 이렇다 할 대의를 가진 적도 없는 사람들이기 때문이다.

말괄량이

스카웃의 머릿속에는 따돌려야 할 그녀만의 사상경찰 리스트가 있다. 그 리스트 상단에 위치한 이름 중 하나는 초등학교 1학년 담임선생인 캐롤라인이다. 캐롤라인은 전반적으로 스카웃이 마음에 들지 않지만 구체적으로는 학교에 들어오기도 전에 글 읽는 법을 배워왔다는 게 특히 못마땅하다. 그것은 스카웃이 다루기 힘든 학생이며 즉시 휘어잡아야 하는 부류임을 의미했다. 스카웃이 자신의 자유를 침범하는 선생에게 대처하는 방법은 회피다. "내일은 내일의 태양이 뜰 거야"라고 한 스칼렛처럼, 스카웃도 선생과 학교를 피하기 시작한다. 이 소녀는 학교가 끝날 때까지 창밖만 멍하니 쳐다본다. 방과 후에는 다시 자유롭게 무엇이든 배울 수가 있다.

캐롤라인보다 더 강력한 적수는 바로 알렉산드라 고모다. 허클베리 핀의 샐리 아줌마처럼 스카웃의 고모도 자기 조카를 '교양 있게' 만들려고 혈안이 되어 있다. 특히 알렉산드라 고모는 이 꼬마 아가씨의 옷 입는 스타일을 싹 뜯어고치고 싶어 안달이다.

알렉산드라 고모는 스카웃에게 반바지 대신 원피스를 입히고 싶어하지만 번번이 실패한다. 스카웃이 놀 때도 찻잔 세트와 장난감 조리도구, 스카웃이 갓난아기일 때 자신이 선물했던 장난감 진주 목걸이를 가지고 놀라고 강요한다. 당연히 스카웃은 고모 말을 듣지 않고, 고모가 시키는 대로 집 안에 틀어박혀 찻잔 놀이를 하느니 오빠와 오빠 친구 딜과 어울리는 게 낫다고 생각한다.

애티커스가 억울하게 체포된 흑인 청년의 변호를 맡은 것처럼, 마을 전체에 만연한 인종차별주의에 맞선다는 것은 극단적인 개인주의적 행동이다. 애티커스가 톰 로빈슨을 변호하자 그의 자녀 스카웃과 젬도 그 일에 휘말려 마을 전체의 비난을 받고 따돌림과 위협을 당하게 된다. 그 이후에는 애티커스가 훈련교관으로 있는 이단아 신병 교육대 이야기가 펼쳐진다.

젬과 스카웃이 친구들과 마을 사람들에게 따돌림을 받고 괴로워하자, 애티커스는 언변 좋은 변호사답게 시간이 지나가면 다 괜찮아질 것이라고 설득력 있게 젬과 스카웃을 위로한다. 그리고 이런 이단아 같은 행동은 기독교의 가장 중요한 두 가지 정신 연민과 양심에 기반하는데, 연민이고 양심이고 무시하고 살면 훨씬 편하겠지만 자신은 그렇게 안 된다고 덧붙인다. 애티커스에게 메이컴의 편협한 생각과 인종차별에 굴복하는 것은 결코 있을 수 없는 일이었다. 그 때문에 자기 자신과 가족이 위험에 처한다고 해도 말이다.

얼핏 보면, 우리의 두 이단아 스칼렛과 스카웃은 완전히 정반대의 인물처럼 보인다. 스칼렛은 낭만적인 망상에 빠져 애슐리 윌크스라는 신기루를 좇으면서 전쟁 전의 타라를 재건하려 하는 이기적인 이단아이고, 스카웃은 타고나길 권위에 도전하고 진실을 찾고자 하는 순진무구한 구도자이니 말이다.

하지만 스카웃과 스칼렛은 여러 면에서 많이 닮았다. 스카웃은 스칼렛 오하라만큼이나 용감하고 자립적이다. 이는 스카웃이 집단린치를 하려고 모인 남자들에게 맞설 때 명확하게 드러난다. 모자를 푹 눌러 쓴 채 작업복을 입고 데님셔츠 단추를 목까지 다 채운 남자들은 스칼렛이 상대해야 했던 북군 병사들만큼이나 위험한 존재다. 음침한 분위기의 그들은 아주 졸려 보이는데, 마치 그런 늦은 시간까지 깨어 있는 것이 익숙지 않은 듯 보일 정도다. 그런 그들 앞에서도 스카웃은 전혀 겁먹지 않는다. 그리고 무리 중한 사람을 골라 순진무구한 표정으로 말을 시킨다. 아무 생각 없이 멍한 상태였던 남자들은 퍼뜩 정신을 차리고 무리의 팽팽했던 긴장감은 한순간에 사라진다. 곧 그들은 자리를 뜬다.

스칼렛은 사회규범에 대해서는 이단아였지만, 인종문제에 있어서는 당시 전통적 입장을 고수했다. 이 소설의 많은 페이지에서 당시 끔찍했던 인종차별의 실상을 볼 수 있다. 관대하게 보았을 때는 당시 상황을 있는 그대로 묘사한 장면이라고도 볼 수 있겠지만, 스칼렛은 목화밭에서 일하는 흑인 노예들이 '만물의 영장'인 체한다고 경멸조로 이야기하고 '쓰레기 같은 검둥이들'이라는 말도 서슴지 않는다. 그러면서 백인 주인을 모시는 흑인은 '좀 나은 계급'이라고 말한다.

《앵무새 죽이기》는 《바람과 함께 사라지다》 출간 25년 후에 세상에 나왔지만, 인종문제에 관한 한 두 책의 시각은 완전히 다르다. 스카웃이 생각하기에 흑인으로 사는 것이나 가난한 삶은 모두 힘든 일이지만, 그중에서도 가장 힘든 것은 왕따를 당하는 것이다.

메이엘라 이웰이야말로 세상에서 제일 외로운 사람이라는 생각이 들었다. 집 안에 25년이나 갇혀 있었던 부 래들리보다도 외로운 사람이었다. 메이엘라는 오빠가 불쌍하다고 한 혼혈아만큼이나 슬펐을 것이다. 백인들은 그녀가 돼지처럼 산다는 이유로 그녀를 외면했고, 흑인들은 그녀가 백인이라는 이유로 그녀를 외면했다…….

이 두 여성 이단아들은 자신에게 주어진 모든 수단과 능력을 다해 사회적 통념을 거부했고 독자들은 그런 그녀들의 모습에 경외심을 느낀다. 이 둘은 모두 미국 남부 사람들이고, 남부의 까다로운 사회규범과 체제에의 순종을 강요하는 억압은 그녀들의 독립성을 더욱 돋보이게 만들어준다.

평범한 삶을 꿈꾸다

초능력자 조니 스미스는 '내가 원하는 것은 그저 평범한 삶'이라며 괴로워한다. 물론 스티븐 킹이 그 소원을 들어줄 리 없다.
스카웃이나 스칼렛 같은 타고난 이단아와는 다르게, 조니는 학교 선생으로 일하는 뼛속까지 평범한 사람이었다. 학생들은 그의 외모를 두고 프랑켄슈타인을 닮았다고 놀리기도 하고, 좀 괴짜인 것 같다고 생각하긴 하지만 대부분 그를 좋아한다. 조니는 나름의 방식으로 학생들을 가르치려 하지만 그런 자신의 방식이 맞는 것인지 약간 불안해하고, 자신보다 연애 경험이 많은 연인 사라 앞에서는 서툰 모습이다.

그는 사회에 순응하고 평범한 삶을 살길 원하지만 그에게 갑자기 생긴 초능력이 모든 걸 망가뜨린다. 마치 레트와 스칼렛이 타고난 이단아 기질이라는 저주를 받았듯, 조니는 초능력의 저주를 받은 것이다. 두 번의 머리 부상으로 그는 완전히 다른 사람이 된다.

병원에서 4년을 혼수상태로 보내고 깨어난 후, 조니는 평범한 삶이라는 그의 꿈이 산산조각 난 것을 발견한다. 사라는 조니를 버리고 다른 남자와 결혼해 아이까지 낳았고 조니의 어머니 베라는 광신도가 되어 세상의 종말을 기다리고 있다. 아이러니한 것은, 그렉 스틸슨이 권력을 손에 넣는다면 베라가 맞을 거라는 점이다. 조니가 이단아의 용기를 내어 사이코패스 그렉 스틸슨이 미국 대통령이 되는 것을 막지 않는다면, 곧 세상의 종말이 찾아올 테니 말이다.

그렉 스틸슨은 참신한 아이디어가 넘치는 아웃사이더의 껍데기를 쓰고 선거 유세를 하는데 그 전략은 꽤 효과를 발휘하는 것 같다. 그는 자신을 정치적 이단아로 포장하고 유권자들은 그런 그에게 솔직하고 정직한 사람이라며 점수를 준다. 스틸슨은 유권자의 환심을 사는 데는 성공하지만, 독자의 마음은 사지 못한다. 독자들은 그가 총으로 개를 죽인 잔악무도한 인간이며 성경을 방문판매하며 사기꾼 기술을 갈고닦았음을 이미 알고 있기 때문이다. 또한 우리는 스틸슨이 이단아를 냉소적으로 생각한다는 것도 알게 된다. 그는 그저 희대의 사기꾼일 뿐이다.

여기서 세상을 구해줄 사람은 진정한 이단아 조니뿐이다. 수백만의 목숨을 구하기 위해서라면 자신의 목숨까지 기꺼이 희생하며, 자신이 생각해낼 수 있는 가장 극단적인 개인주의적 행동을 취할 의지가 있는 사람 말이다.

자의 아닌 타의로

결국 아버지를 이어 마피아의 보스가 되었지만, 마이클 코를레오네도 조니 스미스가 원했던 평범한 삶을 간절히 바랐다. 미첼 맥디르도 애비와 결혼해 아이를 낳고 높은 연봉을 받으며 평범하게 살길 원했다. 잭 라이언이 바랐던 것도 똑같다. 미국에 와서 주말 동안 CIA 연구원 일을 조금 하다가 크리스마스가 되면 딸에게 줄 크리스마스 선물을 들고 런던으로 돌아가는 것, 이게 잭 라이언의 꿈이었다.

하지만 사회에 순응해 살길 바랐던 네 남자는 각자에게 닥친 사고로 인해 자신의 꿈을 포기할 수밖에 없게 된다. 마이클은 아폴로니아를 태운 자신의 차가 폭발하자 미국으로 급히 돌아온다. 미첼은 자신의 차와 집에 도청장치가 설치된 것을 발견하고 범죄조직의 돈세탁을 돕는 회사에 정면으로 맞선다. 제임스 본드가 되려는 생각은 조금도 없는 잭 라이언이지만, 세상을 구할 지식을 가진 그에게 국가의 부름이 떨어진다.

이 네 남자는 자의가 아닌 타의로 이단아 대열에 합류한다. 이들은 줄곧 전통적 행동양식을 따라 살아왔고 앞으로도 그렇게 살고 싶어하지만, 이단아처럼 사회규범을 넘어서 행동하도록 강요받는 어쩔 수 없는 상황에 봉착한다.

평범한 사람을 넘어서 영웅이 되도록 강요받는 이들은 난관을 타개하기 위해 자신만의 특별한 능력을 발휘해야 한다. 조니는 초능력을, 마이클 코를레오네는 조국을 위해 참전했던 전쟁에서 배운 전투기술을, 미첼은 법률지식을 활용해 자신을 제거하려는 이들의 죄를 증명해야 한다. 잭 라이언이 가지고 있는 지식·또한 쓸모 있게 여겨져 그는 자신의 능력 밖이라 여겨지는 협상 테이블에도 앉게 된다.

이 네 주인공 모두는 각자의 기준에서 평범한 만족을 원했다. 그들은 사회에 순응하고자 했다. 하지만 그들에게 펼쳐진 상황은 감히 실패할 수 없는 시험대에 그들을 올려놓았다.

다트머스 대학을 졸업하고 전쟁에 참전했다가 살아 돌아온 영웅 마이클 코를레오네는 그의 형들 소니와 프레도나, 아버지가 입양한 톰 하겐과는 다르게 젊은 세대들이 흔히 추구하는 것들을 멀리 한다. 소니와 프레도, 톰 하겐은 모두 마피아 집단 안에서 자라며 조직에 들어가기 위해 모두가 그렇게 하듯 사람을 죽였다. 평범한 미국인의 삶을 갈망하는 마이클은, 마피아 사람들이 보기에는 이단아다.

돈 코를레오네가 저격당하고 거의 죽을 뻔했을 때도 마이클은 조직에 직접적으로 개입하지 않기 위해 안간힘을 쓴다. 하지만 경찰에게 얼굴을 얻어맞는 순간 그의 코를레오네 유전자에는 불이 붙고, 이제까지 보통 사람처럼 멍하게 있던 마이클도 자신이 어떤 사람인지 깨닫게 된다. 비로소 그는 조직 가입을 거부했던 양심을 포기하고 전쟁에 뛰어든다.

이후 마이클은 자신이 이끌게 된 이 조직의 뿌리에 대해 더 많은 것을 배우며 마피아의 이단아 역사를 알게 된다. 그는 시칠리아에서 조상들이 잔악한 통치자(토지를 소유한 남작과 천주교 교황)에게 억압받았을 때, 보통 사람들이 "사회는 적이니, 사회의 잘못을 보상받으려면 지하의 반역자를 찾아가라"고 말하게 된 이유를 배운다.

영원한 아웃사이더이자 전쟁 영웅, 아이비리그 출신의 마이클은 법 따위는 상관하지 않는 반사회적 무리를 지휘하는 보스가 된다. 이단아가 이단아 무리를 이끌게 된 것이다.

오렌지색 멜빵

로버트 킨케이드가 여기저기 찌그러진 픽업트럭을 몰고 매디슨 카운티의 다리를 건널 때, 그는 미국의 이단아라면 누구나 입었던 '물 빠진 리바이스 청바지에, 오래 신은 레드윙 부츠, 카키색 셔츠, 오렌지색 멜빵 차림이었다. 넓은 가죽 벨트에는 필요한 경우에 대비해 스위스제 군용칼이 매달려 있었다.'

오렌지색 멜빵으로 자신의 개성이 확실히 드러나지 않을 경우를 대비해, 그는 젊었을 적을 회상하며 더 많은 증거를 남겨준다. '다른 애들이 '리리리자로 끝나는 말은' 하는 노래를 부를 때 그는 그 동요가사를 프랑스 카바레 송에 갖다 붙이곤 했다.'

킨케이드는 또래의 다른 아이들보다 IQ가 월등히 높았지만 공부하길 거부하고 '동네 도서관에서 모험소설과 여행에 관한 책을 뒤적이며 시간을 보내곤 했다. 무도회나 축구경기 등 떠들썩한 일은 질색이었다. 홀로 지내면서 마을을 휘감아 흐르는 강변에서 시간을 보내는 것이 좋았다. 그는 낚시를 하고 수영을 하고 산보를 했다. 그리고 키 높이 자란 잔디에 누워, 어딘가 멀리서 들려오는 희미한 목소리에 귀를 기울이기도 했다. "저 쪽에는 마법사가 있어. 조용히 숨죽이고 귀를 열고 있으면, 마법사의 소리가 들리지." 그는 혼잣말로 중얼거리곤 했다.'

편리하게도 로버트에게 이단아는 유부녀를 유혹하는 남자라는 개념과 섞여 있다. '수백 년간 전승되어온 사회규범들, 문명인의 엄격한 규칙'을 생각하며 잠시 주저하기는 하지만, 그를 막아서던 관습은 킨케이드가 그녀의 머릿결은 어떤 느낌일지, 또 자기 아래 누운 그녀의 몸은 어떨지 상상하는 순간 무너지고 만다.

침대에서 황홀한 시간을 보낸 후, 로버트는 프란체스카에게 그녀가 어떤 부류의 이단아와 엮인 것인지 소상하게 설명해준다. 그는 자신을 '마지막 카우보이'라 부르며, 사회의 인습과 법률이 자신에게는 지나치게 '조직화된 것'이라고 말한다. "권위 있는 계층? 싫소. 장기적인 경제계획? 윽. 구겨진 양복과 이름표? 고맙지만 사양하겠소, 이 카우보이에게는 어울리지 않거든."

이렇게 킨케이드가 자신은 도덕성에 지배받지 않는 사람이며, 유부녀와 동침할 수 있는 권리를 가지고 있다고 주장할 때면 영락없는 나르시스트 허풍쟁이다. 그가 이렇게 우쭐댈 때면, 우리의 무기력한 새뮤얼 매버릭 선생이 게으름을 떨치고 벌떡 일어나 쇠도장을 뜨거운 불에 달궈 이 남자에게 낙인을 찍고, 진짜 뜨거운 카우보이 맛을 보여주고 싶을 거라는 데 한 표 던진다.

해리스 트위드를 입은 해리슨 포드

로버트 랭던 교수는 어떤가? 《다빈치 코드》에 그가 등장하지 않는 페이지는 거의 없음에도 불구하고, 그의 사생활이나 외모에 대해 거의 아는 게 없다는 사실이 놀랍지 않은가? 소설에서 그의 외모를 가장 자세히 묘사한 문장은 그가 '해리스 트위드를 입은 해리슨 포드'를 닮았다고 한 것이다.

소설 속 랭던에 대한 묘사는 턱없이 부족하지만, 바로 그 때문에 우리는 로버트 랭던이 할리우드 영화의 잭 라이언(해리슨 포드가 연기) 과 인디아나 존스(이 또한 해리슨 포드가 연기)를 합쳐놓은 인물일 것이라고 연상하게 된다.

왜냐하면 랭던이라는 인물이 해리슨 포드로 대변되는 이미지와 잘 들어맞기 때문이다. 학자이면서 영웅이고, 필요한 상황이 되면 팔꿈치 부분에 가죽 패치를 덧댄 코듀로이 재킷을 벗어던지고 물고 있던 담배를 끄고 바로 행동에 돌입하는 그런 남자 말이다. 랭던은 모험소설에 자주 등장하는, 뱀 구덩이에 던져진 책벌레이고, 채찍질을 잘하는 것(인디아나 존스의 특기) 이외에 그가 가진 유일한 재주라고는 대학원 시절 외운 게 분명한 긴 인용구를 줄줄 읊는 것 뿐이다.

온화한 성격의 〈데일리 플래닛〉 기자 클락 켄트처럼 우리의 교수님도 이중생활 중이다. 먼저, 오래 전 랭던은 자신을 상아탑에 가두어 사회와 영영 격리되도록 하는 길을 선택하며 이단아 면모를 보인 적이 있다. 이는 랭던이 공부벌레이고 융통성 없는 사람이라는 것을 의미하고 그런 의미에서 잭 라이언과 아주 유사하다. 하지만 책에 코를 파묻은 채 너무 많은 시간을 보낸 탓인지 랭던은 좀 우물쭈물하게 되고, 누군가 앞에서 총을 꺼내 그를 겨누면 늘 약간 허둥대는 모습을 보인다.

타의에 의해 다시 영웅 역할을 맡아야 할 때가 오자, 영웅 노릇을 하기에 신체적 기량이 좀 떨어지는 랭던은 다시 이단아 역할을 맡는다. 그는 가라테나 쿵후 기술을 연마한 적도 없고, 미 해군의 엘리트 특수부대 출신도 아니며 어떻게 AK-47을 분해해야 하는지조차 모르는 인물이다. 액션 히어로로서 랭던은 간신히 역할을 소화하는 데 그친다. 그리고 바로 그 부분이 랭던을 더욱 매력적으로 보이게 만든다. 미국이 만들어낸 모든 허구의 영웅이 청부살인자는 아니다. 미국 사람들은 미국인이 겸손하고 나대지는 않지만, 문제가 생겼을 때는 창의력과 부족한 신체적 기량을 보완해주는 핵잠수함을 사용해서 임시변통할 수 있는 그런 사람으로 그려지길 원한다. 사실 우리의 베스트셀러 12권에 나오는 대부분의 주인공은 영웅이라기보다는 그저 다루기 힘든 사람일 뿐이다.

12명의 주인공 중 살인을 저지르는 사람은 셋에 불과하다. 스칼렛 오하라는 타라에 침입한 북군 병사를 살해하지만, 정당방위였다. 잭 라이언은 자신을 향해 총을 쏘는 소련의 비밀요원에게 총을 되쏠 때마저 불안해하고 죽어가는 비밀요원에게 미안하다고 사과까지 한다. 셋 중 아무렇지도 않게 살인을 저지르는 사람은 마이클 코를레오네뿐이다. 그는 아버지의 목숨을 노린 벌로 바로 코앞

이단아 기질

에 있는 두 남자를 향해 총을 쏜다. 조니 스미스는 그렉 스틸슨을 죽이려고 시도했다 실패하지만 스틸슨이 대중 앞에서 비겁한 행동을 하도록 유도함으로써 정치인 생명을 다하게 만든다. 12권의 베스트셀러에 극단적 폭력은 아주 흔하게 나타나고 사망자 수도 두 자릿수를 넘지만(남북전쟁에서 전사한 수백만 명은 제외), 우리의 주인공들은 극단적 폭력 사용을 싫어하며, 총싸움에 능숙하지 않다.

책과 이단아

베스트셀러에는 책 좋아하는 사람들이 많이 등장한다. 얼마나 많이 나오는지 그들을 주제로 한 챕터를 다 할애하고 싶을 정도다. 책을 좋아하는 사람이라면 알겠지만 작가와 독자는 태생적 별종이며 외톨이다. 조용한 장소를 찾아 구석에 자리 잡고 앉아 책장을 넘기거나, 전자책 스크린을 조작하길 좋아하는 사람들이라니. 간단히 말해 그들은 어딘가 이단아스러운 면을 가지고 있다.

이런 맥락에서 우리의 주인공 중 스칼렛은 예외에 속한다. 그녀는 애틀랜타 숙녀들을 '셰익스피어를 읽고, 교회에 다니는 우울한 여자들'이라고 조롱하며 공공연하게 책에 대한 적개심을 드러냈다. 스칼렛이 책을 싫어하는 것은 유전이다. 그녀의 아버지 제럴드가 그렇다. 그는 애슐리 윌크스를 책벌레에 계집애 같은 구석이 있다고 못마땅해하는가 하면, 북군에게서 독일 책과 프랑스 책을 많이 사들이고, 밖에 나가 진짜 사나이처럼 도박이나 사냥을 하는 대신 늘어져 책이나 읽고 있다며 윌크스 가문 전체를 깔본다.

스칼렛 오하라는 책을 싫어하지만, 우리 목록의 다른 주인공들은 책이 없으면 안 되는 사람들이다. 《인디언 여름》의 엘리슨 매킨지는 책을 손에서 내려놓지 않는다. 책은 그녀의 생명줄이다. 그녀에게 책은 복잡한 삶에서 잠시 탈출해 다른 삶을 꿈꿀 수 있는 방편이다. 앨리슨의 어머니 콘스탄스는 또래의 다른 아이들이 예쁜 드레스와 레이스 달린 속옷에 집착할 때 하루 종일 책에 파묻혀 지내는 자신의 딸을 이해하지 못한다(속옷과 책 중 무엇을 선택하겠냐고? 글쎄, 책을 포기해야 한다면 우리 같은 이단아들은 차라리 노팬티를 선택할 것이다).

지나친 성적 묘사와 위선의 폭로로 도마에 오른 《인디언 여름》이지만 사실 이 책은 한 소녀를 예술가로 그려낸 퀸슈틀레로만(Künstlerroman, 예술가 소설)에 속한다. 《인디언 여름》은 앨리슨 매킨지의 문학 교육을 단계적으로 우리에게 보여준다.

앨리슨은 그녀의 남자친구에게 자신의 문학적 포부를 이야기하던 도중, 자신은 상업적 노선을 택할 것이라고 자랑스럽게 말한다. 앨리슨은 《안소니 에드버즈(Anthony Adverse)》와 같은 유명한 책을 써서 스타 작가가 되고 싶어한다.

앨리슨은 꿈을 향해 계속 정진하고 마침내 어엿한 기자가 되지만 마음 한 구석에는 소설가의 꿈을 늘 간직하고 있다. 그녀는 소설가가 되기 위해 뉴욕으로 가서 본격적으로 출판계 문을 두드리기 시작한다. 그레이스 메탈리어스는 자신의 독자들 중 작가 지망생을 위해 문학계의 인적 네트워킹이 어떻게 이뤄지는지 기본 틀을 보여주기까지 한다.

저작권 에이전트로부터 셀 수 없이 거절당한 뒤, 앨리슨은 뉴욕 공공도서관으로 가서 최신 베스트셀러를 연구한다. 그리고 한 히트작의 헌사 페이지에서 그 작가의 에이전트 브래들리 홈즈의 이름을 발견한다. 빙고. 앨리슨은 그 에이전트를 찾아나서고 곧 브래들리 홈즈와 깊은 관계가 된다. 브래들리 홈즈는 끝에 가서 앨리슨의 원고가 가망이 없다고 마음을 바꾸지만 말이다.

책, 책, 책. 베스트셀러의 책장을 열면 거기엔 늘 책이 있다. 소설 속의 책은 이상하고도 강력한 내러티브의 힘과, 작가와 독자가 공유하는 사랑을 잊지 않게 계속 상기시켜주는 역할을 한다.

스카웃의 세상에서 책과 독서는 아주 큰 부분을 차지한다. 노력하지 않고도 숨 쉬는 방법을 배웠듯, 스카웃은 읽는 법도 자연스럽게 배웠다. 아버지가 변호사이고 늘 책과 신문을 끼고 살았던 것도 영향을 끼쳤을 것이다. 어느 날은 애티커스가 젬에게 옆집의 악명 높은 듀보스 할머니에게 《아이반호(Ivanhoe)》를 읽어주라는 벌을 내린다. 아버지가 시킨 대로 스카웃과 젬은 듀보스 할머니에게 책을 읽어드린다. 할머니는 이따금씩 꾸벅꾸벅 졸긴 하지만 이야기 흐름은 결코 놓치는 법이 없다.

이 에피소드의 핵심은 책의 힘에 있다. 사실 듀보스 할머니는 모르핀에 심각하게 중독되어 있었고, 죽기 전에는 꼭 끊을 수 있기를 바랐지만 생각대로 되지 않았다. 하지만 젬이 읽어주는《아이반호》를 들으며 고통이 현저히 줄어들어 결국 그 소원을 성취해낸 것이다. 아, 책의 힘이란!

《인형의 계곡》에서 만인의 연인 라이언 버크가 앤 웰스에게 차였을 때, 그에게 실연의 상처를 치료할 수 있는 방법은 딱 하나, 런던으로 날아가 책을 쓰는 것이다. 물론 이 책은 훗날 초대형 히트를 친다.

《죽음의 지대》의 조니 스미스도 책 없이는 못 사는 사람이다. 그는 원래 아이들에게 책 읽기를 가르치는 선생이었다. 혼수상태에서 깨어나 직장에서 해고된 것을 알게 된 후 얼마 지나지 않아 다시 구한 일자리도 척 채트워스에게 독서를 가르치는 가정교사다. 척은 '성공한 운동선수이며 캠퍼스의 최고 킹카지만, 머리에 든 게 없어 책을 볼 때면 외딴 기지의 기관총 사수가 자신에게 다가오는 글자를 하나씩 하나씩 차례로 쏘는 것'처럼 글자를 읽는다.

조니가 천부적으로 타고난 능력은 사실 예지력이 아니라 가르치는 능력이다. 척은 조니에게 수업을 받자마자 《무명의 주드(Jude the Obscure)》를 읽는다. 이는 진정한 교육의 승리이며, 그런 신비한 능력을 가지고 있는 선생들이 실제로 존재한다는 것을 다시 한 번 상기시켜준다.

우리의 베스트셀러에는 거의 한 권도 빠짐없이 선생과 작가, 교수, 학자, 신부, 변호사가 등장한다. 책을 읽고 책을 해석하는 것이 인생인 그런 사람들이다. 책, 책, 그 어디에나 책이 있다.

그들 중에서도 가장 유명하고 멋지고 까다로운 교수 로버트 랭던은 명문장가다. 하지만 소설 속에서 랭던이 책을 직접 인용하기보다는 문화적인 암시를 많이 사용했기 때문에, 대부분의 독자들은 그가 명문장가라는 것을 눈치채지 못했을 것이다. 로버트 랭던의 입에서 나오는 책보다 《매디슨 카운티의 다리》, 《인디언 여름》, 《죠스》, 《엑소시스트》에 소개되는 책이 훨씬 더 많다는 게 놀랍지 않은가. 랭던은 국회도서관에 소장된 책을 모두 다 읽고 외운 것같이 보이지만, 실제로 그는 《무명의 주드》나 《안소니 에드버즈》를 언급하기보다는 톰 크루즈나 디즈니 만화영화를 더 자주 인용한다.

로버트 랭던이 수수께끼를 풀기 위해 킹스 컬리지의 도서관을 찾았을 때도 그랬다. 그는 오랜 고서의 먼지를 훅 불고 바삭할 정도로 건조해진 책 페이지를 넘기는 대신, 컴퓨터 앞에 앉아 검색 엔진을 뒤진다. 랭던이 책을 좋아하지 않는다고 말하는 것이 아니다. 아무렴 그는 책을 사랑한다. 어쨌든 책을 쓰기도 하는 사람 아닌가. 그는 그저 책을 자주 언급하지 않을 뿐이다.

로버트 랭던과는 다르게 로버트 킨케이드는 예이츠와 로버트 펜 워런(Robert Penn Warren)을 인용하고, 플로베르(Flaubert), 스탕달

(Stendhal), 톨스토이 (Tolstoy), 도스토예프스키(Dostoyevsky)의 글로 가득한 헤밍웨이의 에세이 《아프리카의 푸른 언덕(Green Hills of Africa)》을 읽는 중이다. 로버트의 진정한 사랑이자 농부의 아내 프란체스카는 '보통 부엌에서 도서관 혹은 그녀가 소속된 북클럽에서 빌려 온 책을 읽는다…… TV는 그녀를 지루하게 만들었다.'

《대부》에서 마리오 푸조는 소설 속 유명 가수 조니 폰테인의 입을 빌어 당시 할리우드에서 '언더우드 타자기를 두드리는 얼간이들'이라 불리던 작가를 조롱한다. 조니 폰테인이 말하는 일화는 이렇다. 문학계의 스타로 떠오른 소설가가 초청을 받아 할리우드에 왔다. 그는 자신도 이제 스타이니, 영화계가 그에 걸맞은 융숭한 대접을 해주지 않을까 내심 기대했다. 어느 날 저녁식사 때, 그를 초청한 회사는 그에게 가슴 큰 신인 여배우를 붙여줬다. 둘이 할리우드의 유명 레스토랑 브라운 더비에 앉아 식사를 하는데, 레스토랑 저편에서 삼류 영화배우가 그 신인 여배우를 향해 손짓해왔다. 그걸 본 그녀는 한 마디 말도 없이 인기 작가를 버리고 삼류 배우를 따라갔다. 작가는 할리우드에서 작가가 어떤 위치에 있는지 뼈저리게 깨달았다.

《대부》의 등장인물들은 여기저기에서 총 쏘느라 바쁜 탓에 책 읽을 시간이 별로 없다. 하지만 마이클 코를레오네가 시칠리아 섬에 있을 때, 집주인이었던 타자 선생만큼은 책의 가치를 알고 있었다.

70대에 접어들었음에도 불구하고, 그는 매주 파메르모로 가서 그 도시의 젊은 창녀들을 찾았다. 어릴수록 더 좋았다. 타자 선생의 또 다른 습관은 독서였다. 그는 닥치는 대로 모든 것을 읽어댔고, 글을 알지 못하는 소작농, 양치기 노릇을 하고 있는 동네 친구들과 환자들에게 자신이 읽은 내용을 설명해줬다. 마을 사람들은 타자 선생을 비난했다. 도대체 책이 그들과 무슨 상관이란 말인가?

창녀와 책은 늙은이도 젊게 만든다. 창녀와 책을 모두 즐겼기에 타자 선생은 명예로운 이단아가 될 수 있었다.

무너진 가족

이야기는 우리 삶의 도구다. 문학을 통해 우리는 복잡한 세상사와 다양한 위험 요인에 맞설 수 있는 방법을 배운다.

_케네스 버크(Kenneth Burke),
《문학적 형태의 철학(Philosophy of Literary Form)》

12권의 베스트셀러에는 결손가정 출신의 인물이 등장해 가정에서 비롯되는 극도의 스트레스를 초월할 기발한 방법을 생각해낸다.

구글에서 '어느 가족에나 문제가 있다'라는 문장을 검색하면 0.2초 만에 약 14만 4,000건의 검색결과가 나타난다. 하지만 '모든 가족은 문제가 없다'라는 문장을 검색하면 고작 8개의 검색결과가 뜬다. 그마저도 검색결과 8개 중 5개는 '모든'이라는 단어를 제외한 문장에 대한 검색결과다. 물론 이게 당신이 생각하는 과학적 증거는 아닐지라도, 이 검색결과는 많은 사람들이 가족의 해체를 경험하고 있다는 일반 통념을 뒷받침해준다.

재정적으로 어려운 가족, 격하게 감정싸움을 하는 가족, 이혼 가족, 편부모 가족, 질병과 죽음, 불륜, 직장에서 오는 스트레스, 목숨을 위협할 정도의 위험에 시달리는 가족 등등, 말만 하라, 무엇이든 다 있으니. 우리의 베스트셀러 12권에도 극도로 불안정한 가족이 등장한다.

1. 스칼렛 오하라는 세 명의 남편과 한 명의 딸, 양부모를 잃는다. 자신이 사랑한다 믿어 의심치 않았던 남자의 마음은 얻지 못하고, 그러는 동안 자신이 사랑했음을 뒤늦게 깨닫게 된 남자는 그녀를 떠난다.

2. 스카웃과 젬 핀치는 어머니가 없다. 허위의 강간 사건으로 마을을 떠들썩하게 만드는 메이엘라 이웰도 마찬가지다. 부 래들리는 아버지가 집에 감금하기 전에 어머니를 여읜다.

3. 앨리슨 매킨지는 사생아로 태어나 아버지를 모르고 자란다. 그녀의 가장 친한 친구 셀레나 크로스 또한 마찬가지다. 게다가 그녀는 의붓아버지에게 성적 학대까지 당한다.

4. 앤 웰스는 숨 막힐 정도로 지루한 홀어머니 밑에서 자란다. 닐리는 고아다. 제니퍼도 아버지 없이 홀어머니 아래서 자라는데, 심지어 이 어머니란 사람은 딸의 몸을 팔아 돈을 벌려고까지 한다.

5. 마이클 코를레오네는 차 폭발 사고로 사랑하는 아내를 잃는다. 그것만 제외한다면 다른 조직의 암살 시도로 아버지가 크게 다치기 전까지 그의 가족은 상대적으로 온전한 형태를 유지한 편이다. 하지만 이후 마이클의 두 형제가 죽자 가족은 해체의 위기에 놓인다.

6. 악령에 사로잡힌 레건 맥닐은 악령에게 선택받기 전에 아버지에게 먼저 버림받는다. 그녀의 아버지는 어머니와 이혼한 후,

딸의 생일에 전화하는 것도 잊어버리는 무심한 사람이다. 그녀를 구하기 위해 뛰어든 사람은 다른 두 명의 아버지(신부)다.

7. 경찰서장 브로디가 무시무시한 상어로부터 아미티 해변을 구하기 위해 동분서주하고 있을 때, 그의 아내는 상어 전문가와 불륜을 저지른다.

8. 조니 스미스가 혼수상태에 빠진 4년간 그의 어머니는 광신도가 된다. 아들이 깨어나고 얼마 후, 어머니는 심장마비로 세상을 떠난다. 그가 결혼하려고 했던 여인은 다른 남자에게 시집을 가지만 조니가 깨어난 후 끌림을 참지 못하고 관계를 맺는다. 조니의 적수 그렉 스틸슨도 홀어머니 밑에서 자랐다.

9. 라미우스는 가족과도 같은 선원들을 속이고 붉은 10월호를 납치해 미국으로 망명을 시도한다. 그 모든 게 라미우스의 아내가 소련의 무능한 의료체계에 억울하게 희생당했기 때문이다.

10. 미첼 맥디르도 아버지 없이 자랐다. 치명적인 문제가 있는 회사에 들어가 일하는 동안 홀어머니와의 사이도 멀어진다.

11. 이혼의 전력이 있는 로버트 킨케이드는 유부녀를 자기 여자로 만들고 싶다는 갈망에 휩싸인다. 프란체스카 존슨은 남편 몰래 외도를 하고, 로버트와의 사랑을 죽을 때까지 잊지 못한다.

12. 소피 느뵈는 양부모를 모두 여읜 고아다. 소피의 유일한 가

족은 소설의 첫 장면에서 살해당하는, 그녀와 사이가 멀어진 할아버지다. 어쩌면 예수의 후손일 수 있는 소피는 가족관계 때문에 생명을 잃을 뻔한다.

그렇다. 미국의 역대 최고 베스트셀러 중에서 뽑은 12권 소설에서 전통적이고 완전한 가족은 찾아볼 수 없다. 하지만 우리의 주인공들은 그들에게 닥친 극한의 상실과 타협하는 방법을 찾아나간다.

가족관계 클리닉

대중소설의 명확한 목적 중 하나는 독자를 즐겁게 해주는 것이다. 그와 더불어 독자를 가르치는 것도 소설의 오랜 기능 중 하나다. 케네스 버크가 말한 것처럼 이야기는 '삶의 도구'를 독자에게 제공하는 것이다. 앞서 살펴본 것과 같이 소설의 이런 책임은 정보 전달이나 종교 비판 등의 다양한 형태로 나타난다. 그리고 대중소설의 다른 교육적 기능만큼이나 중요한 것이 바로 주인공들이 가족 내에서 겪는 감정적 갈등이다.

필 박사와 오프라 훨씬 전에 이미 다수의 미디어 상담사들은 시청자들을 가족문제 클리닉 세션에 초대했고, 다양한 애정문제에

통찰력을 제공하고 상담자 역할을 할 수단으로 대중소설을 지목
했다.

지난 몇 십 년간 훌륭한 상담사에 대한 미국의 수요는 나날이
증가했다.《바람과 함께 사라지다》가 출간된 1936년부터《다빈치
코드》가 세상에 나온 2003년까지, 미국 사회는 가족에 점점 더 집
중했다. 사회학자들은 이런 현상을 불러온 대표적인 원인으로 상
승일로의 이혼율, 결혼에 대한 비현실적 기대, 일하는 여성의 증가,
성역할의 전도, 쌍방의 책임을 묻지 않는 이혼의 등장 등을 든다.

자, 이제 조금 더 흥미를 가미해기 위해, 사회학자들이 든 대표
적 원인에 경제대공황과 두 번의 세계대전, 수천 명의 전사자와 그
보다 더 많은 부상자를 낳았던 독립전쟁과 남북전쟁, 참전 후 정
신적 트라우마에 시달렸던 사람들, 전쟁 때문에 오랜 기간 동안 떨
어져 있어야 했던 부부라는 요인을 더해보자. 불편한 가족들이 더
많이 생겨난다. 거기에 더해 성적 문란을 점차 관용하고 여러 번 결
혼하는 것이 이상할 것도 없는 세상이 되면서, 가족은 엄청난 속도
로 재정의되고 있다.

1970년~2000년까지 결혼하지 않고 동거하는 커플 수는 기하
급수적으로 늘어나 오늘날에는 거의 1,000만 인구에 다다른다.
2007년에 태어난 신생아 중 40퍼센트는 결혼제도 밖의 커플에게
서 나왔다. 가족의 전통적 가치를 수호하는 정치학자 및 보수적인
전문가들은 이런 통계에 등골이 오싹하다. 그중 하나인 정치가 월

리엄 베넷은 그의 저서 《무너진 가정(The Broken Hearth)》에서 수백만의 미국인을 대변해 "부부와 그들의 자녀로 구성된 핵가족은 문명화의 성공에 결정적 역할을 한다"고 했다. "가족의 해체는 이 시대의 가장 본질적인 위기"라고도 덧붙였다.

누군가는 단순히 가족구조의 현대화 혹은 현대문화를 반영한 일련의 변화라고 부르는 것을 두고 '해체'라고까지 하는 것은 지나치게 심각한 묘사가 아닐까? 하지만 전통적 가족구조가 변화하고 있다는 데 이의를 제기할 수 있는 사람은 없을 것이다. 그렇다면 급속도로 가족이 재정의되는 이 시점에, 개인은 어디에서 균형점을 찾을 수 있을까?

사람들은 오프라와 그녀의 동료들이 나오는 프로그램을 시청하는 값싼 대안을 선택하기도 하고, 어려운 일이 생길 때면 늘 찾게 되는 친한 친구를 찾아가기도 한다. 우리 모두 친구의 충고는 가치 있다는 것을 알고 있다. 교회에 가서 조언을 듣는 사람도 있다. 경제적 여유가 되고, 정신상담을 받았다며 수근거리는 소리를 개의치 않는 사람들은 정신과 의사를 찾는다.

하지만 상처 입은 다른 영혼과 간접적으로 교감하길 원한다면 스칼렛 오하라나 프란체스카 존슨, 미첼 맥디르나 조니 스미스와 끌어안고 뒹굴어보는 것도 나쁘지 않을 것이다.

삶의 트라우마

1967년 정신과 의사 토머스 홈스(Thomas Holmes)와 리처드 라헤(Richard Rahe)는 스트레스 요인과 질병의 상관관계를 증명하기 위해 5,000명이 넘는 환자들의 진료 기록을 연구했고 마침내 43개의 생활사건에 '스트레스 등급'을 매긴 척도 개발에 성공했다. 이 연구는 홈스와 라헤의 스트레스 척도로 잘 알려져 있다.

스트레스와 가족 내 갈등을 집중적으로 다루는 이번 장에서 홈스와 라헤의 스트레스 척도는 극적 상황의 체크리스트로 참고할 만하다. 리스트에 오른 사건들은 거의 모든 소설이 차용하고 있는 극적 상황이며, 가족 내 갈등을 증폭시킨다.

항목	충격 정도
배우자의 죽음	100
이혼	73
별거	45
교도소 수감	63
가족의 죽음	63
자신의 부상이나 질병	53
결혼식	50
해고	47
별거 후 재결합	45
은퇴	45
가족의 건강 악화	44

임신	40
성생활의 문제	39
새로운 가족구성원이 생김	39
사업상 재적응	39
재정적 상태의 변화	38
가까운 친구의 죽음	37
다른 부서로의 배치	36
배우자와의 불화	35
거액의 부채	32
부채에 압류가 들어올 때	30
직책 변화	29
자식 출가	29
시집식구 혹은 처가식구와의 갈등	29
뛰어난 개인적 성취	28
배우자의 취직 혹은 퇴직	26
입학과 졸업	26
생활환경의 변화	25
생활 습관 개선	24
직장상사와의 갈등	23
근무 시간 및 근무 조건 변경	20
이사	20
전학	20
취미활동의 변화	19
종교활동의 변화	19
사회활동의 변화	18
소액의 부채	17
수면습관의 변화	16
가족 모임 횟수의 변화	15

식사 습관의 변화	15
방학	13
크리스마스	12
가벼운 법규위반	11

연구 대상: 스칼렛 오하라

배우자의 죽음: 2회

가족의 죽음: 3회

임신: 1회

성생활 문제: 있음

이사: 4회

우리의 주인공 중 스트레스를 제일 많이 받은 사람이 스칼렛이라는 데는 의심의 여지가 없다. 스칼렛만의 스트레스 리스트에는 홈스와 라헤의 스트레스 척도에 없는 스트레스 요인들도 상위권에 랭크되어 있다. 이를테면 남북전쟁이나 애틀랜타 거리에서 폭발하는 포탄, 짝사랑의 대상 애슐리 윌크스 같은 요인 말이다.

이에 대처하는 스칼렛의 심리 전략은 무엇이었을까? 우리의 여주인공은 1,000페이지에 걸쳐 그녀를 옥죈 스트레스를 어떻게 관리했을까? 그녀를 통해 통찰력을 얻길 열망하는 수많은 독자들에게 그녀는 어떤 심리적 교훈을 줄 수 있을까? 글쎄, 결과는 좀 시시하다. 스칼렛은 그저 내일은 내일의 태양이 뜰 거라고 이야기한다.

사실 스칼렛은 소설 내내 자상한 어머니와 황소고집이지만 딸에게만큼은 관대한 아버지, 보호자 유모, 더없이 마음 좋은 멜라니를 피난처로 삼는다. 남북전쟁이 갑자기 터져서 그녀가 성숙하기도 전에 유년기가 끝나지만 않았다면, 이렇게 완벽히 기능하는 가족의 모습은 스칼렛이 생각하는 가족의 모델이 되었을 것이다.

전쟁 발발 후 감정문제를 상담해주던 어머니가 세상을 떠나고, 인간의 본성에 대해 직설적이고도 정확한 평가를 해주던 아버지도 잃게 되면서 스칼렛은 철저히 혼자가 된다. 아직 어린 소녀였지만 갑자기 누군가의 아내가 되고, 또 그만큼이나 갑작스럽게 과부가 된다. 그녀를 이끌어준 것은 다름 아닌 사춘기 시절 품었던 환상과 무슨 수를 써서라도 살아남고야 말겠다는 생존 의지다.

이런 생존 본능 때문에 스칼렛은 애슐리가 아닌 남자는 원하는 것을 얻기 위한 수단이며, 귀찮지만 필요한 존재일 뿐이라고 생각하게 된다. 스칼렛이 원하는 것은 따듯한 가정이나 결혼생활의 행복 따위가 아니다. 그녀에게 남편은 자신에게 사랑이나 성적 만족을 주는 사람도 아니다. 아기를 갖게 해주는 존재는 더더욱 아니다. 스칼렛에게 남편은 그저 돈과 그것이 가져다주는 물리적 안정을 의미할 뿐이다. 그녀에게 다정함과 사랑이란 단지 남자를 유혹할 때 쓰는 무기다.

스칼렛이 가족관계를 얼마나 냉소적으로 바라보는지는 그녀가 여동생의 약혼자를 뺐을 때 극명히 드러난다. 자신이 원하는 재화와 서비스를 제공해줄 수 있다는 이유만으로 여동생의 약혼자를 뺏다니. 그렇다면 스칼렛은 여동생의 분노와 고통에 어떻게 반응할까? 전혀 관심 없다는 태도로 별거 아닌 듯 넘겨버린다.

하지만 그런 스칼렛에게도 감정적으로 연약한 구석이 하나 있다. 결혼에 대한 냉소와 그녀의 이상형 애슐리 윌크스에 대한 망상에 가까운 환상이 교대로 나타나는 것이 그것이다.《인디언 여름》과《인형의 계곡》에서도 이런 낭만주의와 냉소주의의 교차 등장은 주인공의 캐릭터에 큰 영향을 끼친다. 이 두 소설의 주인공들은 동화 같은 진실된 사랑이 자신을 기다리고 있을 것이며, 언젠가는 자신의 상처와 실망감을 모두 치유해줄 천생연분을 만나 결혼할 수 있을 것이라는 희망을 버리지 않는다. 그럴 리 없다는 증거가 소설에 넘쳐남에도 불구하고 말이다.

《인형의 계곡》의 앤 웰스는 라이언 버크라는 천생연분을 만나고 남편으로 만들지만 라이언은 앤이 점점 더 의존하게 되는 약물만큼이나 그녀의 인생을 비극으로 만든다. 소설의 결말부분, 앤은 자신이 연 파티에서 슬쩍 빠져나와 침대에 누워, 배우와 연예계 종사자들으로 북적이는 아파트에서 나오길 잘했다고 생각한다.

그때 어두운 방에 누군가 살며시 들어온다. 그녀가 처녀시절 꿈에 그렸던 이상형이자 지금의 남편인 라이언 버크다. 하지만 그는 혼자가 아니다. 그는 요새 만나고 있는 젊고 섹시한 여배우 스타일의 마지라는 여자를 데려왔다. 바로 옆에 앤이 누워 있다는 것은 꿈에도 모른 채, 그들은 껴안고 키스하며 속삭인다. 앤은 침대에 누워 그 모든 걸 다 듣는다. 이윽고 둘이 방을 나가자 앤은 침대에서 일어나 머리를 빗고 화장을 고치고 자신이 감사해야 할 것들을 되뇐다. '그녀는 여전히 아름다웠다. 그녀에겐 라이언이 있었고, 근사한 아파트와 어여쁜 아기, 괜찮은 직업 그리고 무엇보다 뉴욕이 있었다. 앤은 그녀가 원했던 것을 모두 가졌다.'

라이언이 평생 자신을 속이고 다른 여자를 만날 것이라는 점을 알면서도 앤은 그 사실을 받아들인다. 이제 그녀를 위로해주는 것은 약물이다. 앞으로 그녀는 약물을 삼키는 것으로 외로운 밤을 지새우게 될 것이다. 라이언과 마지를 목격한 오늘도 두 알을 먹을 생각이다. 새해 전야인데, 그래도 되지 않겠는가?

정신적 통찰력('삶의 도구')을 얻기 위해 소설을 읽는 독자들은 스칼렛과 《인형의 계곡》의 여 주인공들이 진실한 사랑과 가족의 행복을 얻을 기회를 망쳐버리고 비극적 운명을 맞는 것을 본다. 연애소설이면서도 연애소설을 비판하는 이 두 이야기는 주인공들이 빠져 있는 가망 없는 환상을 낱낱이 발가벗긴다.

신성한 가족

돈 코를레오네에게 가족은 신성한 것이다. 그는 가족을 위해서라면 목숨 다해 싸울 생각이고 가족도 자신을 위해 그렇게 해주기를 바란다. 만인의 대부인 돈 코를레오네는 가끔 상담을 해주기도 한다. 돈의 대자이자 시나트라를 닮은 유명 가수인 조니 폰테인이 그를 찾아와 재기를 도와달라고 간청하자 대부는 그를 호되게 꾸짖으면서도 사랑을 베푼다. 스칼렛은 평생 들어본 적도 없는, 하지만 들었어야 했을 그런 꾸중이었다.

조니는 돈 코를레오네의 관리인으로 한 달간 집에 갇혀 지낸다. 돈의 명령 아래 조니는 잘 먹고, 잘 자고, 적절한 휴식을 취한다. 술과 여자는 허락되지 않는다. 심지어 노래 부르는 것도 금지다.

하지만 조니를 괴롭게 한 것은 다름 아닌 돈 코를레오네의 자식들이다. 돈 코를레오네의 위협적 태도로도 이들을 통제하기란 쉽지 않다. 첫째 아들 소니는 지나치게 다혈질이다. 소니가 아무런 이익도 얻지 못한 무장강도 사건에 휘말리자 돈은 격노한다. 소니는 아버지의 꾸중을 받을 만큼 받았고 더 이상은 못 참겠다는 생각이 들자 아버지가 사람을 죽이는 장면을 목격했다고 말한다. 아버지는 아무 말도 하지 못한다. 자신이 이웃을 죽이는 장면을 꼬마 아들 소니가 봤을 것이라고는 생각지도 못했다. 홈스와 라헤가 스트레스 척도에 넣길 깜빡한 스트레스 요인은 돈이 아들에게 준 긍정적인 교훈에 긴 그림자를 드리운다. 돈은 소니를 잃었다. 그리고 그 순간 돈이 할 수 있는 말은 "모든 사람에겐 각자의 운명이 있는 법"이라는 것뿐이다. 그 순간 이후, 돈은 더 이상 부모로서 소니의 일에 관여하지 않는다. 돈만의 시시한 해결책인 셈이다.

막강한 권력을 쥔 코를레오네 가족에서 여자들의 권한은 제한적이다. 이 초(超)가부장적인 가문에서 돈 코를레오네의 아내의 존재감은 미미하다. 마이클과 결혼하는 케이 아담스도 마찬가지다. 그녀는 남편이 물려받은 가업이 정확히 무엇인지도 모르고, 전형적으로 미국적인 결혼을 하고 미국적 가정을 꾸리기 위해 남편이 자신을 선택했다는 것도 모른 채 마이클과 결혼한다. 결혼에 대해 가지고 있었던 케이 아담스의 낭만적 환상도 곧 증발한다.

이 두 여성이 여성의 권한 강화라는 환상을 가지고 남편과 결혼한 것처럼 보일지도 모른다. 하지만 자신들이 들어간 남성이 지배하는 세상이 생각했던 것보다 훨씬 견고하며 영속하다는 것을 깨달으면서 이들의 환상도 곧 산산조각 난다.

금녀 지대

베스트셀러 작가들이 방대하고 다양한 주제를 다루고 있음에도 불구하고, 가족 간의 긴장과 부모로부터 물려받은 유산문제는 이야기의 단골 소재다.

여자는 거의 나오지 않는 《붉은 10월호》에서조차, 가족문제는 어울리지 않게 결정적인 순간에 튀어나온다. 이 소설에서 가족과 시간을 가장 많이 보내는 이들은 잠수함에 함께 타고 있는 선원들이다. 사실 미국의 잠수함 선원들은 스칼렛이나 대부의 세계에서 우리가 봤던 가족보다 훨씬 행복해 보인다.

> 달라스호의 선원들은 마치 대가족 같았다…… 함장은 아버지, 모두가 선뜻 동의하듯 부함장은 어머니였다. 장교들은 큰 아이들, 사병들은 더 어린 자식 같았다.

두 강대국 간에 조성된 긴장감의 저변에도 가족이 있다. 소련 핵잠수함의 함장 라미우스가 정상적인 유년시절을 보냈더라면, 전 세계를 위험에 빠뜨릴 뻔한 이런 일은 생기지 않았을지 모른다. 어머니 없이 자란 데다 아버지와도 가깝지 않았던 어린 라미우스는 늘 사랑을 그리워했다.

자세하게 그려지진 않지만 라미우스에 비해 잭 라이언은 아내와 아들 딸 하나씩을 두고 견실한 가정생활을 하고 있다.

라미우스의 변절에는 돈, 권력, 영향력, 자아 등 여러 가지 이유가 있었지만, 실제 이유는 따로 있었다. 소련에서의 삶을 거부하게 된 근본 원인은 다름 아닌 가족이었다. 어린 시절 사랑을 듬뿍 받고 자라지 못했기에 라미우스는 그의 온 사랑을 아내에게 쏟아부었다. 때문에 그의 아내 나탈리아가 소련의 부실한 의료체계 안에서 억울하게 죽자, 라미우스는 처절하게 절망한다.

나탈리아……는 그의 유일한 행복이었다…… 그는 아내의 기억에 괴로웠다. 그녀의 머리 스타일, 걸음걸이, 길거리나 무르만스크의 가게에서 마주친 사람에게서 보이는 그녀의 웃음, 그 모든 것들이 나탈리아를 떠올리게 했다…….

물론 이 소설의 커다란 줄기는 두 강대국을 전면전에 돌입하도록 만드는 경쟁구도이고, 독자의 시선을 사로잡고 손에서 책을 놓을 수 없게 만드는 것도 바로 이 경쟁구도다. 때문에 위와 같은 감정적인 문장들은 무기와 잠수함 조종에 관한 자세한 설명에 묻혀버리기 쉽다. 하지만 톰 클랜시는 세계를 위협하는 최첨단 기술과 핵잠수함 스토리에 사랑과 애정으로 묶인 가족을 첨가해 균형을 잡아주었다.

조금 감상적이기는 하지만, 클랜시는 잭과 라미우스, 이 두 주인공의 가족에 그들을 낳고 길러준 나라가 반영되게 하려고 애썼다. 미국은 착실한 남자가 아내와 두 아이를 낳고 행복한 결혼생활을 하는 안정적인 나라로, 소련은 전쟁의 참화로 불안정하고 그 나라의 영웅마저 회색 관료주의에 질식하는 나라로 그린 것이다.

두 남자의 쫓고 쫓기는 게임이 수백 페이지에 걸쳐 펼쳐지고, 마침내 두 남자가 얼굴을 마주하게 되었을 때, 악수를 나누고 라미우스가 잭 라이언에게 묻는 첫 질문은 이상할 정도로 사적이다.

무너진 가족

"가족이 있습니까, 라이언 사령관?"

"네. 아내와 아들 하나, 딸 하나를 두고 있습니다. 함장님은 어떻게
되십니까?"

"없소. 나는 가족이 없소."

라미우스는 갑자기 돌아서서 하급 장교에게로 가서 러시아어로
대화를 나눈다. 하지만 핵심은 명백하다. 라미우스에게 가장 중요
한 것은 바로 가족이고 가족이야말로 모든 것의 출발점이다.

이런 맥락에서 클랜시는 《붉은 10월호》에서 평소보다 미묘한
주의를 기울였다고 할 수 있다. 정치적 혼란을 설명하고 잠수함을
자세히 묘사했음에도 불구하고, 수면 위에 잔물결 하나 남기지 않
는 바다 속 전투에 대한 상세한 묘사가 이 작품 전체에 거대한 그
늘을 드리운 것같이 보인다. 하지만 톰 클랜시가 정말로 관심을
가졌던 것은, 잠수함의 선원이든 CIA 정보 분석가든 사람이 사람
과 맺고 있는 관계에 대한 것이다. 클랜시의 비전은 정치적인 만큼
이나 가족적이다. 클랜시는 더러운 공산주의자들에게나, 자유를
사랑하는 미국인에게나 똑같이 가족이 필요하다고 생각했다. 그
리고 그가 생각하기에 우리들이 직면한 최대의 위기는 가족구조의
해체다.

함께하는 가족

자기 가족보다 더 불완전한 가족을 찾는 독자들에게《인디언 여름》은 훌륭한 선택이 되어줄 것이다.

작가 수업을 받고 있는 앨리슨 매킨지는 어느 날 친구 셀레나 크로스의 판잣집을 찾아가 현장 조사를 한다. 앨리슨은 한 가족이 성적 학대와 폭력이라는 어려움을 겪으면서도 어떻게 함께할 수 있는지 알아내기 위해 셀레나의 어머니를 인터뷰한다. 그리고 셀레나 크로스의 어머니 넬리 크로스는 자기 부부관계의 잔인한 내막을 이야기해준다.

"아가, 때리는 건 아무것도 아니야." 넬리는 다시 킬킬 소리를 내며 웃었다. 그녀의 눈동자가 희미해졌다. "술, 여자, 그런 것들이 더 문제지. 술도 괜찮아. 여자를 혼자 내버려두기만 한다면. 너한테 해줄 얘기가 몇 가지 돼." 넬리는 팔짱을 끼고 노래하듯 다시 말했다. "너한테 해줄 얘기가 몇 가지 있어, 아가. 네가 나한테 해주는 얘기랑은 차원이 다른 얘기지."

앨리슨은 작가가 되기 위해 글쓰기 연습을 한다는 핑계로 타인의 삶을 훔쳐본다. 앨리슨이 작가로 성공할 가능성은 높다. 그녀 또한 성공하는 사람들이 가지고 있는 큰 장점, 바로 편부모 아래서 자랐다는 특징을 가지고 있기 때문이다.

앨리슨의 홀어머니 콘스탄스도 자신의 딸에 관해 생각하며 사생아들이 종종 성공하는 이유가 아버지 없이 자란 것을 보상받기 위해 더 열심히 일하기 때문이 아닌지 궁금해한다.

부모의 부재

우리의 주인공들에게는 사라진 아버지, 어머니, 아내가 있었기에 정상적인 가정에서 컸으면 불가능했을 성취를 이뤄낸다. 스카웃 핀치의 어머니는 스카웃이 두 살 때 심장마비로 세상을 떠난다. 어머니가 세상을 떠난 지도 꽤 되었지만 젬은 여전히 어머니의 죽음 때문에 힘들어한다. 연극을 하다가 오빠가 때때로 한숨을 푹 쉬고 혼자 구석으로 걸어가곤 하면, 스카웃은 그런 오빠를 이해하고 멀리서 지켜봐준다. 그녀는 엄마가 없어도 아무 상관 없다는 듯 행동하지만 우리는 스카웃의 진심이 그렇지 않다는 걸 안다. 스카웃이 오빠의 고통이 어디에서 오는 것인지를 정확히 이해하고 있다는 것 자체가 충분한 증거다.

전래동화와 마찬가지로 베스트셀러에도 부모 중 하나가 없는 설정은 자주 등장한다. 심리학자 브루노 베텔하임(Bruno Bettelheim)은 그의 유명한 동화 연구 이론서 《옛 이야기의 매력(The Uses of

Enchantment)》에서 편부모는 아이 교육에 매우 적합한 설정이라고 말한다. 부모가 없는 아이는 어른이 되는 고통스러운 과정에 대비할 수 있다. 어느 정도 나이가 들면 늘 자신을 자상하게 보살펴주던 엄마는 온데간데없고, 이거 하지 말라 저거 하지 말라 잔소리만 늘어놓는 엄격한 사람이 그 자리를 차지하게 된다. 그런 의미에서 편부모 동화는 아이가 힘든 변화로 가득한 사춘기를 성공적으로 보낼 수 있도록 기틀을 마련해준다.

친엄마 없이 크는 스카웃 핀치에게는 세 명의 대리 엄마가 있다. 스카웃의 행동을 감시하는 흑인계 유모 칼퍼니아와 스카웃의 선머슴 같은 면모를 끊임없이 고치려 드는 알렉산드라 고모, 그리고 마치 대모처럼 스카웃을 위로해주는 이웃 마우디 아줌마가 그들이다. 하지만 동화에서 늘 그렇듯, 가장 좋은 이웃이자 엄마였던 마우디 아줌마는 스카웃의 친엄마처럼 스카웃의 인생에서 홀연히 사라져버린다. 홀로 남겨진 스카웃은 혼자 힘으로 살아가야만 한다. 그 과정에서 그녀는 부모에 의존하지 않는 방법을 배우고 독립적인 인간으로 성장한다. 신데렐라와 스칼렛, 앨리슨 매킨지도 배웠어야 했던 부분이다.

메가 히트를 친 베스트셀러와 동화들에 이런 패턴이 반복되는 것은 당연하다. 이 두 문학 장르 모두 인간이라면 모두 겪는, 어린아이에서 성인이 되기까지의 여정을 독자에게 상기시킨다. 세상의 위험으로부터 자신을 보호해준 안락하고 안전한 둥지를 떠나 고

비가 산적해 있고, 때로는 사악하기까지 하며 오로지 자신이 가지고 있는 능력만으로 살아남아야 하는 큰 세상에 이르기까지의 여정 말이다.

닮은꼴 소설

《인디언 여름》과《앵무새 죽이기》에 나오는 가족은 아주 닮아 있다. 하퍼 리가 조금은《인디언 여름》을 악의 없이 베꼈다는 생각을 떨칠 수 없을 정도다. 이 두 소설의 화자는 모두 마을의 구석구석을 자기 손바닥 들여다보듯 훤히 알고 있는 어린 여성이다.《앵무새 죽이기》속 쓰레기장 옆에 사는 이웰 가족은《인디언 여름》속 판자촌에 사는 크로스 가족의 완벽한 재현이다. 부녀 간의 근친상간 관계까지 똑같다. 두 책 모두 추악한 폭로가 난무하는 재판과 위협적인 린치를 중심으로 이야기를 전개한다는 것도 아주 유사하다. 다른 게 있다면《인디언 여름》에서는 정의가 승리하지만 메이컴에서는 실패한다는 것이다.

앨리슨 매킨지의 아랫골목에는 부 래들리의 선구자 격인 인물도 살고 있다. 그녀의 이름은 바로 헤스터 부인으로 부처럼 세상으로부터 고립되어 사는 여인이다. 부가 그랬듯, 마을에는 그녀에 관한 으스스한 소문이 파다하다. 그리고《앵무새 죽이기》의 스카웃이 그랬듯,《인디언 여름》에도 무서움을 무릅쓰고 헤스터의 집 현관에 앉아 그녀의 시각에서 세상을 바라보려고 하는 아이가 하나 있다.

《인디언 여름》의 유령 같은 존재 헤스터 부인을 대하는 노먼 페이지도 마찬가지다. 그는 '헤스터가 너무 무서웠다. 앨리슨은 그런 그를 비웃고는 헤스터 부인이 마녀라며 그를 더욱 겁주려 했다.' 공포를 극복하고자 노먼은 좀처럼 집을 나서지 않는 헤스터가 외출하는 기회를 포착한다.

노먼은 헤스터 부인이 집을 나갈 때까지 주위를 어슬렁대다가, 그녀가 나가는 것을 확인하고는 곧장 길을 건너 무시무시한 여인의 집 대문을 쏜살같이 뛰어 통과한다. 그렇게 그는 생애 처음으로 헤스터 부인의 집에 발을 들여놓는다.

관리하지 않아 길고 무성하게 자란 잔디를 지나 집의 뒷문까지 걸어간 노먼은 그곳에서 이웃을 둘러보기 시작한다. 그리고 갈라진 울타리 틈으로 헤스터 부인의 옆집에 사는 카드 부부가 서로를 애무하는 장면을 본다. 카드 씨는 아내의 원피스 단추를 풀며 임신으로 불룩해진 그녀의 배를 쓰다듬고 있다.

노먼은 뜨겁고 끈적끈적한 눈빛으로 욕정의 세계를 훔쳐본다. 반면 스카웃은 부 래들리가 이웃을 바라보던 자리에 서서 그의 시각으로 마을을 바라보며 부를 더욱 동정하게 된다. 너무 많이 닮아 있는 두 현관에서 펼쳐지는 전혀 다른 두 장면을 보며 우리는 이 두 소설이 완전히 상반된 성격을 가지고 있다고 생각하기 쉽다.

성적 의도라고는 없는 순결한 소설과 난잡하고 선정적인 소설이라고 말이다. 아버지가 없는 앨리슨, 어머니가 없는 스카웃. 작가들은 전혀 다른 설정을 했다. 하지만 그들의 의도는 똑같았다.

앨리슨의 어머니 콘스탄스는 앨리슨의 친부와 나눴던 사랑에서 완전히 헤어나오지 못한 채, 자신의 성적 욕구를 다스려 딸을 키우고 의상실을 운영하는 데 열정을 쏟는다. 하지만 그랬던 그녀도 결국에는 고등학교 교장인 토마스 마크리스의 품에 안겨 이제까지 억누르기만 했던 욕구를 분출하게 된다. 콘스탄스는 자신의 성욕을 인정하는 순간 새로운 세상을 발견하는데, 그 새로운 세상이야말로 이 소설이 전달하고자 한 정신이라고 할 수 있을 것이다.

마크리스와 콘스탄스는 침대에 함께 누워 밀고 당기기를 한다. 콘스탄스가 먼저 말한다.

"이제 해줘요."

그는 고개를 들어 그녀의 얼굴을 내려다보며 웃음 지었다.

"뭘 해달란 거야? 말해봐." 그가 짓궂게 말했다.

"알잖아요."

"모르겠는데. 말해봐. 내가 뭘 해주길 바라는 거야?"

콘스탄스는 애원하는 눈길로 그를 올려다봤다.

"말해봐. 말해보라고."

이윽고 그녀는 그의 귀에 자신이 하고픈 말을 속삭였다. 그의 손이 그녀의 어깨를 파고들었다.

"이렇게?"

"네. 네. 그래요! 좋아요, 아, 좋아요."

그녀는 그의 어깨에 얼굴을 묻고 그의 가슴을 어루만지며 이렇게 말한다.

"살면서 처음으로, 관계가 끝난 후에 수치심이 들지 않아요."

이 장면에서 콘스탄스는 성적 억압을 정복하고 금기를 깨뜨리며 금지된 말들을 내뱉는다. 그리고 그녀의 승리는 이 소설의 끝까지 메아리로 울려퍼진다. 이 소설이 이루고자 한 목표는 호손만큼 미국적이고, 애플파이만큼 따듯하고 끈적거린다(콘스탄스의 처녀 적 이름인 스탠디시(Standish)는 헨리 워즈워스 롱펠로(Henry Wadsworth Longfellow)의 시 '마일즈 스탠디시의 구혼(The Courtship of Miles Standish)'을 상기시킨다).

《인디언 여름》은 미 전역을 충격에 빠뜨렸고 보스턴에서는 금서로 규정되는가 하면 교회의 비난을 한 몸에 받았지만, 이 소설의 실제 의도는 단순했다. 작가는 곪은 상처를 폭로로 치유하고, 거짓 신앙의 가면을 벗겨 실제 가족은 어떻게 살아가는지를 보여줌으로써 우리 모두가 느끼는 압박감을 완화시켜주려 했다.

《인디언 여름》의 현관에서 우리는 이웃의 수치스러운 행각을 훔쳐보며 그 현실적 사랑이 전혀 수치스러울 게 없다는 것을 어렴풋이 알게 된다. 래들리 가의 현관에서는 상처받은 한 청년의 눈을 통해 세상을 바라보고 그의 외로움과 마음속 열망을 알게 된다.
이렇듯 두 작가는 인류라는 거대한 가족의 유대감이라는 메시지
를 전혀 다른 방식으로 전달하고자 했다.

법적 가족

법률회사 벤디니, 램버트&로크의 입사 조건 중 하나는 반드시
단란한 가정을 꾸리고 있어야 한다는 것이다. 심지어 미첼 맥디르
가 입사 면접 때 받았던 첫 질문도 이에 관련된 것이었다.

"가족관계는 어떻게 되나요?"
"그게 뭐 중요한가요?"
"우리에게는 매우 중요합니다." 로이스 맥나이트가 부드럽게 대답했
다.
다들 그렇게 말하지, 맥디르는 생각했다.
"좋습니다. 아버지는 제가 일곱 살 때, 광산에서 돌아가셨고 어머니
는 그 뒤 재혼하셔서 플로리다에 살고 계십니다. 형 하나, 동생 하나
가 있는데 형 러스티는 베트남 전쟁에서 전사했고 동생의 이름은 레
이입니다."

연구대상: 미첼 맥디르

가족의 죽음: 2회(그리고 반, 레이는 감옥 수감 중)

어느 날은 미첼이 감옥에 수감 중인 동생 레이를 찾아가 면회실에서 만난다. 형제는 이 소중한 시간을 어떻게 보낼까? 둘은 과거에 가족이 행복했던 시간을 회상한다. 여기서 우리는 무너진 가정의 지대한 영향을 다시 한 번 생각하게 된다.

그들은 잠시 멈춰 손가락을 들여다봤다. 둘 다 어머니를 생각하고 있었다. 어머니를 생각하면 늘 고통스러웠다. 아버지가 죽기 전, 그들이 어렸을 때 가족은 행복했다. 어머니는 아버지의 죽음을 끝내 극복하지 못했다. 러스티가 전사하자 삼촌과 이모는 어머니를 요양원에 넣기까지 했다.

소설 속 돈, 라미우스, 스카웃, 앨리슨, 미첼은 다른 무엇보다 가족 때문에 힘든 시간을 보낸다. 소설에 잠수함이 나오든, 상어가 나오든, 범죄조직이 나오든, 남부 출신 미녀가 나오든 간에, 소설의 진짜 핵심은 가족의 벌어진 틈을 메우고, 상실을 극복하고 앞으로 나아갈 길을 찾는 데 있다.

소설 속 반복적으로 등장하는 가족의 갈등에 대해 우리의 베스트셀러들은 정답 하나로 대답하지 않는다. 가족에서 받은 상처를 치유하는 방법은 저마다 다르다. 스카웃과 앨리슨에게 치유란 공감이고, 잭 라이언과 로버트 킨케이드, 미첼 맥디르에게는 남자답게 침묵으로 견디는 것이다. 돈, 스칼렛, 앤 웰스는 그깟 시시한 문제 하며 콧방귀 뀌고 뒤도 돌아보지 않고 내일을 향해 나아간다.

결정적 의미를 갖는 성적 접촉

컨디션이 좋을 때 난 정말정말 잘 한다. 하지만 컨디션이 나쁠 때는 더 잘 한다.

_ 메이 웨스트(Mae West)

우리의 베스트셀러 12권에서는 항상 단 한 번의 성적 접촉이 이야기의 결말
과 주인공의 변화에 결정적 계기를 제공한다.

섹스는 잘 팔린다고들 한다. 물론 맞는 말이다.

이에 관한 정량조사를 하는 사람들은 구체적인 통계 수치를 도출해냈다. 카렌 힝클리(Karen Hinckley)와 바버라 힝클리(Barbara Hinckley)는 1965년부터 1985년 사이의 베스트셀러를 연구해, "섹스에 관한 책은 역사소설에 이어 두 번째로 많이 팔렸으며 스파이소설이나 음모소설만큼 베스트셀러 순위에 자주 등장했다"는 결론을 내렸다(《미국의 베스트셀러: 독자를 위한 대중소설 안내서(American Bestsellers: A Reader's Guide to Popular Fiction)》).

이들은 '섹스에 관한 책'을 이렇게 정의했다. "섹스라는 소재가 실제 행위든 집착이든 문제든 간에 모두 주요한 주제로 다뤄지고 중요한 부분이라고 여겨질 정도로 책에 충분히 자주 묘사된다. 소설에 단 하나의 전쟁 장면이 삽입되었다고 전쟁소설이 아니듯, 19

금 등급을 받을 만큼 선정적인 장면이 하나 나온다고 해서 섹스에 관한 책은 아니다."

그들의 분류법에 따르면 12권 베스트셀러 중에 '섹스에 관한' 책은 단 두 권, 《인디언 여름》과 《인형의 계곡》뿐이다. 두 소설에는 자위행위부터 레즈비언 섹스, 오럴 섹스, 근친상간, 강간까지 수많은 섹스신이 등장한다.

하지만 성적 장면이 몇 번이나 나오는지 세는 방법으로는 섹스가 소설의 주제 전달에 어떤 역할을 했는지 파악할 수 없다. 제자들과 나는 초대형 베스트셀러를 공부하다 놀랍도록 반복되는 패턴이 있다는 것을 발견했다. 각 소설에는 단 한 번의 중요한 성적 접촉이 일어나는데, 그 장면이 얼마나 가볍게 혹은 완곡하게 그려졌든 간에 그것은 이야기의 흐름과 주인공의 변화에 결정적인 역할을 한다.

또한 우리는 베스트셀러의 섹스신은 그 시대 남녀관계를 실시간으로 생중계해주는 중계차임을 발견했다. 그리고 소설 속 남녀관계의 현주소는 소파, 침대, 자동차 뒷좌석에서 더 많이 그려진다. 여성의 지위 향상이나 남녀평등, 독립을 위한 투쟁 같은 20세기 미국이 이룩한 가장 극적인 사회발전의 재연이 아니라는 말이다.

결정적 의미를 갖는 성적 접촉

그리하여 기뻤노라

《바람과 함께 사라지다》의 레트 버틀러는 약 900페이지에 걸쳐 애슐리에 집착하는 스칼렛을 참다 참다 한계에 다다른다. 아내 스칼렛과 애슐리가 은밀하게 만나는 장면을 목격한 날 밤, 레트는 술에 잔뜩 취해 스칼렛을 품는다. 그는 억지로 스칼렛을 번쩍 안고 캄캄한 층계를 올라 사납게 키스를 퍼붓는다. 레트의 정열에 기절하기 직전, 스칼렛은 문득 자신이 만난 남자 중에 자기보다 강하고, 자신이 위협하거나 지배할 수 없는 남자는 레트가 처음이라는 사실을 깨닫는다.

격렬한 섹스를 나눈 후 레트 버틀러는 '그녀를 모욕했고, 그녀에게 고통을 주었고, 격정의 밤을 보내면서 그녀를 야수처럼 다루었는데, 그녀는 그런 가운데 기쁨을 느꼈다.'

기쁨을 느꼈다고?

그러게 말이다. 스칼렛에게 강간에 준할 법한 그날의 사건은 그녀가 가장 열망하는 것, 자신을 휘두를 수 있는 남자를 의미했다. 미국 언론이 성의 혁명과 성별 전쟁에 주목하기 훨씬 전 스칼렛은 힘과 착취라는 정치적 용어 속 성별의 역학관계를 페미니스트의 입장에서 시험했다.

스칼렛은 레트를 좌지우지할 수 있다는 생각에 기쁨을 느끼고 빈틈없었던 레트에게서 구멍을 찾았다고 생각한다. 레트는 정확히 그녀가 원했던 남자가 되었고, 이제 그녀는 '자신이 휘두르는 줄에 맞춰 그가 줄넘기를 할 것'이라고 생각한다.

희한하게도 《인디언 여름》에도 이와 똑같은 문장이 등장한다. 때는 앨리슨 매킨지가 브래들리 홈즈와 첫 경험을 마친 직후다. 앨리슨 또한 성관계를 맺음으로써 자신의 파트너에 대한 권력을 얻었다는 잘못된 믿음에 기뻐한다. 주말 내 서로의 몸을 탐한 후, 앨리슨은 완전히 다른 사람이 된다. 이제 그녀는 브래드 앞에서 벌거벗고 걸어다니며 그의 시선이 자신의 몸에 머무는 것을 의식하면서도 수치심이나 두려움을 느끼지 않는다. 왜냐하면 그녀는 '자신의 등을 활처럼 구부리고 목선이 드러나도록 머리카락을 올렸으며 그의 얼굴에 자신의 가슴을 부비며 그의 격렬한 반응에 기뻐했기 때문이다.'

얼마 지나지 않아 앨리슨과 스칼렛은 상대를 지배할 수 있을 것이라 자신했던 생각이 오판이었음을 깨닫는다. 스칼렛과 앨리슨에게 커다란 의미였던 성관계가 레트와 브래드에게는 인생의 변화를 가져올 만큼 대단한 일이 아니었던 것이다.

그럼에도 불구하고 이런 성적인 에피소드는 여 주인공들에게 큰 전환점이 되어준다. 이 두 소설의 결말에서 스칼렛과 앨리슨은 자신들이 정복했다고 생각했던 남자들에게 버림받은 후, 진정한 의미의 힘은 그들이 침대에서 잠깐 휘둘렀던 지배권보다 훨씬 얻기 어려운 것임을 깨닫는다.

결정적 의미를 갖는 성적 접촉

스칼렛은 레트에게 버림받은 직후 그녀로서는 드물게 자신을 솔직하게 바라보고, 수천 페이지에 걸쳐 자신의 특징이었던 여러 한계점과 미숙함을 간단명료하게 묘사한다. 그리고 자신이 사랑했던 두 남자를 한순간도 제대로 이해한 적이 없었음을 인정한다. 만약 그녀가 애슐리를 제대로 알았더라면 애슐리를 사랑하지 않았을 것이고, 레트를 제대로 이해했더라면 그를 결코 잃지 않았을 것이다. 잠시 동안이지만 스칼렛은 누군가를 제대로 안 적이 있었던가 자문한다.

이런 깨달음은 주인공이 자기 자신에 대해 새로운 면을 발견하는 성장의 클라이맥스로, 이야기의 결말부분에 가서 주인공이 새로운 눈을 뜨는 계기가 된다. 비단 스칼렛뿐만이 아니라 다른 주인공들도 마찬가지다.

하지만 이런 깨달음의 순간도 오래가지 않는다. 스칼렛은 곧 평소 생각하던 대로 '다 시시해, 내일 일은 내일 걱정하겠어' 하고 생각을 바꾼다.

몰리 해스켈(Molly Haskell)은《바람과 함께 사라지다》의 소설 원작과 영화를 모두 분석한 저서《솔직히 말이오(Frankly, My Dear)》에서 스칼렛은 풍성한 드레스와 페티코트를 입고 있었지만 당시로서는 혁명적인 캐릭터였다고 주장한다. 해스켈에 따르면 스칼렛은 "사랑하지도 않은 남자 세 명과 결혼한 약탈자"이며 "형편없는 엄마"였고 "성공적인 여성 사업가" 같은 현대 페미니스트의 특징을 갖추고 있었다.

해스켈에 따르면 이렇게 '부적절'하게 행동하는 문학 속 여 주인공들은 다음과 같은 최후를 맞는다. "성적 굴욕과 정신적 굴욕을 당하거나, 상처 준 사람들의 감언이설이나 비판 세례에 직면하거나, 죽거나 혹은 마지막 순간에 자신의 잘못을 뉘우치고 사랑의 힘으로 순종적인 여성으로 변모하거나."

하지만 내 생각은 좀 다르다. 스칼렛이 성공적이고 독립적인 사업가로서 뭇 남자들처럼 거래에 있어서 냉철하며 공격적인 면모를 보여줬고 그런 의미에서 어느 정도 현대 여성으로 변모한 것은 사실이지만, 그녀의 중심은 성장하지 못했다. 마지막 장면의 스칼렛은 소설의 시작부분에서 우리가 봤던, 어리석고 남자에 의존하는 여자에서 크게 달라진 것이 없다.

이런 관점에서 스칼렛은 우리의 베스트셀러 목록의 여성 캐릭터 중에서 특이한 편이라고 할 수 있다. 스칼렛을 제외한 대부분의 여주인공들은 여성이라는 고정관념을 깨고, 더욱 강하고 독립적인 여성으로 성장하는 한편 자신을 더 잘 알게 되며, 그 전에 믿었던 환상과 동화에 덜 현혹된다. 베스트셀러를 연구하며 발견한 놀라운 사실은 이런 변화를 가져오는 계기가 항상 단 한 차례의 강렬한 성적 접촉이라는 것이다.

앨리슨 매킨지의 첫 번째 깊은 관계는 그녀의 연인 브래들리 홈즈가 유부남이라는 것을 알아차리는 것으로 끝이 난다. 브래드는 앨리슨을 속였고 그녀의 순진함을 이용했다. 앨리슨이 '그의 격렬한 반응에 기뻐했을 때' 그녀는 연인의 발기라는 신체반응을 보다 영속적이고 진실된 것으로 잘못 생각했다.

앨리슨은 과거 어머니가 그랬듯, 자신을 속인 연인의 품에서 빠져나와 고향 페이튼 플레이스로 돌아온다. 하지만 앨리슨은 어머니 세대보다 자유로운 세대다. 어머니와는 달리 앨리슨은 한 남자에게 느낀 환멸을 남자라는 종족 전체에 대한 의심과 냉소주의로 키우지는 않는다. 그 대신 그녀는 남자와의 깊은 관계에서 얻은 성적인 깨달음을 통해 늘 자신을 억울하게 만들었던 페이튼 플레이스의 성생활과 화해한다.

마지막 장면에서 앨리슨은 언덕에 올라 눈앞에 장난감처럼 펼쳐진 마을을 내려다보며, 헤어진 연인 브래드에게 썼을 법한 말투로 페이튼 플레이스에 대한 연민을 표현한다. 그리고 페이튼 플레이스의 잔인함, 관대함, 비열함을 받아들이며 용서한다. 이제 그녀는 마을을 제대로 안다. 좁은 골목에서 일어나는 복잡한 감정의 회오리를 제대로 이해한다. 그녀는 더 이상 페이튼 플레이스가 무섭지 않다.

브래드 홈즈와의 만남이 있었기 때문에 앨리슨은 자신의 고향과 화해할 수 있었다. 성에 대해 더 잘 알게 되면서 앨리슨은 예전에 외설적이고 추악하다고만 생각했던 행동들이 인간사의 중요한 부분이며 자연스럽기 그지없는 일이라는 것을 깨닫는다. 독립적인 여성 소설가로 성장하는 과정에서 이런 발견은 매우 중요한 의미를 갖는다. 이제 앨리슨 매킨지는 주제에 대한 해박한 지식으로 원고를 고칠 수 있을 것이고 페이튼 플레이스의 자화상을 어른스럽게 그릴 수 있을 것이다. 그리고 앨리슨이 성적인 여정을 통해 완성한 소설은 《인디언 여름》과 매우 유사하다.

덮치다

《앵무새 죽이기》를 떠올릴 때 제일 먼저 생각나는 것이 섹스인 사람은 없을 것이다. 많은 독자들이 이 책을 남부의 작은 마을에서 일어난 인종차별에 관한 청소년 소설 정도로 생각한다. 하지만 사실 《앵무새 죽이기》의 줄거리와 스카웃의 개인적 성장은 한 번의 성적 사건에서 비롯됐다는 것을 주목할 필요가 있다.

메이옐라와 톰 로빈슨의 관계는 이웰 가문이 날조한 거짓이지만, 그들의 거짓말은 수많은 사람들의 삶을 완전히 바꿔놓는다. 사람들이 린치를 시도하고 강간사건 재판으로 마을이 뒤집히고, 아무 죄 없는 사내가 살해되고, 두 아이를 죽이려는 시도가 일어나며, 로버트 이웰은 결국 처참한 죽음을 맞는다. 이 사건으로 스카웃 핀치의 순진무구했던 유년시절은 끝나고, 스카웃은 남녀 간의 깊은 관계를 이해하는 성숙한 여인으로 성장한다.

결정적 의미를 갖는 성적 접촉

이 사건이 일어나기 전, 여덟 살짜리 스카웃은 강간이란 게 무엇인지 모르고 있었겠지만 재판 과정에서 밥 이웰과 메이옐라의 증언으로 많은 것을 알게 되었을 것이다. 로버트 이웰은 스카웃과 젬을 포함한 엄청난 인파가 몰려든 재판장에서 지난 11월 저녁에 일어난 일을 각색해서 증언한다. 그는 불쏘시개감을 해서 집에 돌아오는 길이었는데 갑자기 들려온 메이옐라의 비명 소리에 들고 있던 땔감을 내팽개치고 집으로 곧장 뛰어갔고, 톰 로빈슨이 딸 메이옐라를 '덮치고' 있는 것을 창문을 통해 목격했다고 한다.

재판이 계속 진행되면서 애티커스 핀치는 그날 밤 있었던 일에 대해 메이옐라를 심문한다. 그 심문 과정에서 스카웃은 또래 여자아이들 대부분은 알지 못하는 두 가지 사실을 알게 된다. 때로는 아버지가 딸을 성적 혹은 신체적으로 학대할 수 있다는 것과 그 성욕은 사랑이 아니라 비뚤어진 욕망이라는 것이다.

그 11월 저녁, 이웰의 판잣집에서 정말로 무슨 일이 일어났던 것인지 스카웃과 독자들은 추측할 뿐이지만, 소설은 메이옐라가 톰을 먼저 유혹했고 톰이 그걸 거절하려는 찰나 메이옐라의 아버지가 들이닥쳤다는 강한 암시를 준다.

톰은 도망친다. 그리고 메이옐라는 검둥이를 유혹했다는 죄로 아버지에게 두드려 맞는다. 밥 이웰은 자기 딸이 그런 짓을 했다는 데서 느껴지는 수치심을 덮고 화풀이를 하기 위해 보안관을 부르고, 톰이 메이옐라를 강간했다고 신고한다. 스카웃은 이 일련의 이야기를 이웰 가 사람들이 우물우물 얼버무린 증언에서 스스로 추론해 파악한다.

스카웃이 성에 관한 정치를 배우기 시작한 것은 사실 이 재판이 열리기 한참 전이다. 독실한 기독교인들의 공격 대상이었던 마우디 아줌마가 스카웃에게 "이 멍청이들은 여자라면 무조건 다 죄인인 줄 알아"라고 말했던 그때부터 스카웃은 이미 남녀를 구분하기 시작했다. 이후 흑인교회의 설교에서도 비슷한 성차별적 말을 듣는다. 그 교회의 목사는 여자는 다 음란하며 모든 유혹의 원천이라고 맹비난을 퍼부었다.

스칼렛 오하라처럼, 스카웃도 여자라면 이렇게 행동해야 한다 저렇게 행동해야 한다는 말을 귀에 못이 박히도록 듣는다. 칼퍼니아 유모는 스카웃이 선머슴같이 행동한다고 끊임없이 잔소리를 퍼붓고 오빠 젬은 나이가 들수록 동생이 자신과 성별이 다르다는 사실에 점점 불편함을 느낀다.

스카웃은 될 수 있는 한 성별과 섹스라는 주제를 피하고 싶지만 피할 수가 없다. 메이엘라가 톰에게 느꼈던 성욕은 이 소설의 뒷부분어서 밥 이웰이 스카웃과 젬에게 칼을 휘두르는 결과를 가져온다.

밥 이웰의 습격에 이어지는 장면에서 스카웃은 자기 집 침실에서 처음으로 부 래들리를 직접 만난다. 그리고 스카웃이 부를 집에 데려다주면서 팔짱을 끼라고 코치하고 서로를 돕는 과정에서 둘의 살갖이 스칠 때, 무언가 찌릿하고 관능적이기까지 한 분위기가

결정적 의미를 갖는 성적 접촉

형성된다. 마치 메이옐라와 톰 로빈슨의 음란한 만남의 순수한 버전 같다.

보통은 남자가 여자를 집에 바래다주지만 그날은 스카웃이 부를 집까지 바래다준다. 둘은 어떤 가능성도 남아 있지 않은 연인처럼 아무 말 없이 헤어진다. 실제로 그날 이후 스카웃은 부 래들리를 다시는 보지 못한다. 하지만 스카웃은 앨리슨이 첫 남자와 깊은 관계를 맺은 후 예전의 그녀가 아니었던 것처럼 부와의 만남으로 이전과는 다른 소녀가 된다. 이 두 소설의 결론에서 두 여 주인공은 전보다 더 강해지고 독립적으로 성장한다. 그들은 소설 속 다른 여자 등장인물을 옭아매는 성 고정관념을 탈피하기 시작한 신예 페미니스트의 모습으로 무대 뒤로 사라진다.

분수령

《죽음의 지대》의 조니 스미스와 사라 블랙넬이 첫 관계를 나누기 전 운명의 장난이 일어난다. 큰 교통사고로 조니가 4년 반 동안이나 혼수상태에 빠지는 것이다. 그리고 그가 깨어났을 때, 사라는 이미 그의 곁을 떠나 월트 해즐렛이라는 남자와 결혼해 아이까지 낳은 상태다. 하지만 사라는 조니를 잊지 못했고 조니도 그녀를 잊지 못했다.

사라는 마음이 따듯한 조니와 냉소적인 남편을 사사건건 비교
하고 자신의 부정을 합리화한다.

그 순간, 그녀는 자신이 결혼한 좋은 남자 월트가 미웠다. 그는 변함
없고 부드러운 유머감각을 소유한 좋은 사람이었지만, 그녀는 모든
사람이 자신의 이익만을 생각한다는 그의 굳은 신념이 싫었다.

조니는 월트와는 달랐다. 사고를 당하기 전 그는 아주 순수한
사람이었다. 그가 혼수상태에서 깨어났을 때, 사라는 그를 꼭 다
시 한 번 만나야겠다고 생각한다. 그리고 그가 엄청난 시련을 겪은
후에도 변하지 않은 것을 보자, 이제까지 억눌렸던 성적인 긴장감
이 분출된다. 그리고는 오랫동안 미뤄왔던 육체적 사랑의 행위가
이어진다. 하지만 이들에게 섹스는 앞날을 향해 여는 문이 아니라
과거를 닫는 문이다.

그녀의 내부로 가라앉는 것은, 결코 잊을 수 없었던 오랜 꿈속으로
가라앉는 느낌이었다. "오, 조니, 내 사랑……" 그녀의 목소리가 흥
분으로 고조되었다. 그녀의 머리카락 감촉이 그의 어깨와 가슴에 불
꽃처럼 되살아났다. 그는 그 안으로 얼굴을 깊숙이 밀어넣고 어두운
블론드의 더 깊은 어둠 속으로 빨려들어갔다.

결정적 의미를 갖는 성적 접촉

이 성적인 순간은 둘의 상처받은 마음을 마비시키고, 과거에 가졌던 연애감정과 마침내 작별할 수 있게 만들어준다. 사라는 월트에게 돌아간다. 우리가 소설 마지막 부분에서 다시 그녀를 만날 때, 그녀는 둘째 아이를 낳았고 결혼생활과 화해한 듯 보인다. 조니는 그의 에너지와 초능력을 사용해 캐슬 록의 연쇄살인자를 잡고 나아가 세계를 구하기 위해 자신의 목숨을 희생한다.

조니와 사라에게 그들이 나눈 육체적 사랑은 분수령적 의미를 갖는다. 그날을 통해 그들은 자신들이 잃어버린 게 무엇인지, 또 운명이 조금만 더 친절했었더라면 자신들에게 허락되었을 사랑을 확인한다. 훗날 조니는 세상을 떠나기 전 사라에게 이런 편지를 남긴다.

"하지만 내가 당신을 그리워한다는 것을 당신이 알아주었으면 좋겠소, 사라. 내가 바라는 것은 그것뿐이오. 나로서는, 다른 누구와도 정말 그런 경험을 나눈 적은 없었소. 그날 밤은 우리에게 최고로 멋진 밤이었소……."

《죽음의 지대》에서도 내가 선정한 다른 베스트셀러들과 마찬가지로 하나의 섹스신이 결정적인 작용을 한다. 그 장면이 없었다면 사건의 발전방향과 주인공의 성장은 완전히 달라졌을 것이다.

《죠스》또한 선정적 패턴을 반복한다. 소설《죠스》의 첫 장면은 이름을 알 수 없는 한 여자와 술 취한 남자가 벌이는 정사장면이다. 백사장에 벌렁 누운 남자는 여자를 자기 위로 끌어당기고, 그들은 서로의 옷을 벗기며 상대의 몸을 탐닉하기 시작한다. 만족스러운 섹스가 끝난 후 남자는 곧 곯아떨어지지만 여자는 수영할 힘이 남아 있다. 그녀는 알몸으로 바다에 걸어 들어간다. 그리고 곧 거대한 백상어가 '냄새를 맡고' 와서 그녀의 사지를 갈기갈기 찢어놓는다.

소설이 상어의 고도로 발달된 후각을 계속 강조한다는 것을 감안했을 때, 만약 이 여자가 해변에서 정사를 나누지 않았다면 상어가 그녀를 발견하지 못했을지도 모른다는 생각을 갖게 된다. 이 맥락에서 봤을 때 상어는 해안가에서 벌어진 음란행위를 벌하러 나타난 복수의 사자다. 한데 모여 마약을 흡입하고 도덕관념 없이 방종한 반체제 분자들에 대한 청교도의 반발인 셈이다. 바다 속에 그런 음란의 강력한 냄새가 퍼지지 않았다면, 상어는 아마 아미티를 지나쳐버렸을 것이다.

영화 버전의 도입부는 영리하게도 이 질문을 살짝 피해갔지만 또 다른 의문을 낳았다. 영화의 첫 장면은 해안가의 모닥불 가에서 마리화나를 피우고 기타를 치며 여기저기 둘이 한 덩어리가 되어 서로를 애무하고 있는 젊은이들 가운에 술에 취한 한 대학생이 호감을 보이는 여자 하나를 고르는 것으로 시작된다. 이 술 취한 남자는 옷도 벗지 않은 채 바로 백사장에 드러눕고, 그와 사랑을 나누려고 함께 온 여자는 옷을 벗고 알몸으로 파도 속으로 걸어 들어간다. 그리고는 그녀의 성적 자유를 과시하듯 바다에서 헤엄친다. 잔뜩 취해 있는 남자를 버리고 홀로 바다에 뛰어들어 즐기는 이 여자가 그녀의 자립심 때문에 벌을 받는 게 아니냐고 질문하는 사람도 있을 것이다.

상어의 공격 대상으로 음란한 여성이 아닌 자유로운 여성을 선택한 사람은 아마도 스티븐 스필버그였을 것이다. 음란한 여성보다는 페미니스트 희생자가 유행에 민감한 인구의 뜨거운 반응을 불러일으킬 수 있기 때문이다.

어쨌든 '죠스'는 소설과 영화 모두 지독히 섹시한 장면으로 시작한 것만큼은 틀림없다. 특히 소설의 경우, 상어의 광란과 벌거벗은 채 서로를 애무하는 남녀를 연결시킴으로써 소설 전체에 에로틱한 저류가 흐르게 만들었다.

《죠스》의 또 다른 섹스신은 브로디의 아내 엘렌과 상어 전문가 후퍼의 정사장면이다. 엘렌이 남편을 배신한 것은 후퍼에게 마음이 끌려서라기보다 자신이 아직도 성적으로 매력이 있다는 것과 도시 상류층 출신이라는 것을 확인하기 위해서다.

엘렌은 후퍼와 호텔에서 뜨거운 몇 시간을 보내면서 확인하고 싶었던 것들을 재확인한다. 그와의 정사는 생각지도 못했던 방법으로 엘렌을 재정의한다. 후퍼의 테크닉이 거의 로봇에 가까운 것으로 그려지기 때문이다.

그는 여전히 이를 꽉 깨물고, 벽에 시선을 고정한 채 미친 듯 피스톤 운동에 매진했다. 자기 몸 아래에 있는 사람은 안중에도 없다는 듯이. 얼마쯤 지났을까, 그녀가 그의 등을 톡톡 두드리며 부드럽게 말했다. "여보세요, 나 여기 있어요."

후퍼는 물고기를 연구하면서 인간의 성행위 기술을 연마했음이 틀림없다. 격정적이고 비인간적이며 난폭한 물고기의 짝짓기 말이다.

사라와 엘렌이 불륜을 통해 '자유로워졌다'고 한다면 조금 과장일지도 모르지만, 그들은 모두 흥분을 진정시키고 감사하는 마음으로 자신의 결혼생활로 돌아갔다. 어쩌면 강하고 다루기 힘든 여자들이 불륜을 통해 깨달음을 얻고 새로운 마음가짐으로 가정으로 돌아가는 이런 패턴은 남자 작가들이 불륜에 대해 취하는 바람 섞인 판타지일지 모른다. 그게 판타지든 아니든 간에, 이 20세기 두 유부녀는 유사한 격정을 경험한 후, 다시 결혼생활에 충실하기로 결심한다.

외도

존 그리샴은 케이맨 제도에 출장 간 미첼 맥디르에게 매력적인 섬 아가씨를 붙인다. 열대의 어둠 속, 두 사람 말고는 인적 없는 해

결정적 의미를 갖는 성적 접촉

안가, 검은 머리칼의 아름다운 여인은 비키니 상의를 벗어 미첼에게 건네고는 바다로 걸어 들어간다(바다 속에 상어가 있다는 것도 모르는 걸까?).

미첼은 한두 문장 정도 고민하지만, 곧 옷을 벗고 그녀를 따라 들어간다. 둘은 다시 백사장으로 나와 정사를 나누고 미첼은 아무도 모를 일이라고 계속 되뇐다.

하지만 비밀은 오래가지 않는다. 여인은 회사가 미첼을 통제하기 위해 세운 계획의 일부였고 회사는 둘의 밀회를 사진으로 찍어 보관한다. 이후 회사는 그 사진을 빌미로 미첼을 협박한다. 협조하라, 그리고 회사의 다른 변호사들처럼 번쩍거리는 새 차도 사고 큰 집도 사라. 하지만 영웅이 되려고는 하지 마라. 아니면 이 사진을 아내에게 보내버려 네 결혼생활을 끝장내버리겠다.

하지만 미첼의 외도는 결국 그들의 결혼생활을 환기시키는 계기가 된다. 회사에 들어간 후 미첼은 워커홀릭처럼 일에만 몰두해서 부부 사이에 심각한 갈등이 생긴 터였다. 애비는 아내로서, 전업주부로서 인내해야 하는 삶에 짜증이 나고 점차 외로움과 좌절감에 휩싸였다. 미첼을 위해 여러 차례 촛불을 켜고 로맨틱한 저녁식사를 준비하지만 한 번도 남편은 나타나지 않았다. 이렇게 위기에 처한 결혼생활에 미첼의 하룻밤 부정은 치명타가 될 수 있었다.

《죽음의 지대》에서 사라 블랙넬의 부정과 《죠스》에서 엘렌이 저지른 모텔에서의 정사와 마찬가지로, 미첼의 해변 불장난은 그의 결혼생활에 전환점이 된다. 미첼은 끝까지 아내에게 그날 일을 털어놓지 않지만, 어느 날 집에 돌아와 '사진'이라고 쓰인 편지봉투가 침대 밑에 떨어져 있는 것을 보고 심장이 떨어지는 것 같은 기분을 맛보며 깜짝 놀란다. 곧 그는 편지봉투가 비어 있으며 회사가 그의 부정을 폭로할 수도 있다는 것을 보여주려고 꾸민 계략이라는 것을 깨닫고 안도한다.

이 위기 이후, 결혼생활은 전환점을 맞는다. 미첼은 끝까지 자기의 부정을 인정하지 않지만 그의 죄책감은 부부 사이에 결정적 변화를 가져오고 그는 결혼에 대해 이전까지는 느끼지 못했던 감사하는 마음을 갖게 된다. 비록 애비는 이 변화의 원인이 무엇인지 끝내 알지 못하지만, 미첼의 공모자라는 새로운 역할을 기꺼이 받아들이고 이 부부는 동등한 동반자로 거듭난다.

쓰러져가는 아파트에 몸을 숨기고 회사의 유죄를 입증할 증거를 복사하며 애비는 이제까지의 수동적인 모습을 버리고 강하고 결단력 있는 여성으로 변화한다. 어느 날 저녁 미첼이 밖에 나갔다가 아파트에 돌아오자, 집에서 일하고 있던 애비가 남편을 맞이한다. 로스쿨 기숙사에 살던 그 시절의 데자뷰다. 다만 이번에는 흥분된 모습으로 섹스를 주도하는 이가 애비고, 그녀가 미첼과 동등한 인격체로서 행동한다는 점이 다르다. 애비는 문을 열고 미첼을 덮친다. 다음 이어지는 섹스신은 그 어느 때보다 뜨겁고 만족스럽다. 둘에게 분수령이 되는 순간이다. 섹스는 둘만의 더욱 평등한

결정적 의미를 갖는 성적 접촉

동반자 계약을 새롭게 체결시킨다.

마침내 이 커플은 그들의 계획을 성공으로 이끌고 FBI와 범죄조직의 손아귀를 벗어나 카리브 해의 안전한 곳으로 피신해 돈 걱정 없는 삶을 살게 된다. 하지만 미첼의 불륜은 이들의 결혼생활에 여전히 그림자를 드리우고 있다.

소설의 마지막 장면, 천국과도 같은 둘만의 섬에서 애비는 칵테일 잔을 채우고, 둘이 함께라면 세상 그 무엇도 두렵지 않다고 이야기한다. 분위기가 달아오르자 그녀는 미첼에게 해변에서 사랑을 나눠본 적이 있느냐고 물어본다.

미첼은 잠시 기억을 더듬고는 그런 적 없다며 거짓말을 한다.

혹자는 미첼의 부정이 맥디르 부부의 진실된 관계를 훼손했다고 말할 것이다. 하지만 마지막 장면에서의 애비가 그 어느 때보다 강한 여성이라는 것은 분명하다. 그녀는 더 이상 수동적이 아닌 적극적 모습으로 소설의 마지막 대사를 친다. 몇 백 페이지 앞에서는 상상할 수도 없었던 명령조로 말이다. 완전히 새롭게 변신한 이 자립적 여성은 자기 버전의 전통적 가족을 갖고자 한다.

"그럼, 선장님, 잔을 비우시죠. 우리 얼른 취해서 아기를 만들자구요."

성에 눈뜨다

《매디슨 카운티의 다리》는 명실상부한 최고의 불륜 베스트셀러다. 프란체스카는 로버트 킨케이드와 혼외정사를 나누며 지루한 결혼생활에 활력을 되찾지는 못하지만, 자신을 성적으로 만족시켜줬던 그 기억만으로 여생 동안 스스로를 위로하며 살아간다. 앨리슨이나 스칼렛, 애비, 사라, 엘렌 브로디와 마찬가지로 프란체스카도 킨케이드와의 짧은 정사로 완전히 다른 사람이 된다.

길고 자세하게 묘사된 그들의 섹스신을 보면, 로버트 킨케이드가 그녀를 변화시키는 힘은 초능력에 가깝다. 그는 '그녀를 모든 차원에서 소유하고', 말로써 키스하며, 그녀의 귀에 '주술사' 같은 주문을 속삭인다. 그는 확실히 달변가이고, 유혹하는 힘은 거의 최면에 가깝다.

혹자는 킨케이드와 프란체스카의 성적 소유관계를 《엑소시스트》에서 레건 맥닐이 악령에게 사로잡혀, 카라스 신부 앞에서 십자가로 자위하며 그를 도발하는 말을 뱉어내던 장면에서 묘사된 소유관계의 부드러운 버전이라고 생각할지도 모른다.

프란체스카는 로버트의 그런 능력을 높게 평가하지만 '그의 혀가 그녀의 목을 훑고 늠름한 표범이 초원의 무성한 풀을 핥듯 그녀를 핥을' 때 로버트의 정체가 궁금해진다.

이 남자는 부드러운 힘을 가지고 상대를 정복하는 한 마리 동물이다.

둘의 짧은 사랑은 프란체스카를 완전히 변화시킨다. 그녀는 여성성을 회복하고, 이전에는 없었던 인생의 의미를 되찾는다. 자녀들에게 남긴 편지에서 프란체스카는 이를 이렇게 요약한다.

"4일 동안, 그는 내게 인생을 주었고 우주를 줬으며 조각나 있던 나를 완전한 존재로 만들어줬단다."

물론 프란체스카의 이런 깨달음이, 자기 앞에서 옷을 벗고 누울 생각이 있는 여성에게 남자가 베풀 수 있는 마법과도 같은 힘을 보여주려 한 이기적인 남성 작가들의 성차별적 판타지에 지나지 않는다고 생각하는 사람도 있을 것이다.

만약 우리의 베스트셀러 리스트에서 주인공을 변화시키는 섹스의 힘을 그린 소설이 《매디슨 카운티의 다리》가 유일하다면 이런 비판에 더욱 힘이 실릴 수도 있을 것이다. 하지만 작가가 남자든 여자든, 베스트셀러에 이런 패턴이 주기적으로 반복되는 상황에서 우리는 보다 큰 질문을 던질 필요가 있다. "왜 미국의 수많은 베스트셀러에서 하나의 성적인 에피소드가 이렇게 중추적인 역할을 하는 것일까?"

글쎄, 이런 현상은 미국이 섹스와 간통에 관해 뿌리 깊고 강렬한 모순된 감정을 가지고 있다는 것과 관련이 있을 것이다. 미국의 도서관은 고상함을 추구하는 세력과 규칙을 깨고 관습에 반항하는 영혼 간의 대립을 다룬 고전들로 가득하다.

미국 문학사 초반에 등장한 너대니얼 호손은 이후 수많은 베스트셀러가 따라 한 도덕적 스토리라인을 만든 선구자였다. 호손의 《주홍글씨》의 등장인물인 아서 딤스데일과 로저 칠링워스, 헤스터 프린, 헤스터가 간통으로 낳은 딸 펄을 기억하는가? 헤스터는 혼외정사로 펄을 낳은 죄, 즉 간통으로 감옥에 수감되고 감옥에서 풀려나면서 A(adultery, 간통)자를 가슴에 달고 일생을 살라는 형을 선고받는다. 헤스터는 신을 두려워하는 이웃에게 배척당하고, 모든 이의 멸시를 받는다. 하지만 그 모든 고난에도 불구하고 그녀는 겸손하고 용서하는 태도로 삶을 지속해나간다.

헤스터의 비밀 연인은 젊고 유능한 목사 딤스데일이다. 그는 양심의 가책으로 점점 몸이 쇠해진다. 헤스터는 자선과 친절을 베풀어 조금씩 마을 사람들의 마음을 다시 사고 마침내 마을의 주류 사회에 다시 편입되기에 이른다. 하지만 여기서 잠깐, 상황을 복잡하게 만드는 문제가 하나 있다. 바로 헤스터와 딤스데일이 사람들의 용서를 원하는 것이 아니라, 남편과 아내가 되어 살고 싶어한다는 것이다.

사람들의 눈에 들키면 큰일 날 상황임에도 불구하고 이 연인은

결정적 의미를 갖는 성적 접촉

결코 떨어져 있을 수가 없다. 둘은 숲 속에서 은밀히 만나 유럽으로 도망가서 펄과 함께 한 식구를 이뤄 자유롭게 살기로 결심한다. 이 결정에 마음의 변화가 일어난 딤스데일은 신도들 앞에서 열정적인 설교를 하는데, 이는 약 200년 후 애티커스 핀치가 하는 설교와 거의 동일하다. 딤스데일은 죄책감을 너무나 잘 이해하고 있기에 "그는 죄 많은 인류에게 참으로 친밀한 공감을 할 수 있었다…… 그의 마음은 그들의 마음에 공감하여 떨렸으며"라는 최고의 설교를 한다.

호손의 소설이 출간되었던 1850년대, 이 책에 대한 반응은 깊은 의심부터 노골적인 경멸에 이르기까지 다양했다. 많은 사람들은 작가가 헤스터의 간통을 지나치게 동정 어린 시각으로 그렸다고 비난했다. 물론 맞는 말이다. 하지만 호손의 도덕적 분노의 대상은 간통이라는 부정한 행위라기보다 헤스터를 따돌린 억압적인 사회에 있었다.

미국 문학사의 초기부터 죄와 신앙, 도덕적 정의는 문학비평의 중심에 있었고, 많은 미국 독자들이 도덕성 고취를 다루지 않는 소설은 부정하고 타락한 것으로 여겼다.

하지만 호손의 생각은 달랐다. 그리고 그런 생각을 바탕으로 쓴 소설이 우리의 12권 베스트셀러와 많이 닮아 있는 《주홍글씨》다. 호손은 그것이 간통이라 할지라도 단 한 번의 성적 사건이 구원의 힘을 가질 수도 있다는 내용을 구상했고 이는 이후 미국 소설에서 수없이 반복되는 핵심 패턴이 되었다.

여기서 우리는 미국인들이 섹스에 대해 극도로 상반된 의견을 가지고 있으며 우리가 살펴보는 베스트셀러들에 그 강력한 대립 관계가 드러나 있다고 말할 수 있다.

종교적 섹스

댄 브라운이《다빈치 코드》를 창조했고 모두가 이 소설을 좋아했는데, 그 이유는 이 소설이 섹스에 관한 것이기 때문이었다. 아니다, 방금 건 못 들은 걸로 하자. 이유는 그것이 종교에 관한 것이기 때문이었다. 흠, 아니다, 그냥 종교와 섹스라고 하자. 아, 깜빡할 뻔했다. 이 소설은 종교와 섹스, 여신 그리고 여성을 억압한 남성의 추악하고 오래된 역사에 관한 이야기다.

다음은 스포일러니, 아직도《다빈치 코드》를 읽지 않은 몇 안 되는 사람이 있다면 다음 몇 단락은 건너뛰는 것이 좋겠다.

예수는 막달라 마리아와 성관계를 가졌다. 그리고 그녀는 아기를 가졌다. 이것을 알게 된 사제들은 결혼하지 않고 순결하다는 데서 오는 그들의 권위를 잃을까 두려워 여자는 불결한 존재라고 선언하고 막달라 마리아의 임신 사실을 숨긴다. 하지만 몇 명의 정의로운 사람들이 막달라 마리아의 아이를 은밀한 장소에 숨겨주

결정적 의미를 갖는 성적 접촉

어 예수의 후손은 목숨을 부지한다. 이후 로버트 랭던이 커튼을 젖히고 진실을 드러내기 전까지 천주교는 근 2,000년간, 예수의 성적인 이미지를 숨기기 위해서 살인을 포함한 갖가지 수단을 불사하며 예수의 자손을 찾아왔다.

이 소설은 커다란 비밀을 제시하며 끝난다. 2,000년 전, 예수는 섹스를 했다. 그리고 여자는 불결한 존재가 아니었고 사실 그들은 여신이었다. 특히 예수 그리스도의 직계 후손임이 분명한 소피 느뵈는 더더욱 여신이다.

이쯤이면 댄 브라운도 우리가 앞서 여러 차례 확인한, 단 한 번의 섹스신이 모든 것을 바꿔놓는다는 내러티브 패턴을 사용했다는 게 명확하지 않은가.

사실 소설 속에서 예수와 막달라 마리와 간의 섹스신은 극적으로 그려지지 않지만, 오히려 그 때문에 독자들은 머릿속에서 그 장면을 상상한다. 이 섹스신은 소설의 원동력이며, 오랜 세월 동안 전 세계적으로 펼쳐진 음모의 토대이며 알비노 킬러가 수많은 사람을 죽이도록 만드는 계기다. 또한 이 섹스 때문에 불굴의 영웅 로버트 랭던과 그의 용기 있는 조수 소피는 오푸스 데이에 쫓겨 길고 무서운 미로 속에서 살 길을 찾아 필사적으로 도망가게 된다.

아주 오래 전에 일어난 예수와 막달라 마리아의 성관계는 《붉은 10월호》의 라미우스가 미국으로 전향하도록 부추기는 사랑과 결혼에 해당한다. 《인디언 여름》과 《앵무새 죽이기》에서는 성적 위선

과 배신 때문에,《바람과 함께 사라지다》와《인형의 계곡》의 경우
성 착취 때문에,《죠스》에서는 성적으로 해방된 여성을 벌주는 백
상어 때문에,《엑소시스트》에서는 독립적인 여성의 예쁜 딸을 사
로잡는 악마 때문에 이야기가 빠르게 전개된다. 12권의 메가 히트
소설에서 이 패턴은 계속 확인된다. 마치 베스트셀러 작가들이 성
서 속 뱀의 유혹이 먹히면 신세계가 시작된다는 에덴동산 이야기
를 각색한 것 같다.

미국의 섹스

이탈리아 수녀원의 수녀와 사제의 성적인 타락을 다룬 보카
치오(Boccaccio)의《데카메론(Decameron)》이 세상에 나오고 500년
이 지났음에도 불구하고, 미국의 권력층은 이 책을 금서로 지정
해 대중이 접근하지 못하도록 조치했다. 제임스 조이스의《율리
시스(Ulysses)》도 한때는 금서였고 헨리 밀러의《북회귀선(Tropic of
Cancer)》도 불어판 출간 30년 후에도 미국에서는 구할 수 없는 운
명을 겪었다. 시어도어 드라이저(Theodore Dreiser), 스콧 피츠제럴드,
거트루드 스타인, 주나 반스(Djuna Barnes), 윌리엄 포크너도 사람들
이 퇴폐적이라고 생각하거나 극도로 부적절하다고 생각한 소설을
썼다. 이 소설들은 미국에서 금서로 전면 지정되지는 않았지만 다

방면에서 강력한 도덕적 비판에 부딪혀야 했다.

말하자면 미국의 청교도주의는 여전히 살아있고 미국의 주류에 막강한 영향력을 행사하고 있다는 것이다. 많은 미국인이 포르노그래피 산업에 막대한 돈을 은밀히 바치고 있지만, 불과 얼마 전까지만 해도 미국인은 퇴폐적인 책을 불태우는 족속이었다.

1873년 앤서니 컴스톡(Anthony Comstock)은 작품의 음란성을 판단하는 뉴욕 단체를 설립한다. 이 단체를 성공적으로 이끈 컴스톡은 '선정적이고 외설적이며 음란한' 내용의 판매와 유통을 금지하고 피임도구에 관한 정보 제공도 금지하는 것을 요지로 한 컴스톡 법안을 통과시키기에 이른다.

컴스톡은 1915년에 세상을 떠났지만, 그의 융통성 없는 원칙은 오늘날에도 여전히 살아있다. 《해리포터》 시리즈와 《허클베리 핀의 모험》 같은 책들이 부정적 영향을 끼친다는 혐의를 받고, 공립도서관이나 고등학교 문학 수업과정에서 제외되거나 문제가 되는 부분을 삭제해 개정판으로 출간한 것은 다 이러한 연유 때문이다.

하지만 컴스톡이 우리를 세뇌시키려 했던 것과는 달리, 자극적인 내러티브는 구약성서의 아가서나 로마시대의 《사티리콘(Satyricon)》 때부터 오늘에 이르기까지 분위기를 후끈 달아오르게 하는 주요 장치로 쓰였다. 동양에는 《카마수트라》가, 유럽에는 제프리 초서(Geoffrey Chaucer)가 있었고 밝히는 늙은이 셰익스피어와 채찍을 휘두르는 마르키드 사드 후작(Marquis de Sade)도 있었다. 이들은 가장 대표적인 예일 뿐, 외설을 소재로 삼았던 작품은 셀 수 없이 많다. 초기 영국 소설도 외설적이긴 매한가지였다. 외설적 정사로 유명했던 소설《톰 존스(Tom Jones)》와《패니힐》,《트리스트럼 샌디(Tristram Shandy)》는 하나같이 상류층의 거만함을 외설이라는 방법으로 조롱했다. 그리고 현대 소설도 마찬가지다.

하지만 미국은 조금 달랐다. 상대적으로 개화된 20세기에 들어서서도, 미국의 수많은 고지식한 사람들은 윌리엄 매스터스(William Masters)와 버지니아 존슨(Virginia Johnson)이 성교를 학술적으로 연구한《인간 성행동(Human Sexual Response, 1966)》 같은 책에도 맹공격을 가했다. 그런 비난 덕에 여성 오르가즘과 윤활작용을 다룬《인간 성행동》은 폭풍과도 같은 센세이션을 일으켰고 베스트셀러가 되었지만 말이다.

검열이란 것을 미국인이 발명한 것은 아니지만, 미국이 원조 발명가를 대신해 아주 오랜 시간 동안 열심히 검열을 해왔다는 것은 분명하다. 한때 도덕적으로 문제가 있다고 여겨졌던 책들이 문학적인 가치를 인정받은 경우는 셀 수 없이 많다.《허클베리 핀의 모험》,《네이티브 선》,《분노의 포도》,《호밀밭의 파수꾼》도 출간 초반에는 선정성으로 구설수에 올랐지만 훗날 그 문학적 가치를 인정받았다. 여전히 미국에서는 이 책들을 금지시키려는 움직임이 국지적으로 일어나고 있지만 말이다.

1960년대 미국 문학계는 섹스를 단골 소재로 삼았고, 그 이후 지금까지 많은 이들이 섹스를 엘리트 문학과 타락의 연결고리라고 생각하게 됐다. 대학생들이 머리를 길게 기르고 브래지어와 영장을 태웠던 그 시절, 현실과 소설 모두 육체의 쾌락을 추구했던 그 시절을 생각해보라. 어디에서나 외설적인 책을 찾을 수 있었다. 그 시대를 살았던 우리 중 대부분은 그 음탕했던 시절 은밀하게 탐닉했던 책을 금방 생각해낼 수 있을 것이다. 테리 서던(Terry Southern)의《캔디(Candy)》, 실비아 플라스(Sylvia Plath)의《벨자(The Bell Jar)》, 에리카 종(Erica Jong)의《나는 것에 대한 두려움(Fear of Flying)》, 고어 비달(Gore Vidal)의《마이라 브레킨리지(Myra Breckinridge)》, 필립 로스(Philip Roth)의《포트노이씨의 불만(Portnoy's Complaint)》, 존 업다이크(John Updike)의《달려라 토끼(Rabbit, Run)》등등.

우드스탁과 성혁명 전에 출간되었던《인디언 여름》은 솔직한 성 묘사의 초석을 닦았다.《인디언 여름》은 출간 당시 지나치게 선정적이고 극도로 외설적이라는 평가를 받아 몇몇 지역에서 금서로 지정되었고 미 전역에서 교회의 맹공격을 받았지만, 타락한 도심지역에서 그 책을 구하기란 어렵지 않았다. 사람들은《인디언 여름》이 주류 문학의 승인을 받은 것을 보고 미국 문학의 포르노그래피화가 진행 중이라는 것을 알아챘다.

물론 요즘 같은 시절에야, 모든 작가들은 자신의 책이 금서가 되길 바라 마지않는다. 악평은 홍보 담당자들이 원하는 것 중 하나다. 하지만 우리의 12권 베스트셀러 중에 악평을 제대로 받은 책은《인디언 여름》뿐이다. 엄청난 혹평을 받은 책이었기 때문에, 수백만의 미국인은 서랍장 깊숙한 곳이나 찬장의 선반 맨 위에 책을 숨겨놓고 읽으면서 이웃이 닫힌 문 뒤에서 무슨 짓을 하고 있을지에 대한 최악의 상상이 사실임을 확인하며 죄의식을 동반한 즐거움을 느꼈다.

《앵무새 죽이기》가 이따금 도덕적 중재자와 금서를 지정하는 미치광이의 신경을 곤두서게 만들긴 했지만, 강경파 도덕주의자들의 전견적인 비판을 받은 적은 없었다. 우리 리스트의 다른 책들도 마찬가지다. 사실, 이 블록버스터급 소설들은 상대적으로 완곡하고 담백한 언어로 섹스신을 그려냈다. 대부분의 장면은 보호자를 동반하면 미성년자도 관람할 수 있는 등급이고, 현대 디즈니 영화보다 덜 노골적이다.

주류의 호감을 사기 위해 성적 언어의 수위를 낮췄을 수는 있지만. 그럼에도 폭력적인 극한의 섹스는 우리가 살펴보는 소설의 결말에 중대한 역할을 한다. 미국인들은 고결한 감성에 찬사를 보내지만, 미국의 민족의식 어딘가에는 좋은 섹스 한 번이 모든 것을 바꿔놓을 수 있다는 생각이 뿌리내리고 있다.

거기 아담, 여기 끝내주는 게 있는데, 한번 맛보고 가지 그래.

결정적 의미를 갖는 성적 접촉

요약

우리가 살펴본 12권의 베스트셀러들은 전혀 다른 내용을 다루지만 놀랍도록 많은 공통점을 보인다. 전개가 빠르고 감정적이며 비슷한 캐릭터가 등장하고, 무엇보다 재미있어서 책장이 술술 넘어간다. 12권은 모두 감상적인 문장으로 가득하며, 너무나 매혹적이라 거부할 수가 없고, 손에서 놓을 수가 없다.

작가는 '하이콘셉트' 아래 현실적이며 간단하고 진심 어린, 쉬운 문장으로 줄거리를 풀어나간다. 주인공의 배경이나 심리에 관한 묘사는 최소로 줄이고, 뜨거운 감정에 휩싸여 결심하고 결정적인 행동으로 그 부족한 부분을 메운다. 주인공이 뜨거운 열정을 품게 되는 여러 가지 동기는 명확하고 간결하며 공감하기 쉬운 것들이다. 내러티브 초반, 소설 속 영웅은 감당할 수 없는 능력 밖의 상황에 처한 듯 그려지고, 이는 연민과 공포라는 감정을 불러일으킨다.

위험 요소는 줄거리의 4분의 1지점 이내, 보통은 4분의 1지점이 오기 전에 반드시 등장하고, 이야기가 전개됨에 따라 더욱 더 위협적으로 발전한다. 그러는 동안 주인공은 시간적 압박에 시달린다.

12권의 소설 모두, 출간 당시에 가장 뜨겁고 논쟁이 분분했던 문제들을 다뤘다. 이 문제들은 하나같이 아주 오랫동안 존재해온 국가적 차원의 갈등으로, 여전히 해결되지 않고 미국 문화의 중심에 위치하고 있는 것들이다.

베스트셀러 소설은 큰 판돈이 걸린 게임에 관한 이야기이고 다양한 계층의 등장인물이 등장하며 거대한 스케일의 배경 아래 소소한 이야기를 펼쳐나간다.

에덴동산으로 그려지는 자연과 황무지의 이미지도 주기적으로 등장한다. 이 야생의 배경은 난폭한 변화를 겪기 전에는 순수하고 순결한 곳으로 묘사되고, 보통은 성적 에너지로 가득 차 있다.

온갖 사실과 정보로 가득한 베스트셀러는 독자에게 재미를 선사하는 동시에 배울 거리도 제공한다. 베스트셀러는 잠수함에 대한 상세한 묘사에서 드러나는 정보부터 남부의 작은 마을 혹은 남북전쟁 발발 전 남부 농장의 사교활동을 지배했던 예의나 의식같이 미묘한 것에 이르기까지 다양한 정보를 제공한다. 베스트셀러를 읽으며 우리는 낯선 세상으로 빨려들어가고, 그 안에서 어떻게 살아남고 나아가 성공할 수 있는지를 배운다.

또한 각 소설에는 어떤 형태로든 비밀결사가 등장한다. 영웅은

지극히 미국적인 방법으로 그 비밀결사에 잠입해 이 은밀한 조직
의 내막을 폭로하고, 조직과 싸워나간다.

소설 속 영웅들은 시골과 도시 사이를 이동하는 여정을 겪고, 이
과정에서 시골과 도시의 문화적 가치 간 갈등이 드러난다.

12권의 소설 중 대부분은 전통적인 신앙과 종교적 관습에 대해
비판적 시각을 견지하며 종교를 대체할 보다 나은 대안으로 상식
이나 세속적인 관점을 제시한다.

또한 이 소설들은 미국이 가장 귀하게 여기는 국가신화를 찬양
하거나 냉철하게 비판한다. 극도의 가난에 아무것도 가진 게 없던
주인공이 성공해 물질적 부를 누리고 자유를 누린다는 내용은 단
골 줄거리이고, 그만큼 자주 거짓이라 조롱받는다.

12권 소설에는 반항아와 외톨이, 이단아가 중요인물로 등장한
다. 이 외톨이들은 체제에의 순응을 강요하는 압력에 목숨까지 걸
고 대항한다.

또한 이들 소설에는 온전하지 못한 가족이 등장한다. 주인공들
은 별난 가족의 잘못, 신경증적인 관계에 부딪혀 그 해결방법을 찾
아나서는 한편 가족으로부터 탈출하는 방법을 모색한다.

마지막으로 성적인 사건은 이들 소설에서 중추적 역할을 맡는
다. 주인공이 극단적인 성적 행동의 결과에 얼마나 잘 대처하느냐
에 따라 이야기의 결말이 달라진다.

보너스 챕터

작가여, 자신부터 울리는 이야기를 쓰라

대중소설에 관한 강의를 해야겠다고 처음 마음먹었을 무렵, 나는 사실 내 소설을 내고 싶어서 이런저런 노력을 하고 있었고 첫 번째 대중소설 강의를 마쳤을 즈음에는 4권의 소설을 탈고한 상태였다. 예전에 내가 가르쳤던 실험적 소설을 모델로 삼아서 썼던 이 소설들은 하나같이 대담하고도 우스꽝스러운 등장인물로 가득했고, 화려한 문장으로 써내려간 내러티브는 비현실적이고 일관성 없었다. 소설 속 화자는 소설 형식을 비롯한 현대 문화의 다방면을 강한 자의식으로 비판하는 오만한 인물이었다.

《바람과 함께 사라지다》 강의를 마쳤을 즈음, 여러 출판사에서 이 실험적 소설 4권을 출판하기 힘들겠다는 거절의 편지를 보내왔다. 편지에는 갖가지 미사여구가 가득했지만 요지는 그 누구도 내 소설의 출간을 긍정적으로 봐주지 않았다는 것이다.

하지만 대중소설을 강의했던 그 학기에, 나는 비로소 눈을 떴다. 뛰어난 베스트셀러에 대한 경탄과 내 소설에 대한 부끄러움에 젖어, 나는 창작의 방향을 완전히 바꿔야겠다고 결심했다. 내가 가르쳤던 최신 유행의 고급 문화소설을 모방하기를 그만두고, 수 년간 죄짓는 기분으로 읽어왔던 범죄스릴러 소설을 쓰기로 마음먹은 것이다.

베스트셀러 강의를 통해 이전에 나를 속박했던 것들로부터 많이 자유로워져 있었기 때문에, 이런 결정은 어쩌면·당연한 결과였을지도 모른다. 첫 강의를 끝내고 2년 뒤, 내 첫 번째 범죄스릴러 소설《한낮의 위장근무(Under Cover of Daylight)》가 출간됐다. 일반 작가들의 처녀작보다 몇 배나 팔린 이 소설은 여기저기서 호평을 받았고 베스트셀러 순위에도 진입했다. 이로써 내 인생에서 메타픽션은 공식적으로 무대에서 퇴장했다. 이제 나는 범죄소설가였고 그 분야에서만큼은 베스트셀러 작가였다.

물론 대중소설 강의에서 배운 기법 덕분에 이런 성공을 거둘 수 있었던 것은 사실이다. 하지만 첫 스릴러 소설을 집필하는 긴 시간 동안, 내가 깨달은 것이 하나 있다면 베스트셀러에 반복적으로 나타나는 특징을 그대로 갖다 붙이는 것만으로는 베스트셀러를 쓸 수 없다는 것이었다.《한낮의 위장근무》초안은 평이하고 따분했다. 스릴러물을 읽으며 평이하고 따분한 이야기를 원하는 사람이

어디 있겠는가? 시간이 좀 걸리기는 했지만 나는 베스트셀러의 특
징이라는 공식에 지나치게 의존하면 글쓰기가 기계적인 작업으로
전락한다는 것을 깨달았다.

시인 로버트 프로스트(Robert Frost)는 "작가가 울지 않은 이야기
에는 독자도 울지 않는다"고 했다. 글을 쓰기 시작하면서부터, 나
는 이 말을 줄곧 신조로 삼았다. 개인적이지 않은 글쓰기는 없다.
그렇기에 위태로운 감정이 없는 글쓰기는 가짜이며, 그 결과물은
아무런 성과를 거두지 못할 확률이 높다. 다른 사람에게 중요했으
면 하고 바라는 문제는 먼저 작가 자신에게 중요한 문제여야 한
다. 나는 베스트셀러의 기법만을 차용하는 데 급급한 나머지 이 중
요한 것을 잠시 잊고 있었다.

《한낮의 위장근무》초안 수정에 들어가기 전, 나는 베스트셀러
의 요소들이 내 개인적 관심사와 열정과 어떻게 연계되는지, 어떻
게 하면 내가 말하고자 하는 이야기가 베스트셀러 소설의 핵심 요
소에 잘 부합할 것인지, 내 열정이 베스트셀러에서 포착한 주제와
접근법에 어떻게 연결될 수 있는지, 고심에 고심을 거듭했다.

비법 맛보기

유년시절, 재미로 책을 읽기 시작하면서 나는 책이 현실에서는

내가 결코 경험하지 못할 은밀한 세상에 대해 가르쳐준다는 것을 깨달았다. 이후 문학을 업으로 삼고, 보다 학술적이고 복잡한 이론 연구에 매진하게 되면서, 문학을 해부하고 그 스토리텔링 과정을 분석하는 지적 훈련을 목적으로 책을 읽게 되었다. 다시 말해, 나는 내가 알지 못하는 세상을 경험하게 하는 독서의 즐거움을 잃어버린 것이다.

베스트셀러 강의를 시작했던 첫 학기 이후, 나는 아름다운 문장을 쓰는 것만이 다가 아님을 깨달았고 그 이상을 해야겠다고 결심했다. 좋은 글을 쓰기 위해서는 다른 이들에게 전할 만한 주제를 많이 알고 있어야 했다. 작가로서의 목표가 바뀌자 창작 과정에도 근본적인 변화가 일어났다. 픽션 창작보다 논픽션적인 측면에 더 큰 가치를 두기 시작한 것이다.

지금까지 나는 사실적 정보가 가득한 16권의 소설을 출간했다. 나는 각 소설의 배경이 될 분야를 조사하는 데만 한두 달 정도의 시간을 소요한다. 조사 때문에 이국적인 나라에도 많이 갔다. 동물밀수 조사를 위해 보르네오 섬을, 거대한 청새치 낚시에 관한 지식을 얻기 위해서는 멕시코 만류 근방을 방문했다. 또 경찰서와 신문사, 대도시 병원의 강간 클리닉 등 평소에는 가지 않는 장소에도 많이 들락거렸다.

내가 선택한 주제에 익숙해지고 정보를 수집하는 그 한두 달의 시간은 이제 내 창작 과정 중에서 가장 많은 수확을 얻는 단계가 되었다. 그 시간 동안 나는 캐릭터를 구상하고 정보와 배경을 수집한다. 그리고 그 주제의 역학에 관해 내가 얼마만큼의 열정을 가지고 있는지를 시험한다. 가끔은 내가 주제를 완전히 잘못 선택했고 원점으로 돌아가 다시 시작해야 한다는 것을 깨닫기도 한다.

조사부터 시작해서 책을 다 쓰기까지는 약 1년이라는 시간이 걸리기 때문에 단순히 화제성 논픽션 주제를 선택하거나, 다른 이들이 흥미를 보이는 주제를 선택해서는 안 된다. 1년이라는 긴 시간 동안 탐험하고, 정제하고, 더 깊게 파고들어가도 질리지 않고, 더 알고 싶게 만드는 분야를 선택해야 한다.

베스트셀러를 연구하고 그것의 비밀을 알게 되면서 나 또한 작품의 중심에 에덴동산을 형상화했다. 천국이 훼손되는 것을 보는 것만큼 나를 동요하게 만드는 것은 없다. 플로리다에 살고 있는 것도 도움이 된다. 자연을 사랑하는 사람으로서, 자연을 배우는 학생으로서, 또 어려서부터 야외활동을 즐긴 사람으로서 나는 자연에 대해 늘 많은 것을 배운다. 지난 40년간 나는 늘 자연이라는 천국을 동경했다. 형언할 수 없이 아름다운 동식물과 새, 물고기, 날씨, 천둥, 훼손되기 쉬운 마을 풍경은 나의 시적 근육을 긴장시킨다. 때 묻지 않은 풍경의 상실은 또 다른 형태의 순수를 상실하게 된다는 것을 암시하고, 이는 최고의 범죄소설이 자주 차용하는 주제이기도 하다.

베스트셀러에 시골과 도시의 가치관 충돌이 반복적으로 나타난

다는 것을 발견한 후, 나는 이 갈등이 낯설지 않다는 것을 깨달았
다. 나는 켄터키의 작은 마을에서 태어나고 자랐지만, 대학시절부
터 도심지에서 줄곧 살아왔다. 시골과 도시라는 두 공간의 충돌은
내게 매우 현실적인 주제였고 곧 나는 그 주제가 창작의 아주 좋
은 토양이라는 것을 깨달았다.

내가 쓴 소설의 대부분은 키라고(Key Largo)라는 작은 섬을 배경
으로 한다. 마이애미에서 약 80킬로미터 떨어진 이 작은 섬에서 나
는 몇 년 동안 산 적이 있다. 마이애미가 가지고 있는 대도시의 가
치관과 키라고의 섬마을 가치관 간의 충돌은 내 마음속 깊숙이 자
리하고 있는 긴장감을 표출하는 유용한 설정이다. 앞서 말한 것처
럼 나는 시골에서 나고 자란 후 도시로 이주해왔다. 도시와 시골
을 자유롭게 오가곤 하지만, 가끔씩 인지부조화에서 오는 아픔을
느끼기도 한다. 집이라 부르는 곳에서 반발자국 떨어져 있는 것 같
은 그런 느낌 말이다.

그 다음으로 내가 많이 다룬 주제는 무너진 가족이다. 내 소설
속에는 온전치 못한 가족이 많이 등장한다. 그 상세한 내용을 여
러분과도 나누겠지만, 플래너리 오코너(Flannery O'Connor)가 말했듯,
유년시절을 견뎌낸 사람이라면 누구든 여생 동안 쓰고도 남을 충
분한 소재를 가지고 있다고 생각함을 먼저 밝혀둔다.

내가 쓴 16권의 소설은 아버지와 아들, 딸, 어머니, 형제, 자매 간
의 복잡한 역학관계를 다룬다. 끝없는 조합이 가능한 이 사랑하는

사람 간의 갈등은 내 상상력의 원천이다. 참고로 나는 내 17번째 소설에서도 줄거리를 이끄는 핵심 소재로 가족을 사용했지만 질리기는커녕, 다양한 경로로 치명적인 관계가 되는 혈연관계와 깊은 상처를 치유하기 위해 가족이 동원하는 최후의 수단에 여전히 매료된다.

독실한 기독교 집안에서 자랐기 때문인지 내 어렸을 적 꿈은 목사였다. 그때는 목사가 되면 일주일에 하루만 일하면 된다고 생각했고, 그런 이유로 목사를 꽤 괜찮은 직업으로 생각했던 것도 사실이다. 이후 나는 이름만 장로교파인 대학에 진학했는데, 전통적 신앙에 대해 의문을 제기하는 수업이 많은 것을 보고 무척이나 놀랐다. 내 믿음은 이 철저한 검열의 과정을 버텨내지 못했고, 나는 점차 목사가 아닌, 학술적인 커리어로 방향을 틀었다. 일주일에 한 번의 설교가 아닌, 일주일에 3일 강의라는 조건이 썩 괜찮지는 않았지만, 그래도 일주일에 5일 출근해서 노예같이 일하는 것보다는 나아 보였다. 어쨌든 내 성장기의 중심에는 종교가 있었다. 그리고 나는 내 소설에서 정의에 대한 세속주의와 종교적 관점 간의 갈등, 서로 다른 도덕관념을 가진 사람들이 악을 제압하는 방식 간의 갈등을 자주 다루는데, 모두 성공적이었다.

더 계속할 수도 있겠지만, 이쯤에서 모두 눈치챘을 것이라고 생각한다. 특색 없고 따분했던 내 첫 번째 소설의 초안에 생명을 불어넣어준 마법의 묘약이자 마지막 재료는 바로 개인적인 열정이었다. 베스트셀러의 12가지 특징으로는 부족하다. 나는 각각의 특징이 어떻게 내 개인적인 깊은 감정을 표출하는지를 파악해야 했다.

베스트셀러에 공통적으로 나타는 특징이 다 들어 있다고 해도, 이 마지막 요소가 없다면 그 소설은 그저 의미 없는 글일 뿐이다. 비활성 재료의 활동을 촉진할 이 마지막 요소를 효모라 부르든 마법의 가루라 부르든, 확실한 것은 그것이 가장 중요한 열쇠라는 것이다.

스칼렛과 스카웃, 미첼, 로버트 랭던 교수에게 생명을 불어넣어 준 것은 작가의 진심 어린 열정이었다. 그들은 자신에게 가장 익숙하고 가까운 소재를 택해 온 마음을 다해 이야기를 창작했다. 로버트 킨케이드와 프란체스카의 이야기가 감상적으로 보일지 모르지만, 적어도 그건 순수하고 솔직한 감정이었다. 《인형의 계곡》의 세 여 주인공이 약에 취해는 있지만, 그들 또한 복도 끝 아파트를 나눠 쓰는 세 여자들만큼이나 현실적이다. 가짜는 아무리 수가 많다 해도 기대한 결과를 내지 못한다.

작가가 자신의 마음을 흔드는 주제를 선택해야 함은 분명하다. 하지만 강의를 하면서 뛰어난 실력을 갖춘 제자들이 자신이 별 흥미를 느끼지 못하는 캐릭터나 줄거리를 선택하는 경우를 수없이 봐왔다. 그들은 그저 교수가 흥미로워할 것 같아서, 혹은 출판사 편집자들이 흥미로워할 것 같아서 등의 이유로 열정도 없는 이야기를 썼다.

우리가 살펴본 12권의 베스트셀러 작가들은 이런 실수를 저지르지 않았다. 그들은 자기 감정의 원천을 파고들었다. 그들은 스카웃과 프란체스카, 마이클 코를레오네, 브로디 경찰서장을 깊게 믿었고, 그들이 처한 곤경에 연민과 두려움을 느꼈다. 자신의 감정을 흔드는 이야기를 씀으로써 그들은 수백만 독자들의 마음도 휘저을 수 있었다.

헌사

이 책이 출간되기 전, 미리 원고를 읽고 귀중한 조언과 비평을 해준 사람들이 있다. 때로는 그들의 지적에 주눅이 들기도 했지만. 먼저 나의 아내 에블린 크로보홀(Evelyn Crovo-Hall)에게 감사의 뜻을 전한다. 아내의 조언에 따라 나는 잘못된 부분들을 초반에 고칠 수 있었다. 동료 교수이자 친구인 르스탠디포드는 이 책이 너무 학술적으로 나가지 않고, 집필 목적에 부합하도록 현명하고 실용적인 충고를 해줬다. 일리노이 대학 도서정보과학과의 교수 겸 학장 존 언스워스(John Unsworth)에게도 특별히 감사의 말을 전한다. 그는 버지니아 대학에서 베스트셀러 강의를 하는 데 사용하는 그의 방대한 웹사이트를 공유해줬다. 지난 수년간 나는 강의와 관련된 연구조사에 이 사이트를 유용하게 사용했다. 플로리다 국제대학의 명예교수 척 엘킨스(Chuck Elkins)는 이 책의 초안을 읽고 아주 예리한 충고를 해줬고, 그의 도움으로 훨씬 나은 최종원고를 완성할 수 있었다. 이 책의 부록으로 줄거리 요약을 해준 데이비드 곤잘레스(David Gonzalez)에게도 감사의 말을 전한다. 그 또한 미리 원고를 읽고 책의 집필 목적에 맞게 나아가고 있는지 확인해주며 많은 도움을 줬다. 또한 밀리센트 베넷(Millicent Bennet)과 케이트 메디나(Kate Medina)가 없었다면 이 책은 세상에 나오지 못했을 것이다.

마지막으로 아주 오래 전, 내게 책을 소개해줬고, 보다 크고 흥미로운 세상을 알게 해줬던 도서관 사서 할머니에게 감사하다는 말을 하고 싶다. 그분과 같은 사서나 용감한 선생은 오늘날에도 많은 독자를 책의 세계로 안내해주고 있다. 독자들이 그들의 도움 없이는 결코 발견하지 못할 그런 책을 소개해주며, 독서에 대한 평생의 열정을 심어주는 것으로 셀 수 없는 인생을 풍성하게 만들며 말이다.

제자들에게 축배를

바버라 파커(Barbara Parker)가 내 베스트셀러 강의실에 들어왔을 때, 그녀는 연애소설을 쓰고 있었다. 학기가 끝날 무렵, 그녀는 법정스릴러물로 방향을 돌렸다. 그렇게 완성된 그녀의 소설 《사기혐의(Suspicion of Deceit)》는 〈뉴욕타임스〉 베스트셀러 순위에 올랐다.

놀랍게도, 바버라 파커는 베스트셀러 작가가 된 이후에도 여전히 내 수업과 세미나에 참석했다. 그녀는 스타 작가 대열에 올라선 후에도 여전히 새로운 소재를 찾기 위해 열심이었다. 바버라는 상업적으로 성공한 소설에서 늘 무언가 배울 게 있다고 했다. 그녀는 즐겁게 수업을 들었고 수업에서 배운 것들을 자신의 작업에 활용했다.

바버라 파커는 2009년 62세의 나이로 세상을 떠났다. 그녀는 생전에 12권의 미스터리 소설을 출간했다. 저서 중 하나는 에드거상 최종 후보에까지 올랐고 〈시스터스 앤드 스트레인저스(Sisters and Other Strangers)〉라는 제목의 CBS TV 드라마로 제작되었다.

테니스 리헤인(Dennis Lehane)은 대학원에 진학할 때 단편소설을 쓰고 있었다. 그는 영화와 상업소설을 포함한 대중문화를 깊게 이해하고 있었다. 나는 어느 날 수업에서 딘 쿤츠(Dean Koontz)의 작품을 두고 그와 열띤 토론을 벌였다. 테니스는 그 소설의 줄거리가 기존에 있던 소설과 별다른 점이 없다며 비판했고, 그와 비슷한 줄거리의 소설 제목을 줄줄이 댔다. 나는 쿤츠가 독창적이라며 그를 대변하지는 않았지만, 비슷한 내러티브 구조 아래에서도 전혀 다른 줄거리가 나올 수 있다고 말해주었다. 비슷한 두개골 구조에도 불구하고 인간의 얼굴이 각각 다른 것처럼 말이다. 그날 테니스의 지적에서 그가 줄거리의 큰 틀을 볼 수 있는 능력을 가졌음을 알았다. 동료 대학원생들에게서는 좀처럼 찾아보기 힘든 능력이었다. 이후 리헤인은 소설가로서 큰 성공을 거뒀다. 그의 작품《미스틱 리버(Mystic River)》,《셔터 아일랜드(Shutter Island)》,《운명의 날(The Given Day)》은 모두 〈뉴욕타임스〉 베스트셀러가 되었다. 그의 성공은 스토리의 전체 구조를 꿰뚫어보는 능력이 있었기에 가능했다고 생각한다.

테니스는 바버라 파커와 함께 같은 수업을 들었는데 그 반의 몇몇의 학생들도 소설을 쓰고 좋은 결과를 거두었다. 내가 테니스에게 수업에서 기억나는 게 무엇인지 물었을 때 그는 이렇게 대답했다.

수업에서 가장 기억에 남는 것은 베스트셀러의 개념을 새롭게 배웠던 것입니다. 새로운 정보 혹은 전문정보를 제공한다든지, 쓸데없이 복잡한 이론을 보다 독자친화적인 형태로 바꾼다든지 하는 것은 전에 알지 못했던 베스트셀러의 특징이었어요. 마이클 크라이튼(Michael Crichton)이 《쥬라기 공원(Jurassic Park)》에서 카오스이론을 쉽게 풀었던 것처럼 말입니다. 《매드 맨(Mad Men)》의 광고업계나 《브래이킹 배드(breaking Bad)》의 마약 암페타민의 세계같이 우리가 안다고 생각하는 것만큼 알지 못하는 특정 세상으로 우리를 안내해주는 영화나 TV 드라마를 보면 여전히 그 특징이 보여요.

린 키엘 보나시아(Lynn Kiele Bonasia)도 데니스와 바버라가 들었던 대학원 베스트셀러 강의를 들었다. 당시 그녀는 아직 소설을 출간하지는 못했지만 소설가를 꿈꾸는 학생이었다. 이제 린은 《서머 시프트(Summer Shift, 2010)》와 《조립이 필요해(Some Assembly Required, 2008)》를 출간한 어엿한 소설가다(두 권 모두 터치스톤/사이먼 앤 슈스터 출판사에서 출간). 린이 들었던 학기에는 데니스와 바버라가 들었던 학기와는 다른 베스트셀러를 살펴봤지만, 그 공통 특징은 똑같았다. 그녀는 수업 중 가장 기억에 남는 내용으로 내가 앞서 언급한 베스트셀러의 마지막 요소를 꼽았다. 소재에 대한 작가의 감정적 몰

입에서 오는 촉진작용 말이다.

《엑소시스트》,《지상에서 영원으로》,《버지니아》,《인형의 계곡》과 같은 다양한 베스트셀러 소설을 살펴볼 수 있어서 정말 좋았어요. 보통은 별 공통점을 찾을 수 없는 소설이지만 많은 것들을 공유하고 있었죠. 베스트셀러가 되는 암호라 할 수 있는 그런 공통적 특징을 배울 수 있었어요. 아직도 저는 그때 배웠던 특징을 기준으로 베스트셀러를 분석해요.

어려웠던 것은 이 정보를 어떻게 활용하느냐 하는 것이었어요. 좋은 소설은 자연스럽게 만들어지는 것이지 억지로 짜맞춰 쓸 수 있는 게 아니라고 생각했거든요. 솥에 재료를 다 쓸어 넣는다고 해서 베스트셀러가 만들어지는 것은 아니에요. 말 그대로 솥 안에 들어가서 살아야 해요. 때로는 글을 쓰면서, 글쓰기를 잠시 멈추고 거리를 두고 평가하는 시간이 필요해요. 아마도 이번에 출판되는 선생님의 책을 꼼꼼히 읽고 그 특징을 복습해야 할 것 같아요. 제 첫 작품에 베스트셀러의 특징이 얼마나 많이 들어 있는지를 보고는 많이 놀랐어요. 의도적으로 그런 건 아니었는데 아마도 수업 때 배운 내용이 부지불식간에 영향을 미쳤던 것 같아요.

산드라 로드리게즈 바론(Sandra Rodriguez Barron)은 그녀의 첫 번째 소설을 집필하면서 내 수업을 들었다. 그녀의 첫 소설《물의 상속인(The Heiress of Water)》과 두 번째 소설《나와 함께 머물러요(Stay with Me, 2010)》는 하퍼콜린스(HarperCollins) 출판사에서 출판됐다.

흥미로운 것은 산드라는 수업을 듣기도 전에 이미 베스트셀러의 특징 중 하나를 그녀의 첫 작품에 차용하고 있었다는 것이다. 하지만 수업을 통해 그 특징에 지나치게 의존할 경우 도리어 역효과를 낳을 수 있다는 것을 알게 되었다.

수업을 통해 이야기 쓰기의 감정적 측면으로 더욱 깊게 파고들어갈 자신이 생겼어요. 픽션을 쓰기 시작할 무렵에는 자연, 과학, 의학 분야의 갖가지 정보를 엮는 데 익숙했거든요. (대학원 워크샵의 영향을 받았던 것 같아요.) 하지만 이 수업을 들으면서 이런 정보들이 줄거리에 지적 근간을 마련해줄 수는 있다 해도, 독자들은 고조된 감정에 이런 요소가 섞여 있는 것을 보길 원한다는 것을 깨달았어요.

독자들도 알고 싶은 주제가 있으면 더 파고들 수 있잖아요. 그들이 작가에게 원하는 것은 그 주제에 생명을 불어넣어 한 차원 더 높은 이야기를 만드는 것이죠. '똑똑해 보이고 싶은' 작가의 욕망이나 자아가 글쓰기에 스며들면 안 돼요. 폭넓은 반응을 불러일으키는 책은 독자를 생각하고 느끼게 하는 책이거든요.

크리스틴 클링(Christine Kling)은 내 베스트셀러 강의 초반에 수업을 들은 학생으로 산드라와 마찬가지로 첫 번째 소설을 집필 중이었다. 그녀의 첫 원고는 《서피스 텐션(Surface Tension)》이라는 제목으로 발렌타인(Ballantine) 출판사에서 출간되었으며, 이후 《크로스 커런트(Cross Current)》와 《웨커스 키(Wreckers' Key)》 같은 뛰어난 서스펜스 소설을 여러 권 출간했다.

내 수업을 들었던 많은 학생들과 마찬가지로 크리스틴도 남들 모르게 좋아했던 책에 대해 죄의식을 가지고 있었다. 내 수업이 그녀에게 중요했던 이유 중 하나는 그런 불편한 감정에서 그녀를 해방시켜 자신이 진정 원하는 책을 쓸 수 있도록 해줬기 때문이다.

학부에서 영어를 전공했고 순수예술로 석사학위를 취득하면서 제가 진정 좋아하는 책이 무엇인지는 말하지 않았어요. 제가 정말 좋아하는 책은 스티븐 킹, 존 D. 맥도널드(John D. MacDonald), 하몬드 인스(Hammond Innes) 부류의 작가가 쓴, 푹 빠져들어 탐독하게 되는 책들이었거든요. 그런 책들을 읽을 때면 다른 세상으로 훌쩍 이동할 수 있었어요. 남들이 말하는 좋은 문학작품에서는 종종 느낄 수 없는 방식으로요. '좋은 독서'란 물리적인 책은 사라지고, '나'라는 존재조차 사라지는 거예요. 마치 이해할 수 없는 마법이 일어난 것처럼 스토리 속에 완전히 빨려들어가 나를 잃어버리죠. 교수님의 수업은 마법사가 마법을 가르쳐주는 마술쇼 같았어요. 그리고 놀랍게도 마법의 기술을 알게 되었음에도 마법은 깨지지 않았죠. 오히려 그 반대였어요. 마법사가 그의 환상을 창조하는 기술을 인정하게 됐거든요. 교수님 덕분에 자신을 잃고 완전히 몰두할 수 있는 이야기의 요소를 파악하는 이 긴 여정을 시작할 수 있었어요. 그리고 이야기는 마법이 펼쳐지는 곳이며, 단순한 문학적 요소의 조합이 아니라는 것도 알게 됐어요.

부록

줄거리

　여기서 분석한 책을 아주 오래 전에 읽은 사람과 아예 이 책들 근처에 간 적도 없는 사람을 위해, 내 대학원 제자 데이비드 곤잘레스가 12권의 줄거리를 요약해줬다. 30대 초반이며 마이애미에서 나고 자란 데이비드는 독서에 열정적이고 성공한 소설가지만, 믿거나 말거나 그는 이 줄거리 요약 임무를 맡기 전, 12권 중 한 권도 읽어본 적이 없다.

　지난 몇 년간 내 수업을 들었던 많은 학생들이 그랬듯 데이비드도 레이먼드 카버(Raymond Carver), 플래너리 오코너, 가브리엘 가르시아 마르케스(Gabriel Garcia Marquez), 버지니아 울프(Virginia Woolf), 주노 디아즈(Junot Diaz), 찰스 백스터(Charles Baxter), 허먼 멜빌(Herman Melville)과 같은 작가들 작품을 탐닉했지만 베스트셀러와는 거리를 됐다.

그는 이들 베스트셀러를 읽는 대신 영화로 관람했다. 그랬던 그가 시간 가는 줄도 모르고 과거의 베스트셀러에 푹 빠져들었다. 나로서는 이미 예상했던 일이었지만 그래도 그런 모습에 흐뭇한 미소를 감출 수 없었다. 그가 최고로 꼽은 작품은 《바람과 함께 사라지다》였고, 최악으로 꼽은 것은 이야기 구조가 허술하고 횡설수설한다고 평가한 《인디언 여름》이었다. 그는 이야기의 화자 앨리슨 맥킨지가 "목적 없이 마을 주위를 어슬렁거린다"고 했고 《매디슨 카운티의 다리》의 자기중심적인 데다 극단적으로 감상적인 화자 로버트 킨케이드는 말도 안 되는 캐릭터라고 비난했다.

그는 또 처음 《인형의 계곡》을 읽었을 때는 아침드라마 같은 분위기 때문에 흥미를 잃었지만, 몇 달 후에 돌이켜 생각해보니 내용은 좀 저질이었을지라도 나름의 기준을 세웠던 책이라는 점에서 읽기를 잘했다고 생각한다고 말했다.

나는 데이비드의 줄거리 요약을 최대한 건드리지 않으려고 노력했다. 아래 줄거리를 통해 신세대 열혈 독자는 이 책들을 어떤 시각에서 바라보는지 엿볼 수 있을 것이다.

《바람과 함께 사라지다》, 마거릿 미첼, 1936

스칼렛 오하라는 젊고 자신만만하며 매력적이고 고집 센 아가씨다. 이런 성격은 남북전쟁 전 남부의 사교계에 진출한 상류층 여성들 사이에서 흔히 볼 수 있는 유형은 아니지만, 그녀도 어쩔 수 없다. 아버지 제럴드 오하라를 너무 많이 닮은 탓이다. 아일랜드 이민자 출신으로 마음씨 좋은 술고래 아버지는 불굴의 투지와 돈으로 상류사회 진입에 성공한 인물이다.

소설은 애슐리 윌크스가 그의 가문 소유 농장에서 열리는 파티에서 멜라니 해밀턴에게 청혼할 것이란 사실을 스칼렛이 전해 듣는 것으로 시작된다. 스칼렛이 재빨리 애슐리를 찾아가 자신의 마음을 고백하자, 애슐리는 그녀가 좋긴 하지만 '결혼 상대'로는 멜라니를 좋아한다고 대답한다. 애슐리가 자리를 떠나자 잘생긴 악당 레트 버틀러가 나타난다. 그들의 대화를 엿들었다는 그의 자백에 스칼렛이 느낀 굴욕은 두 배가 된다. 스칼렛은 분노와 질투로, 부끄럼 많고 서툴며 왠지 모르게 연민이 가는 멜라니의 남동생 찰스 해밀턴의 청혼을 받아들인다.

하지만 결혼 몇 주 후, 찰스는 남북전쟁에 참전했다가 병사하고 스칼렛은 남편을 잃은 '슬픔'을 사람들 앞에서 드러내도록 강요받는다. 하지만 사실 스칼렛의 속마음은 찰스로부터 해방되어 기쁘기단 하다. 스칼렛의 어머니 엘렌은 남편을 잃은 딸의 우울함을 달래주고자 그녀를 애틀랜타로 보낸다. 애틀랜타로 간 스칼렛은 병원에서 일하게 되고 부상당한 군인을 치료하는 일을 시작한다. 병원에 온 남자들 대부분이 팔다리를 잃었거나 죽어가고 있었기에 그녀가 꿈에 그리던 일자리는 아니었다.

스칼렛은 병원에서 열린 자선파티에서 레트와 다시 마주치고, 둘은 곧 애틀랜타의 뜨거운 가십거리로 떠오른다.

그런 가운데 애슐리가 포로로 잡혔다는 소식이 들려오고, 멜라니는 임신으로 몸이 많이 아프다. 전장의 포성은 날마다 가까워오고, 마침내 애틀랜타 거리에도 대포가 날아든다. 멜라니의 출산을 도와 아이를 받은 스칼렛은 가족과 친구, 노예를 모두 데리고 오하라 가문의 농장 타라로 탈출하는 위험한 여정에 나선다. 우여곡절 끝에 타라에 도착했지만 집은 엉망진창이다. 어머니는 그간 세상을 떠났고 두 여동생은 아프고 아버지는 미쳐가고 있다.

이제 그만, 참을 만큼 참았어. 스칼렛은 이제 다시는 가족의 배를 곯게 하지 않을 것이라고, 더 이상 힘들게 하지 않겠노라고 결심한다. 예전의 얕고 이기적인 스칼렛은 이제 없다. 이제 그 자리에는 자신의 안전한 미래를 위해서라면 살인까지도 불사할 불굴의 여인이 서 있다. 그 의지로 스칼렛은 자신의 집에 침입한 북군을 맞닥뜨렸을 때도 주저 없이 총을 쏴 죽인다.

전쟁이 끝나자 애슐리도 타라로 돌아온다. 스칼렛과 애슐리는 뜨겁게 재회하지만, 그는 양심상 스칼렛의 도움을 받으며 멜라니와 아이와 함께 타라에 머무르지는 못하겠다고 이야기한다. 하지만 스칼렛에게는 사람이 필요했다. 그리고 그보다도 돈이 필요했다. 타라에 엄청난 세금을 부과한 탐욕적인 북부인들에게서 타라를 지켜내려면, 무엇보다 돈이 필요했다. 그녀는 애슐리에게 함께 있어 달라고 간청하고, 곤경에 처했을 때 돈 부탁을 할 수 있는 유일한 남자 레트 버틀러를 찾아간다. 하지만 불행하게도 그는 전쟁 후, 선량한 악당이라면 모두 그랬듯 감옥에 갇힌 신세다.

타라를 잃을까봐 공포에 질린 스칼렛은 동생의 약혼자 프랭크 케네디를 유혹해 결혼하고, 그가 병으로 드러눕자 그의 사업체를 맡고 무자비한 사업가로 변신한다. 그녀는 돈을 벌기 위해서라면 북부인과 어울리기도 서슴지 않는다. 남부사회는 이런 스칼렛의 처신을 용납할 수 없는 행위라고 여긴다.

남의 이목 따위는 신경 쓰지 않는 스칼렛의 독립심이 결국 참극을 불러온다. 어느 날 숲 속에 사는 부랑자들의 습격을 받게 된 것이다. 프랭크와 애슐리는 스칼렛이 당한 일을 되갚아주겠다며 그들이 모여 사는 곳을 급습하고, 결국 프랭크는 살해당하고 애슐리는 크게 다친다. 처음으로 우리는 스칼렛이 슬픔과 회한에 젖는 모습을 본다. 자신이 그렇게 고집부리지 않았더라면 자신의 물주 프랭크는 죽지 않았을 텐데.

프랭크를 묻고 얼마 지나지 않아 감옥에서 나온 레트가 스칼렛에게 청혼한다. 과거 한 자선파티에서 스칼렛과 레트가 춤을 췄을 때 남부사회가 느낀 감정이 그저 조금 혼란스러운 정도였다면, 프랭크가 죽은 지 얼마 되지도 않았는데 둘이 결혼을 감행하자 그 혼란은 혐오로 바뀐다. 하지만 이 둘은 평판 따위는 신경 쓰지 않는 사람들이다. 스칼렛은 레트의 딸 보니 블루 버틀러를 출산하고, 그제야 레트는 자신의 딸을 위해 가족의 이미지를 바꿔보려 노력하기 시작한다.

이제 레트는 전에 우리가 알던 그런 남자가 아니다. 그는 아버지가 되었다. 하지만 사고로 딸 보니를 잃게 되자, 그가 잠시 보여줬던 좋은 남자의 모습도 딸과 함께 사라진다.

스칼렛은 자신이 소중하게 여겼던 모든 것을 잃는다. 레트는 분노에 차서 술만 마시고, 부모님은 모두 세상을 떠났고, 옛 남부사회는 그녀를 따돌린다. 무조건적으로 스칼렛을 사랑해줬던 멜라니마저 죽자, 늘 조금은 허약하고 꿈에 젖어 있던 몽상가 애슐리는 예전의 모습을 잃어버린다. 소설의 결말부분에서 레트가 스칼렛에게 더 이상 그녀 따위는 신경 쓰지 않는다고 말하자, 우리의 여 주인공 스칼렛은 자신에게 닥친 비극적 최후를 부정하며 다시 레트를 유혹할 계획을 세우기 시작한다.

《인디언 여름》, 그레이스 메탈리어스, 1956

주인으로부터 해방된 노예 새뮤얼 페이튼은 유럽에 가서 큰 부자가 되고, 백인 여자와 결혼해 다시 고향으로 돌아온다. 하지만 그는 곧 자신이 이 사회로부터 결코 환영받을 수 없다는 것을 알아챈다. 새뮤얼은 그 사실에 상처 입고 유럽 중세 성을 낱낱이 분해해 미국으로 들여온 후 마을에 다시 올리고는 굳게 문을 걸어 잠그고 성에 자신을 가둔 채 여생을 보낸다. 이 마을의 이름 페이

튼 플레이스는 새뮤얼 페이튼에게서 비롯된 것이니 불길한 시작인
셈이다.

1930년대 뉴잉글랜드에 위치한 허구의 마을 페이튼 플레이스에
서 중요한 것은 이미지와 사회적 지위, 평판이다. 겉으로 보기에는
아무런 문제가 없지만 마을의 거의 모든 사람들에게는 그들만의
은밀한 비밀과 추악한 과거가 있고, 그것을 감추기 위해서라면 무
슨 짓이든 할 기세다.

콘스탄스 매킨지가 대표적이다. 그녀는 유부남과의 불륜으로
딸 앨리슨을 갖는다. 앨리슨이 세 살 때 그가 세상을 떠남에도 불
구하고 콘스탄스는 언젠가 자신의 딸이 사생아라는 사실이 밝혀
질까 전전긍긍하며 산다.

콘스탄스는 아름다운 여인이지만, 마음속 죄책감과 후회 때문
에 재혼하지 않고 혼자 산다. 그녀는 단호하게 로맨스와 로맨스에
서 오는 여러 변화를 거부한다. 한편 앨리슨은 감수성이 예민하고
사려 깊으며 꿈 많은 소녀로 자신의 어머니와는 다르게 희망찬 시
선으로 세상을 바라본다. 적어도 그 장면을 목격하기 전까지는 말
이다.

앨리슨의 친한 친구이며 어딘지 모르게 관능적인 매력이 있는 셀
레나 크로스는 판잣집에서 어머니와 의붓아버지와 살고 있다. 페
이튼 플레이스에 도사리고 있는 본질을 전혀 알지 못했던 앨리슨
은 어느 날 셀레나 집에 놀러 갔다가 부엌 창문을 통해 술 취한 셀

레나의 양아버지 루카스가 친구의 블라우스를 찢는 광경을 목격한다.

얼마 지나지 않아 루카스는 알코올중독으로 병원에 실려 가고, 셀레나는 부유한 집안의 자제로 잘생기기까지 한 테드 카터와 사랑을 싹 틔우며 위안을 받는다. 그 무렵 콘스탄스는 자신의 의상실 직원으로 셀레나를 고용하고, 셀레나의 엄마 넬리를 가정부로 쓴다.

페이튼 플레이스에서 가장 영향력 있었던 동네 고등학교의 교장 레슬리 해링턴이 죽자, 그의 후임으로 토머스 마크리스가 온다. 아이비리그 대학을 나온 마크리스는 잘생긴 남자로 뉴욕 출신이다. 콘스탄스는 뉴욕에서 온 그가 혹시나 자신의 과거를 알고 있을까 봐 두려워 그의 등장이 반갑지만은 않다. 하지만 마크리스는 콘스탄스에게 첫눈에 반하고, 별로 마음 없는 콘스탄스에게 구애하기 시작한다.

2년 후, 작가를 꿈꾸는 앨리슨은 지역신문사에 취직해 페이튼 플레이스 주민과 행사에 관한 기사를 쓰게 된다. 이즈음, 마크리스는 콘스탄스의 마음을 얻어 비밀 약혼을 하기에 이른다. 마크리스는 앨리슨에게 자신들의 약혼 사실을 알리자고 조른다.

한편 셀레나 크로스는 산부인과 의사 독 스웨인을 찾는다. 의붓아버지의 아이를 임신한 것을 알았기 때문이다. 낙태는 불법이지만 그러거나 말거나 독 스웨인은 셀레나를 엄청난 곤경에서 구해준다는 일념으로 수술을 해준다. 수술은 성공적이었고, 독 스웨인은 루카스에게 마을을 떠나도록 종용한다.

한편 셀레나 크로스의 어머니 넬리 크로스는 가난 때문에 앨리슨의 다락방에서 목매 자살한다. 넬리가 마을 사람들을 나쁘게 얘기하는 것을 비난했던 앨리슨은 그녀의 죽음에 양심의 가책을 느낀다. 그러자 독 스웨인은 넬리가 심각한 병에 걸려 많이 아팠고 그 때문에 자살을 하게 된 것이라는 거짓말로 앨리슨을 위로한다.

마을 밖으로 내쫓겼던 루카스는 어두운 밤 마을로 몰래 들어와 다시 셀레나를 덮친다. 하지만 이번에 셀레나는 순순히 당하는 대신, 그를 살해하고 남동생과 함께 그의 시신을 마당의 양 우리에 묻는다. 하지만 얼마 가지 않아 셀레나가 루카스를 살해한 사실이 밝혀지고, 그녀는 감옥에 수감된다.

뉴욕 잡지사에서 기자로 일하고 있는 앨리슨은 세간을 시끄럽게 한 자신의 오랜 친구 셀레나의 재판을 취재하기 위해 고향으로 돌아온다. 독 스웨인은 재판에서 자신이 저지른 행동이 경력에 큰 오점을 남길 수 있고 심지어 체포될 수 있음에도 불구하고 셀레나의 낙태에 대한 진실을 폭로한다. 배심원은 셀레나에게 무죄를 선고하고 독 스웨인은 낙태수술을 했지만 당시 용감했던 결단을 인정받아 페이튼 플레이스 주민들의 용서를 받는다.

다시 페이튼 플레이스로 돌아온 앨리슨은 자기 어머니가 과거에 그랬듯 유부남과 깊은 관계에 있다. 자신이 과거의 어머니와 같은 실수를 저지를 위기에 처했음을 깨달은 앨리슨은 유부남 연인과 헤어지는 것만이 어머니와 같은 삶을 살지 않을 수 있는 유일한 방법임을 깨닫는다. 앨리슨은 마침내 자신의 고향 페이튼 플레이스의 잔인함과 관대함, 추악함과 화해한다.

《앵무새 죽이기》, 하퍼 리, 1960

1930년대 앨리배마 주의 작은 마을 메이컴에 사는 애티커스 핀치는 홀아비 변호사다. 그의 딸 스카웃과 아들 젬, 그리고 젬의 친구 딜은 유년시절 하면 떠오르는 나쁜 짓이란 나쁜 짓은 다 하면서 여름을 즐긴다. 나무 위에 집을 짓고 가장 좋아하는 이야기의 주인공이 되어 연기도 하며 여름을 보내던 그들은 너무나 지루한 나머지 마을의 유령 부 래들리를 집 밖으로 유인하기로 결심한다.

학년이 끝날 무렵이 되자 스카웃과 젬은 누군가 래들리의 집 앞 나무옹이에 선물이나 장난감을 놓아둔다는 것을 알아챘다. 나무옹이를 통해 껌, 인디언 동전, 비누 인형, 망가진 시계 등을 받은 세 아이들은 자신들도 나무옹이를 통해 부에게 무언가를 전달하기 시작한다. 하지만 이를 눈치챈 부의 형 네이선이 나무옹이를 시멘트로 막아버리며 그 교류도 끝이 난다. 아이들은 부와의 연결고리를 잃어버려 슬퍼하지만 점차 부가 다른 방법으로 그들에게 손을 내밀고 있다는 사실을 눈치챈다.

어느 날 학교에서 스카웃은 그녀의 아버지가 흑인 청년 톰 로빈슨을 변호한다는 이유로 놀림을 받는다. 마을은 이 변호사의 자녀들을 따돌리기 시작하고, 애티커스는 젬과 스카웃에게 그들과 말싸움하거나 싸우지 말라고 부탁한다. 톰 로빈슨은 백인인 메이엘라 이웰을 강간했다는 혐의를 받고 체포된 흑인 청년이다. 톰의 변호사 애티커스는 그의 결백을 믿지만 이 재판이 공정한 재판이 될리 없다는 사실도 알고 있다. 그의 동생 알렉산드라마저 오빠가이 재판을 맡아 가문의 이름에 먹칠을 하고 있다고 생각한다.

재판이 시작되자 젬과 스카웃, 딜은 발코니 위에서 재판을 관람한다. 발코니는 흑인에게 유일하게 허락된 참관 구역이었다. 애티커스가 톰의 결백을 훌륭하게 증명해 보였지만, 배심원은 톰에게 유죄판결을 내린다. 애티커스는 항소하려 하지만, 톰은 자신이 싸우고 있는 시스템 자체가 불공평하다는 것을 깨닫고 탈옥을 시도했다가 총에 맞아 즉사한다. 애티커스는 배심원들이 평소보다 오랜 시간 논의한 끝에 평결을 내렸다며, 인종문제에 있어 사회적 진보가 일어나고 있는 것이라고 젬과 스카웃을 위로한다.

그리고 찾아온 가을, 스카웃은 학교 연극에서 햄 역할을 맡는다. 어느 날 연극 연습을 끝내고 햄 모양 의상을 입은 스카웃이 젬과 함께 집으로 돌아오는데 밥 이웰이 그들을 공격한다. 그 남자는 재판에서 딸 메이엘라를 상습적으로 구타하고 톰 로빈슨이 하지도 않은 강간을 했다고 거짓말을 지어냈다며 비난받았던 메이엘라의 아버지였다. 순식간에 자신들을 덮친 어른의 공격에 젬은 팔이 부러지는 부상을 입고 곧 기절한다. 햄 의상을 입고 있던 스카웃은 정확히 무슨 일이 벌어졌는지도 모른 채 누군가의 도움으로 집에 도착한다. 곧 그녀는 생전 처음 보는 낯선 남자가 젬을 안아 집 안으로 들어오는 것을 본다. 스카웃은 곧 그 남자가 부 래들리이며, 그가 밥 이웰로부터 자신들을 구해준 사람이라는 것을 알아챈다.

사실 이웰은 칼을 가지고 스카웃을 찌르려고 했지만, 스카웃은 의상 때문에 큰 부상을 입지 않을 수 있었다. 밥 이웰은 싸우는 과정에서 자신의 칼 위에 넘어져 즉사한다.

톰 로빈슨도 죽고, 밥 이웰도 죽었다. 아름다운 결말은 아니지만 아이들은 예전보다 성숙한 시선으로 메이컴에 존재하는 이상한 정의를 바라본다. 소설의 결말부분, 스카웃은 부를 그의 집까지 데려다준다. 스카웃은 그의 수상한 이웃의 시각에서 마을을 보게 되고 그제야 애티커스가 귀에 못이 박히게 이야기했던 진리를 몸소 깨닫는다. 상대의 입장에 서봐야 그를 이해할 수 있다는 것을.

《인형의 계곡》, 재클린 수잔, 1966

1945년 뉴욕, 전쟁은 끝났고 세상은 희망으로 가득하다. 뉴욕에 막 도착한 앤 웰스도 희망에 가슴이 부풀어 있다. 앤은 도시의 삶이 주는 아주 작고 단순한 기쁨에도 신이 나는, 시골 출신의 아름답고 재능 넘치며 성실한 아가씨다. 모델을 해도 될 만큼 아름답지만, 그녀는 사무직을 원하고 곧 연예기획사에 비서로 취직한다.

앤은 별 볼 일 없는 공연의 배우로 활동하고 있는 닐리 오하라 (스칼렛의 손녀일지도?)와 풍만한 가슴의 금발 미녀 제니퍼 노스와 친구가 된다.

이어 앤은 라이언 버크에 홀딱 빠지지만 알렌 쿠퍼와 약혼한다. 처음에는 멍청한 보험판매원인 줄 알았던 알렌 쿠퍼는 이후 백만장자임이 드러난다. 한편 제니퍼는 사우디 왕자 남자친구를 버리고 부자 친구들과 어울려 놀기 좋아하는 근사한 남자 토니 폴라에게 시선을 돌린다. 그리고 닐리는 남자친구 멜 해리스와 약혼하고 얼마 후 혼자의 힘으로 스타가 된다.

LA에서 일약 스타로 떠오른 닐리는 남편 멜을 완전히 무시하고 술과 마약에 빠져든다. 멜은 그런 아내에게 점차 질리게 되고, 결국 둘은 이혼한다.

제니퍼는 뒤늦게 토니에게 정신지체가 있음을 알게 된다. 토니의 누나는 온전치 못한 동생의 삶과 의사결정, 이미지 등을 대신 관리해주고 있었는데, 동생에게 문제가 된 유전이 자식에게도 갈 확률이 높다고 제니퍼에게 말한다. 결국 제니퍼는 토니의 아이를 지우고 그 둘도 이혼한다.

앤은 알렌과 결혼하고 싶지 않았지만 자신의 의사와는 상관없이 약혼한다. 얼마 후 앤은 결혼을 취소하고, 자신이 사랑하는 사람은 라이언 버크라고 말한다. 버크는 자신도 앤을 사랑한다고 말하지만, 작가로 성공해 둘의 생계를 책임질 수 있을 때까지 결혼할 생각은 없다. 그러던 중 앤의 어머니가 세상을 떠나면서 앤에게 로렌스빌의 집을 물려주자 버크는 이 집에서 둘이 살 수 있다면 당장이라도 그녀와 결혼하겠다고 말한다. 하지만 고향에서 멀리 떨어져 살길 간절히 원한 앤은 그의 제안을 거절하고 상처 입은 버크는 영국으로 떠난다.

제니퍼는 LA의 닐리를 방문하고 닐리가 곧 그녀의 패션 디자이너와 결혼할 것이라는 사실을 알게 된다. 제니퍼는 닐리를 통해 밤에 잠을 자는 데 어떤 약이 잘 듣는지, 또 출산 후 살을 빼는 데 어떤 약이 잘 듣는지 알게 된다. 만약 제니퍼가 진짜 프랑스 예술영화에 출연하게 된다면(실제로도 찍게 된다) 가장 아름다운 모습으로 카메라 앞에 서야 했다. 적어도 상의는 탈의할 것이기 때문이다.

앤의 인생에서 라이언 버크가 사라진 후, 앤은 길모어 화장품의 회장 케빈 길모어와 결혼한다. 그리고 앤은 마침내 모델 일을 시작하고 하룻밤 새 센세이션을 일으키며 스타로 발돋움한다. 길모어와 앤은 사랑도 없고 불만족스러운 결혼생활을 해나가는데, 어느 날 길모어가 아내의 사랑을 시험하고자 앤과 버크를 다시 만나게 한다. 앤은 남편의 시험을 통과하지 못한다. 버크와 서로의 마음을 다시 확인하고 사랑에 빠졌기 때문이다.

한편 닐리는 심각할 정도로 술을 마시고 약에도 중독된다. 영화 스튜디오 자본금마저 까먹은 그녀는 총체적 위기에 빠지는데, 설상가상으로 남편이 다른 남자와 키스하는 것을 목격한다. 자식들의 생일잔치도 놓친 그녀는 자살을 시도한다.

절망에 빠진 닐리는 앤을 찾아와 자신이 뉴욕에 올 테니 그녀 집에 머물 수 있게 해 달라고 간청한다. 하지만 뉴욕에 돌아오자마자 목소리가 나오지 않는다. 이에 닐리는 손목을 긋지만 간신히 살아나고 재활원에 보내진다.

제니퍼는 해외에서 예술영화 촬영을 마치고 미국으로 돌아와 상원의원 윈스턴 아담스와 약혼한다. 드디어 제대로 된 남자를 만났다고 생각하지만 유방암 진단을 받은 후, 윈스턴이 사랑하는 것은 자신의 육체뿐임을 깨닫는다. 제니퍼는 아름다운 가슴을 잃느니 목숨을 버리겠다고 결심한다.

앤은 이제 막 재활원에서 나온 닐리의 재기를 위해 계획을 짜고, 그녀의 계획에 따라 버크는 기획사를 사들여 닐리와 첫 계약을 맺는다. 닐리와 버크가 불륜에 빠지기 전까지, 이 계획은 어느 정도 성공을 거둔다. 남편과 친구의 불륜을 알아챘을 때, 앤은 임신 중이다. 그녀는 결혼을 포기하는 대신 그들의 배신을 묵과한다.

닐리는 버크에게 앤과 이혼할 것을 종용하지만 버크는 딸을 잃게 될까봐 이혼할 수 없다고 말한다. 곧 버크의 기획사는 더 젊고 신선한 스타 마지 파크스와 계약한다. 닐리는 버크가 이 젊은 여배우와 깊은 관계인 것을 눈치채고 세 번째 자살시도를 한다.

앤의 집에서 열린 새해 전야 파티에서 앤은 버크와 마지의 밀회를 목격한다. 버크에게 늘 닐리 오하라와 마지 파크스 같은 여자가 끊이지 않을 것임을 깨달은 앤은 약물을 통해 진정을 찾는다. 앤은 조금은 이상하고 불행한 방식이지만, 자신이 과거에 원했던 모든 것을 다 가졌다는 것을 상기하며 다시 파티로 돌아간다.

그렇게 그들은 불행하게 평생을 살았답니다.

《대부》, 마리오 푸조, 1969

시칠리아 전통에 따르면 아버지는 딸 결혼식에서 받은 부탁을 반드시 들어줘야 한다. 이 전통에 따라 돈 비토 코를레오네는 딸의 결혼식에서 자신의 도움과 지원을 원하는 이들을 은밀하게 만나준다. 돈은 그들의 부탁을 들어주며 그 대가로 변치 않는 충성과 우정을 요구한다. 그날 그가 거절한 단 하나의 부탁은 마약사업을 벌이자고 한 뉴욕의 중견 마피아조직 보스인 솔로조의 제안이었다. 솔로조의 제안을 거절한 것이 계기가 되어 '1945년, 다섯 조직 간의 전쟁'이 벌어진다.

솔로조는 대부가 제안을 거절한 데 앙심을 품고 그를 암살할 계획을 세운다. 그의 공격에 대부는 심각한 부상을 입고, 대부의 큰아들 소니는 다 죽여버리겠다며 분노한다. 아버지가 공격당할 때 옆에 있었던 둘째 아들 프레도는 큰 충격을 받고 겁에 질려 별다른 역할을 하지 못한다. 막내 마이클은 아들 셋 중 아버지의 뜻에 반하는 삶을 살았던 유일한 아들이었다. 어려서부터 다루기 힘들었던 마이클은 가업과 멀어지고 싶어했지만 아버지의 암살을 계기로 조직에 휘말리게 된다.

휴전을 청하고 싶어진 솔로조는 자신을 죽이려 들지 않을 코를레오네 가족은 마이클뿐이라고 생각한다. 솔로조는 부패한 경찰과 함께 한 안전한 이탈리안 레스토랑에서 마이클을 만나 휴전을 협상한다. 하지만 마이클은 레스토랑에 몰래 총을 가지고 들어가 경찰과 솔로조를 둘 다 살해하고 레스토랑에 뿌려진 피가 채 마르기도 전에 배를 타고 시칠리아로 피신한다.

얼마 후 소니는 매형이 자신의 누이를 또 다시 구타하기 시작했다는 것을 전해 듣는다. 분노한 소니는 곧장 누이의 집으로 찾아가고, 결국 매형을 잔인하게 살해한다.

더 이상 폭력을 원치 않았던 돈은 뉴욕의 다섯 조직을 소집해 회의를 열고, 마이클이 안전하게 미국으로 다시 돌아올 수 있도록 해줄 것을 요구한다. 대부는 마이클의 무사 귀환을 위해 다른 조직의 마약 거래에 자신이 경찰과 맺고 있는 관계를 유리하게 이용하겠다고 약속한다.

한편 시칠리아에서 마이클은 아름다운 아폴로니아를 만나 사랑에 빠지고 결혼한다. 마이클을 보호해주고 있던 돈 토마시노는 마이클의 결혼으로 대부의 적들에게 그의 위치가 노출될 수도 있다고 경고한다. 하지만 정열적 사랑에 빠져 있던 마이클은 그의 경고를 무시하고 만다. 얼마 후, 마이클의 목숨을 노린 폭발사고가 일어난다. 하지만 그 사고로 목숨을 잃은 것은 공격 대상이었던 마이클이 아니라 아폴로니아다. 충격에서 간신히 벗어난 마이클은 돈 토마시노에게 미국으로 돌아가 아버지와 함께 있고 싶다고, 또 일생 동안 자신을 기다려온 그 자리에 오르겠다고 말한다.

미국으로 돌아온 마이클은 오래 전 교제했던 여자 친구 케이 아담스와 결혼한다. 그는 아내에게 자신이 아버지의 제국을 물려받아 이끌고 있다고 고백하고 무슨 일이 있어도 5년 후에는 이 조직을 합법적으로 만들겠노라 약속한다. 하지만 그렇게 되기 전에 매듭지어야 할 일이 몇 가지 있다. 마이클은 라스베이거스로 가서 다루기 힘든 조직원 모 그린을 만나 거절할 수 없는 제안을 한다. 모는 거절하고 그 자리에서 살해당한다.

대부는 마침내 올리브오일 사업에서 손을 떼고 평범한 일생을 즐기다가, 토마토 밭에서 갑작스런 심장마비로 급사한다. 갑작스러운 아버지의 죽음에도 불구하고 마이클은 정적을 제거하겠다는 계획을 실행에 옮기고 마피아 전쟁이 시작된다.

필립 타탈리아는 모텔에서 정부와 밀회를 즐기던 중 살해당하고, 돈 바르지니는 경찰로 위장한 암살자에게 목숨을 잃는다. 돈이 생전에 가장 신뢰했던 조직의 부두목 테시오는 마이클을 제거하려던 음모가 발각됨에 따라 살해당한다. 또 마이클은 직접 카를로를 찾아가 형 소니의 죽음에 카를로의 책임이 있음을 안다고 말하고 카를로를 목 졸라 죽인다.

그렇게 마이클 코를레오네는 신속하고도 잔인한 일련의 조치를 통해 아버지가 물려준 왕좌에 앉아 조직의 힘과 위신을 다시 세운다. 물론 이는 마이클이 가장 피하고 싶었던 결말이다.

《엑소시스트》, 윌리엄 피터 블래티, 1971

남편과 이혼 후 홀로 아이를 키우며 살아가는 유명 여배우 크리스 맥닐은 영화 촬영 때문에 딸 레건과 함께 워싱턴 D.C.로 이사 온다. 지루해진 레건은 점괘판을 가지고 놀며 상상 속의 친구 캡틴 하우디와 친해지는데, 이 캡틴 하우디라는 악령은 밤마다 레건의 가구를 이리저리 옮기고 물건을 갑자기 공중부양시키는 데 재미를 느낀다.

레건의 생일날, 레건의 아버지는 전화를 걸어 축하하는 것을 깜빡한다. 크리스는 딸의 기분이 안 좋은 것은 그 때문일 것이라고 짐작한다. 한때 호기심 많고 쾌활했던 레건은 점점 음울하고 신경질적으로 변하고 저속한 말을 내뱉기도 한다.

이해할 수 없는 말을 하고, 공중으로 침대를 띄우고, 초인적인 힘을 발휘하는 레건을 보며 의사들은 레건이 특이한 형태의 간질을 앓고 있다고 진단한다.

하지만 이를 믿을 수 없는 크리스는 데미안 카라스 신부에게 도움을 청한다. 카라스 신부는 믿음의 확신을 잃고 낙담해 있는 젊고 잘생긴 신부다. 신부는 레건을 보러 가겠다고 말하지만 교단이 악령을 내쫓는 의식인 엑소시즘을 해도 좋다고 허가하는 경우는 드물다고 얘기해준다. 그 의식을 행하기 위해서는 귀신이 들렸다는 것을 확실히 증명해야 한다.

카라스 신부가 처음 레건을 만나러 간 날, 레건은 자신이 악마라고 주장하며 버크 데닝스—악령이 레건의 침실에서 창문 밖으로 던져 죽음에 이르게 한 영화감독—의 목소리로, 또 얼마 전 세상을 떠난 카라스 신부의 어머니 목소리로 말하고, 곧 카라스에게 토사물을 쏟아낸다.

레건과의 대화를 녹음한 테이프를 꼼꼼히 분석한 카라스 신부는 악령이 고대 언어로 말하고 있는 것이 아니라 영어를 거꾸로 말하고 있다는 것을 알게 된다. 다음 날 그는 교단으로부터 엑소시즘을 행해도 좋다는 허가를 받고, 그 의식을 돕기 위해 이전에 악령을 쫓은 경험이 있는 노년의 란케스터 메린 신부가 합류하게 된다.

레건의 집에 도착한 메린 신부는 의식을 준비하기 시작한다. 두 신부는 3일 밤낮 쉴 새 없이 계속된 악령과의 사투에 심신이 지치고, 결국 메린은 심장마비로 급사한다. 메린 신부의 죽음에 격분한 카라스 신부는 악령에게 즉시 레건의 몸에서 나와 자기 몸에 들어올 것을 요구한다. 악령은 기쁘게 그의 제안을 받아들여 카라스의 몸에 들어온다. 그러자 그는 창문 밖으로 몸을 던져 죽음으로써 악령과 함께 영원히 사라진다.

때는 6월 중순, 휴양지 아미티는 이번 여름철도 도시에서 몰려온 후양객으로 한몫 잡을 생각에 활기를 띠고 있다. 그런데 한 여자가 한밤중 수영을 즐기다 상어의 습격을 받고 죽는 사건이 발생한다.

경찰서장 마틴 브로디는 〈아미티 리더〉지의 편집자 해리 매도우스를 만나, 해변 폐쇄 기사를 써 달라고 부탁한다. 하지만 매도우스는 상어의 공격으로 죽은 여자의 기사를 내지도, 해변 폐쇄 기사를 내지도 않겠다며 고집을 부린다. 매도우스는 이미 아미티의 몇몇 사업체들이 휴양객을 내쫓을 수 있는 기사를 다루지 말아 달라고 〈아미티 리더〉지에 요구했다고 말한다.

아무것도 모르는 휴양객은 속속 마을에 도착하고, 상어는 두 번째 희생자로 여섯 살 난 꼬마 소년을 택한다. 브로디가 이 사건에 대해 기자회견을 열고 있는 와중에도 65세의 노인이 공격당했다는 보고가 들어온다.

그 다음 날, 〈아미티 리더〉는 상어의 습격으로 총 세 명이 사망했음을 인정하는 기사를 낸다. 죽은 소년의 어머니는 분노에 차 브로디의 사무실로 찾아가 자기 아들이 당신 때문에 죽었다며 성토한다. 브로디는 죄책감에 시달리면서도 사건의 개요를 발설하지 않겠다고 맹세한 바가 있어 자신에게 모든 책임이 있다고 말한다.

브로디와 동료 경찰관은 배를 타고 상어 추적을 위해 고용한 어부 벤 가드너를 찾아간다. 하지만 가드너의 배는 심각하게 파손되어 있고 가드너는 보이지 않는다. 모든 정황이 상어의 네 번째 먹잇감이 가드너였음을 지목한다. 다시 경찰서로 돌아온 브로디에게 맬로우스는 해양조사원의 과학자 매트 후퍼를 소개시켜준다. 브로디는 마을을 정상으로 되돌릴 유일한 방법은 상어를 제거하는 것임을 깨닫는다.

브로디는 퀸트라는 이름의 상어 사냥꾼을 알게 되고, 그에게 상어를 죽여 달라고 부탁한다. 퀸트는 그의 부탁을 받아들이고(그가 원하는 가격에 맞춰줬음은 물론이다) 브로디와 후퍼와 함께 상어 사냥에 나선다.

상어를 잡으러 바다로 나간 첫 날, 바다는 고요하기만 하다. 둘째 날도 마찬가지다. 그러다 갑자기 매달아놓은 미끼를 무언가 잽싸게 낚아채간다. 상어가 나타난 것이다. 거대한 백상어는 배에 점차 다가오고, 세 남자는 작살로 상어를 잡으려 하지만 성공하지 못한다.

그 다음 날, 후퍼가 철창을 가지고 온다. 상어의 위치를 파악한 이들은 빈 철창을 바다에 던지는데, 상어는 이에 아랑곳하지 않는다. 후퍼가 상어를 유인하고자 자진해서 철창 안으로 들어가고, 상어는 곧바로 철창으로 다가와 후퍼를 공격한다. 철창을 난도질한 상어는 머리를 철창 안으로 들이밀고 후퍼를 잔인하게 물어뜯어 죽인다.

셋째 날, 브로디와 퀸트는 바다로 나가자마자 상어의 습격을 받는다. 퀸트는 상어에 작살 두 개를 꽂고 상어를 끌어당기기 위해 윈치에 밧줄을 건다. 하지만 상어가 배의 뒤편으로 가서 높게 뛰어 뱃머리를 들이받자 그 충격으로 배가 가라앉기 시작한다. 상어가 물속으로 다시 깊숙이 들어가자 작살에 걸려 있던 밧줄이 엉키는데, 그 중요한 순간에 퀸트는 밧줄에 발을 헛디디는 치명적 실수를 저지른다. 결국 퀸트는 그렇게 죽음을 맞는다.

배는 완전히 기울어져 거의 수직으로 곧추 서고, 브로디는 물에 떠 있게 해줄 쿠션을 하나 집어 든다. 배가 서서히 가라앉자 상어가 다시 그를 향해 일직선으로 다가온다. 상어가 막 그를 덮치려는 순간, 상어의 거대한 몸통에 꽂혀 있던 작살이 비로소 제 역할을 하고, 상어는 브로디의 바로 앞에서 그렇게 죽는다.

브로디는 머리를 바닷물에 담그고 물속에서 눈을 떠서 상어가 나무통의 부력 때문에 바다 밑까지 가라앉지는 못하고 어느 지점에서 대롱대롱 매달려 있는 것을 본다. 퀸트의 시신도 상어의 위에 정지해, 그 그림자가 희미한 물속에서 천천히 돌고 있다. 브로디는 상어가 죽은 것을 확인한 후에야 해안으로 헤엄쳐간다.

《죽음의 지대》, 스티븐 킹, 1979

1953년 조니 스미스는 어릴 적 꽁꽁 언 호숫가에서 스케이트를 타다 쿵 넘어졌을 때 자신에게 예지력이 생겼으리라고는 생각지도 못했다. 시간이 흘러 1970년 가을 조니와 그의 여자친구 사라 블랙넬이 카니발에 갔을 때도 그는 여전히 자신에게 예지력이 있다는 사실을 모른다. 하지만 그는 그때도 미래를 보고 있었다. 조니는 주체할 수 없는 능력으로 룰렛 게임에서 500달러를 딴다. 축하할 만한 일이었지만 사라는 무언가 조니에게 특별한 능력이 있다는 것을 눈치 채고 기분이 이상해진다. 그녀는 아까 먹은 핫도그가 탈난 것 같다는 핑계를 대고 집으로 간다. 조니는 그녀와 헤어져 택시를 타고 혼자 집으로 가다가 큰 교통사고를 당하고 4년 반을 혼수상태로 지낸다.

조니가 혼수상태에 빠져 있던 그 기간 동안, 그의 어머니는 기독교 광신도가 됐고, 사라는 월트 해즐렛과 결혼해 아이까지 낳았다. 그리고 캐슬 록의 연쇄살인범은 계속 무고한 시민을 죽이며 희생자 수를 늘리고 있었다.

조니는 혼수상태에서 깨어나자마자 자신의 능력을 인지한다. 사람과 피부를 접촉하면, 그들의 미래가 보이는 것이다. 그는 간호사에게 지금 집이 불타고 있다고 말하거나 의사에게 당신이 죽었다고 생각하는 당신 어머니가 사실은 캘리포니아에 살아있다고 이야기해주기도 한다. 그렇게 조니에게 예지력이 있다는 소문이 일파만파 퍼지고 그는 언론의 뜨거운 관심을 받게 된다.

그의 어머니는 TV에서 생중계되는 아들의 인터뷰를 보다가 너무 충격을 받아 심장마비로 쓰러진다. 그녀는 세상을 떠나기 전까지도 아들의 능력은 신의 선물이며 '목소리가 들릴 때 그 목소리에 귀 기울여야 할 것'이라고 주장한다.

이윽고 조니에게 목소리가 들려오지만, 그것은 신의 목소리가 아니라 도시 캐슬 록의 경찰서장 조지 배너먼의 목소리다. 그와 형사들은 모든 가능성을 샅샅이 조사했음에도 불구하고 연쇄살인범을 찾지 못하고 있다. 조지는 조니의 예지력이 말도 안 되는 헛소리라고 생각하지만 범인의 위치를 알 수만 있다면 무엇이든 시도할 용의가 있다. 그리고 조금 늦었지만 그들은 조니의 능력을 활용한다.

조니와 배너먼이 그의 위치를 파악하고 찾아갔을 때, 모두의 신뢰를 받던 현역 경찰이자 연쇄살인범 프랭크 도드는 이미 자살한 후다. 그의 목에는 '내 죄를 자백한다'라는 쪽지가 붙어 있다.

곧 조니는 성공한 사업가 로저 채츠워스의 집에 살면서 운동선수로 활동 중인 로저의 아들 척을 가르치는 일을 한다. 언론의 뜨거운 관심이 부담스러웠던 조니는 그 집에서 조용히 지내는 생활을 즐기고, 취미로 뉴햄프셔의 정치집회에 참석하기 시작한다. 정치집회에 가면 꼭 후보자들과 악수를 했는데, 그렇게 함으로써 그들의 정치 가면 뒤 진짜 모습을 볼 수 있기 때문이다. 그렇게 평화로웠던 날들은 조니가 연방 하원의원 선거에 출마한 과대망상증 환자 그렉 스틸슨을 만난 순간 끝이 난다. 그와 악수하자 전 세계에 핵 재앙이 덮치는 이미지가 그려진 것이다.

세계를 위해 스틸슨을 제거해야만 한다고 결심한 조니는 아버지, 사라에게 각각 한 통씩의 편지를 남겨 자신이 왜 이런 행동을 하게 되었는지 설명하고, 그렉 스틸슨 암살 계획에 착수한다. 그의 암살 시도는 실패하지만 그 과정에서 스틸슨은 어린아이를 자신의 방패로 삼고, 주변 목격자가 그 장면을 사진 찍는 바람에 정계에 다시는 발도 붙이지 못하게 된다. 조니는 총에 맞아 죽음을 맞이하게 되지만, 눈을 감기 직전에도 손을 뻗어 스틸슨의 발목을 만져 세계가 별 탈 없이 평온한 모습을 보고야 눈을 감는다.

《붉은 10월호》, 톰 클랜시, 1984

냉전이 최고조에 달했던 1984년, 소련 잠수함 함장인 마르코 라미우스는 대서양 깊은 곳에 위치한 소련의 잠수함 기지를 출발한다. 소련의 최신 핵잠수함 붉은 10월호의 책임자로 배치된 라미우스에게 주어진 임무는, 붉은 10월호에 장착된 최첨단 소음제거장치를 이용해 소련 함대의 추적을 피하고 2주간 시험 운항하는 것이다.

기지를 떠나자마자 라미우스는 사관실에서 장교를 죽이고 준비한 위조문서로 명령을 대체한다. 라미우스는 선원들에게 장교가 끔찍한 사고로 목숨을 잃었다고 말하고, 자신들의 임무가 미국이나 영국 함대의 추적을 피해 공산주의 형제국가인 쿠바로 가서 소련 해군의 우수성을 보여주는 것으로 변경되었다고 설명한다.

모든 선원은 라미우스의 말을 믿고 목표를 이루기 위해 협력한다. 단 한 명의 취사병만이 함장의 지시에 무언가 미심쩍은 구석이 있다고 생각한다.

한편 해군 역사학자로 틈틈이 정보 분석가로도 일하는 잭 라이언이 영국이 찍은 '붉은 10월호'의 사진을 들고 CIA 본부에 도착한다. 라이언은 잠수함에 새롭게 추가된 기능이 무엇인지 파악하기 위해 이 사진을 자신의 오랜 친구이자 선생에게 보여줘도 되겠냐고 CIA에 요청한다.

미국 해군사관학교 재학 시절 라이언의 교수였던 스킵 타일러는 소련이 최첨단 소음제거장치를 개발했음을 알아챈다. 1960년대 미국이 개발하려고 만지작대다가 결국은 실패한 그 기술을 소련이 개발해낸 것이다. 라이언은 CIA에 이 소식을 전하며 소련 잠수함이 이 기술을 사용해 미국이 알아채기 전에 미국 해안가에 접근하고 급습할 수도 있다는 가능성도 일러둔다.

한편 모스크바에서 고위 장교가 편지 한 통을 받는다. 그의 조카 라미우스에게서 온 그 편지에는 라미우스가 붉은 10월호를 어떤 용도로 사용할지 상세하게 적혀 있었다. 몇 시간 후, 소련 해군은 붉은 10월호를 찾아내 침몰시키라는 명령을 받는다.

한편 미국 해군전함인 달라스호의 수측원 로날드 존스는 주파수 변화를 감지하고 이어 소련 잠수함 무리가 속력을 높여 바다를 가르는 것을 알게 된다. 작전이 개시됐다는 신호다.

CIA는 바다에서 적군이 움직이고 있다는 것은 파악했지만 그 이유는 전혀 모르는 상태다. 그때 라이언이 붉은 10월호가 망명을 하려는 것일지 모른다고 추론한다. 라이언은 왜 그런 결론을 내리게 됐는지 이유를 자세히 설명하며, 만약 그게 사실이라면 미국은 소련 잠수함을 두 팔 벌려 환영하고 붉은 10월호를 확보해야 한다고 조언한다. 의견이 분분하지만, 실험적인 잠수함을 얻게 된다는 것은 확실한 이득이므로 망명을 받아들이자는 쪽으로 의견이 모아진다.

붉은 10월호의 일등 항해사 중 하나가 잠수함에 탑승한 의사에게 방사선 노출량 측정 배지를 건넨다. 검사결과 대부분 시스템이 문제없이 잘 돌아가고 있는 것으로 밝혀진다.

한편, 소련의 고급 장교 유리 파도린은 모스크바의 공산당 정치국 위원을 만나 붉은 10월호에 잠입 요원이 승선해 있으며 그에게 무언가 예상치 못한 일이 일어났을 때 붉은 10월호를 침몰시키라는 엄명을 내렸다고 말하며 위원을 안심시킨다.

미국 달라스호는 마침내 붉은 10월호와 교신에 성공하고, 그들의 망명을 도울 계획을 말해준다. 한편 붉은 10월호에는 이해할 수 없는 고장이 자꾸만 일어나고, 라미우스는 선원들에게 이 잠수함에 방해공작원이 있는 것이 분명하다고 말한다.

라미우스는 계속해서 붉은 10월호를 운항하는 것은 너무 위험한 일이며 잠수함을 포기하자고 설득하고, 선원들이 모두 안전하게 잠수함에서 탈출하고 난 뒤 고위 장교 몇 명과 함께 남아 배를 침몰시킬 계획을 세운다.

한편 망명을 기도하는 붉은 10월호를 돕자는 계획에 따라 미국 측은 요원들을 실은 헬리콥터를 보내지만, 그 계획은 실패로 돌아가고 헬리콥터는 바다로 추락해 탑승자 전원이 사망한다. 결국 미국 대통령은 영국의 항공모함에 타고 있던 잭 라이언에게 붉은 10월호와 직접 접선하라는 명령을 내리고 그 명령에 따라 라이언은 붉은 10월호에 승선해 선원들을 한 명씩 내보내기 시작한다. 한 선원이 사라졌다는 것을 눈치채지 못한 채.

곧 붉은 10월호에 한 발의 총성이 울려퍼진다. 라미우스와 라이언은 즉각 조사에 나서고, 한 소련 장교의 시신과 심각한 부상을 입은 미국 요원을 발견한다. 그 과정에서 라미우스도 총에 맞아 쓰러진다. 붉은 10월호의 잠입 요원이 잠수함을 침몰시키기 불과 몇 초 전, 라이언이 그를 찾아내 사살한다. 곧 미국은 자신들의 구식 잠수함 에단알렌호를 침몰시키고, 사람들은 침몰한 잠수함이 붉은 10월호였다고 믿게 된다.

붉은 10월호를 침몰시키려는 작전이 취소되고 그 작전을 위해 파견했던 잠수함들이 속속 항구로 돌아오기 시작하자, 소련 해군 지휘관은 몇몇 잠수함에게 복귀를 멈추고 미국에 대한 기밀을 확보할 것을 명령한다.

붉은 10월호가 미군의 해군기지에 접근하기 위해 마지막 시도를 하는 가운데, 라미우스의 제자였던 빅토르 투폴레프가 붉은 10월호를 목격한다. 그는 붉은 10월호를 파괴하기 위해 어뢰를 발사하지만 결국 그 어뢰에 맞아 그가 타고 있던 잠수함은 침몰한다.

라미우스와 선원들은 미국의 환영을 받으며 망명에 성공하고 잭 라이언은 드디어 영국으로 돌아가 가족과 함께 휴일을 보낼 수 있게 된다.

《그래서 그들은 바다로 갔다》, 존 그리샴, 1991

미첼 맥디르는 하버드 법대 졸업생 중 법률회사 벤디니, 램버트&로크가 관심 갖는 유일한 학생이다. 그는 젊고 영민하고 유부남(필수조건)이며 극도로 가난한 환경에서 자랐다. 회사가 보기에 그는 재능과 욕망을 두루 갖춘 사람이다. 맥디르는 미국의 최고 법률회사 세 군데서 일자리를 제의 받았지만 벤디니, 램버트&로크는 그가 도저히 거부할 수 없는 조건을 제시한다. 경이적인 초봉, 저이율 대출, 새 BMW까지. 이 회사는 현실이라고 믿기엔 너무나 비현실적인 직장이다.

미첼과 그의 아내 애비는 전혀 모르고 있지만, 회사의 보안 담당은 그들이 비행기에서 내리는 순간부터 그들을 도청한다. 리무진에도, 전화기에도, 집에도 도청장치가 설치된다. 모두 회사의 이익을 위해서다. 회사가 생각하기에 회사의 변호사 코진스키와 하지가 연방정부 요원과 연락을 취하고 있는 것만으로 상황은 충분히 좋지 않다. 회사의 어떤 직원은 코진스키와 하지가 말을 듣지 않을 경우, 입을 막을 계획을 요청하기도 했다.

얼마 지나지 않아, 코진스키와 하지는 그랜드케이맨 섬에 출장을 갔다가 스쿠버다이빙 '사고'로 목숨을 잃는다. 회사의 귀중한 인재 둘이 사라졌으니 그들의 빈자리를 메울 사람이 필요하다. 미첼은 회사의 기대에 부합해 열심히 일한다.

정신없이 바쁘게 일하고 있던 미첼에게 FBI 요원 웨인 테란스가 접근해온다. 미첼이 FBI 요원과 이야기했다는 것을 안 회사의 동료 변호사는 둘의 대화내용을 자세하게 말할 것을 강요하지만 현명하게도 미첼은 별 얘기를 하지 않는다. 하지만 자신의 안전을 확인하기 위해 미첼은 동생이 감옥에서 사귄 친구이자 사설탐정 에디 로맥스를 찾아가 동료 변호사들의 수상쩍은 죽음을 조사해줄 것과 테란스 요원이라는 사람을 알아봐 달라고 부탁한다. 누구를 믿어야 할지 판단이 서지 않았기 때문이다.

그랜드케이맨 섬으로 출장을 간 미첼은 창녀의 유혹에 넘어가고 곧 그날 밤 있었던 일이 자신의 약점을 잡기 위한 회사의 책략이었음을 알게 된다. 섬에 다녀온 후, 그는 세금 회의 참석 차 워싱턴에 방문하는데, 그곳에서 FBI 요원을 통해 이 회사가 시카고를 중심으로 한 거대한 범죄조직 모롤토 패밀리를 위한 위장회사라는 사실을 알게 된다. 물론 이 FBI 요원은 미첼이 FBI 편에서 이 회사의 응징을 도와주길 바란다.

　고심을 거듭한 끝에, 미첼은 잘 되기만 한다면 FBI도 만족시키고 자신과 애비를 회사의 손아귀에서 벗어날 수 있게 할 계획을 하나 세운다. 미첼은 애비와 로맥스의 전 비서(여기서 '전'이라 함은 로맥스가 살해당했기 때문이다)와 함께 회사에서 빼돌린 기밀문서들, 즉 회사의 범죄행위를 증명할 수 있는 문서를 복사하기 시작한다(아주 지루하게 들릴 수도 있겠지만 실제 소설 속에서는 흥미진진하게 그려진다).

　미첼과 애비는 플로리다의 파나마 시티 비치로 가서 미첼의 남동생 레이를 만난다. 미첼이 FBI의 수사에 협조하는 조건으로 남동생의 석방을 요구했던 것이다. 그들을 찾기 위해 경찰과 연방수사국, 그리고 조직이 이 잡듯 지역을 뒤지는 동안 세 사람은 싸구려 모텔에 숨어든다. 애비가 비디오카메라를 설치하고 미첼은 복사한 기밀문서를 읽으며 회사의 범죄행각을 폭로한다.

　장장 16시간 동안의 낭독이 끝나자 테이프가 14개가 나온다. 고생스러웠지만 모롤토 패밀리의 유죄를 입증할 증거가 준비된 것이다. 미첼은 FBI에 전화를 걸어 증거 테이프의 위치를 알려주고, 자신들이 캐리비안의 한 작은 섬으로 갈 수 있도록 도와줄 것을 요청한다.

　섬에 정착한 그들에게 얼마 지나지 않아 소포 한 꾸러미가 도착한다. 소포 안에는 50명이 넘는 벤디니, 램버트&로크 직원과 30명 이상의 모롤토 조직원들에 대한 기소결정 기사가 스크랩되어 있다. 이제 맥디르는 안전과 행복을 찾았다. 적어도 지금은.

《매디슨 카운티의 다리》, 로버트 제임스 윌러, 1992

1965년 8월 초 로버트 킨케이드는 아이오와 주 매디슨 카운티에 위치한 지붕 덮인 다리의 사진을 찍어 달라는 〈내셔널 지오그래픽〉의 요청을 받는다. 전 세계를 유랑하는 52세의 여행자 킨케이드는 고독하고 세상에 속박되지 않은 자유로운 영혼으로 낭만적인 사람이다. 이혼 경력이 있는 그는 현재 사랑하는 사람은 없는 상태다.

픽업트럭을 타고 일주일을 달려 드디어 매디슨 카운티에 도착한 킨케이드는 다리 여섯 개는 문제없이 찾아내지만, 나머지 하나, 로즈먼 다리를 찾는 데 애를 먹는다.

한적한 교외의 뒷길에서 길을 잃은 킨케이드는 프란체스카의 집 주변에 도착하고 현관에 앉아 있는 프란체스카에게 길을 묻는다. 프란체스카는 자신에게 말을 걸어온 이 이방인에게 무언가 관능적인 느낌을 받고 매혹되어, 다리는 멀지 않은 곳에 있고 괜찮다면 자신이 안내해주겠노라고 말한다. 그녀의 남편 리처드는 아이 둘을 데리고 박람회 참석 차 일리노이에 갔고, 일주일간 혼자 있어야 하는 터였다.

함께 다리를 이리저리 둘러본 후, 프란체스카는 킨케이드를 집으로 초대한다. 그리고 이탈리아에서 자라며 꿈꿨던 미국에서의 삶과 지금 아이오와 주의 농장에서 지내는 삶은 너무 다르다고, 자신이 원했던 삶은 아니라는 속이야기를 털어놓는다. 그녀의 이야기를 들은 킨케이드는 충분히 이해한다고 말해주고, 프란체스카는 자기 곁의 그 누구보다 이 픽업트럭을 몰고 나타난 낯선 남자가 자신에 대해 많은 것을 알고 있다고 느끼며, 그를 저녁식사에 초대한다.

함께 저녁을 준비하며 킨케이드는 헤어진 전 부인이 어떤 사람이었는지, 그의 직업은 무엇인지, 얼마나 여행을 다녔는지, 저녁은 보통 어떻게 먹는지 등을 시적으로 이야기한다. 프란체스카는 이 세련된 남자가 놀랍기만 하고, 몇 년이나 아껴두었던 새 브랜디를 딴다. 그날 밤 킨케이드가 떠난 후—다음날 새벽 다리 사진을 찍어야 했기 때문에 어쩔 수 없었다—프란체스카는 로즈먼 다리로 달려가, 또 한 번 저녁식사에 초대한다는 내용의 쪽지를 붙인다.

그 다음 날 밤, 킨케이드가 다시 프란체스카 집에 찾아온다. 먼저 킨케이드가 샤워를 하고 프란체스카도 뒤이어 목욕을 한다. 그리고 부엌에서 다시 만난 둘은 서로를 열렬히 사랑하게 되었다는 것을 깨닫는다. 둘은 춤을 추고 키스하고 사랑을 나눈다. 얼마나 황홀했던지 킨케이드는 시를 읊조리고 아프리카 해안에서 돌고래가 수영하던 장면을 떠올린다.

그리고 다음 며칠, 킨케이드는 사진 작업을, 프란체스카는 그녀가 해야 할 일상의 소소한 일을 포기한 채, 서로를 가슴에 품고 사랑을 속삭이며 시간을 보낸다. 하지만 이제 곧 킨케이드는 떠나야 하고 남편 리처드는 집에 돌아올 것이다. 더 이상 현실을 피할 수 없는 그들은 어쩔 수 없이 미래에 대한 이야기를 나눈다.

프란체스카는 이성적이었다. 그녀는 킨케이드 같은 자유로운 영혼이 자기 때문에 얽매이는 것을 원하지 않았다. 남편과 아이들이 감당해야 할 비난과 조소가 걱정된다고도 말한다. 프란체스카와 킨케이드는 가슴이 찢어지지만 그녀 말이 옳다는 것을 알고 각자의 길을 가기로 한다.

곧 박람회에 갔던 리처드와 아이들이 돌아온다. 리처드는 시내에 볼일이 있다며 프란체스카와 함께 차를 몰고 외출한다. 그리고 도로에서 존슨 부부는 킨케이드의 낡은 픽업트럭 바로 뒤에 정지하게 된다. 프란체스카는 긴 머리의 킨케이드를 알아보고, 마음으로 작별인사를 고한 뒤 펑펑 울기 시작한다. 그녀가 리처드에게 별일 아니라고 말하자, 그는 안심한 채 라디오 다이얼을 정오의 가축 가격 뉴스에 맞춘다.

1975년부터 〈내셔널 지오그래픽〉지에서 킨케이드의 이름을 찾아볼 수 없게 된다. 그리고 4년 뒤, 그는 세상을 떠난다. 1982년 프란체스카는 한 법률회사가 보낸 소포를 받는다. 킨케이드의 부고를 알리는 내용이었다. 그는 그녀에게 팔찌와 메달이 달린 목걸이, 그녀가 로즈먼 다리에 붙였던 메모를 유품으로 남겼다. 그의 뜻에 따라 그의 재는 로즈먼 다리에 뿌려졌다. 프란체스카도 1989년에 세상을 떠난다. 그녀 또한 로즈먼 다리에 자신의 재를 뿌려 달라고 요청했고 자녀는 어머니의 유언을 들어준다.

얼마 후, 킨케이드와 프란체스카의 관계를 그녀의 자녀가 알게 된다. 소설의 마지막 장면, 그들은 어린 시절 매디슨 카운티의 옛 집에서 썼던 낡은 부엌 식탁에 앉아 이제까지 모르고 있었던 어머니의 사랑을 생각하며 어머니가 남긴 특별한 브랜디를 마신다.

《다빈치 코드》, 댄 브라운, 2003

프랑스 파리의 루브르 박물관 수석 큐레이터 자크 소니에르가 살해당한다. 범인은 거대한 비밀을 좇고 있는 알비노 수도사 사일러스. 소니에르는 눈을 감기 전, 자신이 이대로 죽어버린다면 진실도 영원히 묻혀버린다는 것을 깨닫고 죽어가는 와중에도 자신의 피를 이용해 수수께끼와 로버트 랭던을 찾으라는 메시지를 남긴다.

하버드 대학의 유명한 기호학자 로버트 랭던은 부랴부랴 현장으로 달려가고, 그곳에서 프랑스 경찰이자 암호학자인 소피 느뵈를 만난다. 소피는 경찰이 랭던을 용의자로 지목하고 있다고 알려주고 둘은 주위의 시선을 따돌리고 루브르 박물관 안에서 자크가 남긴 수수께끼를 풀기 시작한다. 알고 보니 자크는 소피의 할아버지였다. 그녀는 할아버지를 무척 사랑했지만 몇 년 전 할아버지가 이상한 성적 의식을 치르고 있는 것을 본 후로는 연락을 피해왔다.

랭던과 소피는 자크의 수수께끼에서 시온수도회의 이니셜이 새겨진 열쇠를 찾아 루브르 박물관을 빠져나온다. 랭던은 이 열쇠가 성배와 연관이 있는 것은 아닐까 의심한다. 이 열쇠는 그들을 스위스 안전금고 은행으로 인도하고, 그곳에서 랭던은 암호가 걸린 크립텍스를 손에 넣는다. 크립텍스는 암호를 넣지 않고 강제로 열려고 하면 그 안의 식초가 양피지를 녹여 내용물을 알 수 없게 만든 구조의 비밀용기다. 랭던과 소피는 트럭을 훔쳐 성배 전문가 레이 티빙 경의 자택으로 향한다.

티빙은 소피(와 독자들)에게 성배는 막달라 마리아의 은유이며, 막달라 마리아는 예수의 아내로 예수의 아이를 낳았다고 설명한다. 교회는 이 비밀이 세상에 알려지는 것을 막기 위해 수백 년간 전전긍긍해왔다. 시온수도회는 그 비밀을 지키기 위한 비밀결사이며, 자크 소니에르는 시온수도회의 수장이었다는 말도 해준다. 그제서야 소피는 자신이 목격한 할아버지의 이상한 성적 의식이 무엇이었는지 깨닫는다.

대화에 열중한 그들을 향해 갑자기 사일러스가 나타나 총을 겨누고, 대화는 중단된다. 곧 사일러스는 제압되고 재갈물린 채 포박당한다. 티빙은 이제 프랑스는 너무 위험하니 자신의 전용기를 타고 런던으로 피신하자고 말한다. 비행기 안에서 그들은 크립텍스 암호를 푸는 데 성공하지만, 그 안에 더 작은 크립텍스가 들어 있는 것을 발견하고 허탈해한다. 런던의 음침한 교회에서 티빙의 집사 레미는 사일러스를 풀어주고, 두 남자는 티빙을 납치하고 크립텍스를 훔쳐 달아난다. 이 모든 시나리오를 계획한 이는 스승이란 자이고, 레미와 사일러스는 스승 밑에서 일하는 동료였음이 밝혀진다. 스승은 레미에게 고생했다며 코냑 한 잔을 건네는데, 저런, 코냑에는 독이 들어 있다(사실 독은 아니고 땅콩이었지만, 레미는 땅콩에 치명적인 알레르기를 가지고 있었다)

그렇다, 스승이란 사람은 바로 티빙이다. 맞다, 그는 소니에르의 죽음을 사주한 사람이다. 티빙과 랭던, 소피가 마지막 마주친 자리에서 모든 정체가 탄로 난 티빙은 소피에게 총을 겨눠 그녀의 목숨을 위협하고, 랭던은 소피를 보호하기 위해 크립텍스를 깨버리겠다고 티빙을 위협한다. 결국 랭던은 크립텍스를 천장 높이 던져버리고 티빙은 본능적으로 움직여 바닥에 떨어지는 크립텍스를 잽싸게 낚아챈다. 곧 티빙은 크립텍스 안이 텅 비어 있다는 것을 확인하고 랭던을 향해 몸을 돌린다. 랭던은 한 손에는 양피지를, 다른 한 손에는 총을 든 채 서 있다. 소설의 결말부분에 소피는 자신이 예수 그리스도와 막달라 마리아의 직계 후손이라는 것을 알게 되고 랭던은 성배가 루브르 피라미드 아래 묻혀 있다는 것을 깨닫는다.

토론 주제

1. 대중소설보다 순수소설을 선호하는가? 아니면 순수소설보다 대중소설을 선호하는가? 책을 고를 때 대중성을 고려하는가?

2. 어떤 책은 보자마자 끌리는 반면 어떤 책은 아무런 감흥이 느껴지지 않는다. 그 이유는 무엇일까? 당신이 읽고 싶은 소설을 고르는 데 영향을 끼치는 요소는 많겠지만, 그중에서도 이야기의 어떤 면에 가장 강력하게, 자주 끌리는가? 그것이 그토록 매혹적인 이유는 무엇인가?

3. 최근 읽은 소설(순수소설, 대중소설 포함) 중에 이 책에 나온 베스트셀러의 요소를 포함한 책은 무엇인가?

4. 베스트셀러의 특징 12가지 중 책의 상업적 성공에 가장 핵심적인 영향

을 주는 것은 무엇이라고 생각하나? 또 이 12가지 특징 중 책을 읽을
때 당신을 가장 매혹하는 특징은 무엇인가?

5. 우리가 살펴본 12권의 소설 혹은 기타 대중소설에 이 책에서 언급한
것 이외의 공통적 특징이 있을까?

6. 12권의 소설 중 과거에 읽어본 책은 무엇인가? 가장 재미있었다고 기
억되거나 가장 생생하게 기억되는 책은 무엇인가? 그 소설의 어떤 점이
기억에 남는가? 그것이 이 책이 이야기한 베스트셀러의 12가지 특징과
어떤 연관성을 갖는가?

7. 20세기 초대형 베스트셀러와 최근의 베스트셀러 사이에 어떤 차이점이
있다고 생각하는가?

8. 12권의 베스트셀러 대부분은 문어체로 쓰이지 않았다. 그게 문제가 된
다고 생각하는가? 꾸밈없는 소박한 글에서 느꼈던 감정적 충격을 유려
한 문장으로 가득한 소설에서도 느낄 수 있는가? 문체가 독서에 영향
을 준다고 생각하는가?

9. TV나 영화를 보느니 책을 읽겠다고 선택할 때, 그 결정에 영향을 미치
는 요소에는 어떤 것들이 있는가?

10. '결정적인 의미를 갖는 성적 접촉' 챕터에서 저자는 주인공의 삶을 완전히 바꾸거나 줄거리에 중요한 역할을 하는 섹스신은 단 한 번 등장한다고 주장했다. 이것이 적용되는 다른 소설이 있을까? 이 장치가 널리 사용되는 이유는 무엇일까?

11. 저자는 12권의 베스트셀러에 나타나는 공통적 특징으로 미국적 가치와 지극히 미국적인 캐릭터의 등장을 꼽았다. 미국의 베스트셀러들이 전통적인 미국 신화나 신념에 도전하고 있다고 생각하는가? 아니면 여전히 그에 영합하고 있다고 생각하는가?

12. 독자들이 소설 주인공으로 이단아를 좋아하는 이유는 무엇일까? 이단아들은 관습에 저항하기 때문에 성공하는 것일까? 아니면 결국에는 정상이라는 잣대에 무릎을 꿇는가? 스카웃을 예로 들었을 때, 그녀는 언제까지나 반항아로 남을 것인가? 아니면 애티커스가 그랬듯 시스템에 적응할 것인가?

13. 저자가 지적한 도시와 시골 사이 가치관의 갈등에 대해 토론해보라. 최근에 읽은 책 중에 이와 유사한 갈등을 다룬 책이 있었나? 혹자가 말하는 '분열된 미국'에 도농 간 갈등이 포함되어 있다고 생각하는가?

14. 저자가 선택한 12권의 소설 중 여성 작가가 쓴 책은 4권이다. 여성 작

가와 남성 작가의 이야기에 다른 점이 있다면? 구체적으로 여성 작가
는 여자 캐릭터를 보다 풍부하게 그리는가? 혹은 남성 작가가 여자
캐릭터를 여성 작가만큼 세밀하고 풍부하게 그린다고 생각하는가?

15. 《죠스》나 《대부》, 《엑소시스트》 같은 소설을 읽으며 알게 되는 인간
의 본성이나 세상 돌아가는 방식이 할레드 호세이니(Khaled Hosseini)의
《연을 쫓는 아이(The Kite Runner)》나 조너선 프랜즌(Jonathan Franzen)의
《인생 수정(The Corrections)》에서 알게 되는 것과 다르다고 생각하는
가? 아니면 유사한 통찰력을 얻는다고 생각하는가?

16. 문학을 공부하는 학생들이 순수문학이나 고전을 배우듯 대중소설도
배워야 한다고 생각하는가? 교과과정에 《인형의 계곡》, 《죠스》, 《대
부》 같은 책이 포함돼야 한다고 생각하는가? 아니면 《앵무새 죽이기》
같은 부류의 책만 포함돼야 한다고 생각하는가? 대중소설을 교과과
정에 포함시키는 것이 문학의 이해를 도울 것이라 생각하는가? 아니
면 해칠 것이라고 생각하는가?

17. 저자가 선정한 12권의 베스트셀러 중 어떤 책이 앞으로 100년 후에도
여전히 읽힐 것이라고 생각하나? 그때쯤이면 사라질 거라고 생각하는
책은 무엇인가? 그 이유는?